思想觀念的帶動者

文化現象的觀察者

本土經驗的整理者

生命故事的關懷者

Living

直探宇宙隱藏的跳動

承受如夢召喚的牽引

走過遠方驚喜的記憶

迎向生命更深的信息

王一梁

Yiliang Wang
1962-2021

王一梁作品集

在創作、思考與生活間不斷搏鬥的這一生，
也要持續不斷地寫……

Subculture

我們到這個世界上是來玩的

目錄

CONTENTS

導讀
湍流之上

貝嶺（作家）

作家、翻譯家、榮格學說研究者王一梁（王一樑）因食道癌晚期引發肺炎，於二〇二一年一月四日凌晨晨三時三十分在泰國北部邊城美賽（Maesai）醫院過世，終年五十八歲。

王一梁是典型意義上的地下作家，更是經典意義上的流亡作家。王一梁的性格粗獷又細膩，其人生充滿張力。他那顛沛流離的流亡路徑，處處呈現著生命的強韌和脆弱。作為早逝的文學天才，他寫下的文字富饒，不拘於任何文體。

作為上海人，王一梁不屬於上海；作為美籍公民，王一梁亦不屬於美國。他的人生是自由對制式世界的反抗和不屑。王一梁生前未能出版的隨筆與文集有《亞文化啟示錄》、《朋友的智慧》、《薩波卡秋的道路》、《斯德哥爾摩裸奔記》、《我們到世界上是來玩的》等。他是文學中的思想家，其作品既築構了官方文化之外的亞文化世界、也築構了主流文學外的地下文學世界。在他最後逾十五年的流亡生涯中，王一梁更以唐吉訶德式的文字之矛，築構著同時代人的流亡文學世界。

作為翻譯家，王一梁敏感於英文的細微末節，對隱藏在文字下作品真實意圖的把握少人能及。王一梁是哈維爾著作以及有關榮格的回憶和探討著述的譯者，其主要譯著有：哈維爾的《獄中書：致妻子奧爾嘉》（*Letters to Olga*，傾向出版社，2004）、《城堡來回：哈維爾總統回憶錄》（*To the Castle and Back*，傾向出版社，待出），榮格研究著作《遇見榮格：1946-1961談話記錄》（愛德華．貝納特著，王一梁、李毓譯，心靈工坊出版，2019）、《榮格的最後歲月：心靈煉金之旅》（安妮拉．亞菲著，王一梁、李毓譯，心靈工坊出版，2020）。

王一梁也是傑出的文學編輯，作為獨立筆會的早期會員，他和獨立筆會創會人之一的孟浪（已故）共同編輯了一百期《自由寫作》網刊，作為該刊二〇〇五～二〇一三年間的執行編輯，他為《自由寫作》網刊累積了中國地下文學和流亡文學數百萬字的作品。

王一梁的晚年，沉浸在榮格學說的探究裡。他是榮格信徒、榮格學說研究者、榮格生平的挖掘者。因為他，華文世界對榮格的認識被擴大著。王一梁的伯樂是心靈工坊發行人、著名心理學家王浩威醫師，經由譯書合約，王一梁和妻子李毓（白夜）在他們流亡生涯的最後數年中，度過了最安穩也最高產的工作時刻，他們在泰國清邁安身立命，合作翻譯出了兩本榮格研究著作，並由心靈工坊出版。

英籍哲學家維根斯坦（Ludwig Wittgenstein）對大學電氣工程系畢業的王一梁走上文學和思想之路產生了潛在的影響。作為官方意識形態的反抗者，王一梁是與官方文化及主流文學格格不入的地下作家。王一梁在中國共產黨稱之為「思想解放」的一九八〇～一九九〇年代，以上海地下文化中的人與事為素材，寫下隨筆集《朋友的智慧》等，在審查制度下的官方出版世界中，他雖刪選篇目，卻始終無法出版。該書在四家中國官方出版社的「奇妙旅程」，突顯了一黨專制下，官方出版社對自由思想的恐懼。若這本書當時能以審查制度過濾的刪節本在大陸出版，到底能呈現多少原貌？恰是不能出版，拯救了作家書稿的命運。所以，以《不自由筆記》書名呈現，正是地下文學、異端文化該有的命名。

歷史的弔詭在於，正是王一梁窮盡一切努力仍未在生前面世的書，曾於一九九六年以手工裝訂本被人攜至美國，並使王一梁成為在美國創刊的《傾向》文學人文雜誌頒發的「傾向文學獎」首屆得主。二十五年後，重讀首屆傾向文學獎的授獎理由：「十多年來，王一梁以罕有的堅持與努力，寫下了相當數量的與我們所處的嚴酷時代息息相關的文學與文化批評作品；作為一個從美學趣味到文化到文學理念均迥異於中國大陸主流文化的個人作家，他的作品極大地豐富了中國地下文學的傳統，並彰顯了寫作自由與獨立思考的價值力量。」不僅句句精準，王一梁其後的生命旅程，亦是踐行與見證。

或許，這一切確定或成就了王一梁在意識形態禁錮下的中國成為活躍的異端。由於書的命運，等同王一梁告訴讀者，他為什麼會義無反顧地在本世紀初流亡。

我們也可以從這本書看到青年王一梁在上海的人生軌跡，包括那份曾經成為亞文化反抗象徵的〈阿修羅：極端青年反抗文獻〉，它呈現了亞文化——也就是異議文化、地下文學在中國，也在上海的命運。

如果仔細地閱讀，「Subculture」這個「亞文化」的英文原型，在王一梁的筆下變成了極具詩意的中譯諧音「薩波卡秋」。同樣，我們也可以從王一梁的文集《我們到這個世界上是來玩的》中看到一九八〇年代後的中國，在西化、殖民地歷史遺址下的巨型都市上海，西方文化譯著對那年代中國讀書人產生的震撼，這是王一梁筆下的「極端青年」們面對黨國意識形態必經的反抗旅程。

王一梁在地下文化圈以離經叛道的散文著稱。他生於一九六二年十二月十八日，是射手座時辰出生的寫作者（絕無摩羯座型寫作者的凝滯緩慢），書寫因創作力勃發具即時性和即興感。他是才子，其文風恣意揮灑、一氣呵成。

我們也可以從他的文集中讀到詩。詩於他不是散文的點綴，而是揚灑文章前的鋪墊。嚴格上講，他把詩的元素放入了散文中，而他的散文更近隨筆。他離開故土之後寫出的散文，帶有回憶性質。他的人生、生命，那上海地下文化圈的人與事，地下詩、地下文學在在成了他的回憶，其中最令人難忘的回憶，是對已故文學友人的回憶。

王一梁以白描般的悼辭寫馬驊——一位在雲南任教時不幸墜河去世的青年詩人，他哀痛、傾注深情。他筆下那些地下文學同道們，風骨個個：默默、孟浪、京不特、阿鍾、劉漫流、張桂華……，這些活著或已逝的身影，構成了上海地下文化中再現的文人風景。

還有悲傷嗎？有！還有愛嗎？有！在王一梁所有的書中，這構成了他寫作的潛背景。這背景讓我們閱讀一位流亡作家的人生。是書延續了逝者的生命，在文學的河流裡，地下文學、流亡文學是時間外的湍流，這湍流不與主流文學交匯，可中國地下文學與流亡文學因王一梁的書而傲！

王一梁最初的流亡生涯寫作，大部分聚焦於他在美國北加州三藩市即舊金山灣區對面的阿拉米達島（Alameda）上和詩人井蛙的定居人生。二〇〇四~二〇〇五年，我有幸在該島嶼和他們短暫毗鄰而居。當時，他們在那世外之島找到了某種生活的重心和質量，除了相依為命的家庭，那重心亦來自獨立筆會新創的《自由寫作》網刊，而王一梁恰好因受任責任編輯而有了一份薄薪。我還記得我和他倆散步到海邊的黃昏時刻，作為筆會創辦人，我望著他們租下的那套面海小公寓，有感而發：流亡作家的最好職業，不就是有一份可糊口的文學編輯工作嗎？

王一梁寫作生涯中最為獨特的敘述文體，是他根據京不特的丹麥文回憶錄改寫的《京不特出國記》。經由王一梁譯寫的這部流亡／逃亡記，我們看到了一個曾經的數學家、地下詩人、出家人、作家、哲學翻譯家、瑞典筆會圖霍爾斯基獎（Tucholskypriset）得主京不特傳奇般的越獄、越境、入獄、出獄及最後抵達丹麥的經歷。

在王一梁的書寫裡面，他的姑父、家人，他的前妻——詩人井蛙，以及二〇〇〇～二〇〇二兩年勞動教養的監獄經歷，以人生及回憶不斷呈現；而在美國西岸的生活書寫，最重要的部分是他寫下的社區大學讀書生活，社區大學給了一個不需文憑的老學生應有的英文訓練。

王一梁文集中最畫龍點睛，或者說最具有可讀性的是《我們到這個世界上是來玩的》，這是一部摻雜著家族回憶、地下文化演進、文學同行側寫、地下詩人的出家出逃，乃至王一梁一生中最為持久的工作，《自由寫作》網刊八年編輯的工作回憶——這些回憶也是獻給比他早逝兩年的好友兼編輯同事孟浪的。

在王一梁早期書寫中，甚少大學四年讀書生涯的描述，和所有在一個錯誤的年代考入一所錯誤的大學的人一樣，他在合肥的四年，也是他跟那些毫無關聯人生的大學同學相互遺忘的四年。念工科大學不僅無聊，甚至乏善可陳。可在王一梁的筆下，童年回憶是難忘的，他幾乎用隨想式的筆觸描述了他的出身、帶有傳奇色彩的誕生、父母親……乃至他在江南常州戚墅堰的少年人生。

南人北相。王一梁虎背熊腰、身形壯碩，好大口喝酒大碗吃肉。他是一個特別的上海人，除了一口上海話、或濃重的上海腔普通話，在任何意義上，他看著都不像上海人，或南方作家。他貌似粗獷，實則細膩敏感，他的筆觸和敘述，始終有著上海的氛圍和底色。

在栩栩如生般對上海地下文學同行的描寫中，人們可以感受一九八〇～一九九〇年代上海亞文化和地下詩壇中，詩人與作家如何互動與應對政治危險，如果沒有王一梁寫下的這些回憶與描述，上海地下文化的這部份歷史將被淹沒在中國主流文化的宏大敘述里。

白夜作為王一梁最後的人生伴侶，最後、最重要、也是助他最多的妻子，唯有她可描述食道癌晚期與死神搏鬥的王一梁，我們通過白夜的追記，閱讀生命末期的翻譯家王一梁，如摟著他偕行。

生命或有它自身的輪迴，王一梁人生的最後數年（他們在泰國清邁購房定居）有過相對穩定、充實的作家生活。最後歲月中的他，帶著迴光返照般的工作爆發力，以驚人的翻譯能量，為中文世界留下了重要的榮格生平及學說譯本。

定居、移居、再定居，它鄉已成為故鄉。當流亡已成名詞，而非動詞或「不幸」的代名詞。我似看到最後歲月裡的一梁，形銷骨立也絕不言敗的一梁。

一梁有幸，因為妻子白夜和摯友蘇利文使命般的搜集和編選，終於，以書置身於流亡文學的湍流中。

我從地獄裡歸來

笑是人世間最燦爛的東西
像星辰一樣遙遠而稀少

這個世界已變得那麼陌生
少年的夥伴
如果我幸運地看見一顆星
握著你的手時，我會流淚不止

當我和你見面
我又如何說出這苦難
為了不讓你傷心
我把這一切說成是天堂

這天堂就是監獄與狗
我在這裡讀書與思想

我在這裡想像著美好的人生
每個朋友都成為最美好的人

當我歸來時
我說出的話或許會使你驚訝不已
我從地獄裡歸來
帶著天堂般的笑

王一梁
二〇〇二年十二月三十日 凌晨兩點半

輯一

在中國

黃浦江上有條船

我從小就知道，早在改革開放前，我父親就開始不停地給各報社寫信，和各級政府打交道，要求歸還我曾祖父在浦東鄉下留下來的23間房子。

我的祖籍在江西婺源，「太平天國」打到江西的時候，他們逃到了上海南匯。在宅基地上種了十六棵棗樹，據說，這是浦東最早的棗樹。我曾祖母比我曾祖父年齡大。浦東人，歷來有「浦東大娘子」的傳統，也有「浦東大佬官」的說法。所謂「浦東大娘子」和「浦東大佬官」，就是說，一個男子娶了一個年齡比他大的女子，作為妻子。

「浦東大佬官」是有福的！因為，無論是在家中闖了禍，還是在外面惹了事，反正家裡有一個年齡比他大的「大娘子」頂著。

我怎麼偏偏就這麼不幸呢？年輕的時候，愛上了一隻兔子；後來，又娶了一隻小兔子。詩人、學者劉漫流告訴我：「《紅樓夢》裡有『虎兔相逢大夢歸』的說法。」我從來沒有讀過《紅樓夢》，總是讀了前幾章就再也讀不下去了。我哥哥在澳大利亞時，從頭到尾讀了《紅樓夢》四遍。他回國後對我說：「你一定要讀《紅樓夢》。」

我不知道以後會不會讀《紅樓夢》，但是，也許，假如我娶了一個屬豬或屬狗的「大娘子」，或許我的今生今世就會無比幸福。

浦東人的稱呼極其混亂。我叫曾祖父為「大大」、叫曾祖母為「太太」。我有八個娘娘

（姑媽），她們管曾祖父叫「男太太」。

一九九八年，我姑父去世。父親讓我代表他去洛陽奔喪。

我出生在洛陽。還有五天，我父母親就要回上海了，因為我的預產期是在二十多天後。

我母親對我說：「你怎麼就這麼心急呢？真是個西北人投胎。你一生下來的時候，臉漲得通紅、通紅的，對著天空就是一泡尿。」我母親還告訴我：我父親把她送到醫院裡，午夜在他一個人回家路上，聽到到處都是鬼叫。「最後，嚇得你爸爸不敢回家，跑到了他的圓娘娘家。」我母親說。「圓娘娘」只比我父親大一歲。

我陪著圓娘娘，還有她的親友們一起把她丈夫（我姑父）送到了邙山墓地。邙山是古戰場。懷上我後的夏夜，母親坐在躺椅上，在院子裡納涼，她說常常從眼簾下，看到古代的千軍萬馬，從她的頭頂上奔過。

奔喪期間，「圓娘娘」告訴了我王家的家事。她說：「我們王家並沒有什麼錢，只是讓自己的每一個孩子都去上了學。」

那個比我曾祖父年齡要大的「大娘子」，對我的曾祖父要求嚴格。她讓他在泥地裡用銅板寫字。這個「大娘子」是識字的。

後來，我的曾祖父當上了美孚石油公司的經理。最後，又把這個職務傳給了我的祖父。我的祖父有二個兄弟，他排行老二。解放前夕，老大離開了南京的公職，回到上海鄉下繼承家產，最後被戴上一頂地主的帽子，永世不得翻身。老三，在復旦大學的前身震旦大學讀電機系。我小的時候，我父親的一個堂妹，也在我父親的同一家工廠裡工作。她畢業於合肥工業大學。

該死的！我最後就這樣考上了合肥工業大學電氣工程學電機專業。

一九八〇年，我高考的那一年夏天，成績還沒有發榜。父親讓我和我的哥哥，還有我的堂弟一起去鄭州洛陽玩。

那時候，老三（我父親的叔叔），在鄭州電纜廠當廠長。他說話的樣子，尤其像我祖父。他騎著一輛自行車，帶著我們去看鄭州「二七紀念碑」、「花園口決堤」等革命歷史遺址。最後，終於帶我們走上了一家酒樓，請我們吃「黃河大鯉魚」。

我父親十七歲時，投奔了他這個叔叔。那時候，這個叔叔把家中的股票都獻了出來，加入了共產黨，在佳木斯一家工廠裡當科長。

我父親在東北玩了幾個月，覺得沒意思，就轉投去了洛陽。只比我父親大一歲的姑媽圓娘娘，在洛陽鐵路工廠工作，正在和一個青年談戀愛。這個來自湖北的青年問我父親：「小鬼，你是想當列車長呢？還是想當火車司機？」我父親說：「我想當火車司機！」

到了洛陽，一切就都變得好玩了。這個昔日的淳樸青年，我姑父已經發福，笑咪咪地看著我們，任我們胡作非為。比我只大幾歲、我卻叫他「叔叔」的毛弟有一把獵槍。他帶我們去洛河河畔打獵。這是我生平第一次打獵。我拿起獵槍，對著電線上一個黑乎乎的東西，「呼」地一槍，打下一只烏鴉，所有的人都驚呼起來。毛弟的膽子大得驚人，他帶著我們，總共七個人，其中有一個的父親是保衛處處長，他說：「我差一點把我爸的槍帶上了。」

我們一路趴車，或者逃票。從河南往陝西一路走，在那個年代，基本上是一個土匪強盜的世界。我們到了臨潼，這是一個只點著煤油燈的車站。我們睡在車站上，早晨起來，發現同伴中的一個，睡著時眼鏡已經被人摘下，偷走了。

我們睡在西安的浴室裡，但我們還是登上了華山。登華山前，毛弟說：「我們一起合張影吧。」

幾年後，七個當年登上華山的英雄，有一個死了。他沒有死在「自古華山一條路」的凶險途中，而是死在了家裡。他洗澡的時候，煤氣中毒。

也許我的家族，在健康史上是不幸的。晚年，我的祖父瘸著一條右腿，他的哥哥瘸著一條左腿，兄弟倆左右一瘸一拐，行走在大街上。

老大老二兄弟倆各自坐在一把太師椅上，雙雙並肩坐在老宅的夕陽裡。但由於兩個人都中風了，老兄弟都已口齒不清，無法深談了。他們的弟弟老三，幾年後，在率團去日本的途中，因為想不起來一個德語單詞，想了幾天後，也中風了。一九八四年，我從合肥工業大學畢業後回到上海，我的這位叔祖父正在上海看病，平時就住在我家裡。他慈祥地望著我。那時候，我的祖父、還有他的哥哥已經去世，但他對我已經說不出更多的話來了。

我的這位叔祖父尤為不幸。文化大革命快要結束的那一年，他的獨子在生產隊裡當連長。連隊知道他有個在部屬、萬人大廠當廠長的父親，就讓他回鄭州，請他父親幫忙解決生產隊裡的化肥問題。

當遭到父親的拒絕與批評後，我的堂叔非常失望。他連夜回鄉下。半路上，搭上了一輛拖拉機。拖拉機上堆滿著貨物，他站在司機旁的踏板上，不小心翻了下來，滾到了拖拉機的車輪下。

第二天，他母親從北京回來。當聞之兒子死去的噩耗後，陷入了無窮無盡的悲痛之中。「老王啊老王！你明明知道我明天就要回來。你即使不給兒子解決化肥，你也要留住他。等到我回來，這樣，我們的兒子也就不會死了。」

解放後，我的祖父因為開地下工廠，在安徽銅陵勞改。七年後，因為中風，終於得以回到上海。從小，我就看到我的祖父瘸著一條腿，無論刮風下雨，都在弄堂裡掃地。

我童年的一個噩夢就是聽到說，今晚要批鬥我祖父了，我發抖著從夢中驚醒。我的祖父開心地舉起了一杯酒。這時候，齜牙咧嘴的居委會主任冒著傾盆大雨，闖了進來，說：「王立漢（我祖父的名字），你怎麼敢喝酒？」這時候，我從小最崇拜的人，戴著一頂鴨舌頭帽子的、我的大姑父陳保吉站了起來，說：「憑什麼，王立漢不可以在家裡喝酒？」

後來我長大了，當我成為了一個自由、獨立的作家，你說我的筆會寫什麼？！

從小，在家族中，我就聽到一個傳奇，說：美國的最後一艘油輪，就停泊在黃浦江上，等待著我的祖父去美國。我祖母領著全家哭呀哭，不讓我的祖父去美國。

當年，我的祖父為什麼不來美國呢？

我後來終於到了美國，我想：我的祖父可以含笑九泉了。

二〇一一年三月十日

戚墅堰連環畫

梧桐樹、「強盜牌」與憂傷的故事

讓我一生都感到幸福的是，我在戚墅堰這座美麗得不可思議的小城度過了整個少年時代：從八歲到十二歲。

戚墅堰有一條長約一公里、兩旁都長著法國梧桐樹的路。由於年代久遠，梧桐樹的葉子都密密麻麻地連在了一起，就像在這條路上搭了一個長長的、綠色的蓋子。

我走在路上，朝天望著這個綠色的蓋子。陽光透過梧桐葉，毛毛細雨般地灑在我的臉上。

下雨了，我背著媽媽用一塊綠布頭為我做的書包，奔跑在這條梧桐路上。跑到了小學，衣裳上僅落到了幾滴雨。

一夜的狂風大雨後，人們用麻袋在地上撿著被風雨打昏了的、從梧桐樹上紛紛地掉落下來的麻雀。

如果你有一杆氣槍，用一把三節頭、或四節頭的電筒，對著頭頂上的梧桐樹一照。白乎乎的、毛茸茸的，這是麻雀！順著這道雪白的光柱，「啪」地一槍，麻雀掉下來了。

秋天到了。秋風把一片又一片金黃色的、梧桐樹的枯葉掃下。我羨慕地看著一個孩子。他在地上撿起一片梧桐葉，把它穿在鐵絲裡。他手上的這根鐵絲上，已經穿滿了許多梧桐葉。他神氣活現地拖著這條金黃色的尾巴，走過我的身旁。

我向媽媽要一根鐵絲。媽媽問我：「你要它幹什麼？」

我說：「我要用它去撿梧桐葉。」

媽媽笑了，說：「他們撿回家，是為了生火，燒爐子。我們要它幹什麼呢。」

到了戚墅堰後，我哥哥上了小學一年級，我上了幼兒園的大班。戚墅堰機車車輛工廠曾是日本軍工廠，到處都是日式建築。幼兒園很美，我的教室是一個半圓形的、裝著落地大玻璃窗的房間，窗外是一個小草坪。廁所是一長排緊挨著的抽水馬桶，課間休息時，男女小朋友們都一起跑到這裡來隨喜。我喜歡看正坐在我身旁的女同學的白白屁股，尤其是她起身的那一瞬間。長大後，我高度讚賞佛洛伊德的「潛意識理論」，但我無法同意他的「泛性說」。我不認為兒童就有性意識。一個女孩看到我有一根朝天翹起的「小弟弟」，她往自己的「小妹妹」的細縫裡，插了一根用紙條捲起的小棍子。我咯咯地大笑。

我的幼兒園老師叫江老師，這是一個身材細挑、美麗的女老師。她對著全班同學表揚我在她講故事的時候，始終都把雙手規規矩矩地往後背著，認真聽講。

這是我記憶中聽到過的、一個最早的令我無比擔憂的故事。

江老師說：狼來了，孩子們都爬到了一個高高的草垛上。狡猾的狼開始用嘴巴一根根地把草垛底下的草叼走。我知道，當下面的草都被叼走後，孩子們就會從高高的草垛上掉下……

正聽到這裡，媽媽來接我回家了。

一九五八年「大躍進」年代，戚墅堰機車車輛工廠在上海招收了一大批工人。其中，有許多當年因家庭成分不好，像我父母親一樣在上海找不到好工作的人，就來到了戚墅堰。

在這批人中間，我媽媽有兩個要好的朋友，一個叫陳富珍，她外號叫「強盜牌」。當時，戚機廠（戚墅堰機車車輛工廠的簡稱）有四個被叫著「牌」的上海女人。「強盜牌」、「美麗牌」……這些都是舊上海的香菸牌子。

一個被叫做「美麗牌」的女人，自然在於她的美麗。而陳富珍之所以得名「強盜牌」，我想正在於她的說話極快，動作極快。我復旦附中的女同學倪一茹，她是我們「新四班」公認的同學會會長，說話就快得像她，其實比她更快。當我聽到電話裡倪一茹慢條斯理和我說話，我驚訝地問道：「你怎麼現在說話的速度變得這麼慢了？」

倪一茹更慢條斯理地說道：「因為人人都說我說話快，慢慢地我就變成這樣了。」

夏天的時候，我在取冷飲的地方，把一張拿棒冰的票交給「強盜牌」。她一見是我，飛快地一轉身，我本來只能拿四根棒冰的票，頓時像變戲法一樣，變成了一大包用毛巾緊緊地包裹著的棒冰。她朝我努努嘴，意思是說：「小鬼頭，別多說話，快走。」

我媽媽另外一個好朋友叫俞平。

媽媽叫我去打醬油。我拿著醬油瓶正走在路上，突然，聽到俞平大聲叫我：「梁梁，你去哪裡？」

「啊？！」

正在路上想心思的我，早已經忘了自己要去哪裡。醒過來後，我問：「阿姨，我媽媽讓我去打多少醬油？」

俞平咧開嘴巴，發出清脆的笑聲，說：「小憨大，我怎麼知道你媽媽讓你去打多少錢醬油。」

對著一群孩子，包括我，俞平講了一個讓我的眼睛哭腫了的故事。

這是一個叫〈一塊銀元的故事〉。解放前，她說，有一對貧困的鄉下農民，他們一無所有，但有兩個漂亮的孩子，一男一女。為了活下去，這一對夫婦把自己的這兩個兒女賣給了地主。地主給了他們一塊銀元。這兩個孩子穿上了今生今世不曾穿過的、最最漂亮的衣衫，出現在大街上。這是一支出殯的隊伍。這兩個漂亮的孩子一動不動地坐在漂亮的花車上，眼睛發出炯炯的光芒。這兩個孩子已經死了，他們的目光之所以這麼閃閃發亮，是因為地主在他們的眼睛裡灌上了水銀。他們是地主兒子的殉葬品。

住在俞平樓下的是我的同班同學，叫鄭偉國和鄭偉民。他們的父母親也來自上海，這是一對雙胞胎。他們家裡有許多連環畫。我看了其中一本叫《趙一曼》的連環畫：趙一曼逃出了醫院，緊接著，日本人追上來了。連環畫到此為止。

那時候，我所看到過的文革前出版的連環畫，基本上都是破爛的、看不到結尾的。但這一本《趙一曼》特別使我憂傷。多少年裡，我一直在心中擔憂地問自己：趙一曼最後被日本鬼子抓到了沒有？

憂傷啊！

遠方啊遠方

那時候，滬寧線上只有一條鐵軌，當它變成了兩條鐵軌的時候，火車加速了。

你也許會在車站上，看到有十幾條鐵軌。但你能想像幾十條鐵軌一起並肩排開，在陽光底下，閃爍出一片無窮無盡的藍色光芒嗎？

這是一種真正令人暈眩的光芒。

父親的工作，除了正式試車，就是在這一片令人暈眩的藍色光芒上，漫無邊際地開著。一輛正式出廠的火車頭，不僅需要證明自己的各種性能良好，它還要開到一定的里程。就像卡繆筆下薛西弗斯的苦役一樣，火車頭在單調地、重複地開著。

我父親有一種本事，當他不開車的時候，只要坐上火車，聽到轟隆隆的聲音，他就立即倒頭，在椅子上睡著了。

我父親告訴我，當他開三門峽路段的時候——當時中國最大的水庫：三門峽水庫正在建設之中。夜晚，漫山遍野都看得到一只只冷冷的綠光。這是狼的眼睛。兔子最笨了，牠們會突然跑到火車頭雪白的探照燈前，瘋狂地在鐵軌上奔跑起來。當牠們再也跑不動的時候，一閃身，便昏倒在鐵軌旁。

這時候，如果有一個人從後面跟來，就可以像撿起從梧桐樹上，在大風大雨中昏倒的麻雀上一樣，輕輕鬆鬆地撿到一籮筐。

遠方，永遠魅力無窮。

假如你坐上一列從上海到北京的慢車。在蘇州站，你可以買到「蘇州豆腐乾」。在無錫站，你可以買到「無錫肉骨頭」。在常州，可以買到一包「常州蘿蔔乾」。鎮江有「鎮江醋」，你可以帶回家慢慢地吃。南京有「南京鹽水鴨」。沿途還有「符離集燒雞」，「德州扒雞」。真正到了北京，太好了！你不僅可以吃到「全聚德烤鴨」，還可以喝到一瓶噴噴香的「北京二鍋頭」。

這些都是在上海吃不到的東西。

童年時代，我看到父親像魔術師一樣，從遠方搬來各種土特產：金華火腿、煙台蘋果、碭山梨。最不可思議的是，我吃到了來自洛陽的棗子：它是青色的。我一直以為棗子不是紅色的就是黑色的，或者是蜜棗。原來這些青色的是剛從樹上摘下的年輕的棗子。

當我們已經可以在任何一家一模一樣的超市裡，買到一模一樣的來自遠方的東西，這時候，遠方還有什麼魅力呢？

我們已經到了一個真正乏味的時代。

鬼城

一九六五年八月一日，戚墅堰發生了一樁慘絕人寰的事情：運河大橋坍塌，近百條人命，走上了黃泉路。

根據「戚墅堰區大事記」記載：「落水人員達四百多人，其中淹亡八十四人，三百四十五人受傷。」事件緣起於這一天，戚機廠民兵師成立。解放軍在運河對岸的一條大河裡，舉行魚雷演習。戚機廠就建立在京杭大運河的河畔。來看演習的人越來越多，安全起見解放軍封鎖了大橋的那一頭，遲來者只好站在大橋上看，把大橋都站滿了。

這是一座建於「大躍進」時期的偽劣產品。

橋塌了。

有人從岸上跳下河去救人，立刻，被好幾只溺水者的手一起拖到了河底。

戚機廠所有的汽笛，包括火車頭上的汽笛一起全都拉響了。

人們哭喊著，跑向運河。當夜，木匠們挑燈夜戰，在公房的各處，開始做起棺材。那時候，實行的還是土葬。一個人死了，木匠就在死者的家門口做棺材。

這一夜，戚墅堰成了一座鬼城。

小時候，當我看到一家的門口拉出電線，吊起大燈泡，一片燈火通明的時候。我知道，又有一只棺材即將送人去遠行了。

除了會做棺材的木匠，還有會為死者化妝、穿衣服的人。我父親有個同事叫毛財福，就屬後者，另外還有一個我從未見過的人，傳說，毛財福和這個人都是陰陽眼。所謂的陰陽眼，就是看得到陰間的人。在閻王爺那裡，毛財福的官做得比這個人要大。

有一個冬天的午夜，毛財福上中班回家。剛走到三區鐵道口，他看到鐵路上有一群人在納涼。他們或坐、或站，都赤著膊。他想，這麼晚了，怎麼還會有這麼多人在納涼？再一想，不對，這是冬天。

他意識到這是一群已經被火車輾死的冤鬼。不知道為什麼今夜要在這裡，擋住他回家的路。

嚇得他趕快在路邊蹲下。

直到一個熟人把他叫醒，他們才一起走過了鐵道口。

每一年，「小花園」遊泳池都會死人。傳說，這是去年的淹死鬼在找替死鬼，以便自己重新投胎。我仔細地計算去年和今年淹死鬼的數字，當算到人數相等，我就放心大膽地向深水遊去。其實，這個遊泳池是一個由幾個操場大的野河塘人工建造的。

從附近鄉下的河裡，也不斷傳來淹死鬼的消息。我的小學同學黃琴芳後來被常州市追認為烈士。她的妹妹和兩兄弟都掉到了一個小河塘裡。她為了救自己妹妹和兄弟，結果四個人一起被淹死。這是一個極其平凡的女孩，當我讀著她的先進事蹟時，我第一次意識到了宣傳的虛假。黃琴芳死時十一歲，我也十一歲。

當我非得過那座重新架起的運河大橋的時候，我總是狂奔而過。

當天快黑時走過三區鐵道口，我也總是一路狂奔。

在我十歲的那一年，我母親去橫林的鄉下，找一個著名的靈媒去關夢。所謂關夢，就是讓靈媒去陰間打聽你想問的這個人的消息。

我母親也讓靈媒去陰間打聽關於我的消息。但對於這個消息，我母親在我面前總是支支吾吾，最後，她終於說了：「你的命是：要麼樓上樓，要麼樓下推磚頭。」

「要麼樓上樓，要麼樓下推磚頭」是一句常州土話，讓長大後的我驚詫莫名。

火車司機

一九八九年，戚墅堰機車車輛廠被列為「中國五百家最大工業企業」。

這是一座著名的火車頭城。

從小我為父親驕傲不已。試車組共有五個試車司機，如果沒有他們，鐵路上不會有這麼多冒著白煙、奔馳四方的火車。

而對我們說來，永遠有個困惑，假如火車出事了，是他們的技術不好呢？還是火車頭本來就有事？

戚機廠自己培養不出司機，所有的司機都是從路局調來的。

我父親二十二歲就當上了正司機。當一個火車司機，即使是科班出生，也得從司爐、再到副司機，一步一步升上去。從小我就喜歡看司爐幹活的樣子，他們瀟灑地鏟起一把煤，輕輕地往正好打開的爐門裡灑去。爐火熊熊燃燒。這一鏟煤必須春風化雨一般，不多不少地灑在冒著青煙的火焰上，因為正是它們決定了火車前進的速度。

父親在我面前，誇耀他有一雙二．五的眼睛。他的目光筆直地望向遠方。他說：「五五」（火車時速）。

坐在另外一邊的副司機說：「五五」。

父親說：「綠燈」。

副司機答：「綠燈。」

一個人是會犯錯誤的。這時候，副司機的職責就是檢驗正司機的判斷是否正確。

父親誇耀他手上的一把閘，重如泰山。他可以想停在哪兒就停在哪兒，當然是在千米之外的任何一個地方。

一個「撲通」，火車突然停剎，所有的旅客都向前方撲去。這一把閘在我父親的手上，絕對不會發生。

我最佩服的是我父親手上的一個絕活。那時候，蒸汽機時代，沒有電腦，也沒有手機。前方有突發性事件發生了。只見一個人，站在鐵道邊一個特設的高台上，手上拿著一只比馬桶箍大半圈的圈，高高地舉起。就在火車即將飛逝而過的一瞬間裡，父親放慢了火車的速度，猛地一把抓住了這個圈。

副司機讀出了夾在裡面的紙條：「前方某某小站，臨時停車。」

到了內燃機時代，為了讓兩個一起坐在司機室裡的兒子開心，讓更多的綠色墨汁撲向我的臉上，我父親突然加快了火車的速度……

最後，載著一千多名旅客的這輛列車準點抵達上海。

關於戚機廠史有一本連環畫：從上海吳淞開始畫起，一九三六年搬到戚墅堰。一九三七年被日本人占領，戚機廠進入了鼎盛期。它成了一家日本軍工廠，除了火車頭，還造裝甲車。日本人在戚墅堰的鐵路旁修了二十座碉堡，還建造了大批工房和設施。

小時候看到這本連環畫，太令我感到驚奇了。畫中的人和物就在身旁！其中有一幅，畫的是供應站：一幢宏大的三層樓房。我拿著它去對照，就連大樓正前方的一顆紅五角星也一模一樣，只是連環畫是線條的。

太好玩了！

直到今天，我還喜歡看連環畫，尤其喜歡看連環畫中冒著氣泡的對話，或者思考。

「老夥計，你好嗎？」

這句話的外面畫著一個大氣泡。

「她長得怎麼這麼難看！」

畫中人歪著嘴巴在想。在這句想著的心思外，也有一個大氣泡。

現在，就讓我用文字也畫一本我的戚墅堰連環畫吧。

王一棟喜歡陰雨天

望著背著書包王一棟漸行漸遠的背影，一群孩子唱起了山歌：

王一棟喜歡陰雨天

我怒睜著眼睛，真想打他們！但打不過他們，只好垂頭喪氣地裝傻。

王一棟比我高一級，在他的班上有三個成績最好的人：王一棟、姚衛東和徐祝潔。「陰雨天」是徐祝潔的外號，形容她高傲，不給人笑容。

我的第一堂美術課是畫一個蘋果，旁邊還寫著一行大字：「啊！好大一個蘋果！」我的美術老師當過志願軍。他給我們講上甘嶺的故事，大家挨個聞一只蘋果，用以解渴。

在另外一堂課上，教我們畫一把大刀。我得了一個優，老師還特地走到我的課桌前，問我：「王一棟是不是你哥哥？」

我說，是的。他笑咪咪地點著頭，說：「好！」

如果你有個好哥哥在同一個學校裡，大家就會認為你可能也是個好學生。

徐祝潔的妹妹徐祝浩與我同在學校宣傳隊，我拉二胡，她彈琵琶。徐祝浩長著水靈靈的單眼皮。後來，聽說她考上了北京大學。

男同桌

那時候，都是男女同桌，但班上只有我和男生同桌。

我也有過女同桌。這是一個白胖的、稚氣十足的女孩，動不動就把大拇指含在嘴裡。我在課桌上，劃了一條「三八線」。她的胳膊一旦越過這條線，我就彎起手臂，給她一個「三角尺」，也就是用肘去撞她的胳膊。

其實，我是喜歡她的。上課時，我故意用腳去碰她的腳，她把腳縮了回去。一會兒後，她的腳又放回了原處，讓我的腳繼續去碰她的腳。

老師讓我和男生坐在一起，但我的這一排前後都是女生。那時候，教室大掃除都是以排為單位，班上共有八排。輪到我們這一排執勤時，我就和五個女生一起大掃除。讓我既害羞，心裡卻又無比歡喜。

和我一起掃地、擦玻璃窗的女生中，有一個女孩雅號叫「摸卵手」。課間休息時，有男生撐著兩邊的課桌，把它們當成雙杆一樣地前後來回擺動起來。上課鈴響了，學生們都跑進了教室，這個男生還在大幅度地搖擺著身體。很不幸，這個女生的手恰好碰到了他的褲襠，從此得了這個雅號，讓她抬不起頭。

「第三次世界大戰」中的戚機廠

「第三次世界大戰」是毛腦袋裡的一個怪物。在這個怪物的操縱下，上海的一批重要工廠被搬到了窮山僻壤的山溝溝。戚機廠也有一部分被搬到了四川的「四三一」，所謂的「大三線」，以及安徽的「七〇二」，所謂的「小三線」。

當想到父親極有可能去祖父當年勞改的銅陵時，它成了我童年生活最大的惡夢之一。這些日子，王南山同志（父親）則和他的難兄難弟一起，東家喝酒，西家喝茶，以螳螂擋臂的姿勢，悄悄地商量對策。

事實上，只要上海搬不走，戚機廠就不會被連根拔掉。戚墅堰離上海鐵路距離一百五十八公里，恰好在滬寧線當中。蒸汽機時代，上海到北京的特快列車，蘇州不停、無錫不停、常州更不停，但它會停在戚墅堰車站，因為火車要在這裡加水。戚墅堰往東是碩方軍用機場，往西是奔牛軍用機場，都方圓不到幾十公里。距戚墅堰十公里是赫赫有名的橫林電台，這是一個短波電台發送站，全部由解放軍把守。

可以想像，在未來的「第三次世界大戰」中，這家當年日本人製造裝甲車的工廠，將在保衛大上海的戰爭中，發揮出如何巨大的作用。

「嗚……」

戚機廠是一個半軍事化工廠。

每天早晨六點半，戚機廠廣播台開始轉播全國「新聞聯播」。通過架設在電線杆上的喇叭，聲音響遍整個工房區：

東方紅

太陽升

中國出了個毛澤東……

八點鐘，從戚機廠建築最高的水塔上傳來長長的汽笛聲：「嗚……」上班和上學的時間到了。

中午十一點，又響起了「嗚……嗚」的汽笛聲，吃飯時間到了。

晚上五點，又是一聲長長的汽笛聲，下班時間了。

晚上八點，從喇叭裡又傳來了《東方紅》。八點半，《國際歌》響起：

起來，饑寒交迫的人們
起來，全世界不願不做奴隸的人
滿腔的熱血已經沸騰
這是最後的鬥爭……

隨著晚間全國「新聞聯播」結束，真正寂靜的戚墅堰，夜晚降臨了。

望著天花板上，每一個夜晚都使我憂心忡忡，擔心會不會斷掉，裸露在外的一根根相隔不到一米、被漆成棕紅色的圓木，我靜靜地閉上了眼睛。

在漆黑的夜色裡，毛財福同志所看到過的鐵路上的冤鬼，河裡的淹死鬼，還有不遠處，正準備睡進棺材裡的新鬼，也一起悄悄地爬進了我的夢中。

忙碌的早晨

每天早晨上課前，我總是很忙！

「那麼儂勒忙點啥呢？」（上海話，「那麼你在忙什麼呢？」）

別問我這麼沒有常識的問題，你去問一問全世界的小朋友們：他們上課前的每一個早晨是不是都像我一樣，很忙？！

不是穿錯了襪子，就是找不到鞋子。或者背著書包，跑出去後，才想起今天有珠算課，忘記了帶算盤。或者有個禮物，要送給同學。

最可怕的是，我昨夜尿床了，必須把它捂乾，才能起床。至少也要很有藝術地，把這一個已經差不多乾了的大圓圈，隱匿在已經疊好了的被子一角。出了門後，再跑回來看看。想像著用我父母親的眼睛，是不是一眼就能看穿我的傑作。

我的忙，還有點和別的小孩不一樣。

我要在最後的三天暑假裡，完成整個暑假一天也沒有做過的暑假作業。抄襲也是一門藝術！就說算術作業，我總是在第一頁和最後一頁，自己做題，而且，自己做每一天的第一道和最後的一道數學題。其中，在抄襲的途中，我還要故意抄錯一到二道題，這樣，才不至於和借給我抄的同學同歸於盡。

「嗚……嗚……」

戚機廠的汽笛聲，會響三次。第一次，「嗚」一聲，說明還有十分鐘，上課時間就要到了。正當我大功告成，準備去小便時，第二聲汽笛聲響了：「嗚！嗚！！」

五分鐘後，最後的一次「嗚！嗚！！嗚！！！」就會響起，這是末日的鐘聲！

那時候，大小便都要去外面的公共廁所。當我終於背好書包，奔出屋外。不管三七二十一，對著門口的陰溝，朝著天空就是一泡尿。

我已經忙的連撒尿的時間都沒有了。你說，我的早晨忙不忙？

我的母親

我和軍代表的兒子打架，我哭著回到了家裡。

我母親說：「你去他打啊！去打他啊！」

我依然哭著。我母親一把抓住我，就去找軍代表論理。

當時，戚機廠的廠長羅立保的級別比常州市長還大。而這個剛來到的軍代表，比羅立保的官還要大。

別人家的小孩回到家裡，可以尋找到安慰，而我是尋找不到的。

母親總是虎著臉說：「哭，沒出息！去打回來啊！」

有個比我大了許多歲的孩子，打了我。

我開始盼望起自己早日長大。我整天想著，當我腰圓臂粗的日子終於到來的時候，我是先從他的頭打起呢？還是先朝著他的屁股狠狠地踢上一腳呢？

我母親騎著一輛新式的跑車回來了。她對我和哥哥說：「我看到小花園裡有許多小孩都在遊泳，你們也去啊。」

她忘了小花園遊泳池年年都會淹死人。

我和王一棟立即興奮地跳進水裡。那一年，我八歲。

二〇〇〇年我入獄，被關進了虹口看守所。

每星期二是家屬接濟日。母親通過獄警送完給我吃的、以及日常用品後，站在看守所的大門口，振臂一揮，開始對著每一個「牢裡也有人」的家屬吶喊起來。

其實，她哪裡知道我——她的兒子究竟在這個世界上幹了什麼？

當年三月，聯合國關於人權的會議在日內瓦召開。我母親立即寫了一封公開信。真有文采！

我的母親不寫則已，一寫就是洋洋萬言。平時家中有個小黑板，她簡短地寫道：「羊腿可以割一點，做火鍋。」

我和我的朋友們立即像蝗蟲一樣，把這個「可以割一點」的羊腿全都吃掉。

我母親這篇致日內瓦人權大會的信，除了中文，還翻譯成了英文，迅速地傳播開來。

我出獄後，問我的大舅舅。大舅舅說：「在你被捕後沒幾天，我就聽到你母親在《美國之音》的聲音了，講的是上海話。早晨醒來，你母親的上海話還在短波裡哇哩哇啦地說著……」

雪啊，漫天的大雪

我在戚墅堰地方志上，找到了這一行字：「一九七〇年三月十二日，戚墅堰地區普降大雪。」

我怎麼會忘記這一場大雪了？我忘記的只可能是具體的日子。

我的外婆心悅神往地對我說：「你媽媽從小就很聰明。八歲的時候，她就去銀行解銀行錢了。」我的外婆當時開了一家米鋪。所謂「解銀行錢」，就是把當天的營業款存到銀行裡去。

我媽媽舒舒服服地坐在一輛黃包車上，這時候，一個人問她：「小妹妹，你去哪裡？」外婆告訴我：「你媽媽抱緊包裹說，『管儂啥體？』」（上海話：「和你有什麼關系？」）

一九四九年的春天，國軍排山如倒。一小竄國軍，退隅到了「沈裕昌米號」——這正是我外婆開的米鋪。他們看中了裝糧的麻袋，可以做成沙袋。他們在我外婆家的前樓，架起了機關槍，準備與排山倒海來的共軍決一死戰。

大戰前夕，也有空閒的日子，何況天天都等不到共軍部隊打來的消息。率隊的連長，在桌子上排開了一大疊照片。那上面都是椰樹、充滿著異鄉的情調。這位年輕的上尉問我媽媽：「小妹妹，你願不願意和我一起去台灣？」

我媽媽那時候還只有十四歲，正在教會學校上學，堅定地說：「不去！」

雪啊，在漫天地飛舞著。

像這樣的大雪百年罕見。

媽媽讓我和哥哥戴上口罩，說：「我要帶你們去看雪景。」

在九區小花園——這是戚機廠的另外的一個花園。媽媽說：「你們要記住這個雪景，不要忘記這一天。」

在這漫天風雪中，我八歲了。

青島歸來

從青島到上海的快車就要過戚墅堰的時候，全家人都把頭湊到列車的玻璃窗前。除了幾盞鬼火似的燈光，戚機廠一片漆黑。

後來知道，這一天戚機廠停電了，造反派開著裝甲車衝到街道上。武鬥爆發了！

這是我們全家最後一次拿著鐵路免票去旅行。那時候，鐵路職工每年有一張全國鐵路免費車票，可以帶著一家人去任何一個火車能到達的地方。

上海小朋友正流行釘石卵子。在青島的海灘上，我和哥哥從來沒有見過還有這麼大、這麼漂亮的石卵子。假如帶回上海，豈不把所有的小朋友羨煞？！

兄弟倆悄悄地往父親的旅行包裡塞了許多石卵子，一只比一只大。我們將它們帶回上海去，不是用來玩賞，而是去和小朋友們釘的。

一路上，父親手上的旅行包，越提越重。

心中充滿了狐疑。

一回到旅館，就把旅行包的拉鏈打開。一看有這麼多的石頭，不顧我們兄弟倆的嚎啕大哭，把石卵子全部扔掉。

母親在一旁安慰著我們，對父親說：「再帶他們去海邊，去撿那些精巧的、漂亮的石卵子。」

海灘上，迎面走來了兩個拿著海星星的小孩。

母親問他們，哪兒撿的？

他們指指不遠的地方。

最後，兄弟倆還是成功地將四顆大的石卵子帶回了上海。但是，兩只海星星卻死了，發出一陣陣腐爛的臭氣。

午夜，我霍地從床上坐起。

我從小就會說夢話、夢遊。我最後的一次夢遊是在復旦附中，同寢室的有裘衛，還有大個子季平。

我對著天空，大聲地說道：「爸爸走了，媽媽走了。我沒得錢回家啦！」

最妙的是，我所說的夢話，不是上海話，而是說的北方話。誰也不知道我是從哪裡學來的。日後，我母親說笑起這件事情，總是不忘加上一句：「你呀，真是個西北人投胎！」

逍遙派

從小，我父母親對王一棟和我就不太嚴格要求，因為，他們從來沒有望子成龍心理。

在我小的時候，蘇州的虎丘塔還對外開放。沿著幾乎是筆直的樓梯，父親抱著我，王一棟爬到了塔的最高層。父親拿出一把小刀，踮起腳，在木樑頂上，刻下了王一棟和我的名字。

母親說：「你們以後一個要當火車司機，另外一個要當解放軍。等你們長大後，要來這裡看看。」

所謂的望子成龍，不過爾爾。

王一棟小學的第一個暑假，虛齡十歲，我虛齡九歲。父母親把我們帶到戚墅堰火車站，買了兩張兒童票。隨便找了個看上去像是好人、也同去上海的旅客，就把我們送到了列車上。那時候，買兒童票的小孩需要大人帶出車站。

外婆看到只有我們兩個小孩來，口中連連喊道：「罪過！罪過！」（上海話，可憐的意思。）

我的父母親從來不要求我們在學校裡進步。父母親經過一番討論後，認為我們參加紅小兵是可以的，但絕對不能參加紅衛兵。因為在那個「唯成分」的年代，他們擔心過不了政審這一關。最後，非但沒有加入紅衛兵，反倒把我祖父的「壞分子」成分查出來了。

「文革」中，有所謂的左派，也有右派。那些既不左、也不右的人被稱之為逍遙派。母親總是對我們說：「像你們爸爸一樣，做個逍遙派最好。」

我母親始終認為，她對王一棟和我的人生做過兩次英明的決定：一次是送王一棟去交大附中，送我去復旦附中。還有一次是當我們來戚墅堰上小學的時候，把我們的戶口留在了上海。

新學年開學第一天，學校會要求每個學生都帶上自己的戶口簿。因此，我和王一棟永遠是開學第二天去上學。

「罪過啊！罪過！」

生命之鐘和最遙遠的星空

生命這只鐘，在它的早晨總是跑得很慢、很慢。

到了成年後開始加速。

中年時期，這只鐘快得幾乎就像是上錯了發條一樣，好像才只轉了幾圈。啊！已經敲響晚鐘了。

我不知道到了老年後，這只鐘是不是又會變得像童年一樣，慢了下來。但也許不會，要不老浮士德在臨終前，也不會大喊一聲：「啊！時光，請你停留！」

我很奇怪，長大後自己會喜歡讀哲學書。

我的思考即是人類的思考，我的思維極限即是人類的思維極限。直到心理學，主要是榮格的思想將我從哲學的泥潭中解救了出來。它成功地解釋了為什麼在我的思想早期，會喜歡維根斯坦這個最不是哲學家的哲學家。而且，我最喜歡的文學思想都是反文學的。結論是：生活本身高於一切。

我現在當然不會認為：假如我是一個不識字的人，例如，單純地做一個農民或海員，我的生活就會無比的快樂。

不！絕不可能有這樣的事情發生。我是一個天生的思想家！但我的大多數思考都是沒有意義的。這是一種純思考的快樂，就像老菲苾喜歡做數學題一樣。就像一個拒絕參加奧林匹克運動會的體育愛好者一樣。除了喜歡鍛煉身體外，更喜歡早晨清新的空氣，喜歡正在漸漸地走來的一片晨曦。

我總是天還沒有亮就起床，到河對岸的戚機廠體育場去跑步。仰望著星空，沿著跑道一圈一圈地跑著。一個念頭開始像魔鬼一樣地纏繞著我：星空之外是星空，那麼，最遙遠的星空之外又是什麼呢？

我覺得要是這個問題想不通的話，我簡直一天也活不下去。

我問王一棟：「你是不是也有這樣的苦惱？」

王一棟說：「沒有。我覺得最苦惱的是，發現書都是人寫出來的，都是假的。」

謎語與船歌

手拿黃板
腳踏地板
面孔一板
黃金出來

這則謎語寫出來後，才發現今天的讀者，事實上大多是猜不出來的。所謂「黃板」就是廁紙，它是用稻草做的，所以又叫草紙。這種草紙是黃顏色的，又非常厚，故稱之為「黃板」，不為過。

過去的公共廁所裡沒有抽水馬桶，或是坑或是溝，人都是蹲在上面的，故如廁又名為「蹲坑」。總之，都是要腳踏實地的。「面孔一板」，它描述了最為關鍵的那一瞬間，精確無比。「黃金出來」，既指顏色——但我恐怕今天的人們，已經沒有這麼健康的色彩了，也指糞便在當時人們心目中的地位。查戚墅堰志：「一九六七年一月，戚墅堰區周邊農村的農民進城搶挑肥料，占領公共廁所……」

戚機廠文化是一種上海文化與常州文化的混合。這則謎語是用上海話講的，下面這則同屬於廁所文化的謎語卻是用常州話講的。

十個佬佬
捧了細佬
細佬哭了
耐大（拿它）搖搖

在著名的上海滑稽戲《十三個人搓麻將》中，周柏春講道：「常州人講話，後面全有個佬字。」

姚慕雙：「格麼（那麼）甜的呢？」
周柏春：「甜佬。」
姚慕雙：「鹹格（的）呢？」
周柏春：「鹹佬。」
姚慕雙：「大格？」
周柏春：「大佬。」
姚慕雙：「小格。」
周柏春：「小佬。」
姚慕雙：「周柏春，儂（你）進來。」
周柏春：「我進佬。」
姚慕雙：「周柏春，儂出去。」
周柏春：「我出……常州人只進不出格。」

姚慕雙：「哦呟。門檻精格。」

如果周柏春順嘴說下去，就會說出「我出佬」。「出佬」和「赤佬」在上海話裡同音，而赤佬在上海話裡是句罵人的話。在過去年代裡，上海人對無錫人和常州有「刁無錫」、「惡常州」的說話。這時，周柏春趁機說「常州人只進不出」，既為自己解了圍，又狡猾地罵了一句常州人。

但在這個段子裡，「小佬」如果改為「細佬」，那麼周柏春的常州話就更加地道了。常州人講「小」，喜歡講「細」。在上面這則謎語裡，「細佬」指的就是「小孩」，尤指男孩。女孩子，在常州話裡，被叫做「細毛丫頭。」

到此為止，上述兩則謎語全部講完。那麼，你們是否也能猜得出下面的這則謎語呢？

插進去

拔出來

聞聞臭烘烘

摸摸軟咚咚

這則謎語講得其實是挖河泥。

每天，在我放學路上，都要經過家門口的一座小橋。如果看到有挖泥船在作業，我總是津津有味地趴在橋上，或者蹲在河邊看。最開心的是看到魚鷹船。從河裡冒出頭來的魚鷹，牠們的嘴巴上都叼著一條魚。漁民把魚取下後，就又把魚鷹扔到了河裡。

魚鷹怎麼這麼傻？為什麼不先在河裡自己把魚吃掉，再上來呢？

小古巴告訴我：「魚鷹的喉嚨口都被繩子卡住了，如果嘴巴上的魚不被人取下的話，就會被魚活活卡死。」

來——船——慫——吆

我——果——先進橋洞

當遠遠地聽到這一聲嘹亮的船歌，一會兒，一只小船慢慢地駛進了橋洞，再慢慢地搖了出來。

這首船歌其實就是船民們的信號燈，以免船在橋洞下相遇。在常州話裡，「我果」就是「我們」的意思。「慫」，我不知道怎麼寫，反正就是這個聲音。

來——船——慫——吆

我——果——先進橋洞

小古巴

小古巴是我生活中第一個、也是最後一個百科全書式人物，他是我心中真正的大師！因為，那是我用童年的目光來打量他以及這個世界的。

在我的寫作中，幾乎從不借助任何參照工具，因為任何查找，都有可能是一種干擾。我總是先憑記憶寫，日後再做仔細勘正。但寫小古巴，我必須先找出他的相片，對著他的音容笑貌寫。

小古巴是如此博大，浩如煙海，如同弱水三千，而我只能取一瓢飲。

「王格里是博士，男，生於××××，卒於××××，……」

莊嚴地讀完二、三百個字的悼詞後，小古巴深深地對我三鞠躬。

王格里博士是小古巴給我起的外號。每次小古巴給我寫悼詞，在我的豐功偉績上，根據當時的表現，總會加一分，或減一分。如今，少年時代終於可以蓋棺論定，我為小古巴撰寫的悼詞如下：

「小古巴，男，生於××××，卒於××××。生前，曾是王格里博士的親密戰友、兼偉大的思想導師。他是繪聲繪色黑夜恐怖傳說的製造者；捕風捉影小城故事的造謠者；自說自話百科知識的杜撰者。尤其在對王格里博士早年的性知識啟蒙上，居功至偉。也正是他，第一個教唆王格里博士從「五層樓」的二樓窗口跳下，從此使王格里博士終生患上恐高症……

嗒——嗒——嘀——嘀——嗒……哐！

偉大的小古巴同志永垂不朽！」

小古巴比我大三歲，他姓高。90%有可能叫高裕和，10%叫高裕寶。總之，其中一個不是他，就是他哥哥。他有兩個哥哥，一個叫「大高蔔」，另外一個叫「小高蔔」。高氏是蘇北人。據說，「大高蔔」和「小高蔔」從「大江北」和「小江北」演變而來，和上海文化一樣，在戚機廠文化中，「江北人」也是一種貶稱。

據王一棟回憶：不是「小古巴」，應該是「小鍋巴」，在這裡姑妄存之。

穿著白色老頭衫的小古巴正在弄堂裡水龍頭上淘米。看見我，朝我眨眨眼睛，意思是說：「快了。」

我焦灼、興奮地在家中等著，因為小古巴告訴我，今天有樣好東西要給我看。盼望已久的大事情就要發生了。

我家住在東邊第一間。一會兒後，聽到屋山頭（常州話，指一排樓中第一間外的空地）小古巴在叫：「王格里。」

就像在叫另外一個人似的。我趕快走出家門，緊跟而上。

到了長滿梧桐樹的路上，小古巴放慢了腳步，依然走在我的前面。我看到他的藍色褲袋，有點微微鼓起。

我們在小花園河邊的僻靜處坐下。他迅速地從褲襠裡掏出一包東西，對我說：「看快點，我去望風。」

「我叫曼娜……」

這就是當時風靡一時、正在查禁的手抄本《少女之心》。

九十年代初，張桂華想找些書出版。當時，他編「柏楊談女人」之類為出版社賺錢的書，問我有沒有《少女之心》？我感到有些奇怪。當時，我讀到的《少女之心》只有薄薄的四頁紙，如何成書？由此推想《少女之心》應該有許多版本。

本來就是手抄的東西，抄寫者都有可能成為作者之一。七十年代手抄本史上，最有名的例子是《第二次握手》，本來也很薄，但經過張揚重新改寫後，就成了厚厚的一本大書。

我讀到《少女之心》，應該是一九七四年的春天，因為，這年秋天我就要回上海讀書了。雖然，以後暑寒假也可以回戚墅堰，但不是冬天，就是夏天。有人據《少女之心》中有「學黃帥」這一情節，由此推斷它不可能早於一九七三。雖然理由並不充分，倒也與我的記憶相吻合。

為什麼不可能是一九七三年？因為那時候，我還只讀小學三年級，不可能坐在河邊，讀得這麼快。

我真正讀書變得飛快起來是一九七五年，在上海。那時候小舅舅在船上工作，每隔四天回家一次，就給我借一部長篇小說帶回來，像《劍河浪》、《新來的小石柱》。一本厚厚的書，我都一下子讀完了。

一天，我正趴在前樓的桌子上，抄一本手抄本《一把銅尺》，大舅舅來了。小舅舅狡猾地笑著說：「你給大舅舅看看。」

我把自己正在抄的東西給大舅舅看。

沒想到，大舅舅撩起來就給我一記耳光。他嚴厲地說道：「你知道這是什麼嗎？這是手抄本！社會上正在抓。」

從讀手抄本，到抄手抄本，對我成為一個地下作家是絕對至關重要的。因為正是從這段經歷中，形成了我一個根深蒂固的觀念，這就是：在中國，所有的好書都在手抄本上、在地下刊物裡，而所有那些官方印刷精良的書，都是假書，都是狗屁不通。而這第一顆種子正由小古巴給我播下。

扮鬼的傳說

就在我寫〈我們到這個世界上是來玩的〉時，在我的博客信箱裡收到了一封信，寫信的是上海大學社會學系教授張敦福。他告訴我，在他的一篇論文裡，引用了我的文章：〈城市傳奇與SNUFF電影〉。我驚訝地發現，就在張敦福這篇得到上海市重點學科建設項目的論文：〈消失的搭車客：中西都市傳說的一個類型〉裡，在他所引用的十多個中外學者中，我竟然是唯一的中國學者。

張敦福從我〈城市傳奇與SNUFF電影〉中所引用的這個故事，其實就是當年小古巴所講。由於〈城市傳奇與SNUFF電影〉是篇論文，這個故事寫得有些書面化。但為了保持原樣，我也不便在這裡重寫。但即使這樣，也把我當年這篇論文的責任編輯嚇得半死。如果由小古巴這個「繪聲繪色黑夜恐怖傳說的製造者」親自來講，一定會讓各位讀者汗毛一根根豎起。

一個夜晚，在通往上海西郊公園（那時候，西郊公園在上海是荒野之地的代名詞）的路上，他的一位朋友的朋友騎自行車中班回家。途中，看到路邊蹲著一個女人。此時，已是子夜，四周圍連一個人影都沒有了。他朋友的朋友感到好奇，就停下車來。原來，這個女人肚子疼，走不動路了。見她像是個良家婦女，這位朋友的朋友就讓她坐在自行車的後座上，載她一程。開始還好，可是，越騎越覺得不對勁，自行車晃動得厲害，這個朋友的朋友就問，怎麼回事？後面的女人說，因為她肚子疼。他想有道理，也就不當一回事，繼續騎車。漸漸地，道路越來越偏僻了，女人也安靜了下來。突然，後面的女人用一種溫柔的聲音說：同志，你能回頭看看我嗎？這個朋友的朋友便回過頭去看，月光下，他看到原先坐在後座上的女人，已變成了一張青面獠牙的鬼臉，嘴巴裡伸出一大截血紅的舌頭。這個朋友的朋友立刻昏了過去。裝扮成鬼的女人便取走了他身上的財物，騎上他的自行車走了。原來，剛才那個女人後座上晃動是在化妝。

哭城

媽媽病了，她咳血了，而且，住進了醫院。這是多麼可怕啊！世界上，還有什麼比幼年失怙，成為孤兒更可怕的事情呢？在媽媽住院的日子，我什麼事兒也不做。等著，要麼是聽到噩耗傳來，要麼就是媽媽出院的日子。

那時候，我還沒有上學，住在戚機廠路北的九區。九區都是平房，不遠處就是墳墓。我曾經說到過戚墅堰的三種鬼：河裡的淹死鬼，鐵軌上被壓死的冤死鬼，還有聽著棺材板的敲擊聲正準備躺進去的新鬼，最後統統都被埋到了這裡。

媽媽雖然是個上海人，但是她喜歡種花和種菜。我和哥哥興奮地看著爸爸和媽媽，挑著一桶大糞或河泥，在屋子的前面放下。那時候的西邊晚霞上空，就好像是永遠有一團火紅的火球在翻滾一樣。

父母親在靠著廚房的牆外，蓋了一間用油毛氈做屋頂的違章建築。我和王一棟每天就幸福地睡在這裡。王一棟告訴我，有一天，他看到爸爸撿了一只死貓，把牠埋在了葡萄藤下。媽媽太喜歡這裡了。在屋後，種了許多菠菜。她讓父親給我們三個人拍照。她織毛衣、王一棟寫字，我什麼也不會。媽媽就讓我捧著王一棟的一冊課本，假裝看書。

但是媽媽卻病了。

出院後，母親對父親說：「這裡有鬼！我們還是搬到路南去吧。」

不僅僅是路北有鬼，其實整個戚機廠都有鬼。

讀了我的〈戚墅堰連環畫〉，我的復旦附中同學王嘉定給我寫來了一封信。在這封信中，他告訴了我以前曾提到過的「奪命驚魂」的故事：

「我所說的那次奪命驚魂的童年經歷，就是在路過戚墅堰時，遇到了武鬥。第一次被子彈射碎的玻璃劃破眉角、第一次看見軌道邊躺著的滿臉汙血死人、第一次被外婆緊緊摟在懷中嚎啕大哭。短短數小時生死險境的遭逢，讓我今生難忘。儘管那時的我和你一樣，剛矇矓省事。」

一九七八年，「戚機廠為『文化大革命』期間製造的所謂『中統、軍統三線情報網』等六個假案中受害的七百六十一名職工平反。」（「戚墅堰區大事記」）

如果再想一想，死於運河大橋倒塌的人，死於武鬥中的人？如果再想一想，這些死難者的家屬！戚機廠有多大？

戚機廠不僅是個鬼城，也是個哭城！

床底下的兩隻腳

文學是偉大的！許多童年的往事我都忘記了，但我忘不了許多童年所聽到過的故事。比如說，「狼外婆的故事」：一條狼把孩子們的外婆吃掉了，便化妝成了外婆，去看望這一群孩子。晚上，狼外婆開始吃小孩。從最小的孩子吃起。大孩子聽到外婆嘴巴裡的聲音，就問：「外婆，你在吃什麼？」

狼外婆說：「我在吃葡萄乾。」

其實，狼外婆正在吃最小的孩子的手指頭。

以下是我童年時代所聽到過的一個恐怖的故事：

一個已婚女工，下中班回到了家。已是夜深人靜。正當她對著大櫥鏡子、準備上床的時候，她從鏡子裡看到了床底下兩隻小偷的腳。這個少婦很聰明。她想，如果這時就喊捉賊的話，誰也不清楚會發生什麼。

她的丈夫已經睡著了。

她一把抓起丈夫，就像一個潑婦一樣，無緣無故地和他爭吵起來，越吵越凶。

最後，把周圍的鄰居都引來了。這時候，她對著人群，用手指指床底下。

這個以喜劇結束的故事，卻給我和王一棟帶來了巨大的恐怖。從此，兄弟倆出門前，總會在門背後放上一根竹竿。

回來後，用鑰匙打開門。兄弟倆便站在房門旁，大喊大叫道：「看到儂（你）了！看到儂了！儂兩隻腳一動不動！不要縮進去。小偷，儂還不趕快滾出來？！」

見沒有任何動靜，我舉著竹竿前行。王一棟猛地把廁所的門打開。我立刻衝上去，對著廁所就是猛刺。

接著到了大床，朝著這床底下就是一陣猛掃。

最恐怖的是到了大櫥前。

你望望我，我望望你，誰也不敢把大櫥的門打開。

換菜票

遇到父母親都去上中班了，這是小玩。遇到他們都去上海了，這就是大玩了。除了會給零用錢外，還會買足食堂裡的飯菜票。要吃這麼好幹嘛？喝一碗二分錢的湯就可以了！

像這種事情總是我去幹的。

「叔叔，和你換錢好嗎？」

我拿著菜票，走到正排隊買飯菜票的人跟前。

「去，去，去！小孩。」

像這種用菜票換錢的簡單小事，其實也是要講究點藝術的。大人們一眼便看穿了是怎麼回事，說不定是你小孩從家裡偷來的。要在中午排隊最長的時候，最理想的是跑通勤的人，所謂「跑通勤的人」就是家在上海的人。他們有鐵路免票，儘管這樣，畢竟從戚墅堰到上海的快車也要二個多小時，一般都是一星期回家一次，平時就在食堂吃。

王一棟瞄準了這樣一個人，對我說：「你去。」

「還有伐（嗎）？」

換完了手上的菜票後，跑通勤的上海人又問道。

「有，有！」

平時家裡的飯菜票都是任意讓我們撕的。那時候，戚機廠食堂的飯菜票是紙做的，一長條，上面共有十格。每一格菜票二分、五分、一角，飯票一兩或二兩。那時候，最貴的菜是二角。一只饅頭，二兩飯票、一分菜票。一碗陽春面，三兩飯票、三分菜票。最貴的是肉包子，一兩飯票，四分菜票。

從小我就覺得上海人好，他們通情達理。哪怕這飯菜票是偷來的，對小孩是不是也要通情達理？

戚機廠只有兩家商店：一區供應站和九區供應站。供應站就像現在的商城，從吃的到穿的，應有盡有。要找小店，得走出戚機廠公房，去戚墅堰街上。最近的是運河旁的煤絲灘，最遠的是戚墅堰老街，得走二十多分鐘。

那時候，對一個小孩來說，錢也沒有多大的用處，除了去看電影，就是買零食。最多就是去老街買彈子或炮仗。整個戚墅堰只有一家店賣。那是一間小的再也不能小的店，稍不留神就走過去了。它在老街的最深處。

即使有錢了，如果不是過年，我們也不買炮仗。我們買一種叫什麼玩意兒？這是一種雙層紙，裡面均勻地放置著一粒一粒的火藥。玩的時候，撕下一粒，用一把榔頭對準它狠狠一敲，「啪」地一聲！

釣魚捕蝦

食堂裡的排水管對著一區小花園遊泳池，晝夜不停地排放著洗菜洗米剩下的水。排水管的出口處，黑壓壓的一大片串條魚，悠閑自得地吃著。

我用大頭針做成的魚鉤，釣串條魚。

王一棟八分錢買了一筒用油紙包著的桃酥，一共十個。他分給我五個。我一邊吃著，一邊用口罩做成的漁網，捕蝦。

魚和蝦大概是世界上最笨的動物了。在家門口那條「來——船——慫——吆」的河裡，用兩只手，最容易捕捉到的是頭大大的昂子魚。有時候，不經意間，手上就捧起了一條蝦。串條魚也很笨，我對著黑壓壓的串條魚吐口水，它們立刻昂起頭來，大口大口地吃著。後來，我把這個壞習慣帶到了外婆家，對著曬台上的大缸吐口水，金魚也都一起昂起了頭。

有一年，我和羅李爭在浙江嘉定，一個叫王涇江的地方釣魚。我釣到了一只螃蟹的鉗。但這只螃蟹寧可斷臂，也要逃脫我的誘捕。羅李爭釣到了一條魚，他哈哈大笑道：「上鉤的魚，都是河裡最聰明的魚。哈，哈！」

我把不想吃的桃酥，放進了網裡。蝦開始上當了。

我捕到了第一隻蝦。按照小古巴的說法，第一隻蝦一定要自己吃掉。我即刻把這只蝦吃到了肚子裡。

盛大的節日

儘管父母親都去上中班的話，我和王一棟可以盡情地玩上八小時，一直到午夜。但總還是有些心有餘悸，說不定他們就會冷不防地回來。照母親的說法「我這是回來，著傢一記。」其實，他們只是回來取東西。但這個「龍頭虛」（上海話，擺噱頭）足以使我們心意闌珊。

這個杵，我寫不出來。「著傢一記」是句上海話，意思就是「冷不丁來看看你們在幹什麼！」

哈哈！王南山（父親），沈惠珠（母親），你們現在去上海了。現在，就是我王一梁和王一棟的天下了。哈哈！

「我現在是你的代理爸爸。」我對王一棟說。

王一棟用墨汁把我的臉畫得烏七八糟，戴上用軍帽改造成的國民黨軍帽，腰上再束一根皮帶，讓我躲在門背後。然後，把同一排樓裡的小古巴、勵嶽慶、雙胞胎衛剛、衛毅，以及住在後兩排樓的阿大、阿二（即我的同學鄭偉國、鄭偉民雙胞胎）叫來。當人都聚攏好後，王一棟猛地拉開房門，我立即張牙舞爪衝了出去。

在一片歡呼聲中，王一棟命令我再沿著屋山頭奔跑幾圈。

這還只是「家庭劇院」的序曲。

王一棟站在門口，把花了一下午才畫好了的電影票，一一發給大家。

在廁所裡，我和王一棟在形狀不一的玻璃上所畫的幻燈片正式開演了。這個廁所其實就是樓梯下的半三角，除了端著手電筒的放映員王一棟，解說員我之外，每次只能進三名觀眾。

望著牆壁上的半個圓圈，我說：「這是日出！」

對著一個大圓圈，我說：「這是一輪明月！」

有一張「幻燈片」，那上面的墨汁已被擦得模糊不清，只剩下幾根線條清晰可見。我說：「這是一張勒排骨。」

大家都笑了起來。

到了深夜，知道爸爸媽媽不會回來的午夜，兄弟倆害怕了起來。找來了所有能當成武器的東西：鹽水瓶、電熨斗、鐵茶壺……王一棟還找來了一把鐵榔頭，把它們通通都放到了床上。

直到爸爸媽媽從上海回來。兄弟倆還是每夜把它們放到床上。枕戈待敵。直到有一天全都被父親收繳。

撿鐵

在戚機廠一區供應站後面的一塊空地上，有一塊磐石。好像它天生就是等待著讓釘鐵的人們來玩似的。除了朝天的正面有一塊平整的、桌面般大小的石頭外，在它的下面，還生出了好幾個耳朵。玩大的人就在桌面上玩，玩小的人就在耳朵上玩。

這塊石頭好像是永遠被人占著的，人們一刻不歇地在那裡釘鐵。不像打彈子、搭壁、或者打「賤骨頭」之類遊戲，釘鐵這個遊戲具有經濟收益。釘來的鐵可以直接去老街賣錢。

在我的童年記憶中，我只被父母親打過兩次。一次是我永遠也分不清楚「褲子」和「筷子」的發音，我一概都把它們發成為「fa zi」。

在經過無數次糾正，仍然無效的情況下，我的母親讓我的父親把我抱起，母親找來一把尺，對著我的屁股就打。

「說，筷子！」母親說。

我哭著說：「筷子！」

母親說：「褲子！」

我說：「褲子！」

奇了！自那以後，我就能正確地發出「筷子」和「褲子」的音，再也不是模糊不清的「fa zi」了。

還有一次是去外灘拾桃板核。所謂「桃板核」就是桃子的核，人們吃完了桃子後，就把它的核往地下一吐。這個核裡的丸其實是中藥材料，當時，上海的各大藥店都收購它。

我像泥猴一樣，穿著一條三角褲和一雙人字拖回來了。人字拖當時在上海很時髦，是父母親從廈門買回來的，它的缺點是不耐走路。

母親撩起我的屁股，大聲問道：「你去哪裡了？」

這時候，天已漸黑，父親的手上正拿著一把尺。

我說：「我去外灘了。」

當時，從我祖母的家到外灘，大概要走半個多小時，對一個兒童來說，這是一次了不起的遠行。

「去幹什麼了？」

我說：「撿桃板核。」

「桃板核呢？」

我說：「都送給大人去到藥房賣錢了。」

接過父親手上的尺，母親對著我的屁股就是一陣猛打。

我那時候還太小了，釘不來鐵，我就去撿鐵。

戚墅堰機車車輛工廠有的是鐵。除了火車頭外，就是建造和修理貨物列車的車廂。車廂板相互鉚接之處，所用的鉚釘就是一塊鐵。這塊鐵不知道要比普通的釘子大多少倍，我們稱之為「翻卵皮」。你想想，一塊從舊車廂拆下的木板裡，有多少鐵？

那時候，一斤鐵可賣七分到一角三分，取決於你在哪裡賣掉。

到處都有小孩在路上撿鐵。

火還沒有完全熄滅掉的煤灰堆是個好去處，數不清的孩子都趴在那裡，往裡面扒著。不時地，有人扒到了一塊大鐵，用手高高地舉起。

在一區小花園的鍋爐房外，我和小古巴耐心地等待著。

燒鍋爐的人，把一小塊車箱板扔進了鍋爐裡。一會兒後，從灰燼裡，用鏟子掏出了幾塊「翻卵皮」，把它們隨意地拋到了離開大門很近的一個地方。

那裡的鐵，越積越多了。

小古巴仔細地計算著最後一塊鐵的冷卻速度。

鍋爐工擦了擦頭上的一把汗，坐在一旁休息。

當他重新開始幹活，小古巴對我說：「王格里，上！」

我立即奔向這一堆鐵，抓起一把鐵，朝著小花園的東方，飛奔而去。

這時候，我手上的鐵都是冷的。

幾分鐘後，小古巴氣喘吁吁、笑著向我跑了過來。

按照我們的計劃，如果鍋爐工跑出來抓我，小古巴就立刻跑進鍋爐房，把所有的鐵，那些「翻卵皮」統統都給抱走。

我的第一個妹妹

我母親曾經抱養過三個女孩，但是她們沒有一個留住。

我母親喜歡踏著縫紉機，做女孩子的衣服。

外婆問我：「你們怎麼會沒有錢呢？」

我說：「錢都給媽媽買零頭布去了。」

所謂的「零頭布」，就是整匹布裁到最後，多餘下來的邊角料。戚機廠的供應站，每月大概會有一次「賣零頭布」。這個日子是不固定的。消息傳來，所有戚機廠的女人都沸騰了，紛紛奔向供應站。我母親尤其爭先恐後，不管三七二十一，先把花花綠綠的布頭攬到跟前再說。

有一天，有人對我母親說：「沈惠珠，你這麼喜歡女孩，為什麼不自己生一個呢？」

我母親說：「我紮掉了。」

我從小聽到這個詞「紮掉了」就膽戰心驚。媽媽對我說：「如果不是你奶奶堅持，你也早被『紮掉了』。」

多麼可怕！我之所以還能來到這個世上，還得歸功於我祖母當初的一句話。

這人告訴我母親，有一個女嬰，生下五天後就被扔進了廁所。

我母親把這個女嬰抱了回來。

我一放學，再也不玩了。我逗開這個嬰兒的嘴巴，搶著把奶瓶往她的嘴巴裡塞。她的眼睛小得像一條線一樣，「啊，啊，啊」哭了起來。

她不哭的時候，我就試著把她抱起來。

窗外的陽光多麼明媚，這個小孩就是我的妹妹。

一個月後，一個微胖的解放軍女戰士來到我家。她無限憐愛地抱起了這個嬰兒，滿月後的嬰兒已經會笑了。

她把嬰兒放到床上後，對著我和王一棟，說：「小弟，不要哭。」

這時候，我和王一棟哭得更加傷心了。

自從這個解放軍女戰士來了之後，我和王一棟就天天哭。

這個女嬰是私生子，在那個年代，是沒有出生權利的。她的母親只好把她遺棄了。

母親對我們說：「現在，她的母親已經知道我們收養了她，我們是不可能養大她的。長大後，她也不可能對我們親，我們現在只好把她送到洛陽去。」

這個解放軍女戰士就來自洛陽。

太太死了

當一個小孩剛剛被教會要愛護自己的妹妹，不要毛手毛腳碰她，更不要對著她的耳朵用力吹氣，突然，這個嬰兒就被抱走了。這種打擊留給一個小孩的心理創傷是災難性的。長大後，我拒絕飼養寵物，害怕與人發展親密關系，乃至於從來沒有想過要有自己的孩子。我認為都可以從這道心理創傷中找到一些蛛絲馬跡。

在戚機廠的工房裡，有許多人家都養雞或者養鴨。常常看到有人在宰雞殺鴨，我尤其盼望著有人殺公雞，可以趁機撿些漂亮的雞毛做毽子。

父親從自由市場買來一只雞，他找來一只碗，往裡面加了點水，再倒上幾滴油。他用左手把雞頭朝天扳倒，右手迅速地拔掉雞脖子前的毛。有時用刀，有時用剪刀，對準雞脖子狠狠一刀。然後，把雞血迅速地滴到地上的碗裡。

我津津有味地看著。

但是，也聽到說有鄰居家的孩子拒絕吃自己餵養大的雞鴨。假如這個孩子長大後，成為一個素食主義者，我根本不會感到奇怪。

一九七一年是我重要的一年，我上學了；剛有了妹妹，轉眼又沒了；這一年，太太又死了。

我正在體育場司令台前的舞台下玩。因為是臨時建築，舞台下布滿了蛛蛛網似的、各種長短不一的大小木頭。玩的時候，人就像盪鞦韆的猴子一樣，不斷地用腳尋找著踩腳點。在舞台下，跳來跳去。

媽媽找來了。說太太死了，全家人要馬上趕快回上海。

太太是我祖父的母親。那時候，我父親的外祖母也活著，也被叫著太太。年近八旬，每天還都在浦東的鄉下種田。由於有了這兩個長壽的太太，給了我生命無窮無盡的感覺。小時候，我一直弄不懂萬歲是什麼意思，尤其是萬壽無疆，直到有一天看到王一棟在日曆上寫著：「慶祝王一棟生日，祝王一棟長命千歲！」這時候，我才知道萬歲原來指的就是一個人的壽命。

我也在日曆上找到了我的生日。比王一棟高級，我在這天的日曆上，畫了兩只燈籠，下面又畫了一個戴著紅領巾的小小人，在兩旁寫道：「慶祝王一梁生日，祝王一梁長命百歲！」

早在我出生前，外公就死了。戚機廠雖然容易看到死人，但我還從來沒有在自己的身旁，親眼看到過一個親人死去。現在太太死了，這怎麼可能呢？

我陷入了無窮無盡的形而上學的思考中。

我們趕到了巨鹿路。我看到太太一個人靜靜地躺在一張床上，母親讓我去瞻仰遺容。我嚇得不敢去。母親說：「都是自己人，不怕的。」

這是我第一次這麼近距離地看死人。

太太的嘴巴裡含了一顆很大的珍珠。

母親說：「火化的時候，不要被殯儀館的工作人員拿走。」

我父親的六娘娘（姑媽）說：「不會的。」

太太是在上海龍華火葬場火化的。開追悼大會前，表叔老虎帶著我和王一棟，一起去火葬場的河邊捉那摩溫（蝌蚪）。我們捉了許多，把牠們放在一只廢棄了的電燈泡裡，最後帶回到了家裡。

二十多年後，我父親的六姑父去世，我父親又是讓我代表他去奔喪。還是在龍華火葬場火化，最後把骨灰送到了浦東墓園。在他的墓地旁，還豎立著一只墓碑。這正是童年時曾帶我在火葬場捉過那麼溫的老虎——他們的獨子的墓碑。

一九七一年的秋天，在中國發生了一件驚天動地的大事：毛主席的親密戰友、永遠身體健康的林彪死了。

人生是無常的。

啟蒙年代

《牛田洋》是王一棟買的第一本大人書，出版於一九七二年三月。

王一棟一九七六年開始寫長篇小說，一部主要是模仿《三探紅魚洞》的兒童探險小說。主角叫趙星，我知道這個名字，來自於他對要好的小學同學趙彗星的改造。

王一棟整天把這部小說藏在箱子裡，不讓人知道。好像寫小說是一件很丟臉的事。當時，京劇《杜鵑山》裡有句台詞：「男的叫趙星，女的叫柯湘。」我只要一說出這句話，王一棟就開始追著我打。他越是這樣，我越是要說。還偷偷地將這部小說拿出來，給別人看。

小時候，我從沒想過自己有一天會成為作家。說到底，我毫無任何抱負可言，只是一味地沉浸在自己的思想中，以及無邊無際的讀書的快樂裡。

去年，我發現了有聲讀物。每個夜晚，我不是聽姚慕雙、周柏春的上海滑稽戲，就是聽馮友蘭的《中國哲學簡史》、羅素的《西方哲學史》或者錢穆的《中國曆代政治得失》，還有其他英語讀物進入了夢鄉。

這個發現給我帶來了極大的安慰。假如有一天，我的眼睛瞎了，或者真的老了，我知道，我的心已有所依靠。

我從來也沒有讀過當時王一棟當成寶貝一樣的《牛田洋》。我想，主要還是我太小了。兒童時代，相差一歲，也許就是天壤之別。王一棟小學三年級，已經可以看小說了。而二年級的我，還只能翻翻小人書。

每天回到家裡後，不是用鉛筆畫畫，就是坐在門口的小板凳上看野眼，或者發呆。一天，郵遞員送來了一封信。信封上居然寫著王一棟和我的名字。不會是在做夢吧？這個世界上還有人給我寫信！

這封信很厚，是個長方形的東西。我打開一看，是一本連環畫：《兄弟民兵》。是大舅舅從上海寄來的。這本小人書出版於一九七〇年三月。天啊！我還沒有上學，就有人給我寫信了。

烏拉！

開始一點一點長大後，有一段日子，每天晚上六點鐘，還有件激動人心的事情在等著我，就是聽收音機裡的長篇小說連播。那時候，父親請人做了一台很大的落地式收音機，裡面還可以放唱片。一下班，父親就把音量開到最大，好幾條馬路都聽得到。

我最喜歡聽的是長篇小說連播：《漁島怒潮》。裡邊有個寡婦叫小白鞋，她有個剃著個陰陽頭的「死鬼」丈夫，白天躲在地下室裡，天黑後，才敢爬出來。

九十年代中期，我產生了強烈的寫作危機。我和已在丹麥的京不特，在相互的通信中，所談的主要就是一件事情：寫作有什麼意義？結論是：寫作毫無意義！

今天，我再也不可能有這種毫無意義的念頭了。對我來說，如果這個問題還值得討論的話，那就是：什麼是一種好的寫作？即：什麼是一種好的文學？當我心裡有所懷疑的時候，只要去想一想：當初文學是怎樣影響我的？我又是怎樣開始走上文學道路的？思想的惡夢頓時一掃而空。

這是一個多麼令人激動的年代呵。

就是眼睛睜不開了，也要趴在收音機旁聽。就是棉被下的手電筒已經暗得變成一小團紅光了，也要睜大著眼睛看。就是小古巴已經把我屁股底下坐著的板凳說成了是一個鬼，也要豎起耳朵，聽出萬籟俱靜中的一絲聲音。

明天是一個早早的上學日。然而，一等到放學後，時間就是我的了。無窮無盡，任我揮霍。

尚武者時代的童年

沒有讀過安徒生童話的童年，有人會說這是我們這一代人的不幸。但是這麼說，又有什麼意思？究竟誰說得清楚哪一代人的童年更幸福呢？難道讀了安徒生的童話，我的童年就會更幸福或者不幸嗎？

由於武鬥，以及戚機廠本身的重要性，文革期間，這個廠幾度被軍管。有一天，戚墅堰來了一個營，駐紮在周圍。從這一天起，戚機廠的梧桐樹路上，便經常可以看到拉著大炮的馬，耀武揚威地走過。

我也拿著一把木頭做的大刀，或者一把紅纓槍，神氣活現地走在街上。

學校要求每個學生，不是做一把大刀，就是一把紅纓槍。我同時做了這兩把武器。雖然紅纓槍的槍頭也是木頭做的，但是它被塗上了一層銀粉。陽光下，照樣光芒閃爍。

那時的一區幼兒園，圍牆是用一條條被漆成黑色的木條做出的柵欄。夜色下，小古巴帶著我，看看四周沒人。他對準其中一根本條，飛起一腳。我和他一起用力扭動已經翻起來的木條，上面的釘子很快就鬆開了。這根木條扁扁的、長長的，正好做一把大刀。

晚飯後，體育場的吊環下，聚集著一幫肌肉發達的年輕人。有些是鐵中（戚機廠子弟中學）的學生，有些是青工，也有住在體育場對面「五層樓」（戚機廠集體宿舍）裡的單身漢。他們開始飆誰的肌肉發達，或者誰的肢體更加靈活。他們抓住吊環，兩只手左右推開，在半空中，做成了一個大大的「十字」。隨後，抬起兩條腿，與腰間彎成九十度。也有人，左右各抓一個吊掛，身體筆直地在空中，前後來回不停地翻滾。

看得我心驚膽戰，羨慕不已。

那時候，戚機廠有個傳說，說有幾個小孩因為看了《七俠五義》，跑進山裡去了。最後學校派人抓了回來。

我想，有一天，我也會是其中一個，但是絕對不會被你們抓回來！

我帶了幾把木頭大刀，和幾個同學一起到了「五層樓」與「新雅里」（也是戚機廠的集體宿舍）間的小花園，在草坪上隨意地揮舞了一陣後，大家又一起來到了體育場。在沙坑上，練習跳遠。

回家時，卻再也找不到住二區的同學張振華的一只跑鞋了。

我們翻遍了沙坑，還是沒有找到。這時候，天開始黑下來了。大家說，明天來找吧。張振華哭喪著臉說：「不行，如果找不到的話，我爸爸會打我的。」

住在七區的楊雅東說，他可以把自己的鞋子送一雙給他。我也說，我也有一雙破了的皮鞋送給他。

張振華一聲不響地跟著我們一起離開了體育場。

第二天，起風了，天驟然變冷。課間休息時，我看到張振華衣衫單薄，嘴唇發紫，一個人蹲在牆角邊。我知道，他被他父親打了。

我走到他的身旁，想去安慰他。只見他用一雙異樣的目光，瞪了我一眼。一聲不吭，又蹲了下去。

許多年後，我都無法忘記他的這雙眼睛，還有他在寒風中瑟瑟發抖的手和腳。

魯莽

我是魯莽的。

幾個小孩圍著王一棟打。血液在朝我的腦門上衝。我想也不想，揮起拳頭，衝上去便打。我聽到周圍有一個小孩「哇」地哭了起來。王一棟一邊哭著，一邊與周圍的小孩扭打在一起。

我在沒有發出任何信號下，直接衝進去開打。後來我知道，這就叫「魯莽」。

我最魯莽的一次，拿起一把鉛筆刀，就往對手的頭上砍去。結果，這把鉛筆刀轉了一個一百八十度的彎，砍到了我自己的手，鮮血直流。

我們當時住在一區一百四十號，靠著梧桐樹路的第二排。梧桐樹的對面有一個小窗口，是買電影票的，距離不到百米。我們幾乎總是在開始賣電影票瞬間，獲知了消息。王一棟貼著賣電影票窗口的牆邊，慢慢地擠到了擠成一團、人山人海的買電影票的人群前面。

那時候的電影票，小孩票五分或八分錢，大人票一角，最貴的是首映一角五分。一會兒後，滿頭大汗的王一棟又被人擠了出來。這時候，在他手上，洋洋得意地舉著幾張電影票。

也有幾個大孩子把我抱了起來。我翻過人頭，從密密麻麻的人頭上爬過去，把一只拿著錢的手塞進了小窗口裡。

烏拉！我也會買電影票了。

但也有買不到電影票的時候。大孩子們永遠在收集各種電影票。那時候，電影票的顏色不一，撕票時，便會留半張票給顧客對號入座。在也是同樣人山人海擠進電影院門口的一瞬間，在混票的時候，前後兩張顏色相同的電影票就發揮了巨大威力。

我眼巴巴地看著王一棟，小古巴都混進了電影院。

那時候，電影放映前，總會打三次鈴。

當聽到第三次鈴聲響起來的時候，對著已是冷冷清清的電影院的入口處，我「嗖」地一下子，閃過收票員的身旁，猛地衝進電影院去。

電影院的燈光很亮。我剛跑近舞台，就被收票員的一只大手逮住了。

正當我被拖到入口處的時候，電影院裡的所有燈光都熄滅了。

以後，我無數次地想：假如我再晚跑半分鐘的話，在一片黑暗中，你去逮個球吧！

河邊的囈語

暑假的時候，王一棟比我早幾天到戚墅堰。

他掏出散裝在紙頭裡的「大前門」香菸，讓我慢慢地品嘗。我抽完了一支，他遞給我第二支。說：「慢慢地抽，香菸有的是。」

他打開大廚，指著裡面的十幾條大前門香菸說：「這都是老頭子要孝敬給那些烏龜王八蛋的香菸。」

我知道老頭子（我父親）正準備開後門，搜集當時的緊俏香菸「大前門」，準備送給「烏龜王八蛋」（貪官們）。

王一棟告訴我，他剛才給我抽的香菸，就是從「大前門」香菸盒裡偷偷抽出來的。

按王一棟的計劃，最好從每包香菸裡都抽出一支來。這樣所有的香菸裡每包都只有十九支了，即使發現有錯，也以為是香菸廠的問題。

我舉雙手贊同。

那時候，王一棟好像有心事。

每天早晨，我坐在獵獵的晨風中。越過小河，朝著河對岸體育場的泡桐樹，不是寫生，就是看小說。我讀到了郁達夫的《春風沉醉的晚上》、《遲桂花》。這是我永遠也不可能再讀到的中國最美好的小說了！幾年後，王一棟也買了郁達夫全集，並最終被我母親撕得粉碎。

王一棟早晨一起來，就直挺挺地睡在河堤上。那時候，河堤的一段經過改造後，已經成為了我們後花園的一部分。

父親在屋子裡說：「王一棟考試，有一門不及格，只有××分。」

王一棟呼地站了起來，問我：「你聽到了沒有？」

我聽到了，父親一邊在屋裡掃地，一邊自言自語地說。

王一棟說：「真的，我有一門考試不及格，而且分數就和老頭子說的差不多。」

我問王一棟：「你把考試成績帶回來了沒有？」

王一棟說：「沒有。」

這真正是奇了。

父親早就警告王一棟不要在夏天，貪圖一時的快樂，睡在河堤上了。

這一年的秋天，果然，王一棟的腳爛了，他每天一拐一瘸地走著。

我的文學啟蒙

語言之神祕。

我一直搞不懂，為什麼看到那些古色古香的東西，就知道是古代的。後來讀到了「憂鬱」這個詞，我一看就懂得，絕不會和「憂愁」搞混。

我對著書本上那些神祕的字，前面看後，再翻到背後看，然後對著陽光再看。一直想搞清楚，它們讓我一眼就讀懂的奧祕。

在祖母的家裡，那時候，我還沒有上學。小朋友喜歡在一起玩「抓壞人」遊戲。當勝利在望的時候，扮演好人的就大聲喊道：「你們被包圍了，趕快投降吧。」

文革已經開始了。整天都聽到大街上、流動車的喇叭在叫：「我們要誓死保衛黨中央！誓死保衛毛主席！」

我想，「保衛」不是就讓對方投降嗎？太奇怪了。終於有一天，坐在弄堂口「過街樓」黑咕隆咚樓梯上，我憋不住對身旁的一個夥伴說：「我們要保衛劉少奇！」

這個夥伴比我大二歲，對我說：「你反動！你竟敢說『我們要保衛劉少奇！』」

我不相信自已有一天會寫作，因為我永遠也學不會在一個名詞的前面，再加上一堆形容詞。比如說，我只會寫：「早晨，太陽升起了。」在學會了成語後，至多寫道：「東方，一輪朝陽，冉冉升起。」不像王一棟，還可以在「太陽」前，加上許多個×××，×××，或者××。

王一棟一直想有一本小學生詞典，看到書中華麗的句子，他就往自己的小本子上抄。去了交大附中後，他的語文老師說：「劉白羽的《紅瑪瑙》是中國最好的散文。」

這是兄弟倆合夥擁有的第一本讓我印象深刻的書，是用幾本書在新華書店門口換來的。但也僅僅是這個書名：《紅瑪瑙》。那時候，我更喜歡讀秦牧的《藝海拾貝》，還有劉逸生的《唐詩小箚》。這兩本書可稱得上是我最早的文學啟蒙讀物。

當然！中國當代文學唯一一篇對我具有真正文學啟蒙意義的是徐遲的《哥德巴赫猜想》。那是一九七八年的春天，我站在報廊前，讀完了轉載在《解放日報》上的全文。

那一天，上海下著毛毛細雨。

讀完後，我和樓上的「龍頭烤子魚」，也就是當年恐嚇我、對我說「你反動！你竟敢說『我們要保衛劉少奇！』」的那個傢伙，一起去看電影《林海雪原》。

《林海雪原》也是一部當年讓我愛得發狂的老電影，尤其是其中的小白鴿。這個演員還在《祕密圖紙》裡扮演了一個女特務。復旦附中「老四班」裡有個女同學，長得像她。

當然！這是我心中的祕密，我永遠也不會說出這個女同學的名字。

不久，在文學道路上，我就和王一棟分道揚鑣了。

王一棟喜歡看那些刊登當代中國文學的雜誌。對一些重要的雜誌，他幾乎每一期都買，而我只喜歡看西方的「現代派」作品。

那時候，除了地下文學，我根本就看不起正在中國官方文壇上湧現出來的所謂「當代文學」。一九八六年，我在〈阿修羅宣言〉裡寫道：「當代有種的中國評論家，就是從來也不看當代中國文學作品的人。」

聰明的小古巴

孩子的一天總是很漫長，尤其是在暑假的日子裡。

看著太陽慢慢地曬到屁股上。傍晚，望著一抹抹夕陽映照在牆上，漸漸褪去。

早晨一起來，小古巴就要做家務，除非他的母親從鄉下上來。小古巴的母親一身地主婆的打扮，在弄堂裡的水龍頭上淘米洗菜。她的小眼睛衝著我咪咪一笑，隨後，咧開嘴巴大笑起來，嚇得我趕快逃回家。

人人都說小古巴的母親有精神病。有時候，我也從小古巴的樓上聽到他母親歇斯底里的大叫聲。但小古巴的母親不常來，倒是他有個舅舅，有一天，來了之後就再也不走了。這是一個老和尚，頭上燙了九個洞，整天閉著眼睛，坐在廚房的一張板凳上。

我和小古巴悄悄地走過他的身旁，溜到樓上。他就像是睡著了一樣，永遠也不睜開眼睛瞧我們一眼。

小古巴在門口剝毛豆。見到我在生爐子，他走過來，對我說：「王格里，你拎一個袢，我拎另一個。」

我照著他樣子，抓起爐子這邊用鐵絲做成的拎手，小古巴提起另一邊。小古巴說：「王格里，我們開始跑。」

我和小古巴拎著爐子，拼命地奔跑起來。

跑出弄堂，跑到屋山頭。又迎著風，猛然地奔跑起來。

手上的爐子，在快速奔跑的風中，熊熊燃燒起來。

幾分鐘後，我們還沒出一滴汗，爐子已經生好，

小古巴真是聰明。從此以後，即使沒有小古巴，我和王一棟也用同樣的方法生煤球爐。要多快就有多快！

曹老頭

曹老頭是我一生中遇到過的第一個曾容。像曾容一樣學問好，但同樣很兇，會打人。

曹老頭戴著一副瓶底厚的眼鏡，圓眼睛，厚嘴唇。他當我班主任時，大概快要六十歲

了。他是教語文的。課堂上，曹老頭給我們講南京大屠殺的故事。他告訴我們說，當年，他是如何從屍體堆裡爬出來的。

曹老頭教我們寫毛筆字。在字寫得好的地方，用毛筆畫上一個大大的紅圈。他把我一張畫了許多紅圈的毛筆字，送去展覽。我們班上，我是唯一的一張。後來，我的字越寫越糟。媽媽對我說：「當年，你們曹老師不是誇獎你毛筆字寫得好嗎？」

有一天，站在課堂上，曹老頭猛地大叫一聲：「抽過香菸的人，都給我站起來！」我站了起來。

令我萬萬沒想到的是，班上的男同學，一個又一個紛紛站了起來，二十多個男同學中，最後只有五個沒站起來，其中三個是我最好的同學雙胞胎阿大、阿二和勵嶽慶。

第一支香菸

班上來了一個留級生，叫大貓。

夏天的下午，午睡過後，老師遲遲沒來。大貓赤著腳爬過課桌椅，爬到了窗台上。見同學們反應還不十分強烈，他站在窗台上，脫下汗衫，又脫下了西裝短褲，再脫下內褲。正當他赤身裸體、一絲不掛攀沿著窗框，在窗台上跳來跳去的時候，老師進來了。

班上有個外號叫「蔣大塊頭」（「塊頭」，即「胖子」）的同學是個倒霉蛋，永遠都比別人慢半拍，他開始鼓掌的時候，恰好被老師撞上。這一次老師看到正興高采烈大喊大叫的「蔣大塊頭」，先喝令他出去，隨後再收拾大貓。

那時候，放學後有「小小班」。就是住附近的同學，去某個同學家一起做回家作業。我們的「小小班」共有五個人。二個女生，另外三個男生是我、大貓和「大個子」，我們一起在大貓家裡辦「小小班」。

大貓從門背後掏出一支香菸，點燃火柴，像大人一樣抽了一口。煙很猛，大貓大聲地咳嗽起來。他把香菸遞給我，讓我也抽。我從來也沒抽過香菸。我一陣猛咳後，把香菸遞給了「大個子」。「大個子」不抽，兩個女同學更是捂住嘴巴大聲地咳嗽。

我開始察覺到就在曹老頭的眼皮底下，抽菸的同學不僅僅是大貓，班上已經有人像我一樣，學抽菸了。而不抽香菸的「大個子」，對我們來說是極其危險的。

「你現在蠻開心的，有個東西可以 mei-mei。」

在放學的路上，我冷不防對「大個子」說道。

「大個子」老實巴交說：「我那個妹妹已經回鄉下了。」

我知道，那是一個很可愛的四、五歲的小女孩。我和「大個子」一直很有交情，因為一起上「小小班」的同學都是鄰居。

我說：「不是說你妹妹，是那個東西可以煤煤。」（「煤煤」，「燃燒」的意思。）

我一邊說，一邊伸出手，做出一付抽菸的樣子。

我們猜想，極有可能是「大個子」，反正班上已經出了叛徒，在曹老頭面前告發了我們。住在路北九區的鄧盤亮特地跑到了路南，找到了我。我和他在體育場兜了一圈又一圈。

我想立刻跑到曹老頭面前，痛哭流涕坦白交代我抽菸的罪行。

鄧盤亮也想。

黃昏了，天快黑下了。最後，我們決定什麼也不做，就像兩個視死如歸的英雄，我們握手道別！

第二天，隨著曹老頭的一聲巨響：「抽過菸的人，都給我站起來。」看到一個個黑乎乎的人頭都站立起來的時候。假如我不是站著的話，假如眼前沒有曹老頭的話，我一定會忍不住地為自己和鄧盤亮昨晚的最後決定，大喊大叫道：「英明啊！」

吹風

阿爸，給我二毛錢！

這首歌謠也許是我在上海聽到的，因為那時候，每年的寒暑假都在上海度過。三個月的悠閑時光，足有時間教壞一個小孩了。

雪花飄飄
三個癩子到你家
你媽在洗澡
……

但是，這首歌謠我肯定是在戚墅堰學會的。只是它太黃色了，以後或許有機會，我將給出一個足本，但肯定不是今天。

有一天，我發現王一棟額前的一小撮頭髮變成漂亮的捲毛了。

那時候，蘇聯電影、阿爾巴尼亞電影，所有洋氣的人的頭發都是捲的。那時候，我們雖然都有軍帽，但王一棟讓我在小朋友們面前演戲之前，總是在軍帽下塞上一些紙，讓軍帽的周圍都鼓起，變成一頂看上去像國民黨軍官的帽子。

我百思不解地望著王一棟額前的這一小撮捲毛。當然，我知道，這絕不可能是老天爺讓他一夜之間長出來的。我問他是用什麼方法做成的？他竟然給我一個笑而不答。

我把頭湊近煤球爐的火。

「嗤！嗤！」

我額前的頭發燒焦了，但是就連一根頭髮都沒有捲起來。

我去鄧盤亮家玩。他家在剛剛造起來的九區三樓新工房裡。鄧盤亮拿起一把金屬做的梳子，把它放在火上烤。一會兒，梳子被烤熱了，發出微微的紅光。鄧盤亮對著鏡子，梳了幾下。他的頭髮立刻捲了起來。但是，我看來看去都不如王一棟額前的捲髮漂亮。

我把這個祕密告訴給了王一棟聽。王一棟笑了，說：「其實很簡單。」

一邊說，一邊用手掌搓頭發。手到之處，就是一撮捲毛。我也學著他的樣子搓頭髮。這麼簡單的原理，我怎麼就沒有想到呢？

我把「阿爸，給我二毛錢！」和「雪花飄飄」想到一起了，因為它們都是用蘇北話唱的。

童年時候，我在戚墅堰學到的民謠主要由三種方言組成：上海話、常州話和蘇北話。下面是「阿爸，給我二毛錢！」的全文，是用蘇北話說的。

阿爸，給我二毛錢！
做什呢？（幹什麼？）
我要吹風（指去理髮店用電吹風做頭髮。）
吹你媽格西北風
嘎（家）裡的情況你又不是不曉得
冬天吃鹹菜
夏天吃瓜皮
耐般耐般（難得難得）弄點格小肉絲

面對父輩物質如此貧困的年代，兒子還有如小流氓或者阿飛如此奢侈的「吹風」欲望。這首歌謠之偉大，我直到今天還歎為觀止。而像這樣的歌謠也只有用蘇北方言才能唱得出，因為蘇北人的座右銘就是：「吃光用光，身體健康！」

論夥伴

雖說人人都能自得其樂，但人生最多的快樂時光還是和夥伴們一起度過的。

王一棟是我一生中玩得時間最長的夥伴，因為只差一歲，我從來沒有意識到他是我的哥哥。這個可憐的傢伙，也一輩子從來沒有聽到我叫他一聲哥哥。

每天總有無數種可能性，兩個人扭在一起，開打起來。

當時的家務事主要有：掃地、倒垃圾、洗碗和生爐子。這是每天規定必須做的事情。

一、三、五，假如是我掃地、倒垃圾的話，那麼王一棟就是洗碗。二、四、六反之。

我最喜歡掃地了，因為媽媽誇我掃得幹淨。為了掃出更多的垃圾，我會趴在地上，去掃床底下。但我不喜歡倒垃圾，那得雙手捧著骯髒的垃圾畚箕，走一百多米的路，然後倒進一只同樣骯髒不堪的、用水泥做成的垃圾桶裡。

垃圾畚箕快要滿了，我知道這時候父母親也快要回家了。我立即溜了出去。大人們又不管，或者早已忘記了自己的規定，反正到了垃圾滿的時候，逮住誰，就叫誰去倒垃圾。

回來後，畚箕裡的垃圾已經清空了，王一棟對我怒目而視。

吃完飯後，王一棟悄悄地對我說：「剛才我去倒垃圾了，你現在得洗碗。」

我說：「我掃地了。」

王一棟不管，他一溜煙跑了。我含著眼淚洗完了碗。當大人們都不在的時候，我揮起拳頭，對準他就是一拳。

樣板戲《沙家賓》裡有一句台詞：「沙奶奶和阿慶嫂打起來了！」

我很喜歡這句台詞。一個打打殺殺的世界多麼精彩！九十年代中期，在北京圓明園畫家村，當大家一起談到一個悲情詩人，整天寫著哭哭啼啼的、寫給自己心中貝雅特里奇的詩時，畫家夫人笑嘻嘻地說道：「搞什麼搞！睡上一覺不就得了。」

打打殺殺是一種快意恩仇，而我和王一棟的打打殺殺沒完沒了。打得最多的是為了下棋，假如我輸了，我無比懊惱又蠻橫地說道：「不行，得三局二勝。」

王一棟不幹，要跑出去玩別的。我追上去，硬逼著他在小板凳上坐下，重新對弈。

王一棟輸了，說：「得五局三勝！」

這種事情我也會做。最後，下得昏天黑地，把什麼家務事都忘記做了。到了吃飯時，還在戀戰。終於，其中一個叫囂得最凶的人，獲得了父母親的大聲呵斥。

以勝利者姿態自居的人，在一旁得意地叫道：「打得好，打得好！打得美帝國主義哇哇叫。」

一九六九年「珍寶島事件」後，我知道了有一條江叫烏蘇里江，它在中國最寒冷的北方。睡覺前，兄弟倆總是一起在一只洗腳盆裡洗腳。盆裡的水很燙，戰戰兢兢地試著用腳尖踩進去。

我說：「烏蘇里江，只有熱水，沒有冷水。」

當王一棟的腳也被燙得嗷嗷叫的時候，也跟著說：「烏蘇里江，只有熱水，沒有冷水。」

長大後，我知道這種說法在文學上叫著「反諷」。我怎麼在這麼小的時候，就已經懂得運用這種文學手法呢？似乎有些不可思議。後來，到我真正長大了的時候，我開始研究人。我知道，其實人性中的一切都在我們童年時就萌發了。

我的外婆喜歡說：「三歲看大，八歲看老。」意思就是說：一個人成年後所做的事情，在童年的時候已經應有盡有了。

孩子，永遠都比大人們所想像的要聰明得多，也要邪惡得多，而且，孩子是幽默的。

我在〈第一支香菸〉裡，對「大個子」所說的那一段話，現在我知道了，其實就是我在對他「訛詐」！

望著童年王一棟一副嚴肅的樣子，我想起來了，八十年代中期，我和王一棟一起去理髮店剃了一個光頭。隨後，又去照相館拍了一張合影。老菲苾看後，哈哈大笑：「你看上去像個屠夫，王一棟像個高僧！」

二〇一一年三月十日～三十一日　阿拉米達

隆昌路 150 號

我們一般認為小孩無知無識，可我記得，好像小時候我什麼都知道一樣，似乎除了自己的一顆心外，還有另外一個精靈正飄蕩在宇宙之中。

由於知道了太多的東西，童年的我每天都生活得憂心忡忡。比如說，外婆家有一把刻著「張小泉」字樣的剪刀，按我的理解，這把剪刀的主人該是「張小泉」，怎麼會到了外婆家呢？

小時候，我一到外婆家，往往第一步就是跑到曬台上，對著魚缸吐一口唾沫。曬台上有許多魚缸。小魚缸裡養小魚，大魚缸裡養大魚，而我只和大魚缸裡的魚玩。珍珠魚，一種長著大肚子的魚，或烏龍，一瞬間便把我的吐沫吃幹淨了。我很得意，從水裡把魚撈起來玩。過了一會兒，我害怕剛剛被我撈起的魚死了，就又把牠撈起來，端詳一番。

外婆指著一盆仙人掌說：「這是你舅舅種的。」

「這是墨西哥仙人掌。」舅舅對我說。

在無人的時候，我用手指輕輕碰了一下。

那種刺，很毛。

自從我去了堪薩斯、祭拜了三舅舅沈信強的墓地之後，心中一片祥和。最近，我開始著魔似地要寫隆昌路，而且，一寫就感覺到有些陰氣逼人。

我捫心自問：「我這是在幹嘛？為什麼要寫這些？」

我想來想去，儘管我只在外婆家隆昌路呆了一年半，但也許這就是命中注定，要讓我在這裡寫下一首安魂曲。

小時候，聽大舅舅說，沈家本來是浙江湖州人，後來才去了崇明島。那時候，場面很大，在崇明向化鎮的宅基都築好了。但是，當最後一次船來，攜帶著所有的家當與家眷，卻在海上遇見了海盜。這條大船從此杳無音訊，石沉大海。只有最先來崇明島的一批人，才倖存下來。

從風水的角度看，隆昌路確實有些邪。

外婆家是隆昌路 150 號，斜對著弄堂口。正對著弄堂口的 152 號，其中有一扇窗子被封死了，而且，房屋的主人還在外墻上釘了一面小鏡子。按上海人的迷信，面對弄堂口，裡面的人非瘋即死。小鏡子用來辟邪。十二歲那年，我被送到外婆家上學，比我大一歲的哥哥被送到了奶奶家。

外婆家本來當作儲藏間的後樓改造一番，成了我的臥室。為了通風起見，新造的隔牆留了約有半米的空間。盡管從這半米空間裡看不到去三層閣的樓梯，但是，有關它的傳說足以讓我感到恐懼。

後樓還有個窗，朝向曬台。外婆家是弄堂房子，只要推開老虎窗，就可以隨心所欲地跳進任何一家曬台。

我開始擔心，拼命地擔心：三層閣上或許有鬼，從曬台或許會跳下一個賊。

平時，隆昌路只有我和外婆住。大舅舅結婚後，住到外面；二舅舅在安徽白茅嶺坐牢；三舅舅在黑龍江插隊；小舅舅在船上工作。

晚上，天一擦黑，外婆就讓我熄燈睡覺。

那時候的上海，天好像黑得特別快，冬天也特別陰冷。

我盼望小舅舅每天都能夠回來。他原本在船上做四天歇兩天。但自從在外輪上救火，受了一點輕傷後，他領到了一個肥差：做替班。這個工作是頂替臨時休假的船員，假如那天無人事假或病假的話，他就可以回家了。

外婆總是在三層閣上做米酒，一年四季都在做。用厚棉被分別把日期不同的砂鍋緊緊地包在裡面。這使得三層閣除了那詭祕的氣息之外，也始終飄著淡淡的酒香。

有時，天黑後，外婆會叫我去三層閣看看酒怎麼樣了。

酒以第二普（鍋）最好，第一普之前是酒釀，第二普之後就是酒糟了。外婆捨不得扔掉它們，就放些糖，讓我和她每天吃，這種酒糟很凶，真正的米酒只有等到小舅舅從船上回來後才能喝到。

那時候，上海的菜市場，有許多怪魚，越怪越便宜。外婆每天淩晨三點去菜場排隊買魚。從貼在大街小巷的海報上得知，除了一種叫河豚的魚不能吃之外，海裡所有的魚都能吃。有一次，我吃到了一塊肥得像豬肉的魚，外婆說：「它就叫江豬。」

後來，市場上出現了橡皮魚；七十年代末期，又出現了很大、很寬的「台灣帶魚」，但在我的童年、大黃魚才賣一角五分錢的時代，這些魚很少人家問津。

小舅舅終於回來了，這一夜我可以不怕黑了。

這一夜，除了可以喝到真正的米酒之外，我還能睡得很晚，但是小舅舅開始惡作劇嚇我。正當吃晚飯的時候，小舅舅說：「你看看，後面是啥個麼事（什麼東西）？」曬台的一半是廚房，我坐的背後正對著三層閣，黑咕隆咚的，嚇得我立刻站了起來。

船上有許多稀奇古怪的事，小舅舅開始講鬼故事。

我睡在棉被裡看書的時候，小舅舅敲起後樓對著曬台的窗口，把頭露在三層閣的牆上。我把書扔掉，佯裝閉上眼睛睡覺，小舅舅走到我跟前，說：「現在，你想笑了。笑意已經到了眉毛上，到了眼睛上。現在，到了鼻子上，嘴巴上。現在你渾身都想笑了。」這時候，我睜開眼睛，開始大笑。小舅舅也為了這一刻，和我一起大笑起來。

講完鬼故事的小舅舅上船之後，夜就顯得特別漫長了。天黑後，正當我和外婆在吃酒糟的時候，我們聽到了一陣急促的腳步聲，從樓下傳了上來。在亭子間停了下來。隆昌路是幢老房子，隔壁走樓梯的聲音聽上去就像有人正從我這兒走上來似的。

二〇〇九年五月二日

相對說來，小舅舅的笑聲在我童年的記憶中不算多。大約是九〇年代初，一天，小舅舅說：「幾天前，房管所來測量房子，知道隆昌路有多大嗎？」

「隆昌路」就是我外婆家。我說：「不知道。」

「四十八平方米！」

我們開始笑，那種仰天大笑的笑。

我童年的記憶裡，那可是一間碩大無比的房間。

打開大門，就是黑咕隆咚的樓梯。在黑暗中摸索，約走了樓梯的三分之二，才可以打開一盞燈。這裡之所以有燈，是因為右邊是亭子間。燈光亮了，這時候我看到一堆恐怖的東西——通向曬台樓梯下的一堆無用的東西。每個人走到這裡都會打開這盞燈，隨後關上，或者走上後再下來關上，因為那時候還沒有遙控開關。到了後樓，那裡也是黑咕隆咚的——我住在這裡之前，它一直都空閑著，堆放著一些舊家具，只有走到前樓才有一片天光。

雖然，從曬台到三層閣的樓梯僅有六格，但是對童年的我來說，卻是一架不可逾越的天梯，因為它的扶手是空心的。

外婆說：「小時候，你哥哥叫著說，『我要和甜娘舅一起睡，你大舅舅就會把他一把抱起，拎他到三層閣。」

隆昌路之所以令我的童年感覺恐怖，這和二個傳說有關；一個傳說是大舅舅說的：有個小偷爬了上來，我就追了上去。他逃，我一直追他到樓梯下，這時候，我看到了一條紅腿。

「紅腿」？現在想想，也許當初大舅舅說的只是一個穿著紅襪子的小偷吧。

三層閣呈三角形，後面的一個角掛了一塊布。裡面除了儲藏之外，還有一只甕。這只甕是我們童年的禁忌，誰都不敢碰。這就是第二個傳說。直到許多許多年之後，我才知道裡面存放著我二舅舅的一條胳膊：他五歲的時候，被紮米機割掉了一條胳膊。家人用石灰保存了它，期待著以後醫學發達，將它重新安裝上去，或在入棺下葬的時候有個全屍。

除了三層閣那種神祕的氣氛之外，帶給我童年的是無窮無盡的遐想：那時候，三舅舅信強說：我睡在三層閣，一天，我在半睡中，看到一個巨大的頭從老虎窗外飄了進來。

後來我長大了，健步如飛就能爬上三層閣。午夜，我把老虎窗打開，看到了一輪明月。月光猶如波光，粼粼地灑在一片又一片的屋頂上。

只是我長大後，還是會經常夢到隆昌路。早在舅舅死去之前，我夢見他回到了隆昌路。在這個夢裡，他想逃出去，但是怎麼也逃不出去。

許多年前，我還做過一個夢，夢見一個穿著學生裝、留著分頭的青年，從三層閣的布簾後面走了出來。我無意中把這個青年的模樣告訴了我媽媽，媽媽一副司空見慣的樣子說：「這是我小舅舅，他不到二十歲就死了。」

我說：「你不要嚇我噢。」

秋天一到，外婆便帶我去採枸杞。那時候，上海有許多所謂的「都市裡的村莊」，去採枸杞不一定非要到郊外。

枸杞紅紅綠綠一片。採了一天下來，外婆問我：「我現在一閉上眼睛就是枸杞，你呢？」我趕快把眼睛閉上，果然也是紅紅綠綠一片。

外婆每天都讓我吃新鮮的枸杞，我不喜歡吃，那味道很苦。外婆往裡面加了許多糖，說：「吃了明目。」

吃不完的枸杞便放在太陽下曬，曬成乾後，再分成一包包送人。

記憶中，外婆永遠都在做酒。三、四天後，有甜酒釀可吃，再過十天、八天，真正的米酒做成了。那時候，外婆家使用的還是灶頭，煮熟了的糯米清香四溢。在我更小的時候，灶台上還掛著一幅關公的畫像。外婆告訴我：這是灶頭菩薩。家裡有一本家譜，那上面寫著許多先祖的名字，一到其中某一位先祖的忌日，外婆開始祭奠。其標誌是那天會有許多好吃的菜，先祖的亡靈吃過之後，再回爐熱一熱，我們便可以放開肚子大吃一頓了。

外婆並不迷信，她說：「我只要夢到你公公，你大舅舅就會生病。有一天我想，自家人也欺負自家人嗎？越想越氣，就不給他燒紙錢了。給你大舅舅吃阿斯匹靈，帶他去醫院，結果，你大舅舅的病也好了。」

外婆是崇明人——一個距離上海十多公里遠的海島，在她的許多上海話裡還完整無缺地保留著這種鄉音。例如，「開心」，她說的是「卡法」。「傻瓜」，她說的卻是「霧蟲」。

這是一個永恆的快樂話題，只要我舅舅們學起崇明話，笑聲就開始四處迴盪。

到了美國後，我發現自己不常常笑了。但是，當我抓起電話，開始無緣無故地大笑，這時候，我注意到自己原來說的是上海話。

二〇〇八年七月 阿拉米達

欣悅的靈魂・老菲苾

一

我急匆匆地一把抓起大衣，招呼都不打，像箭一樣地奔下樓梯。下雪了。就在我走到校園門口的時候，雪，紛紛揚揚地飄落了下來。老菲苾至少離開了有一刻鍾。一小時前，我瞇起眼睛，在教室的一角，對她，還有呂明旭朗誦起我的詩。

我茫然地站在風雪裡。

這時，一個人走了過來，她是我們中學的班長，那一天，正舉行復旦附中同學會。

陽光在教室裡跳躍，教室裡只有幾個人。陽光灑在老菲苾的頭髮上，金光閃閃。她以前的頭髮是紅色的，望著她雪白的手腕，我恍惚起來。「真美啊！我以前怎麼沒有注意到呢？」

「你怎麼不進去啊。」班長大聲地問我。聚餐會就要開始了。

雪越下越大了。幾年不見，老菲苾已經出落成了一個真正的上海摩登姑娘。她歪戴著一頂絨線帽，天生的金髮驕傲地披散在肩上，站起來，笑盈盈地對全班同學說：「我要先走一步，回家幫媽媽去做湯圓。」正是中國的新年。

當老菲苾還是一個紅髮少女的時候，她就是我的同學，從初中一直到高中。一個小不點出現在鐵道旁，漸漸地越變越大。我迎了上去。

老菲苾無比喜悅地說：「我迷路了。」

我說：「所以，我在這裡等著你呢。」

當我帶著老菲苾一路走，一路歡笑，到了家裡的時候，雪，早已經停了。

二

一九八四年的小年夜，我去華東紡織大學見老菲苾，她正在學校裡準備考研。事實上，這也是我和老菲苾第一次約會。我敲錯了門，在大門外等候了很久。老菲苾見到我後，伸出手上的手絹給我看，說：「我一直等不到你，你瞧，上面都濕透了。」

我帶著她去上海植物園。在那裡的一家餐廳吃午飯，點菜時，老菲苾說，她喜歡吃方腿。

坐在一條僻靜的河畔的椅子上，望著老菲苾風中飄動起來的長髮，潔白的手腕，生活如此美好的感覺，一陣陣湧上心頭。

在晚霞就要消逝的時候，我帶著老菲苾去見詩人默默。默默住在東安新村一個違章搭建裡。經過他父母的房間，默默房間的門就是一扇窗戶。默默正坐在寫字台前。他的房間哪怕白天也要開燈，但更多的時候開著台燈。寫字台上除了一大疊地下刊物、手稿外，還放著一尊毛澤東胸像。早在郭吟向我介紹他這位詩人同學時，他告訴我：「你什麼人都可以罵，但就是不要在他面前罵毛澤東。」

默默見到我、身旁還站著一個神氣的女孩子，興奮地從椅子上站了起來。舒展開他那對秀氣的丹鳳眼，笑呵呵地迎接我們。那時候，正是我和默默的友情蜜月期。

那時候，他有一本詩歌筆記，記錄著他隨時隨刻想到的絕妙佳句。像「桃花源裡走著一個偵探。」念到這裡，默默說：「桃源花裡怎麼會有偵探呢？」「無嘴唇的歌女在唱歌。」接著，默默解釋道：「沒有嘴唇的人怎麼會唱歌呢？這就叫荒誕！」八十年代早期，現代派開始風靡中國。「維納斯悄悄地拎起了一挺馬可辛機關槍。」那時候，路邊地攤上，到處都有斷臂維納斯石膏像非法出售。默默說：「我試圖讓人們知道，那只維納斯斷掉了的手臂上握著什麼。」

我以後在默默的詩歌裡，看到了這些他最初寫在筆記本上的詩句。有的他做了些改動，也許整體效果更好了，但總覺得不如最初一霎那間所聽到的感覺：神奇、優美！

而對老菲苾來說，那一夜，無疑是她生平第一次，在生活中遇到了一個真實的童話詩人！

年初五，老菲苾邀請中學同學呂明旭、我，還有默默一起去她家吃晚飯。見到大街上，有賣小孩玩的充氣塑料玩具，默默花了幾毛錢，買了一只展翅飛翔的鴿子，說：「這是送給老菲苾的禮物。」

飯桌上，除了我們四個，還有老菲苾的姐姐、爸爸和媽媽。但老菲苾的媽媽總是一刻不停地忙著在廚房裡燒菜，偶爾坐上席來吃幾口。

默默開始站著，朗誦起他的詩來。我知道哪些詩更加適合於家庭新年飯的氣氛，默默便翻動起厚厚的詩稿讓我選。除了那些需要大喊大叫的革命詩外，其實，默默的詩大多可以在這一夜朗誦。而做一個屬於人民的民間詩人，正是默默的理想。

老菲苾也拿出一首她的同學李東偉的詩，給我們看。其中有類似於「畫在玻璃窗上的金黃色向日葵」的詩句。當讀到這裡時，默默笑著說：「小心，他在追求你！」默默知道李東偉的哥哥，也是一個詩人。老菲苾說：「不會，怎麼說呢？他長得就像是一個……暴徒一樣。」

所有的人都笑了起來。

老菲苾一邊唱著台灣歌曲〈阿里山的姑娘〉，一邊跳起舞來。

默默說：「這小姐瘋掉了。」

我忘情地看著老菲苾，把眼前已經堆得像小山一樣、好客的主人挾給我的各種美味佳肴的菜碟子當成了香菸缸，「噗嗤」一聲，一下子通通泡湯。

呂明旭是騎自行車來的。我們一起先送她走，送了很遠，老菲苾還要送她。呂明旭微笑著說：「時間不早了，我得走了。」老菲苾跑到她的自行車前，一把抓住她的車把手，撒嬌道：「我不讓！」好像呂明旭走後，我們就會把她吃掉一樣。

街道上，落落續續傳來了鞭炮聲、而且越來越響；天空上，也開始閃亮起各種五顏六色的焰火。按上海人的風俗，新年中，以年初六的鞭炮和焰火最為響亮、最為輝煌，這叫「迎財神。」

隨著地上的鞭炮齊鳴、天上的焰火萬丈。我和默默相互間的胡說八道也越來越多，笑得越來越開心。老菲苾陷入了沉思，一路上，一言不發。她的家門口也有許多小孩在放鞭炮和焰火，突然，老菲苾從思考中，大聲地說道：「我知道你們是些什麼人了，你們要革命！」

送走老菲苾，默默讚歎道：「老菲苾真聰明，我們以後就叫她盧森堡。」

現在這一代年輕人大概只知道盧森堡是個國家，不知道革命年代，還有個波蘭女革命家，就叫盧森堡。

三

我就要走了，離開上海，回安徽繼續學業。老菲苾望著我，期期艾艾，說：「你說愛我，但又沒有實際行動。」我知道，我該親吻她。這是我平生第一次吻一個女孩子。親吻的時候，老菲苾不停地用圍巾擦著嘴巴，看得出，她也是第一次被吻。我一把把她抱了起來，學著電影裡的鏡頭旋轉。她閉上眼睛，說：「暈，暈！快不要轉了。」

但是到了睡覺的時候，我們還是不敢睡在一起。

我睡在閣樓上，老菲苾睡在樓下。凌晨，我醒來了。見老菲苾房間裡的燈光亮著，便穿好衣服，去敲她的門。

老菲苾已經穿好了衣服，一推，房門就開了。

「我也睡不著。」老菲苾喃喃說。

我帶著她去田野散步。那時候的江灣，還有好多田野。晨曦微微，東方欲曉。老菲苾無比歡喜地看著田裡的莊稼，天真地東指指、西指指。

一個老婦人，大聲對我們吆喝。

「那談戀愛，那談到伲田裡來了。」（「你們談戀愛，怎麼談到我田裡來了。」）

嚇得我們趕快逃回家。這時候，我就再也不會放過老菲苾了。蹬、蹬、蹬，抱著她，把她抱到閣樓上。我擰開台燈。老菲苾穿著一件米黃色的絨線衣，上面有一個布拉吉。我絞著布拉吉，說：「你太像冬妮亞了。」

老菲苾指指台燈，我把台燈關上。我撫摸著老菲苾的胸部、肚子，漸漸地往下。「你敢！」黑暗中，老菲苾突然叫道。「你再敢摸下去的話，我就和你鬧翻。」我彷佛看到老菲苾一副大義凜然的樣子，哆嗦了一下，就再也不敢動了。

終於到離別的最後一夜了，那是中國新年的年初八。雪，已經下得很大，到處都是金黃色的路燈。我站在老菲苾家門口，抽菸。雪在漫無止境地下著。每一盞路燈，看上去都像老菲苾金黃色的頭髮。路，靜悄悄的。突然，老菲苾家的門打開了。老菲苾從門裡閃了出來，一把抱住我，說：「我是多麼捨不得離開你啊。」

雪在靜悄悄地下著。

雪，到處都是雪。

四

吻過了老菲苾，幾個月後，我去華東紡織大學看望她。老菲苾剪了一頭短髮，穿著一身湖藍色的套裝。她指指食堂裡正在吃飯的一對男女，悄悄地對我說：「像我們，他們的愛情也是風暴般地降臨。」

一九八四年初夏，老菲苾往長江裡扔了一隻漂流瓶，上面寫道：「誰撿到這只瓶子，我就嫁給誰！」

我陷入了焦慮之中。

「如果是一個農民撿到了呢？」

我小心地問道。

「我嫁！」

老菲苾開心地仰起臉來，說。

「如果是一個殘疾人撿到了呢？」

我繼續認真地問道。

「我嫁！」

「如果是一個老頭子呢？」

「我嫁！嫁－嫁－嫁！」

老菲苾開心地笑著說。

大街上，老菲苾走到了我的前面。

她回過頭來，問我道：「告訴我，哪一個走在街道上的背影，像我？」

我和老菲苾跟著許多背影走。最後，我失望地告訴她：「沒有一個背影像你——這樣的窈窕和輕盈！」

老菲苾很興奮，讓我和她一起去大街上尋找不是處女的姑娘。我悄悄地告訴老菲苾：

「不是處女的女人，腿都是撇開的，摒不攏。」

這是一九八五年，在無錫發生的故事。那時候，老菲苾剛過二十一歲半。

五

老菲苾，就是聰明和天真。

有人一聽到我叫她老菲苾，就會笑。我想，這是因為這個「老」字，但這個外號不是我給起的。在塞林格的《麥田裡的守望者》[1]，主人公霍爾頓把所有的人都叫著老什麼，像老莉莉恩呀，老孫妮啊、老薩麗・海斯、或者老蓋茨比、老DB，等等，無論年齡、身份。

老菲苾是霍爾頓的妹妹，十歲。她是我所見到過的、在所有的文學史上，塑造得最成功的人物之一。老菲苾所代表的就是無比的天真和聰明。

「你真應該見見她。你這一輩子再也不會見過那麼漂亮、那麼聰明的小孩子。她真是聰明。我是說從上學到現在，門門功課都是優。」

「可你真應該見見老菲芘。她也是那種紅頭髮。」（塞林格，《麥田裡的守望者》）

那個雪夜，我把老菲苾帶回自己的家，給她沖了一杯可可茶，正在喝的時候，哥哥下班回來了。他只比我大一歲，哥倆從小感情好。他的朋友就是我的朋友，我的朋友就是他的朋友，我們總是在一起玩。

那一天，他似乎特別興奮，推開門大踏步地走了進來。正要像平時一樣對我「五斤哼六斤」（上海話，用誇張的語言教訓人）以示親切時，看見房間裡正坐著一個摩登姑娘，愣住了。

昨天，我們睡在床上，那時候，家裡有兩張小鐵床，我們面對面地睡著。突然，他談到了小妹。家裡只有兩個男孩子，有一年，母親像是心血來潮，先後抱回了三個女孩子領養。小妹是其中最聰明、最漂亮的一個，也是最後一個。

我說：「復旦附中，我有一個同學，她長得就像小妹」。我指著中學畢業合影上的老菲苾，說：「就是她！」

在我以後即將在思想上，甚為關注的「共時性原理」，或者是「心靈感應」的問題上，「遇見老菲苾」就是最早的奇蹟之一。

難道我們任何人一生的命運，不正是由一連串的「有意味的巧合」所組成與決定的嗎？

「像，有點像。」

「更像老菲苾。」

他翻出《麥田裡的守望者》其中一頁，讓我看。

「我坐在老DB的書桌上，看了看桌上的那些玩藝兒。它們多半是老菲芘的學習用具。極大部分是書。最上面的一本叫做《算術真好玩！》。」

老菲苾是曾容的得意門生之一。在中學時代，她好像只要眨一眨眼睛，就能解出天下最難的數學題。

「那書桌簡直就跟那張床一樣大。她做功課的時候你簡直連看都看不見她。可她就是喜歡這類玩意兒。她不喜歡自己的房間，因為那房間太小，她說。她說她喜歡鋪張。我聽了差點兒笑死。老菲芘有什麼可鋪張的？什麼也沒有。」（塞林格，《麥田裡的守望者》）

我喜歡天真與聰明的女孩。

注釋——

1　台灣譯為《麥田捕手》。

六

夏天，我和老菲苾正在熱戀中。有一次，她十多天沒給我來信。下午，我像突然患上了重病一樣，不僅周身無力，而且覺得整個世界似乎都已走到了盡頭。

我坐在校園的湖畔，在一陣陣微風的吹拂下，望著湖水裡的倒影，厭倦得苦悶，眼前的視覺形象幾乎快要把我折磨得發瘋、爆炸了。但一會兒後，這種感覺又全部莫名其妙地消失了，我又變得極其快樂輕鬆，並且，好像還獲得了某種無形的啟示，受到了某種莫大的祝福。

我飛快地跑回寢室，去澡堂裡洗了一個澡，又把房間打掃得乾乾淨淨，直到一種完全嶄新的感覺產生為止。我這才意識到，原來我所做的一切，都是因為我已經有了一個預感：遠隔千裡的老菲苾就要來看我了，而且，還知道她將於下午四點出現在這裡。

然而，這一切看上去是多麼的不可思議？首先，她從來沒說過要來看我。其次，當時我們還都是學生，從上海到安徽並非小事。再說，她是一個滿臉稚氣的女孩，如果真要單身一人到這個陌生的城市來，會不給我任何信息嗎？

儘管如此，我還是有一種莫大的自信。我想到要把這種想法寫下來，這樣，等她真的來了後好給她看。可由於這間房子已經被我收拾得太幹淨了，而我平時又亂放東西，最後，竟連一支筆、一張紙都找不到。

我想，何不去車站接她呢？再說，萬一她沒來，到了黃昏，我又怎麼去面對這樣的文字，怎麼收拾這樣可笑的失望呢？

就在我快要走到校門時，透過校園漂亮的綠色柵欄，我看見一輛班車剛好停了下來。跑過去已經來不及了。正是六月的皖中平原景色，到處都是盛開的鮮花，暮色中溫柔的土地氣息，還有校園中一張張年輕的、充滿夢幻的臉龐。這一切多麼容易讓人想入非非！讓我不得不想到，在這樣的天空下，自己其實是一個處於熱戀中的瘋子。

四十分鐘後，她真的出現在我的面前。

依然是滿臉的稚氣，一臉羞怯的笑容。望著眼前的她，我實在太興奮了，不斷地向她大聲叫道：「我知道你要來的！我完全知道你要來的！」

這時候，我已經聽不進她任何所說的話了，只是一個勁地重複道：「我知道你要來的，我完全知道！」

老菲苾則被我弄得莫名其妙，還以為我僅僅是在向她表達，見到她時的無比喜悅。

老菲苾到了合肥，她說：「除了青島，這是一座多麼美麗的城市！」

七

像井蛙一樣，老菲苾也長著一隻塌鼻子。在給我的最初的情書裡，她寫道：「你長相平庸，為什麼會有人愛上了你呢？」這裡所說的「你」，指的是她在鏡子裡看到的自己。

我笑啊笑。我說：「你說，你自己說，你長的像什麼樣子？」見她回答不上，我說：「兩隻眼睛像紐扣，鼻子是用香橡皮做成的。」老菲苾猛地打了一下我的手，說：「煩來！」（上海話，意思是說，「少跟我多嘴！」）

我哥哥給了老菲苾一隻電筒，讓她在漆黑的弄堂裡照著走。老菲苾驚喜地說道：「你哥哥怎麼對我這麼好？把我當成大人了？」

我更加驚訝，怎麼給一隻電筒，就讓老菲苾變成了一個大人？老菲苾說：「當我走過家門口弄堂的時候，那些壞小孩就起鬨，吹起了口哨。」

我說：「那是因為你長得漂亮、好玩的緣故。」

我和老菲苾也從來不爭吵。只有一次，老菲苾把一本書，狠狠地扔到了我的頭上，隨後嚎啕大哭起來。奇怪了，書砸了我的頭，疼的是我，你哭什麼？

老菲苾淚眼婆娑道：「這樣，我就要嫁給你二次了。」

老菲苾的祖籍是寧波。按她家鄉的習慣，假如一個女孩打了一個男孩的頭，這個女孩長大後就要嫁給這個男孩。

八

老菲苾其實膽大驚人。她再一次沒有通知我一聲，就一個人乘著火車來看我了。

那是一個初夏的黃昏。她穿著一條當時最時髦的、布做的連衫裙來到了無錫。

第二天黎明，我在招待所找到了她。老菲苾從床上伸出一團哭濕了的手絹問我：「你昨晚去哪裡了？」

黃昏的時候，我帶著老菲苾乘上火車去戚墅堰。

我住過戚墅堰的地方，共有五處：劉家橋，九區，一區五十五號和一百四十號，最後的那間也在一區，房間最美，它建造在河畔，就像鄉村別墅一樣，前院種著枇杷，後院靠著面對體育場的河。從河灘上起，沿牆都種著喇叭花和絲瓜藤。

那時候，已經是一九八五年了，中國改革開放了。

老菲苾從挎包裡掏出一支唇膏，她要把自己的嘴唇抹紅。

她香氣襲人地撲向我的懷裡。

這一睡，居然有一個世紀般漫長。

二天二夜後，我和老菲苾昏頭昏腦地去了常州。

回來時，我們在熟食店裡買了一包狗肉。

在回戚墅堰的汽車上，老菲苾和我坐在後排座位上。

她說，她要吃。

我就掏出一塊狗肉給她吃。

她說，她還要吃。

暮色下，在搖晃的汽車裡，就像一條小狗一樣，老菲苾愉快地吃著。

九

一個初夏的濕漉漉的日子，老菲苾撐著一把傘，穿過大半個上海，前往位於長江入海口的寶山。走在她的身旁，還有一個衣著顏色搭配混亂，表情凝重、目光有些呆滯的女孩。來之前，我擔心老菲苾找不到路，但老菲苾不讓我去接她們。

老菲苾算不上是一個膽大女孩，只是對陌生的世界沒有恐懼感。在她還是一個小不點時，就敢獨自一人穿過家門口附近的黑弄堂。有一次，我們一幫子朋友去江南小鎮角直玩。在長途汽車上，和當地農民發生了爭吵，老菲苾興奮地摘下我們的眼鏡，等待著我們大打一場。

有一年，一對戀人大學生被火車壓死了。據他們的同學回憶，當時，兩人看到一本雜誌上說：按火車底部到鐵軌中間路基的高度，絕對壓不死人。兩人覺得好玩，便去一試。郝力克做出一付成熟老道的樣子說：「像王一梁和老菲苾這種人，也有可能去做的。呵呵。」

「我們什麼都好，就是你的條件不好。」老菲苾苦惱地說。那時候，我在外地工作，只是一個大學畢業生，而老菲苾卻在上海，還是個在校研究生。

老菲苾隨我去了寶山，整天和朋友們一起吃喝玩樂。那時候，她即將研究生畢業。

我媽媽突然來了，說，老菲苾的二哥剛剛找到了我家。摘下頭上的帽子，往桌上一放，說：「我不管王一梁今後和我妹妹如何，我現在要找到我妹妹，讓她回家。」

我知道大禍降臨了，而老菲苾的臉則嚇得就像一張白紙一樣，因為她是逃學出來的。那時候，我一無所有，唯一的財富就是朋友。我的朋友不是詩人、就是小說家、或者演說家。一個最有口才的朋友，和我一起立即護送老菲苾回家。老菲苾的媽媽坐在一張小板凳上，口中念念有詞，大聲地訓斥自己女兒的不是。

我相信，當我的朋友口若懸河，幾分鍾後，就能把老媽說得笑逐顏開。但奇蹟沒有發生。「姆媽、姆媽，伐要格能。」（「媽媽，媽媽，不要這樣。」）當我的朋友幾分鐘裡都只能重複著說這句話的時候，當然，任何奇蹟都不會發生。

老菲苾的美麗的、長得像台灣影星劉雪華的小姐姐從樓上奔了下來。站在西藏中路的一根電線杆下，她語氣沉重地對我說：「也許，你會成為未來的馬克思，但我的妹妹不是燕妮。燕妮出生貴族，而我的妹妹不是，她有許多物質的需求。」

幾分鐘後，我垂頭喪氣和朋友一起乘上了十八路電車，同時心裡埋怨他：你平時像蘇秦與張儀一樣的舌頭，都被割到哪裡去了？

十

大街上正在流傳蘇芮演唱的〈跟著感覺走〉：「跟著感覺走，緊抓著夢的手……愛情會在任何地方留我。」

老菲苾邁著輕盈的步子，走過我的身邊，也在唱：「愛情會在任何地方留我。」我憂慮地望著她。

過幾天，她就要去美國了，朋友們都紛紛地給她禮物，京不特也要送她禮物，老菲苾說：「我只要你搭在肩膀上的香袋。」那時候，京不特已經出家做了和尚，這只橘黃色的香袋像一隻書包那樣大小，是京不特從他出家的地方雲南帶回來的。老菲苾把香袋跨在身上，天真地說：「我到了美國後，去跳蚤市場，就背著它去賣東西。」

老菲苾給我了三十元錢，讓我過二十六歲的生日，請大家來喝酒，並且這也將是她和我，和朋友們在一起的最後一夜。過幾天，她就要去美國了。

酒正喝到一半的時候，阿鍾柱著雙拐，拎著兩瓶用紅帶子捆在一起的白酒，熊貓乙級大曲，敲門進來了。那時候，我和阿鍾還不是很熟。我們的友誼開始於不久前的《亞文化未定稿》，他是我唯一寫約稿信的人。

《亞文化未定稿》是我辦的第一本地下刊物。以前，我們總是因為資金問題辦不成，我決定手寫蠟刻。花了幾塊錢，我買了鐵筆和蠟紙，交給老菲苾去刻，因為她的字寫得好。過幾天，老菲苾來了，但她沒有用我給她的鐵筆在蠟紙上寫，而是用圓珠筆直接寫在了一種新型技術的藍色紙上。她已經謄寫了幾頁我的、如今堪稱我的經典名作的〈亞文化是什麼：唱給亞文化的一支挽歌〉：「你沒有名和姓，是一個青年女子，你生活在城堡裡，其實是一幢花園洋房……」

「藍色紙」是老菲苾了不起的發現，我非常喜歡這種新型的「蠟紙」。只要花幾塊錢就可以買幾十張，在油印機裡一滾，幾百張拷貝就出來了。後來，我哥哥又出資五十多元，給我買了一台油印機。那時候，我早已辭職，身上沒有一分錢，有，也是別人給的。一本地下刊物，《亞文化未定稿》即將誕生。但是，老菲苾沒有看到《亞文化未定稿》就要走了，這是我們的最後一夜。

穿過無數條大街小巷，走過寶山路、天目路、西藏路、西藏中路，走到了西藏南路。我和老菲苾一起足足走了二個多小時。東方就要發白，星辰就要墜落。我知道，自此一別，也許以後我就永遠也見不到老菲苾了。而在我的心中，同時也隱隱約約地升起了一股喜悅。也許，真正的自由時刻已經到來。老菲苾！當你再次仰望星空的時候，我就會是其中一顆最最璀璨的星斗，一顆文化巨星！

往回走的路上，我再也走不動了。拐進四川北路旁邊，一條叫川公路的小路，我輕輕地敲開了阿鍾的門。在一張只有一米多寬的小床上，我和阿鍾擠在一起，迎來了黎明。

多年後，阿鍾對我說：「那天，你一走進來後，就對我大聲地說道，『離開了愛人，找到了戰友。』」

「哈哈，我真的這麼說過嗎？我有這麼幼稚嗎？哈哈。」

我和阿鍾一起大笑不止。

十一

老菲苾打來了電話，她說，她正在超市裡購物。

她說：「你該去買一束鮮花送給井蛙，我讀完了她的詩，總覺得她是你的。」

聽我沒有聲音，老菲苾繼續說道：「要不要讓我替你訂一束鮮花寄給井蛙？」

老菲苾，如今已經成為了一個基督徒。她讓我感受到了這個世界上，除了愛情，還有偉大的友誼。

老菲苾說：「我一生中對你有愧疚。」

我很驚訝，老菲苾在我的心中近乎完美，只可能我對她有所愧疚，怎麼可能她對我有愧疚呢？我屏住呼吸，緊張地聽著電話。

老菲苾說：「當時我們有個孩子，打掉之後，你說：你怎麼有權利這麼做呢？」

那已經是二十三年前的往事了。老菲苾說：「那是因為當時的環境，而你現在沒有孩子。」

是的，二十三年了，今年也是我離開中國的第七個年頭了。

二〇一〇年四月十七日～十九日

二〇一一年二月八日～三月四日

復旦附中老四班

告別姜守中

四周圍一片漆黑，我輕手輕腳向樓梯下走去。

從亭子間的門縫裡洩漏出一點燈光，小舅舅在房間裡喊住了我。我推開門，見他正坐在床上抽菸，收音機裡輕輕地響著一個莊重的聲音。小舅舅說：「周恩來死了。」啊！我愣了愣，緊接著，我感到了一陣狂喜。再過八個月，當聽到毛澤東死了的消息，我進入了內心的、無邊無際的狂喜之中。

那一天，我剛剛過了十三歲零二十一天生日。

外面的天空也是漆黑一片，寒風凜冽中，姜守中早已站在弄堂口的路燈下，等著我。平時見面後，兩人就立刻邁開大步，跑了起來。我們一起跑到千米外的平涼公園去學打拳。但因為今天有好消息告訴他，我沒讓他跑步。走了幾步後，我還想賣一個關子，姜守中著急地等著。

我說：「有一個令人悲痛的消息告訴你，周恩來去世了。」

咦，怎麼話到嘴邊竟是這樣？因為我本來想說的是「有一個天大的好消息要告訴你」，在我的生活中，還有許多這樣突然的口是心非時刻。也許，這正是一種生存的智慧，在關鍵時刻救了我。

而這一天，本來也確實有一個「令人悲痛的消息」要告訴姜守中，他是我最要好的小學同學。一個月後，我就要走了。

除了姜守中，心中最依依不舍的還是打拳。那時候，我已能前後懸空半身翻。「啪！啪！」左右開弓，飛腳拍掌，但師父還沒有把整個套路教給我，我就要走了。去復旦附中，這是一所寄宿學校，每星期只能回家一次。

復旦附中初中四班

復旦附中初中四班是個文體班。郭吟是周家牌路小學乒乓球比賽全校冠軍。和我一起從涼州路小學到這個班的一共四個人；其中，丁春妹是上海市小學生女子長跑冠軍，劉健民是全市小學生男子長跑亞軍，冠軍是他的哥哥，也在復旦附中，比我們高一年級。只有我是個冒牌貨。我的小學班主任陳冶知道我想去復旦附中，就說：「王一梁喜歡長跑，就把他當成『長跑健將』報上去吧。」

我後來考上了高中，也是四班，因此也有人把初中那班叫「老四班」。和我一起從這個班考上「新四班」的：蔣肖紅、呂明旭、裘衛、王嘉定、倪一茹、老菲苾、朱光曦、馬小兵和汪少英。其中，蔣肖紅、呂明旭、裘衛、王嘉定和我，從開學第一天起就在「老四班」了。後面的像倪一茹、老菲苾等，都是陸陸續續插班進來的。

王嘉定長得酷肖劉漫流。當我第二次見到劉漫流時，他拎著一只黑皮包，笑呵呵地站在我面前，看我認出他沒有。我愣住了，以為我的同學王嘉定也參加了地下文學。

王嘉定很有些藝術家氣質，和我睡上下鋪。有一天，他談到中國的大數學家，有蘇步青、華羅庚。他說：「還有韋伯。」

那時候，我們剛剛學完了數學中的「韋伯定理」。哦，原來韋伯也是個中國數學家。其實，王嘉定是在蒙我，也在蒙自己，因為韋伯姓韋，這個名字看上去像個中國人。

不久前，他來信問道：「郭吟這家夥如今怎樣了？我繪畫的愛好是受他影響。」

青春殘酷物語

有著女孩子名字、以美男子自居的曹琪，是我的第一個青春偶像。

「我就是眼睛有些小，鼻子不太高，其他全蠻好。」曹琪照著鏡子，對我說。

我仔細端詳他，看了半天，說：「對！」

曹琪披著件有海虎絨領子的藍色大衣，大搖大擺地走在街上，走在校園裡。我跟著他走。一個漂亮的女孩子走過我們身旁。曹琪得意洋洋說：「看到嗎？她剛才看了我一眼。」

我怎麼沒有看到？我別過頭去，望著女孩子背影，說：「蠻漂亮的。」

曹琪得意地笑了。

曹琪有一只彈簧拉力器，我只能拉開一只手。曹琪可以左右雙手同時拉開，就像拉手風琴一樣，一口氣輕輕鬆松地拉上十幾下。曹琪的胸背很厚。他叫我俯臥撐，我把雙手撐在床邊沿，翹著屁股，上下動了幾下。曹琪往地上一趴，身體像一條直線一樣逼直。他讓我數數。我一邊數，他一邊撐。晚上，他帶我去東樓打拳。

東樓其實只是一條連接男女宿舍的走廊，但它寬敞得有幾個教室大。對著宿舍操場一邊的地方，沒有牆。我們的一舉一動，宿舍裡的人都看得到。引起女同學們的注意，這才是曹琪帶我來這裡打拳的真正目的。

一天，在靠近走廊的盥洗室，洗完衣服後，曹琪說：「走，把衣服晾到女生宿舍前去。」

女生宿舍前的空地上，有許多晾衣服的鐵絲。我們平時洗好的衣服，都是放在寢室裡，讓它們自己陰乾的。

太陽快要下山了，曹琪還不去取衣服。他說：「等女生宿舍裡人多起來，再去取不遲。」

天快黑了，這時候，我不好意思跟著他一起去收衣服。一會兒，他抱著一大堆衣服，像賊一樣，飛跑回來。他告訴我，在取衣服的時候，樓上有個女生罵了他一句，並狠狠地瞧了他一眼。

「我也狠狠地瞧了她一眼，」曹琪說：「她看我一眼，我也要看她一眼。看回哦！」

不是每天的日子都像過節，節日的快樂就在於它的稀缺。

那時候，沒有高考。不管你的成績如何，反正畢業後，該去工廠的去工廠，該去種地的去種地，一切取決於你家庭狀況。比如說，你是獨子，你就是軟工礦。所謂軟工礦，指服務性行業或者集體所有制單位。如果你有個哥哥或姐姐，已經進入了上海的一家國營企業——所謂的硬工礦，那麼你就只配去雲南！去黑龍江！去安徽！去江西！去碰巧那一年祖國需要你去的地方。如果你能去崇明農場，去浦東農場，那是你運氣特別好，遇到了一個待你恩重如山的班主任。

那時候，復旦附中除了招收文體方面有一技之長的學生，也招收父母親不在上海的學生。他們是海員的子女，是地質隊的子女，是部隊的子女……

曹琪是獨子。他惆悵地望著窗外，對我說：「這個鬼學校，做啥待在這裡？我一天也待不下去了。」

我也想回去。每次去外婆家，我都去看望姜守中。他把最新學到的拳術套路，打給我看。而且，每一次去看他，他的拳越打越長，越打越瀟灑。但我是不可能回去的，因為我的父母親都在外地工作。

午夜，「克老頭」開始輕輕地抽泣。一聲、二聲……「吆……吆……吆……」漸漸地，哭聲越哭越響，最後，終於演變成了一場嚎啕大哭。

淒慘的嚎叫聲，迴蕩在寂靜的宿舍裡和走廊上。

「老四班」有兩個班主任，王玲娣和遊令民。王玲娣懷孕後，遊令民全面擔負起班主任的工作。

寢室室長把遊令民叫來了。有手電筒的同學，紛紛把自己的手電筒打開，照在遊令民的身上和「克老頭」的床上。遊令民用一口濃重的山東話，說：「鄭克艱同學，你咋了？生病了？」

遊令民伸出一只手，摸摸「克老頭」的額角頭：「哦，有點發燒。送醫院！」

幾個身材高大的同學，立即把「克老頭」從上鋪托起，把他抱下來，火速送往復旦大學校醫院。

一個多星期後，午夜，生了病的「克老頭」又開始嚎啕大哭起來。最後，又被送往了醫院。

看到「克老頭」很快便幸福地中途轉學回家了，曹琪羨慕不已。他告訴我，他也想如法炮制。「克老頭」一付弱不禁風的樣子，但是，曹琪卻健壯得像頭牛，採用同樣的方式，能行嗎？我不無擔心地想道。

在一個曹琪認為時機已經成熟的晚上，曹琪往肚子裡喝了幾大杯自來水。開始用磚塊猛擊自己的胸部，隨後，狠狠地往地上吐了一口痰。見自己的痰裡並沒有血，哪怕是一絲血跡也沒有，他讓我把我們自製的槓鈴壓在他的胸口。上床前，讓我又給他端來一大杯自來水。寢室裡的燈熄滅不久，我剛剛閉上眼睛，曹琪開始嚎啕大哭起來。

「啊……啊……啊！」

聽上去就像一頭在春夜裡發情的小公牛。

遊令民來了，出動了半個寢室的同學才把曹琪抬起。曹琪掙扎著，一邊哭，一邊大聲地說道：「我不要去醫院，我要回家！」

早晨，從醫院回來的曹琪，對我露出了勝利者的微笑。他在我的耳朵旁，小聲說：「在遊令民抱起我的一瞬間，我往他手上撒了一泡尿。」

曹琪終於可以回家了。臨走前，他沒給我留下他家地址。他說：「你找不到我的。我回去後，不會繼續留在上海，我會去我父親的部隊。」

曹琪真的會去部隊嗎？他曾經告訴我，他的父親已經死了。他父親是個營長，在一次意外中，因公殉職。有時候，給我的感覺，又好像他父親並沒有死。因為，就在幾天前，據他自己說，還接到了他父親給他寄來的禮物。

七年多後，我第一次看到了一個英姿勃勃、留著長髮、穿著花襯衫青年的背影，這個背影我彷佛見過。

曹琪！

青年別過頭來，朝我微笑，卻原來是陳耳。

「四人幫」

我正在班上看書，蔣肖虹進來了，笑嘻嘻對我們說：「王洪文、江青他們被抓起來了，五角場正在遊行。」

那時候，男同學、女同學相互之間不說話，但我們和蔣肖虹說話，因為她是我們班長。

我飛一樣地朝向江灣五角場奔去。

周恩來死了，毛澤東死了，我欣喜如狂。不是因為我從小反動，只是憑著一種少年的直覺，我感到中國要變。只有大人物死了，中國才有希望改變。如今「四人幫」這些兔崽子被抓起來，而且，我希望被抓的人越多越好，最好再有幾個大人物翹辮子。

我奔啊奔。

少年，往往是一夜之間長大的。

和我同寢室的孫宗昌是班上公認的老實人。一天，大家正排隊買飯，隔壁班綽號叫「垃圾」的人，插隊到了我們前面。大家都知道「垃圾」是個無賴，每個人都沉默著。這時候，孫宗昌跑到「垃圾」的背後，對著他的屁股就是一腳。

「垃圾，滾到後面去。」孫宗昌大聲喊道。

孫宗昌個子不高，但是已經發育，長得敦實有力，打起架來，「垃圾」根本不是他的對手。「垃圾」是個小個子，還沒有發育，或者發育不好。其實，排在這裡的許多人都打得過他，但只有「垃圾」敢打架。現在，碰到一個也敢於打架的人，「垃圾」臉色煞白，拿著碗，走到了隊伍的最後面。

從那一天起，孫宗昌摘下了一付老實人的面具，開始在班上抖了起來。後來，初中畢業前夕，第一個帶頭把寢室裡的桌子和椅子都砸得稀把爛的人，就是他。

一天，孫宗昌給我們起了一個綽號，叫「四人幫」。我所說的「我們」是指：沈明、崔華林、郭吟和我。

曾容

一個長得像列寧的傢伙，我說的是他的禿頂。無數次，我想像著當燈光突然熄滅，我將怎樣趁著黑暗，伸出一只手，擼擼他的頭，然後對著他的禿頂，「嗵，嗵，嗵」，猛地敲打幾下。

「你給我站起來！」曾容在課堂上，指著我，對著全班同學，猛地大聲吆喝。

我站了起來。他指指講台旁的一個角落，說：「你給我站到那裡！」我在曾容指定的地方，站好，一動也不動。那一年，我十七歲。我發誓！一定要像共產黨當年鏟除封建主義、鏟除資本主義一樣，鏟除以曾容為代表的社會主義學閥。四十五分鐘後，一堂課結束了。曾容輕輕鬆鬆揮揮手，說：「跟我出去。」

我站在辦公室裡。轉眼，曾容不見了。我看著牆壁，忍無可忍，就別過頭來看攤放在桌子上的報紙。正當我看得津津有味的時候，曾容來了。「我讓你反省，你怎麼可以看報紙？！」曾容怒不可遏，揮著拳頭，幾乎像要打過來的樣子。我揚起頭，說：「我是個近視眼，怎麼看得清楚報紙！」曾容一把抓住我，說：「你，你，你，你給我出去。」就像押解一個犯人似的，曾容又把我帶到我原先站過的位置。

「我給你們介紹一下這個人！」

課堂上，一片鴉雀無聲。我們那時候的班級，也就五十六個人，誰不認識誰啊？我想像著，曾容正站在講台上，揮舞著拳頭咆哮。但我看不到，因為，我正低著頭。

「他可以目無紀律，想幹什麼就幹什麼。昨天，他假也不請，就去了上海美術館看畫展！」

曾容是我的數學老師，也是我的班主任，他的飛揚跋扈是出名的。他會躲在教室後門窗口，窺視是不是有人在看閒書，一旦發現，定會奮不顧身衝進來，無論這個人是壞學生還是他的愛徒，都會把他或她的閒書一把搶去。我那時候的班級，是復旦附中精華之中的精華，因為我們這一班的學生都是從本校初中直接考上來的。所有的任課老師都不是吃素的，但面對曾容的恣意妄為，也只好一笑了之。

「像這種事情，就是蔣肖虹也不敢做！」曾容說道。

蔣肖虹是我們班長。對於這個不倫不類的比喻，我想笑，但我沒笑，我繼續低著頭。

曾容在發表長篇大論。曾容雖然是一個數學老師，但他的課一大半談的卻是文學，像個大教授。喜歡即興所至，隨意而談。也許曾容本來就是一個大教授，論數學功底，據說，他可以和大數學家蘇步青平起平坐，而他在課堂上，最喜歡的還是點評毛澤東的詩。

「有些人啊，以為會寫幾首詩，就可以平天下了。」

他的眼睛瞄向了我。

「知道嗎？藝術，這是需要天分的！假如一個人沒有天賦，任你怎麼努力，也是白搭（上海話，意為沒用）。」他的眼睛平視所有的同學，朗朗說：「假如你做一個工程師呢，只要努力，就一定會出類拔萃。」

「他媽的，什麼意思？」我把頭壓得低低的。我站在牆壁前，差不多已站立了二個小時了。我想像著，對著曾容的禿頂狠狠地猛敲幾下：「嗵，嗵，嗵」。

曾容向我走來。他先抓住我的手，也許，只是在我的頭上揮了揮。我一字一頓地大聲說：「士可殺，不可辱！」

曾容愣住了，氣急敗壞：「你給我出去！」

我又站在了曾容的辦公桌前。誰都知道，曾容會打學生。他紅光滿面，腰杆挺直，敦實有力，而那時候，我正奮力向著一米八十長去，儘管還瘦得像一只猴。我已做好了被學校開除的準備。誰打得過誰，還說不定呢。

曾容低下頭，從口袋裡掏出一顆糖，吧唧、吧唧地吃了起來。

「你回教室吧。」幾分鐘後，曾容平靜地說道。

我苦惱地把學生手冊看了又看。過幾天，學校就要開學了。這將是我中學的最後一學期。曾容在我的學生手冊上，寫道：「無組織性、紀律性。無故曠課、曠考，這種情況不適宜住讀，請家長來學校。」曾容的字一慣寫得很大，第二行的開端正好從「不適宜住讀」開始。我拿起鋼筆，模仿曾容的筆跡，在「不」字前，添了一個「是」，然後在「不」字下添了一個「口」，又把「，」改為「？」。於是，這個句子就成了「這種情況是否適宜住讀？請家長來學校。」

我歎了一口長氣。但模仿的實在拙劣，想來想去，索性就把這一頁撕了。

我還仍然在學校裡住讀。但這一年的春天，我讀到了《西廂記》、《牡丹亭》。夏天眼看就要到了。我真弄不明白，為什麼我這個理科班的學生，就不可以去考文科、而非要考理工科呢？我開始整天盼望著自己被汽車猛地撞一下，要撞得不重不輕，重得足可以讓我在高考的日子裡躺在床上，輕，又要輕得當高考結束了，我又能完好無損地、一下子從床上爬起來。

離開復旦附中的最後一天，曾容把他所寫的「品德評語」，發給每一個學生自己看。「該生具有出色的記憶力，擅長分析和推理。」寫的是我嗎？讀到這裡，我突然想流淚了。整個「評語」，除了讚美，竟無任何一句「但是」。在他的筆下，我幾乎就是一個十全十美、優秀無比的學生。

其實，我那時對曾容已沒什麼怨言了。一天，我正在教室裡自修，曾容滿臉笑容地站在我面前。告訴我，就在我們學校附近，上海輕工業專科學校，新開設了一個「美術裝潢」系。

「你喜歡畫畫，可以先去考它，試一試。」曾容說。

我撇了撇嘴，心想，其實，我哪裡會畫畫，我只是想在學校裡混一個畫室，逃避痛苦不堪的學業罷了。但我什麼也沒說。也許就在這一瞬間，我和曾容都感受到了一絲人生的荒誕。

1，3，5……2，4，6……

他指著前面的一排數列說：「這是奇數。讀ji，而不讀qi。」頓了頓，他說：「奇（qi）？有什麼好奇怪的呢？」作為教師，這段話本來如同相聲裡的「兜包袱」，足以令人開懷大笑。但底下沒有人笑。

在曾容的課上，是少有笑聲的。有時，他會摸著自己的大禿頂，對著黑板，半天也做不出自己出的題目。他回過頭來，對著課堂，問道：「誰知道怎麼解？」這時候，他自己笑了。

「你們知道唯心主義嗎？你們不知道唯心主義，你們又如何去批評它呢？」這裡的「你們」，當然指的不是我們，而是指那些「該死的人們」。這時候，我知道，我可以放肆地笑了，但我也沒有笑。

一九七八年七月，復旦附中進行上海全市通考，第一次招收理科班。其中有個班，由原先復旦附中的初中生組成，即，復旦附中七十九屆四班。而那些平時成績好，但在通考中沒有過線的同學則組成了一個「準理科班」。

「準，」曾容豎起一根食指，說：「過去有準將，比將軍低一級的、不是真正的將軍。他們這個班，準，就是這個意思。」說到這裡，曾容笑了。

二〇〇九年五月五日，曾容去世，享年七十九歲。他一生沒有結婚，死後捐出了人民幣六十萬給復旦附中，希望設立一個數學獎。在他去世後，上海報紙《新民晚報》，以頭版頭條的篇幅報導了他的生平事蹟。這時候，我才知道，他早已名揚天下。

曾容，是淵博的，他也可能真的是聰明絕頂。我看了若干篇回憶他的文章。「據說，能常常將李大潛、穀超豪、洪家興、胡和生滬上四位院士聚集到一起探討數學的人，唯有曾容而已。」「數學家李大潛院士這樣評價曾容：『每次討論，他的真知灼見常引起我的共鳴。』」

當曾容在課堂上，一邊大段大段背誦毛澤東的詩，諷刺詩人的時候，從內心裡說，也許他還是尊重詩人的。據說，他曾經在課堂的黑板上寫道：

> 該死的沒有死
> 不該死的死了

使用的就是詩歌體。

我曾經做過他兩年學生。在這兩年裡，儘管，曾容曾無數次揮舞著拳頭，出現在我惡夢裡。但在白天，我想，我還是從他那裡真正學到了一些東西。我所說的當然不是數學，而是做人、做學問的道理。譬如說，他自創的所謂「三通」：「大致粗通、細微精通、融會貫通。」他的教師「座右銘」：「為師先為人，行得端、站得正，這是教師尊嚴的底線；講得清，道得明，這是教師素養的基點。」。

這些，都是我記憶中的他，是當年他對學生們的諄諄教導。我怎麼可以輕易抹殺他的「三通」、還有「講得清、道得明」對於我一生的啟蒙意義呢？

在他的學生中，也許我是唯一敢和他叫板，最後又被他放了一馬的人。曾容和學生扭打在一起，這種場面對復旦附中的師生們來說，也許並不陌生。我就親眼見到過曾容和一個外號叫「垃圾」的學生，在食堂門口對打。曾容寧願動手，在任何時候，都不會說粗話一句，也許這就是曾容天真的地方。而他在最後一刻，放了我一馬，在我最關鍵的時候，又以最美好的讚語送了我一程，這就是曾容智慧與仁慈的地方。

像這樣的中學老師，過去很少，今天更少，以後，也許就永遠沒有了。

曾容當然桃李滿天下。隨便枚舉：呂明旭，如今是美國婦產科學院研究員，美國羅伯特伍德約翰遜醫學院教授；我們班長蔣肖虹，現在是美國孟菲斯大學金融學教授；就說老菲苾，儘管她只讀到了碩士學位，但今天她在美國，也是一個事業有成的工程師。假如有一天在天堂遇見曾容，大概也只有我，曾容還會揮拳相見。

沈明

「朋友沈明連稱妙！」

這是在佘山學軍時，我和沈明冒著雨，溜出營房、爬到鳳凰山的山頂上，望著腳底下的大好河山，我即興寫下的一首詩的最後一句。

初中時候，我最好的同學其實是沈明。是他第一個從家裡帶來了美術書，讓我看如何繪畫。以後，作為「四人幫」的先頭部隊，又是我們兩個人最先一起去野外寫生。

整天在寢室裡彈琵琶的張彈琵，戲稱他是我的師傅。

後來，沈明又從家裡帶來了一本密密麻麻抄滿著各種文學佳句的筆記本，這是他的鄰居，一個消防兵抄錄的，借給他看，他又借給我看。這可能是我最早讀到的世界名著了，儘管只是片言只語。

一天，沈明興致勃勃地告訴我，他知道上海作協在哪兒了。週末一到，兩個人興高采烈一路走著去。在四川北路的小弄堂裡，拐了許多個彎，終於找到了。湊近一看，牌子上原來卻是：上海信鴿協會。

那時候，我開始學寫各種古體詩。一天，在復旦大學的相輝堂看完電影後，我很興奮，寫了一首十六字的古體詩詞。

第一行，按規矩只有一個字。我寫道：舉。

同寢室的、臉上長滿雀斑的董衍明——也是陳接餘的小學同學，看完這首詩後，眨動著一對像麻雀一樣閃閃發亮的眼睛說：「王明德，寫得好！」

王明德是電影《難忘的戰鬥》中一個人物，其中有一句：「王明德，開門！」抑或是，說「開門」這句話的人就是王明德本人？我之所以得了這個綽號，因為，那時候「四人幫」晚上常常有活動，等到翻牆進來後，門常常被同寢室的人，作為對我的懲罰鎖上了。這時候，我立在門口，輕輕地喊道：「開門！」

有一次，很久也沒人出來開門。我對著門，飛起來就是一腳。

以後，我在大學裡打過人，在蘇北勞教農場打過人，但在我記憶裡，在漫長的復旦附中的四年半歲月，我從來沒有打過架，一次也沒有。我只記得自己的腳曾經飛起來過兩次。一次，就是這一次。另外一次，是踹向了張彈琵的褲襠。

崔華林

張彈琵叫張悅慶，長得很秀氣，像男版的張曼玉。他姨父是劉德海的學生，那時候，誰知道劉德海是誰？他告訴我們，他的父親是復旦大學經濟學學士。我們哈哈大笑！

在上海話裡，「學士」和「鑰匙」的讀音不分。我們想嘲笑張彈琵，就做出一副抖抖索索開門的樣子，說：「鑰匙哦，啾！鑰匙哦。」

一天，「四人幫」來到了復旦大學校園。從復旦附中到復旦大學，只要走不到十分鐘的路。從大學生的宿舍裡，傳來了一陣鏗鏘的吉它聲。接著，傳來了雄渾的男聲：「羊毛剪子，嚓——嚓——嚓。」

我們四個人，坐在草坪上。崔華林說：「我以後要學文學。」他轉過頭來對我說：「王明德呢？你要學歷史！」

當時，「四人幫」中，美術成就以崔華林最高。他臨摹的鋼筆字、素描達到了幾可與原本亂真的地步。但喜歡行雲流水的郭吟，悄悄對我說：「你不要去學他。學他，只會把自己的畫，畫僵掉。」

那時候，大學裡到處是工農兵大學生。我們怎麼可能考大學呢？要上大學，也得在廣闊天地待上幾年。但是，最後，雖然我沒有去學歷史，崔華林卻真的去讀了中文系。在他班上，就出了三個詩人，

崔華林是一個早熟的人。

那時候，同寢室有幾個男生已經發育，他們把夜晚的遺精稱作「噴豆腐漿」。「你昨晚噴過豆腐漿沒有？」他們神祕地說著行話。

我還沒有發育。每天，天剛麻麻亮，我就起床，趴在桌子上，練毛筆字。或者翻牆出去，走過一條馬路，再翻過一座牆，到籃球場上去打籃球。

我們的宿舍——復旦大學第八宿舍，以前是日本人的軍營。三座樓，呈西邊缺一豎的一個口連在一起。男女宿舍，南北相對，不足百米。當我第一次戴上眼鏡，朝對面一望。就像徐志摩第一次戴著眼鏡，看到天上璀璨的星斗無比震撼一樣，我彷彿看到了對面正有女生對著鏡子梳妝。

一個昨夜剛剛「噴過豆腐漿」的人，穿著一條斑痕累累的短褲，面對著窗外，展開發達的肌肉，在練身體。

已經發育了的男生，開始給班裡的男生，每個人配上一個女生。給室長林平配的是班上最難看的、叫做「野豬玀」的女生，林平告發了我們。班主任王玲娣為我們全體寢室同學辦學習班，責令我們每個人寫檢查。我寫了一篇叫「鬥私批修、永保青春」的檢查。學習班辦完了，檢查書也都寫過了。王玲娣讓我們給寢室大掃除。大掃除後，班長蔣肖虹率領班委各成員，檢查我們的成果。

蔣肖虹看到我們寢室裡，總共只有八只臉盆，臉上流露出一絲驚訝，問道：「你們怎麼每個人只有一只臉盆？」

大隊人馬走後，賊心不死的人又聚攏到了一起，議論起只有一只臉盆的意思。

這時候，一個傢伙竄了出來，說：「女生都有兩只臉盆，一只是用來洗屁股的！」

張彈琵

踢到張彈琵，純屬意外。

附中正在舉行校運動會，張彈琵捂住褲襠，一瘸一拐地回去了。我當時只是想嚇唬、嚇唬他，怎麼這麼巧就被我踢到了呢？我想，我已經闖下了彌天大禍。

在涼州路小學讀書的時候，有一天，在放學路上，有人從遠處用煤絲磚扔我，我也從地上撿了一塊煤絲磚，扔了回去。誰想到，用力過猛，這塊煤絲磚飛進了校園。

第二天，代理班主任儒老師——陳冶老師有先天性心髒病住院了，站在講台上，對著全班同學大聲說道：「那是一個碗口大的疤啊！」

原來那塊飛進校園的煤絲磚，正好落到一個女同學的頭上。我想，我的末日到了。假如這個女同學死了，說不定我會被拉出去槍斃。

下課後，儒老師把我喊到辦公室。告訴我：這個女同學無大礙，她是軍屬，醫療費可以報銷，現在，只需要我買一點營養品，送給她。

我在校園裡徘徊了一個多小時後，回到寢室。張彈琵躺在上鋪床上，他父親正坐在板凳上和他說話。我一驚，張彈琵的父親也來了，可見事情的嚴重性。我還是向這把「鑰匙」主動坦白吧，爭取得到一個寬大。

張彈琵的父親經常來，和我很熟，熱情地和我打著招呼。見我一副忐忑不安的樣子，躺在床上的張彈琵，朝我眨眨眼睛。原來這小子剛才是詐我，他父親來，也純屬一次巧合。

浦東阿奶

「愛弗立溫耶斯……」

陳老師大吃一驚！在他教英語的十多年裡，可能這是他所聽到過的最奇怪的發音了。

他讓這位新來的同學重新再讀一遍。新來的同學，戴著一頂軍帽，藍色外套的袖口裡露出一截紅色運動衣，認真地又重新讀了起來：「愛弗立溫耶斯」。

依然是一模一樣的「愛弗立溫耶斯」，沒絲毫變化。

陳老師翻了翻眼睛，斜著頭，在講台上困惑地走了幾步。走到了坐在最後一排新來的同學面前，拿起他的課本看。陳老師笑了。原來這位同學在「Everyone is……」旁，標上了中文「愛弗立溫耶斯」，怪不得他每次都發出一模一樣的怪音。

新來的同學叫沈榮平，但不到一天，他就得到了一個諢名：「浦東阿奶」，因為他說的是浦東話。班上也有從浦東來的同學，像顧予鐘，但只有沈榮平一個人說浦東話。

「老四班」像走馬燈一樣，老同學去了，新同學來。新學期開學，班上多出了許多新面孔。學期中途轉學的除了鄭克艱、曹琪，還有朱學農。朱學農只上了二十多天，便轉學回去了。

在平涼公園學打拳的日子，一個薄霧繚繞的早晨，突然，從圍牆旁傳來一陣騷動。只見我的四、五個師兄弟一起撲在一個人身上。這時候，從朦朧的晨光裡，跳出了一個戴眼鏡的人。摘下眼鏡，對著這幾個人揮拳便打。這個人就是朱學農，被壓在地上的人是他的哥哥。

沈榮平也有一只彈簧拉力器，但他更喜歡坐在床上練。他床上的蚊帳一年四季都不撩起，沈榮平整天都弓著背，躲在蚊帳裡。同學們在傳說，他有一本筆記本，上面詳細地記錄著他和同學之間的種種恩怨，主要是怨。沈榮平公開揚言，等他的武功學成後，他將一一收拾所有曾經對他有所不敬的人。

沈榮平自稱來自浦東最野蠻的地方，浦東大道旁的十八間。這個所謂「最野蠻的地方」當然是他自己說的，誰也不知道那裡究竟野蠻到什麼地步。他說：「你們中有誰敢去十八間？進一個，打一個。」

像曹琪一樣，沈榮平打的也是十大形。十大形的招式非常簡單，模仿十種凶猛的動物，如老虎、老鷹、龍。它通過對單一招式的千錘百煉，以不變應萬變。由於單純，一旦練成，就特別地威猛無比。只是它中用不中看，不像我們以後將在武俠電影裡看到的那樣吸引人。

除了鍛練身體，沈榮平另外一個愛好就是讀古典文學。當時，在這一方面，班上同學中可以和他一飆的，只有崔華林和李玉喜。他們是這樣飆的：一個說，「豹子頭——」，另外一個就說，「林沖。」一個說，「霹靂火——」，就答「秦明」。「青面獸」——「楊志」。不僅要要記住一百零八將的名字，還要記住他們各自的諢名，確實不容易。

他們相互之間除了談《紅樓夢》，也談《三言兩拍》。多年後，郭吟讀了《三言兩拍》，對我說：「想不到，裡面有許多色情描寫。你想想看，當時沈榮平他們就已經讀過了。」

沈榮平在復旦附中讀了一年後，也轉學回去了。在我們快要初中畢業時，一天，有人告訴我，沈榮平來了。我問道：「就他一個人嗎？」

我以前和沈榮平很客氣。我想，我該不會出現在他的「黑名單」上吧。

在對面的寢室裡，我看到沈榮平還是戴著那頂綠色的軍帽，站著。孫宗昌也來了。孫宗昌倒是從來沒和班上的同學打過架。他曾經有一陣子迷戀上了賭博，和幾個同學一起趴在地板上，賭一分錢、兩分錢和五分錢的硬幣。

孫宗昌找來一只肮髒的杯子，往裡面加了一點熱水，隨後，指著寢室裡一只肮髒不堪的凳子，說：「阿奶，坐，請喝茶！」

沈榮平平和地笑了，這是一種往事不堪回首的笑。

李玉喜

八十年代早期，李玉喜也參與了上海地下文學活動。

大學期間，李玉喜一有新作，便寄給我看。但他不大朗誦自己的詩，而是喜歡豪情滿懷地朗誦古典詩詞，像岳飛的〈滿江紅〉。朗誦的時候，聲音響得幾乎把房頂掀翻。

在李玉喜身上，有著一種遊俠的氣度。

有一次，我收到了一封默默關於上海地下文學發展的信，其中寫道：「李玉喜，財富啊財富！」我明白，這裡的「財富」指的是李玉喜常常捐錢，支持我們地下文學活動。

一天，一個同學正在寢室裡練毛筆字。李玉喜走了進來，驚喜地指著桌子上一只閃著銀光的毛筆套，說：「噗咚！」（be tong）李玉喜的上海話裡，有少許蘇北口音，「噗咚」指的是白銅。從那一天起，李玉喜便得到一個諢名：噗咚。

不知道從哪一天起，我知道了李玉喜就住在我奶奶家附近。從此，星期六我去奶奶家，就常常和李玉喜結伴而行。

我少年時代，是一個貧困而健康的年代。那時候，為了省下車錢，我們常常走路。離開復旦附中，沿著四平路走一個多小時，就到了四川北路上的「上海書店」。自「批林批孔」、「評水滸」後，中國再版了許多古典書籍。我們是不可能有錢買書的，我們總是站在書架前，慢慢地讀。書店裡有個老頭很壞，見我們是孩子，知道我們不會買，常常呵斥或諷刺我們。

有時候，也大大方方做出一副要買的樣子，讓營業員從櫃台裡拿出碑帖來，然後，匆忙地瀏覽一遍。曾經聽崔華林、李玉喜他們講到過一冊帖叫「九成宮」，這個名字給我留下了神祕的印象。但是，直到今天，在寫這篇文章的時候，我才知道「九成宮」是什麼。

阿鍾的家離開「上海書店」不到十分鐘。多年後，我和阿鍾談起過這段經歷，還特別提到了書店裡一個文氣的瘋子。他總是把書湊在瞇成一條線的眼睛前，嘴巴裡，小聲地說個不停。也不知道他在念書，還是在喃喃自語。

阿鍾大聲地說道：「怎麼會不記得呢？那時候，我說不定在書店裡，曾經遇到過你，還有你的那位同學呢。」

我最後一次見到李玉喜，是一九八六年春天。下雨了，我和陳耳打著一把雨傘，剛剛走出家門。在大橋旁，看到李玉喜也打著一把雨傘迎面走來。在他身旁，走著一個我不認識的人。

我跟李玉喜說：「默默被捕了。」

前一天，我收到胡赤峰的來信。信中詳細描述了默默在卡欣家被捕的情景，因為，那一天他去卡欣家，抓人的場面剛巧被他撞上。警察一把抓住他，把他推到衛生間裡。直到默默被帶走後，他裝傻，警察才放他走。胡赤峰告訴我，當我收到這封信的時候，他已經和張廣天一起，亡命天涯了。

在默默的〈在中國長大〉裡，也有我的文章：〈致詩魂〉。而且，默默把這一首長詩第一個獻給的人就是我。我想，我大概也要躲一躲，避一避風頭了。在那種情況下，看到李玉喜身旁還有一個陌生人，使我感到特別的不安。就這樣，我和李玉喜匆匆道別。

又是一個春天的下午，陽光明媚。我和郭吟、默默一起走在九寨溝的一條溝裡。兩旁的山頂上，白雪皚皚。我們是去看一個已經乾涸了的著名的海子，來回得走四個多小時。路上空無一人，不久，我們看到前面也走著兩個人。當我們趕上他們後，知道了他們也是上海人，而且，還是李玉喜的大學同學。其中一個告訴我們：「李玉喜已經做廠長助理了。」

這是一九八七年春天。

同學少年

琵琶，是一種在我耳畔永遠都輕輕響著，也不會令我厭煩的樂器。就像陳耳拿起笛子，輕輕吹起了〈姑蘇春〉一樣，這時候，世上所有雜音都在我耳邊消失了。

也許張彈琵並無多大的藝術天賦，但是，他整天都在彈琵琶。隨著聲聲琵琶，他的心越彈越空，自己也變得越來越有靈氣。

也許張彈琵說的對：沈明正是開啟我藝術心靈，我的第一個文學師傅。

一天晚上，我在教學樓走廊上，遇到了在文科班讀書的崔華林。他告訴我，他非常懷念我們四個人在一起的日子。尤其是晚上，寢室熄燈後，我們四個人依然坐在操場的草地上，對著皎潔的月空，暢談各自的思想見解與文學理想。

臨分別時，他說：「王明德，什麼時候我們四個人再聚一聚呢？」

其實，我們四個人就近在咫尺，但在復旦附中高中二年裡，「四人幫」再也沒有聚過一次，我只和郭吟如影相隨。有一天，我遠遠看到沈明和他班上幾個同學，在一起大笑。讓我忍不住想到：「他如今怎麼變得這麼庸俗？」

沈明長著一個寬大的額頭，鼻樑筆挺，鼻尖略微有些鷹鈎。當他緊閉雙唇的時候，臉上總有一種堅毅與莊嚴的神情。當年，我看到電影裡，那些取得了輝煌成就的老科學家們，或老藝術家們的形象時，總是會情不自禁地想到：這應該就是沈明的晚年形象。

今天，我更加願意相信：沈明早已成了一個人群中再普通不過的人了。

他大概永遠不會想到：他曾經作為一個翩翩少年，英姿勃勃地走過我的夢中。

「克老頭」走後，我成了最大的收益者。當時，班上的圖書都由每個班的圖書管理員統一去借，借來之後，再由同學們去圖書管理員那兒借。圖書管理員還配有一個管理員助理。沈明曾是「克老頭」的助理，「克老頭」走後，沈明升為圖書管理員，作為他最好的朋友，沈明提名我為圖書管理員助理，遊令民同意了。

當我和沈明從圖書館裡，捧回一大堆書，放倒在他床上。沈明坐在一只小板凳上，他把雙手支在圖書的兩旁，低下頭來，臉上流露出無比陶醉的表情。接著，他讓我去各個寢室，通知同學們前來借書。

沈明的個性，很有些特立獨行。校門外的國權路上，靠近邯鄲路的地方，有一家飲食店。天還沒有亮，大家結伴而行，去那裡吃大餅油條。同學們在喝鹹漿，沈明永遠只喝甜漿。放學後，大家買各種零食吃，沈明只買一只蘋果。他按照自己的方式，保持著自己的習慣。

沈明穿著一件略微改過的、下擺幾乎要碰到膝蓋的、他父親的西裝，顯得他的下身特別短，但他依然信心十足，招搖過市。

少年沈明，肯定是一個意志無比堅強的人。一天，他感冒了。他不想讓自己病倒，就去操場上跑步。跑了幾圈後，身上還是沒有出汗。我說算了吧，還是去醫院看病吧！回到寢室後，讓我把幾床被子都蓋在他身上。最後，汗沒有出，他自己卻已經中暑了。

一個我心目中的少年英雄形象，怎麼忽然一下子在我的夢裡，煙消雲散了？

也許一切都依然如舊，沈明就在遠處朝我微笑。

林平

林平讀書成績不好，他想當班幹部的唯一途徑就是通過熱愛勞動、友愛同學。另外，還有一條途徑——通過告密，走向仕途。

林平具有軍人刻板的氣質，他人瘦，但結實。他哥哥也在復旦附中，是楊浦區排球隊隊員——當時，楊浦區青少年排球隊就在復旦附中。林平的父母親都在離上海不遠的江蘇昆山工作。

如果不是擔心林平告密，我倒是願意成為他的朋友。他勤勞、刻苦，待人體貼、熱情，但是，一想到，他有可能第二天就站在王玲娣面前，把你昨天所做的事情、所說的話，一五一十地匯報給王玲娣聽的時候，我不禁厭惡、害怕得渾身發抖。

當張彈琵彈著琵琶，悠然自得地唱道：「工友、農友——還有老遊」，我們也跟著哼。

這時候，沒有人會害怕「老遊」。但是我們害怕王玲娣，更加害怕林平。

復旦附中是一所寄宿學校，不像普通中學，下課了，走出學校後，所有的祕密也都一起被帶出了學校，而我們是帶不走的，最多也只能帶到寢室裡。

嚎啕大哭的「克老頭」被送到了醫院。在他勝利凱旋回家的前夜，同學們也從「克老頭」的枕頭底下，發現了十多本蓋有「復旦大學附屬中學圖書館」圖章的書。朱學農和他的哥哥一起瀟灑地踏著一輛黃魚車，走上了回家的路，順便還帶走了學校的幾根木頭。但是，他們是走不遠的……

那幾個賊心不死、「噴過豆腐漿的人」，正頭碰頭，聚在一起又密談著什麼的時候，一個呼哨忽地響起，所有的聲音都停止了。

林平來了！

孫宗昌再囂張，聽到說林平來了，霍地站了起來，一腳踢掉地上的賭盤，裝著沒事一樣，給寢室大掃除。

當我還是一個小學生的時候，就讀到了黃色手抄本《少女之心》。當我和郭吟喝了許多八分錢一杯的生啤酒，醉意朦朧地躺在江灣五角場中心草坪上仰望星空，美美地抽起郭吟從他父親口袋裡，搜集來的一支牡丹牌香菸的時候。當想到在我們的生活中，有一個告密者，正有可能出賣我們的祕密，出賣我們美好的青春。我怎麼可能不厭惡、同時也害怕得發抖呢？！

謝天謝地！林平在「老四班」，最高職務也就是寢室室長。

阿鍾批評我，說我不該假設讀者是聰明的，該說的時候就該囉哩吧嗦地說。像蒙田、像盧梭，他們的散文之所以動人，就在於說了許多人生的道理。

阿鍾說：這個世界上，動人的故事已經太多。再多你一個故事，又有多大意思？而你的獨特之處，就在於你的思想。

我不是在回憶，我是在和所有過去的人們一訴衷腸。

如此幸福的一天。
霧一早就散了，我在花園裡幹活。
蜂鳥停在忍冬花上。
這世上沒有一樣東西我想擁有。

——米沃什（Czeslaw Milosz）《禮物》。

對我來說，我早已過了謙虛的年齡，我更喜歡自己翻譯的米沃什的詩：

第二空間
多麼寬廣天堂的大廳！
踩著空氣樓梯走向它們
在白雲之上，懸掛著天堂花園

靈魂在身體裡哭泣自己，飛翔
它想起有上升
有下降

難道我們真的已經不再相信別的空間
它們已經永遠消失，天堂和地獄？

沒有非塵世的牧場怎樣去獲救
該死的去哪裡尋找合適的住所

讓我們哭泣、悲悼死亡的暴行
讓我們用焦炭塗抹我們的臉、披頭散髮

讓我們哀求還給我們吧
第二空間

此篇獻給我的中學同學呂明旭。

二〇一一年二月二十四日～二十七日 阿拉米達

會思考的蘆葦・郭家父子

郭吟

為了寫出一本偉大的作品，他永遠像瓊瑤筆下的盧友文一樣，在寫完美無瑕的第一句。像卡繆筆下的那個「老作家」一樣，在錘鍊著一生中唯一的一句精彩絕倫的句子。

但那時候既沒有瓊瑤、也沒有卡繆，只有托爾斯泰和巴爾札克。

他最欣賞的是《安娜・卡列尼娜》中渥倫斯基賽馬一景。他以無比讚賞的口氣，拿起一本像磚頭一樣厚的《論托爾斯泰的藝術》，有時是列寧的《列夫・托爾斯泰是俄國革命的鏡子》，教我如何解讀現實主義大師的作品。

他拿起炭精條，飛快地刷刷刷，便畫出了一個人物的側面。他瞇起眼睛，往後退了退，又向畫板前走了一步，在鉛化紙上加了幾筆，再用手的側面蹭一蹭。站在我的面前，舉著被炭精條染得污七八糟的手，得意地向我問道：「怎麼樣？」

我說：「讚！讚！讚！」

他讓我用鉛筆畫石膏像，他自己也畫。我們並肩站在一起畫。他畫摩西，我畫哭娃，因為摩西有鬍子，哭娃的臉部光潔，容易畫。不到黃昏，我便畫好了。他非常失望，說：「幾天的活，你怎樣一下子就幹完了？」隨後，他循循善誘道：這不像炭精條畫，那要快，越快越有力，畫石膏像要越慢才越細膩。

我唯唯諾諾。

他拿起了一根筷子，雙手開始抖動、舞動，嘴巴同時開始大聲地哼唱起來。嗯嗯嗯嗯，嗯嗯嗯嗯。他站在我這個唯一的觀眾面前，對著一支想像的樂隊，在指揮。

那年，他十七歲，我也十七歲。他要以李谷一為原型，寫一部長篇小說，要譜寫一部大型交響樂《阿詩瑪》。

九十年代的一個黃昏，我寫下了：二個少年。

十八年前，一個少年和另一個少年總是形影不離，他們是兩名寄宿學校的學生。學校地處郊外，學校很美，校外的風景也很美，走出校門就是田野，約七、八十米處有一條河，河的對面是一所著名的大學，往河的另一端再走一百米，是一所更有名的大學。河的一邊長滿了高高的大樹，晴朗的早晨，太陽冉冉升起時，這兩名少年準會出現在這一條河邊。另一邊不長高樹的河邊，長滿了蘆葦。其中一個少年更喜歡蘆葦，所以他們常常就在河的這一邊散步。後來，那個喜歡蘆葦的少年還知道了這種植物裡蘊含了一句偉大的格言：「人是一根纖細的會思考的（有學問的）蘆葦」。

但那時候，這個少年並不思考人生，不感到人生的纖弱，並且，也並不追求知識，因為那時候，所有的中國人都不思考人生追求知識。後來，中國人開始追求知識了，少年跟著也就開始追求了知識。

一天，那個已經成了大學生的少年，在遙遠的異鄉收到了一封來自另一個少年從家鄉寫來的信，信上有一段華茲華斯的詩：那時候，我不追求知識，我只追求生命……後來，我開始追求知識……

許多往事對少年說來已經變得模糊，華茲華斯的詩，現在，收信的少年除了對詩中提到的生命之樹與知識之樹的概念尚有一絲殘存的記憶之外，其他的都是一片空白。少年自然可以繼續去追問另一個少年，華茲華斯在詩中究竟還寫了其他什麼。然而他卻不會再去這樣追問了，因為這個少年已經和另一個少年鬧翻。

一天，少年拿起了兩把菜刀，就象歐洲中世紀的決鬥一樣，讓另一個少年在之中挑選一把……於是，一切都像人們喜歡在戲劇中處理的那樣，完了，一切的一切，這一場斷斷續續持續了十幾年的友誼，所有的恩恩怨怨都結束了。

然而，那時候，他們卻是奧里維，是約翰．克里斯朵夫，雖然他們中既沒有一個人有奧里維纖細的詩才，也沒有一個人有約翰．克里斯多夫豪放的音樂才華。但在那時候，他們卻自信並且真誠地彼此祝願，他們中的一個人將是未來中國詩壇上的奧里維，另一個人將是未來中國樂壇上的約翰．克里斯朵夫。

在那一段無窮無盡的奔放的日子裡，一個少年為此整天喃喃自語，另一個整天哼哼作聲。

成為了他們的活動天地是雲樹連成一片的田野，是晶瑩清澈的星辰；絢麗多彩的霞光伴隨了他們。每天，他們在田野上都能看見一個戴白手套的壯年，對著太陽，在吹奏著銅管樂器；很多年後，其中的一個少年還時常牽記著這個苦練者的命運。那時候，他們在校園裡已有了一個小小的畫室；在這所囚禁了他們心靈的學校裡，這間畫室是他們唯一合法的「自由世界」，許多老師都以為他們今後會成為畫家，為這所學校贏得藝術上的榮譽，然而，結果卻什麼都落空了。最後，他們既沒有成為奧里維、約翰·克里斯朵夫，也沒有成為達文西、米開朗基羅。

一個靦腆的、滿臉稚氣的人，也出現在這間畫室裡，在他們談話時，眼睛一眨不眨地聽著他們，他的最大心願就是在他們去田野散步時，他也能跟著去；「我只聽你們說，決不插任何一句話。」但是他們拒絕了，因為他們已經是兩個有學問的人了，即使他們能讓他聽，黑格爾也不會同意的。

想當約翰·克里斯朵夫的少年的父親是一個作家，他的一個朋友為少年開出了一百部作品的單子，只要讀完了這張書單上的書，那麼，少年也能夠成為作家、成為思想家。

一場奧德賽式的漂泊於是開始了：

那時候
我不追求知識
生活裡充滿了歡樂
我是雲
與樹是那麼親密

那個喜歡蘆葦、背誦不出華茲華斯的詩、想當奧里維的少年就是十八年之後的我；另外一個少年就是郭吟。

一九八三年的秋天，我接到默默的一封來信。他寫道：「別人問起我，你們的領袖在哪裡？我說在安徽。」我當時在合肥工業大學讀書。但在默默、郭吟和我三個人中間，真正的核心人物是郭吟。一九八八年的春天，默默向我提出以「郭吟思想」，整頓上海地下文化秩序的建議。到了這年的秋天，我和郭吟分道揚鑣。

我在〈亞文化是什麼〉裡寫道：「那麼，還有一種人的悲劇呢？這種人的悲劇也是在於他們的存在與價值的分離，即是說，那些始終都認為自己是極其偉大的人，總是許諾要為他人，要為時代、全人類負責，然而，事實上，他們又承擔不起！這樣的人的悲劇性又是屬於哪一種呢？」

這裡的「還有一種人」，指的就是郭吟。

陳剛哈哈大笑起來，說：「郭吟在中學時代遇到了你，在中專裡又遇到了默默。在他的一左一右，有你和默默，他怎麼可能寫得出一個字呢？」

文學史上，有所謂「影響的焦慮」現象。指的是：一個強者詩人的寫作，既有可能給周圍的其他作者帶來美好的文學競爭，也有可能對他們構成巨大的文學壓力。而那些終於不堪忍受、沒有讓自己也成為另一個強者詩人的作者，最後只好自己把自己的文學埋葬掉。

每次有新的地下刊物出來，孟浪總不忘記給郭吟送一本，供他批評和研究，因為相信郭吟終會有一天，寫出一本真正的中國地下文學批評史。二十多年過去了，孟浪最終無奈地說道：「這些年來，他就僅僅寫了一篇幾千字的介紹阿多諾的文章。」

郭青伯伯

在我的成長歲月裡，每隔一星期，清晨，我從隆昌路出發沿著楊樹浦路走。約走一刻鐘，到了臨清路，輕輕敲開一扇石庫門的大門。郭青伯伯是郭吟的父親。這時候，從黑黑的後房間裡傳來一聲咳嗽，我的大動作把他吵醒了。

從這裡去復旦附中有兩條路，乘車到五角場，再轉一輛車到國權路。但也有一條捷徑，花五分錢的車錢，不到五角場下車，然後沿著國權路直接走。這是一條長路，約要走二十分鐘，所以想省錢的同學往往都結伴而行。

冬天的早晨，薄霧繚繞。一片又一片的大白菜和朝天辣椒。走不久，路旁出現了一大片紅牆，裡面駐著空四軍。空四軍的軍長王維國曾企圖謀殺毛澤東。一個驚心動魄的傳說是：藏著手槍的王維國當真的在車站上見到毛澤東的時候，兩腿都嚇得發軟了。

國權路上，我和郭吟一路走。

那時候，我十四歲，穿著一雙老K皮鞋，我們一路上不停地談著。郭吟和我同齡，他父親的朋友給他開了一張書單，說：「只要讀完了這一百本書，你就可以成為一個作家了。」一天，郭吟亮出了其中的一本書，巴爾扎克的《貝姨》或《邦斯舅舅》。他說：「這本書厲害啊。」一看他的神情，我想，所謂的厲害大約就是說這本書和性有關吧。

那是一九七七年或一九七八年，中國的讀書界還是一片禁區。因為郭青伯伯的關係，郭吟開始讀禁書。儘管我和郭吟已成了好朋友，但出於驕傲，我從不向他借一本書看。

當我大學畢業去了無錫後，每隔一星期，從無錫回到上海，我的第一站不是自己的家，而會是郭吟的家。我開始可以和少年時候那個「神祕的咳嗽聲」平起平坐了。我們坐在同一個桌子上喝酒。只是有一天，我坐錯了位置，坐到了郭青伯伯的位置上，他指指旁邊的座位說：「你坐那裡吧。」

這不是一種傲慢，而是一種習慣。

郭青伯伯是慈祥的，他端起一杯酒，說：「弘一法師……」

郭青伯伯年輕的時候做過和尚，那時候，他已寫成了長篇小說《袈裟塵緣》。他說：「我另外要寫的一本是《弘一法師傳》，另一本是《印尼僑僧》。」

我為郭伯伯的構思乾杯！

接下去，他說（當然，時間有可能是兩星期後了）：「《華嚴經》上說，『何謂佛法，心悅微微』。什麼叫心悅微微呢？就是你越想越開心，卻想不出任何理由來，你就是開心。這就叫佛法無邊，心悅微微。」

又過了兩星期的兩星期後，當我再次舉杯的時候，郭伯伯說：「靜安寺當時的門頭上有一個門聯，叫『接著話頭』。」

什麼叫「接著話頭」？我懂，就是說，不要跑題，你問我答。這是一種極高的智慧。

許多個日子後，當然又是在飯桌上，郭青伯伯說：「晚年的李叔同，他的書法鋒芒收盡！」

我懂了，我開始懂了。我尤其體會到了「鋒芒收盡」的含義：簡單、質樸是所有原始的開始，也是最高境界的追求。

這是我的啟蒙年代，也是我開始心悅微微的年代。

感謝郭伯伯！

二〇〇九年五月二十四日
二〇一〇年四月十二日
二〇一一年二月十六日

空中的飛鳥、田野上的百合花・默默和孟浪

一九八三年三月二十五日是個重要的日子，這天是馬克思逝世一百周年。我從安徽逃學回到上海，冒著綿綿細雨，去浦東看望郭吟。一個月前，我的這位老同學就把他的同班同學——默默的詩才，熱情洋溢地寫信推薦給了我。

那時候，默默還叫野雲。瘦長條，頭髮軟軟的，很少。

「人們說他心腸很好，他的頭髮很軟。」「風把我們的頭髮塑成黑色的海鷗。」前句引自他的〈城市的孩子〉，後句引自〈我們的自白〉。默默是我遇到的第一個天才詩人，僅憑這兩行詩，我們對這位天才詩人怎樣寫詩，怎樣從身邊汲取詩材，多少已能有了直觀的了解。但是，一開口，他卻是一個結巴。

「偉人總是會見面的，就象毛澤東和周恩來。」

那時候，他正在辦「犧牲詩社」。「明明白白，我們的生存就是一場犧牲。」但老實說，作為一個正在大力提倡「寫口語詩」，為反對「朦朧詩」的貴族化語境甚至不惜寫出「前門牌比飛馬牌要好」的詩人，此時的默默離開政治的漩渦實在還遠著呢。而我當初讀到他這樣的詩句，也根本沒有料到其中的革命性，會想到我即將見面的人，其實是一個天才，一個真正的革命者。

只有能夠實行革命的人，才能真正算得上是天才。而只要是真正的天才，那麼革命遲早

總會發生的。其間只有一種差別：如果尚無力量將它們從詩藝中顯露出來，那麼，它們必然就會被表露在生活中，把這一切早熟的天才、革命的特徵都表現得淋漓盡致，無所不在。

因此，儘管讀到默默這一時期的詩句，使我喪氣，然而，好傢伙，聽到了這樣非同凡響的開場白，我還是立刻興奮了起來。

「不，天才總是會見面的，見面了才會一起變成偉人。」

那是在一間破舊的閣樓上，帶著自信、帶著歡樂，我和默默的對話就這樣開始了。

「寫不出好的轉折句，那就寫他媽的，就像寫下一個句號一樣。」

「我爺爺拾荒到了上海，垃圾筐背在肩上，叉子往筐裡一扔，財寶進來了。我父親也是這樣。今天這還仍然是我的命運，但我現在拾的是詩。」

一個可愛、聰明的女孩，她好奇地聽著我們的談話，非常想弄明白我們是些什麼人。

到了晚上，街道上有人點燃起一堆火。

「這是送瘟神的火呵。」

默默手舞足蹈的話還沒有落音，老菲苾立即喊了出來：

「噢，我知道你們是什麼人了，你們要革命！」

哦，革命。這是一九八四年初冬的一個夜晚，這個可愛的女孩所說的話可一點也沒有錯。不久以後，默默寫下了這樣的詩行：

我們不沉甸甸中國就無法收獲
同志們

戰鬥吧
取出維納斯的節育環我們要勝利到世界末日
從等待裡回來吧
獻出青春
為祖國再作輝煌的洗禮

兩年後，默默就因這首長詩〈在中國長大〉，遭到了公安局的拘捕，這一年，他二十二歲。

其實是一個天才被抓走了。
然而，那時在這世界上究竟有多少人能夠曉得這一點呢？

風吹來
我們隨風而去
總歸有一天
金幣上會有一面鍍著我們悲哀的肖像
另一面鍍著再也沒有夢境的祖國
停電後
廣場上
人們打亮手電筒

默默地瞻仰我們的雕像
全部是黑色的白色的

——默默〈在中國長大〉

從人的熱情洋溢程度上講，他們同樣都是把嶄新的感覺和思想帶給了我們，在這裡，天才和革命者的確沒有任何區別。因為這種界限實際上是不存在的，真正的藝術家必然是一個革命者，革命者必然是一切腐朽事物的顛覆者，因此，當一九八六年春天，這塊土地上慣於滋生出來的古老的瘟疫，突然降臨到默默身上的時候，朋友們沒有驚訝得目瞪口呆。

其實，只要我們的政治格局沒有變化，國家總是大於社會，政治總是大於藝術，那麼，默默的遭遇事實上也會是我們這裡的每個人遲早都有可能遭遇到的命運。而這場瘟疫之所以最先光顧了默默，因為在當時，默默是我們這群人中，一個成熟得最早的詩人。

朋友當中，一個最早從行動上明確地意識到這個問題的人則是孟浪。

一九八四年夏天的一個下午，我和默默正坐在他的違章建築物中聊天，突然，從窗洞裡鑽進來了（這間房子的結構就是這樣的，窗子當門使用）一個眉清目秀、穿著一件汗衫的人。他自我介紹說，他叫孟浪。

哦，孟浪！我們差不多是一起喊了出來。作為一個強者詩人，這個名字我們早就聽說過了，而這些日子裡，默默和我也正在四處尋找著他。

從孟浪口中聽到的相信，的確令人興奮。全國到處有年輕人聚集在一處從事藝術、寫作活動。他在外地已經跑了半年多，不僅見到了許多正活躍著的詩人，而且還見到了食指，可惜的是，他是在一家精神病院中見到這位新中國詩歌聖徒的。

「這就是中國的現實，天才的寫作常常伴隨著不幸。」

那麼，就讓我們這一代人去親手把這個不幸的寫作者故事結束吧，讓我們現在就去從事對整個社會的啟蒙：藝術無罪，藝術永遠不會是災難的同義詞，就算藝術的力量足以毀掉一個國家，可藝術還是人類最好、最可靠的朋友。藝術獨立，這是任何人、任何政治權力都無法奪去的生存權利，柏拉圖的理想國無權這樣做，史達林的極權社會更沒有這樣做的權利。藝術家自有藝術家的尊嚴，這種尊嚴遠比國家的尊嚴更加值得尊重，因為正是他們，表達了一個民族的最高聲音。

那個人站在一個國家的對面
動核的念頭
手指按著自己上衣的某一顆鈕扣
那個人對面前赤裸裸的果實
動核的念頭

「如果需要，我可以放棄詩歌寫作，去做一個藝術活動家。」孟浪微笑著說。八年之後，「我們這裡的每一個人，遲早都有可能遭遇到的命運」降臨到了孟浪的身上。不幸的寫作者的命運並沒有在這塊古老的土地上結束。

那個人站在一個國家的對面
他在一片空白裡
上衣像一束枯萎的花朵
在他無力的臂彎裡

——孟浪〈那個人站在一個國家的對面〉

創作〈城市的孩子〉、〈我們的自白〉時，正是默默最渴望去遠方流浪的日子。當時默默的作品風格類似編年史。他像說話、講故事一樣寫詩。在一九八三年的寫作箚記上，他寫出這些句子：「桃花源裡正走著一個偵探」，「沒有嘴唇的歌女在唱歌」，「斷臂的維納斯拎起一挺馬克辛機關槍」……這些斷章中，講故事的才能，優雅的幽默感以及對理念世界中秩序的感覺力，開始發射異彩。

默默懷著天真的執拗，認為這個世界需要啟蒙，人性需要新的解放，於是在一九八四年便有了〈城市的孩子〉、〈我們的自白〉這兩部傑作。這一年，他才二十歲。

作為一個早熟的天才，默默的文學之夢是要將整個世界和人生都寫進作品中去。這是特別令人感動的地方。如果一個藝術家被這種意志所震憾、所控制，那麼在這個世界上還有什麼不可以去寫的呢？哪怕是司空見慣的東西，哪怕是已被一再重複的古老思想，再寫一次又有什麼關係呢？只要寫作能夠帶來啟蒙，帶來進一步的自由和解放。

生活在這樣一個藝術夢裡的藝術家，應該是幸福的，因為人生本身就成了一個需要去塑造的作品。然而也有可能只是不幸，尤其是在中國，文化已進入消費時期，越來越具有第三世界文化特性的時候。看來命運中注定有失敗，人必然與寂寞為伍，這也因此為我們帶來了人性高原上的一派風光。在這風光裡，就有流浪的一群人，一群最後連名字都沒有留下的東方少年英雄，他們最終是在大象的遺像裡找到歸宿的。

終歸有一天會有人相信我們
相信我們就是她死去的哥哥
她衝進編鐘裡
向那時的世界
發出摹擬我們的哭聲
她仰臉問媽媽我們的名字
媽媽將突然放聲大哭

——〈我們的自白〉

田野上的百合花，她無力選擇生存的空間，只能在田野上鋪天蓋地地盛開，一旦離開了泥土，成為擺設，她的異彩只能沉淪。這是它生存的悲劇。那麼飛鳥呢？

認識孟浪是在一九八四年的夏天，他剛結束半年的外地漫遊。帶來的消息是令人振奮的，在全國各地這一代詩人正迅速崛起。像我們一樣，整個世界都在渴望新的童話、新的神話。這個世界正需要更多新的實踐和更大膽的行動。

心靈既然燃燒起來了，便不會熄滅。幾個月後，孟浪又從這座城市裡消失了。那時候他微笑著說，只要可能，他寧願去當一個藝術活動家。這就好比蘭波放棄詩歌，托爾斯泰放棄寫作，維根斯坦放棄哲學。維根斯坦說過，「如果我還不是一個人，我又怎麼能夠成為一個哲學家呢？」當整個世界都不值得去體驗，寫作還有什麼意義呢？如果行動比寫作更加壯美，為什麼不立即去行動呢？

飛鳥也許飛得太高，飛的地方又太多，所以必須格外注意姿態。一九八四年，孟浪警告人們，「必須警惕形式的誘惑。」但最終，孟浪本人卻建起了一套詩歌形式。本來嘛，鳥在天空飛，其飛行本身就是在創造一種飛行美。當牠們掠過名山大川，嘗試飛翔那些連雲都到不了的地方，那些陽光燦爛或者空氣稀薄的地方時，需要敏捷地變換各種姿勢。大地上的觀察者也許弄不明白為什麼飛鳥儘管千姿百態，卻始終保持著牠那簡單的流線型姿態。這時候，也只有懂行的觀鳥者才可能告訴你：飛鳥的本性，就是追求飛得最高、最遠，而飛直線是最快的道路。

默默與孟浪，一個揮霍文字如土，一個惜墨如金，但同樣都寫下了他們的青春傳奇。作為一個啟蒙者，一個解放者，在這部值得我們書寫的編年史裡，留下了腳印。

一九八六年 上海

年輕的婆羅門・京不特

老不特是中國人民解放軍總參二部的，這是一個帶有神祕色彩的諜報部門。老不特曾是駐上海某研究所的第一任所長。這個所就在離開我家不到五分鐘的地方。這裡，也有著一種我和京不特前世今生的神祕聯繫。自從京不特被上海公安盯上後，他就從浦東搬到了老不特那裡住，以為部隊大院能夠擋住外面的狗。

有一段時間，京不特幾乎天天都到我這裡來。有一天，他帶著歉意的笑，對我的家裡人說：「我正好散步路過這裡。」

我哥哥說：「你要來，你就來嘛，我們隨時都歡迎你。」

和我一樣，京不特也羞怯於見到朋友們的長輩，尤其是在稱呼問題上：是該叫姆媽、阿爸，還是伯伯、伯母呢？有一天，京不特走了進來，見到我母親，用力地大聲喊道：「姆媽！」

我母親正在水龍頭旁洗東西，被驚得拍著胸脯說：「嗷約哎，小鬼頭，嚇了我一跳！」

我和京不特最初相識於美麗園，那時候，我的復旦附中同學郭吟的父親在那裡的上海文學藝術院做副院長，那一天，禮堂上正有個文學講座。京不特在他的長篇小說《常常低著頭》裡，寫到了這件事情，其中寫到我身旁有個長著紅頭髮的女孩，指的就是老菲苾。

世界上，有所謂欣悅的靈魂。自從我和京不特相遇後，我們就一刻不停地談著。詩人默默，我中學同學郭吟的中專同學，指著避開人群、正在一旁滔滔不絕地坐在牆邊的我和京不特，笑著說道：「這兩個人終於遇上了。」那是一九八五年的夏天，京不特還是一個數學系的大學生。後來，我的姑父孫伯豪上過京不特某個同學的研究生課，這個同學告訴我的姑父：「假如當年京不特也考研究生的話，我們班上就沒有一個人敢考了。」

這真正是一個「神祕的小世界。」

有一天，黃昏的時候，京不特走進我的房間，躺在我的床上，還沒有多說幾句，便開始像一個無助的孩子一樣，大聲地哭了起來。我哥哥驚慌地敲開門，大聲地問道：「怎麼了？怎麼了？」

嵐嵐是京不特的青春阿尼瑪、他的文學貝婭特麗絲（Beatrice）。他說：「我剛和嵐嵐通完電話。她說：我知道你以後會成為一個偉大的詩人，但我現在只能遠遠地望著你。這時候，電話裡的聲音突然消失了，奇怪地傳來了理察·克萊德曼的鋼琴聲《秋天的私語》。」京不特正是說到這個時刻，滔滔不絕地哭了起來。

京不特的貝婭特麗絲在蘇州河邊的絲綢出口公司上班，老菲苾正好有個同學也在那裡上班。京不特希望我讓老菲苾的同學在他的嵐嵐的面前放出風聲：說，我們都認為京不特是中國最偉大的詩人。

但最後，我一句話也沒有傳給老菲苾，更不用說傳到老菲苾的同學、傳到京不特的阿尼瑪的耳朵裡了。

過幾天，京不特就要去福建莆田的廣化寺做和尚了。京不特是在雲南出家的，那裡是小乘教，而廣化寺卻是大乘教。小乘教講究的是個人得救，也就是所謂的「自了漢」，因此，即使京不特做了和尚之後，他也可以照樣喝酒，風流快活地追求女孩子。我知道，京不特就是在這個時期裡，破了他的童貞。而一旦去了廣化寺，那裡就是大乘教了。它追求的最高境界是「普渡眾生」，「我不入地獄，誰入地獄。」弘一法師，也就是昔日的中國大詩人，李叔同，他對於大乘教的覺悟是：嚴格遵守律法。不用說喝酒、女人，就連吃飯，也是「午後不得食」。而弘一法師有個徒弟，還正活在廣化寺裡。

我知道，這一次京不特走後，他就是真正地去吃苦了。

懷著惜別的心情，我把京不特送到十六鋪碼頭。在走進檢票口的一霎那間，京不特回過頭，向大門外望了一眼。我看到了一雙哀傷與期盼的眼睛。我知道，他在等待著他的阿尼瑪、他的貝婭特麗絲，但他的嵐嵐沒有來送別。

老菲苾離開中國的幾個月後，一個巨大的計劃在我和京不特之間形成了：這就是如何走出中國。但先決條件是，我必須在雲南找到一個為我剃髮的和尚，作為我的師傅，因為和尚最容易越過邊境。但是，在最後一刻，我放棄了。就好像背叛了京不特一樣，我失落地看著京不特上路了。

京不特從雲南越過中緬邊境，從緬甸又走到了泰國。又從清邁到了曼谷，並很快地給上海的朋友們寄來了美金，鼓勵我們將地下刊物辦下去。最後，為了護送五個偷渡的福建人，京不特在東京機場被捕了，並被送到了老撾（寮國）的首都萬象，被投進了監獄。

在毫無京不特任何音訊的日子裡，我開始夢見了許多和京不特有關的夢。我和阿鍾談起了這些夢，阿鍾也說他夢見了京不特。我們擔心起他是不是已經死了。

在一個大雨滂沱的下午，我收到了一封來自丹麥的信。在信裡，京不特寫道：在萬象監獄裡被關了兩年之後，在瑞典駐日本文化參贊夫人張真的幫助下，經過聯合國難民署，他如今已順利地到達了丹麥。

冒著傾盆大雨，我拿著這封信奔向老不特的家。我知道，作為父親，老不特比我們更加關注兒子的安危。幾年後，這位已經離休了的老幹部，攤開了一張想像中的地圖，告訴我和阿鍾，他在上海圖書館裡，如何拼湊出了一條京不特走出中國的線路。

後來，我和阿鍾在紐約見到了張真。這位昔日被復旦大學校長謝希德開除的上海詩人，終於榮歸故里，在母校的邀請下，做了她的詩歌朗誦會。在飯桌上，我以為她還沒有見過京不特，就代表京不特感謝她當年的榮舉。沒想到，她說：「我在巴黎見到過京不特。我想，他做過和尚，沒想到他怎麼看上去像個上海小流氓，滿口髒話。」

「哈，哈，」我說，「這是因為他羞怯，羞怯！」

我知道，羞怯的人，常常可能成為一個最為冒犯的人。

二〇一一年二月十一日

附　為京不特《同駐光陰》作序

我腦袋裡有一個心靈英雄形象。「從前有一個年輕的婆羅門，為了追尋人生的真諦，他四處流浪……」

——摘自京不特的信

今夜的天空多藍。在這樣的天空下，給京不特的詩集《同駐光陰》作序，我感到異常的興奮。傍晚，京不特從丹麥打來電話，相互聽到了老朋友的親切聲音，仿佛又一次回到了我們的青春誓言之中——就是在今天，就是在這個時代裡，就是在這個世界上，我們要揚眉吐氣地活下去！

在這個世界上，能夠揚眉吐氣地活下去該有多好！

初到丹麥，京不特來信說：我發現我們這群朋友多麼健康，我發現我們從前的生活多麼健康。我們的人格，我們生活簡直是健康極了。那時候，說這話的京不特是驕傲的；當他將這一切都歸於我們那「亞文化——一種薩波卡秋生涯」時，京不特則是忘我的。

京不特如此鐘愛我們青春的友情，我們這些朋友們一起建立起來的人生價值觀，面對他在這個世界上所走過的坎坷之路，我的內心只有百感交集。正如那個可怕的人生咒語所說的，「人注定是要孤獨旅行的」，在我這麼多朋友中間，京不特無疑是第一個走上這條路的人。

大約在一九八七至一九八八年之交，京不特就在雲南出家了。至於他為什麼做了沙彌，對我來說一直是一個謎。當時，我正在海南島漂泊，回到上海後才獲知這一消息。現在，我第一次讀到他的這本《同駐光陰》，發現裡面的詩，正好記錄了他這一段時期的人格發展。因此，在京不特早期眾多的作品中，這一本詩集就有了一種突出的價值。

於是
我就應當定義一個無告的人
讓他找到甘泉

（我曾經或者正是一個無告的人
膜拜太陽的人）
一九八七年我將遠離
一九八七年我與每個人同駐光陰

在這以後我或許更加黯淡了

我能帶給人們的
只有死亡
我負人甚多

但是，「……八八年晚春，他披著一身晚霞般的鮮豔袈裟又從雲南回來了，臉上帶著隨時準備大笑起來的神情。講一個笑話，他總要慢半拍才樂不可支地哈哈大笑起來，而他的笑容裡總有一種與陽光相似的品質……五月，我們又復活了。」（《亞文化未定稿・第六卷》）這個「我們」指的是「亞文化」，而京不特重歸上海，看來原因不只是為了上海的亞文化，恐怕更多的還是他對愛情依然心存幻想。八月，他去了福建莆田的廣化寺（由小乘教改為大乘教）。十二月，與同情上海亞文化的釋果如法師一起重歸上海時，著有〈我真的能夠重歸繁華嗎〉一文，從中便能看到京不特對一個女人的愛情終於絕望時的無限傷感與緬懷之情。

「我曾經想從佛教中找到一些東西，但我對佛教的態度是曖昧的，我是個爭強好勝的人，這使我無法和佛教合拍。廣化寺很有宮殿氣派，風景怡人。溪水從我所住的尊客堂邊上逶迤流過。我白天看一些佛教書，晚上還是看佛教書。但我常常想起上海的人民廣場。我不甘心做一個高僧大德，因為那不是我的幸福。我念阿彌陀佛，我想大哭一場。不甘心啊，我決不甘心。」

「我是一個非正常人。她希望我是一個人格完美的正常人，然而今天我不是，以前更不是。所以她去嫁一個正常人了。」

愛情和面子使他成了一個無告的人，但這又有什麼值得可悲歎的呢？在這個世界上，又有哪一個詩人沒有經歷過向壞女人傾訴衷腸的青春？又有哪一個詩人不是為了面子，而敢於和芸芸眾生一爭雌雄？比如愛倫坡，波特萊爾，普希金，當然還有蘇曼殊。

在京不特早年，寫詩經歷與作品數量還不能與朋友中的另一位詩人默默旗鼓相當時，朋友們便開始對他的遠大前程寄予厚望。他最初是以「撒嬌派」的代表人物在詩壇上鋒芒畢露的。作為一個一旦嶄露頭角便受到主流文化激烈詛咒的人，京不特的青春可以說是無怨無悔。

自由需要勇氣。

一個西方的無政府主義者曾經這麼熱情洋溢地說。雖然作為政治上的無政府主義者不可取，因為無政府就是不現實，不現實就是幼稚，而幼稚就直接意味著失敗，但作為藝術上的無政府主義者，其意義就大相徑庭了。京不特的早年「撒嬌詩」是一種藝術上的無政府主義，收錄在《同駐光陰》裡的詩，也是一種藝術上的無政府主義。從第一章「對於大地的應許」開始，數個「京不特如此說」，「京不特如此想」，「就思想而言，反對京不特是一種自殺方法」，「京不特活著的時候是一堵無法逾越的牆」，其間聯綴著的意象、觀念、多麼散亂，多麼突兀。但是，這又有什麼關係呢？如果這樣的詩行，能夠表達生命處於青春狀態下的精彩與激越，我們青年時代的無比豪情，和一個人直奔自由時的人生勇氣，那麼，這種混亂也會變成全部的美！這種混亂，這種對超自然權柄的臆想，這種凌駕於上帝和諸神之上的自我放射，這種向天挑戰、自我燃燒的魔鬼性表達，成了京不特青春的思想修煉過程，並最終導向他所神往的、所追求的生命真諦之路，導向平和、寧靜、自由而又流溢著無邊輝煌奉獻愛心的世界。

京不特絲毫沒有對當年的「混亂」反感。因為在他那個時期，生命需要這種「混亂」，心靈需要這種「極端」的過程。有時候，通過一種「直接的無政府主義」態度和行為，就能直達美和真的心臟！無論是在藝術上，還是在生命上。儘管，人們有十足的理由擔心形式的無政府主義的泛濫，可是說穿了，人們所害怕、擔心的東西，其實就是混亂，難道原因就在於我們總是習慣將一切無政府主義都視同為混亂嗎？如果我們都有勇氣將這部別具一格的詩集讀到最後，那麼，就會看到京不特的生命之水，它就是蔚藍而又清澈的大海！其實，奔流在這裡面的不是什麼別的東西，而是一個有勇氣追求自由的人為我們所留下的一部真實的青春人格的歷史。

像這樣的青春必然會遭遇魔鬼、經歷地獄。從某種意義說，這部詩集還是我所看到過的最為淒婉的詩集。

在和風下我想為我的身世痛哭
孤獨而微弱的
一線生機
幸福和悲愴的

回頭是岸
我們已經很遠很遠

一九八七年在雲南，一場傷寒幾乎奪去了他的生命。一九八九年在泰國，熱帶叢林中的瘴氣使他昏死，不省人事二十多天。這是天災。而一九九〇年在老撾，發生的那場悲劇則是人禍了；在那一段被囚禁的漫長而黑暗的日子裡，數次絕食、割腕，以及最後一次決定性的絕食，長達十天之久，每一次幾乎都要了他的命。

但是京不特是不屈不撓的，他並沒有就此給折磨垮掉。

一個暮冬的黃昏，當陽光仍舊亮晃晃照耀的時候，京不特，這個始終都不曾忘記過那驕傲的青春誓言的人，這個為了自由，始終都在拚死拚活地尋找命運並與之搏鬥的人，終於奇蹟般地獲救了。

也許這個無悔的浪子的青春故事到此也就講完了。當天邊的風吹來，我為京不特的青春，他所走過的這一條薩波卡秋的道路感到無比自豪與欣慰的時候，我願意這樣想。

傍晚，京不特從丹麥打來了電話。三個月前他也打來了電話，那時候，他剛剛出了車禍。車禍發生在他去學校的路上，一輛轎車將他撞得飛了起來，血流一地，行人都以為他死了，但他並沒有死，又一次幸免於難。電話裡他愉快地告訴我，他現在又健康極了，活在這個世界上，依靠著勇氣和個人魅力，他是不會屈服於任何東西的。這樣的年輕人，也許害怕的只有死神，要不然我就相信，這個多災多難但總是大難不死的人，活在這個世界一定是有他的使命的。

那麼，這是一種怎樣的使命呢？它最終將走向何處？

陳接餘，這個幾年前被京不特稱之為「薩波卡秋中最沉默、堅定的支持者」，不久前總結了我們的青春事業。在這個聚財者時代到來的時候，他幸福地宣布道：

「相信人是注定自由與友愛的！」

一九九三年五月二十六日～二十七日　上海

黑夜中的吟唱・阿鍾

一九八八年底，《未定稿》使我們再次成為了工作者，並且學會了僅僅以「工作著」作為我們的最大驕傲。不久，阿鍾與京不特相約：京不特寫《梵塵之問》，阿鍾寫《昏黯。我一生的主題》。像這樣的約定，從前在朋友們之間也時常發生，劉漫流將之稱為「口獸主義」，如果這樣的工作是在相互記錄彼此的口授詩之中完成的話。可這一次，阿鍾和京不特的約定卻不能再是一種「口獸主義」了。

這個時刻已經無法避免
往日的美景不再重來
四壁空空蕩蕩
牆上貼掛的肖像
只有他的目光還顯得如此分明

——阿鍾《昏黯。我一生的主題》

一九八九年的春天，到辦《未定稿》卷五時，京不特已經亡命天涯。對京不特而言，早期的幾次流浪是為了尋找遊戲，為了使相聚變得更加歡樂，而這一次則是「為了前生的某個預言」。

朋友們都已經離開了這塊地方
他們渴望的新生活
也是我所渴望的
而我的靈魂會比他們漂泊得更遠嗎

但任何流浪對阿鍾卻都是不自由的，只有精神上的漫遊伴隨著阿鍾的一生，這似乎成了他今生注定的命運。

在你我的手中都有無需言明的契約
和你一樣
我也無權撕毀我們的命運

然而，這「無權撕毀的命運」又是怎樣的一種命運啊。

血一樣的黃昏滴灑在我的窗前
這黑夜的狂風使我的一生都承受黑暗
我心裡僅有的一線光芒

照出我永世沉淪的結局

阿鍾的長詩這樣開始，幾乎就在作出一種預言，他的這一場生命的旅程，更多地是在黑夜中度過。雖然，生活沒有給予阿鍾太多的陽光、花朵、微笑，但是，他卻把這一切帶給了朋友，使我們在漫長的人生旅途中，從此不怕黑夜。

我是忠誠的
在反叛之中我保持著忠誠
每個靈魂都深藏著她播下的種子
城牆在我心裡加固
氣中鬼魅似的祥和
一個不可思議的早晨啊
我在描述這個思想
他的結構……

——阿鍾《昏黯。我一生的主題》

九十年代的一個最早的春天裡，阿鍾和我談起了自己最新讀到過的作品。這是蘇聯作家左琴科的《日出之前》，其中的部分章節。在那個年代裡，我們很少有機會看到全本，有時候，僅僅是幾句轉引自評論或報導中的話，我們就引認為天書了。

阿鍾告訴我：左琴科問自己，我為什麼會這麼憂鬱呢？左琴科開始回憶，認為自己所有的憂鬱都來自於自己的童年心理創傷。

這時候，阿鍾用一隻鮮明的手勢，托起自己胸口前，一隻想像中的乳房，說：「左琴科回憶起，小時候，他正在吃奶的時候，突然被別人粗暴地打斷了……」

那時候，阿鍾說話的時候，喜歡伴之於誇張的手勢。有一天，他伸出右手的食指，往左手食指和拇指彎成一個圈的形狀裡運動起來。這時候，聽他講話的人都笑了起來，其中有一個人插話道：「你說歸說嘛，我們都知道你說話的意思，不必用這種粗鄙的手勢嘛！」

有一次，他和我講到有個小學女同學，取笑他柱雙枴走路。阿鍾一邊惟妙惟肖地模仿這個女同學學他走路的樣子，一邊學著她從嘴巴裡發出像拉風箱一樣的聲音：「咕－嘎－咕－嘎！」

我相信，假如不是因為腿的緣故，也許阿鍾就會成為弄堂裡一個最調皮搗蛋的孩子。也許這樣，他就不會寫詩了。就像井蛙，假如她成為了一個籃球隊員，也就不會成為一個詩人了。

晚上，阿鍾蹣蹣而來。經常是這樣，夜深了，阿鍾會突然出現在這間屋子裡，然後，向我談起了他的白天生活，在天快要亮的時候，阿鍾也就走了。

有時候，黎明，我們也到外面去喝酒。小酒樓裡，經常會看見一些老人，他們在慢慢地舔著酒。看得出他們喜歡這裡，這是他們一天裡最美好的時光。

太陽升起來了，太陽底下的世界不屬於老人。他們一張張顯出醉意的臉，就像一群蒼白的鬼一樣，在我們的眼皮底下漸漸逝去。

蘭波四十歲死了，卡夫卡四十歲死了，卡繆四十歲死了。還有偉大的詩人普希金、波特萊爾、可憐的坡，這個在美國聚財者時代升起的燦爛星座。然而他們都是真正的抒情詩人。在這個世界上，誰對自己將死於四十歲沒有出現真正的預感，誰的文學中就不可能產生真正的抒情力量。

但老人的魔鬼是不具有創造力的，已經不再會使他們成為抒情詩人。酒樓裡，老人們紛紛走盡。這時候，我和阿鍾也分手了。

一九九二年上海

附　為阿鍾詩集《拷問靈魂》作序

二十四年不是一個短日子。一個孩子可以長大成人，而且已經度過了最為美好的年華：青春！

驀然回首，阿鍾的寫詩生涯至少有二十四年了。

當人在異鄉讀到《拷問靈魂》，發現使我感動不已的並非是阿鍾的詩歌造詣、成就，而是阿鍾在這個世上苦吟的編年紀事時，這個事實使我知道，我是永遠也成不了一般意義上的阿鍾詩歌的讀者，更不用說是他的詩歌鑑賞家了。

如果將比喻繼續進行下去的話，可以說，我只是阿鍾詩九歲到十七歲的見證人，即一九八九年～一九九五年，對他長大成年後的詩則知之甚少。不過，由於機緣，我還是有機會讀到他近期的詩。像他去年寫下的詩：「田野裡一片茂盛」，「早春繼續給枯死的桃樹澆水」……在我看來，僅憑這些我偶然讀到的詩，阿鍾便可當之無愧地躋身於當代最為傑出的詩人行列了。

但詩歌不是奧林匹克賽場，當身處黑夜中的詩人正孤身奮力和自己的靈魂搏鬥的時候，任何評判都是毫無意義的。因此，如一定要注重於詩藝的話，我寧選取阿鍾的短詩，那些戰士休息時的牧歌作審美評價，而對他作為一個靈魂探索者在黑夜裡所發出的廝殺聲繼續保持沉默。

從阿鍾走過的詩歌道路看，〈新生〉與〈昏黯。我一生的主題〉是他早期二篇最重要的作品。寫作時間的跨度也很長，〈昏黯。我一生的主題〉竟寫了七年（一九八八歲末～一九九六夏）。在這期間，阿鍾還寫了一本當代文學史上獨一無二的著作：《夢海幽光錄》，是對他幾百個夢境的真實記錄。從精神的完整性上說，我倒是更希望將這三者合而為一，一起展現在讀者面前。

而這本以編年史的方式編排成的詩集的好處則在於：它使讀者有了更多的機會看到詩人對同一題材的不同處理方式。讓我們看一個詩人對自己的血統的處理方式的例子：

「我可以坦言相告我祖上的劣蹟——這真是一個庸人輩出的家族。商販的榮耀，農民的質樸和油滑，兵痞揮馬揚鞭，衣錦回鄉，給村民們分發光洋，僅為了收取驚羨的表情揮擲千金。我的祖父精通房術，嬌寵的妻妾分置各地。革命以前，既是鄉紳，又是馳名一方的產業主。祖父，你這個老滑頭，革命以後，你成了赤貧，用一杆菸槍為自己贏得了無產者的美名。祖父，你的種子遍撒海內，你死後怎會寂寞？」（選自《新生》）

這段文字寫於一九九二年。是由內向外寫的，表面上花團錦簇的文字下掩飾不了詩人內心的緊張。據我所知，這是詩人第一次表達自己對於祖先的看法：「祖父，你這個老滑頭」，對讀者說來這種陳述也許平淡無奇，但當時的詩人卻肯定被這種大膽的叛逆嚇壞了。我清楚地記得，好多天後，日常生活中的詩人還戰戰兢兢於這種稱呼的回響。

九年後，二〇〇一年，阿鍾在處理同一題材「外公的一生」上就輕鬆得多了，文體也一改從內而外，變為一般的陳述句了。

「老頭不識字／卻喜歡我的字／春節的時候／我的字被貼在他的門上∥新四軍動員他參加革命／他說不／跑進這個東方大都市／做一個家族的皇帝∥天空漸漸變色／家族漸漸崩裂／年老的皇帝／坐在門口發呆∥未曾識過字的神情／漾在外公的臉上／一種輕鬆的悲痛／在葬禮上傳揚」

一九九九年，有關詩藝問題我和阿鍾有過一次重要的談話。他說，詩的起源大概在於古人的結繩紀事。阿鍾詩風的重大轉向大概也正完成於這個時期。自此，他的詩對於現象的陳述變得更大於內心的描述了。從詩藝上說，他那種兼有日本俳句之風、禪味十足的詩所取得的成就為世人所瞻目。不過，我仍然十分懷念阿鍾早期的詩。那是一種對文字充滿著禁忌的詩，每寫出一首詩，就像為自己的生活埋下了一顆地雷。

我和阿鍾同屬於一個內心大膽、外在物質生活卻極其貧瘠的年代，那時候的我們，除了心之外一無所有。自然，風物詩為我們所不屑。不過話得說回來，敘事的種子其實為阿鍾的詩帶來與生俱來的東西，像《靜坐》：

「門把濃黑的月亮關在外面／燈卻不肯安寧，喊叫不已／算是歌唱／我對著鏡子吹鬍子瞪眼／桌上的鐘不理會我／眼睛被時針撥轉／猛然褲腿被按上一段／白天，急步匆忙累得／死去活來，一折身／白煞煞的牆壁向我撲來」

該詩寫於一九八五年。毛時代的大敘事體雖然乏善可陳，但若認為我們的童年就是文化空白則是失憶的。我最近老是想起這首童謠：

你會彈什呢（什麼）琴啊？／你會彈鋼琴嗎？／不會！／你會拉胡琴嗎？／不會！／那你會彈什呢琴啊？／我只會談愛情啊

這是很多年前，阿鍾用上海蘇北話在我江灣小屋裡唱過的一首我們童年的歌謠，這是阿鍾輕鬆愉快時的幽默一面。當我此時此刻自由自在地坐在自由世界的海邊，看著白雲、海鷗翻飛，不禁想道，假如天假以年，我和阿鍾生活在另一個時代，生活在詩人永遠假想中的另一個世界上，阿鍾的靈魂吟唱還會這麼苦澀嗎？我對他二十四年的詩歌成就還會這麼感歎嗎？

作為一個讀者，我想，我會說我會！以阿鍾的才華，以他對這個世界的情懷，他無窮無盡的對於這個世界的好奇，永遠在夢想著遠方……

但作為他的朋友，當我重讀這些真實地記錄他靈魂軌跡的詩，我的答案卻只有一個……既然偶然成為了我們這個世界的開始，那就讓我們注定背上這個十字架吧。既然沒有玫瑰花向著我們的童年盛開，那就讓我們繼續在黑夜中吟唱下去吧。我想，會有孤立無援的讀者，當他或她偶爾地讀到你的詩時，也許就會說：讓這個世界繼續它的喧囂吧，既然詩人在黑暗中的吟唱這麼美妙。那就讓他繼續這樣唱下去吧。

二〇〇五年五月十九日 舊金山灣

催眠師劉漫流

一

暑熱難熬的白天終於結束，躺在藤椅上昏睡了整個下午的我們醒來。從長江入海口吹來的晚風，使我們重又變得精神抖擻。劉漫流站起來，用手指著藤椅，張開嘴，朝我笑著說：「這兩張藤椅其實就是你和我。那張黑一些的是你，白一些的是我，一陰一陽。《易經》上說，一陰一陽謂之道，我們其實是互補的。」

一九八四年我的學生時代結束了，有意味的巧合在我的命運中再次扮演起了任何東西都無法替代的角色。

當我和劉漫流在卡欣家裡第三次巧遇的時候，我們便決定另找一個地方，一起去酒館喝酒。

面對這幾個月裡接二連三地發生的巧遇——他和我，一個去了卡欣家裡三次，另一個去了四次，可偏偏就三次相互遇上——面對這樣的事實，我們都猜想這裡面或許就存在著一個類似斯芬克斯之謎的東西。

上海的亞文化到了一九八五年，該遇見的人大都相遇了。

「既然相聚了，就會有一番轟轟烈烈的事業」。這在當時的朋友們的心中已變成一種非常普遍、強烈的預感和心願。

這樣，到了一九八六年的夏天，當劉漫流在密山新村有了兩間空房子，聽到他邀請我和他一起搬去同住的消息時，我立刻想到了這個斯芬克斯之謎。

那時候，我已失去工作，正可以像一個流浪漢一樣在這個世界上到處住來住去呢。

劉漫流是詩人、學者，還是朋友之中的一個類似蘇格拉底式的談話哲學家。與他談話無疑就像是在經歷一次神奇的催眠術。

太陽在照耀著，熱浪灼烤著新村的水泥建築物。日子在一天天地過去，一天，學識淵博的劉漫流翻開了一本厚厚的書，指著上面的字這樣對我說道：「阿修羅居於海上，與諸天鬥法。只要發出『n』音，諸天便不鬥自敗。由此可見，阿修羅實際上是一個藝術家。」

《阿修羅家族》是我在八十五年底根據三句格言創作出的一篇寓言小說：「天下越亂越好，反潮流總是對的，老子就是不信邪。」那時候，我除了記一些思想片斷之外，什麼都不寫，《阿修羅家族》實際上就是當時我唯一的一篇可以算得上是文學類的文章。

而我的這群朋友卻都是詩人。

於是，我懂得他的意思了，因為在那些日子裡，劉漫流正把他自己以及默默、孟浪等朋友們的詩歌創作活動稱為「海上詩群」。而創立一種「流派」和「主義」，也正是我青春年代最大的夢想。

那麼，我的青春、我的文學生涯，我的名字是否能夠和這些朋友們聯繫在一起呢？在往後漫長的人生旅程中，我們是否始終都能夠相濡以沫、榮辱與共呢？

現在，既然一種「虛構的產物」竟然還有一種「歷史的確證」——「阿修羅居於海上」，這種巧合的發生使我確實應該好好想一想未來的道路了。

那一天感覺起初像平常一樣
白天也沒有出現任何奇異的跡象
夜晚來臨了
靈魂總是伴隨著夜晚到來

我們談話時，他保持沉默
而當我們沉默時，他說出了第一句話
正如歌中唱道
「我記住了他說過的最後一句話
我們將記住他們說過的每一句話」

——劉漫流《通靈之夜》
一九八八年上海

二

那時候，我正住在劉漫流寶山的家。和老菲苾一同前來的那個女孩，是老菲苾的同學。因為愛上了同班男同學，而這個男生卻不愛她，結果，使這個不幸的女生陷入了苦難深重的單相思裡，整天神思恍惚。

當時，佛洛伊德精神分析方面的書已經在中國出版。從中我們知道：只要成功地分析出一個人的夢境，找到了這個人的真正潛意識，就可以解決精神上的一切問題。

當時，在朋友中，劉漫流是唯一的能和我談論一切學問的朋友。多年後，京不特談起到了丹麥後，他為什麼選擇了去讀哲學系，其中一個主要原因就是看到「里紀（京不特為我起的筆名）和劉漫流一起談論哲學時的樣子，非常羨慕。」除了談哲學、文學，那一段日子裡，我和劉漫流一起談論得最多的就是精神分析。

劉漫流坐在一只藤椅上，我也坐在一只相同的藤椅上，我們面對面地坐著。彼此釋夢，努力地尋找著每一個夢背後的潛意識。

靈魂在顫抖，靈魂在釋放……心靈跳動起來，開始歌唱！

就像當年榮格和佛洛伊德在去美國的船上，在每天彼此釋夢、互做精神分析之後，榮格興奮地寫道：懂得了精神分析，就是找到了精神上的天堂。

當老菲苾知道世界上還有這樣一種神奇的學問後，非常振奮。當劉漫流聽說老菲苾想把這個女孩帶到寶山來，讓我們為她做精神分析時，也非常興奮：這正是檢驗我們學問的一次絕佳機會。

但這一夜，在這位病人面前、在老菲苾面前，我們的「精神分析」卻徹底失敗了。

多年後，我卻不再這樣看待了。

佛洛伊德在做精神分析時，需要一把能讓病人舒舒服服地躺在上面的大躺椅，而他自己則躲在病人所看不到的地方。當我和劉漫流互做精神分析時，用的卻是兩把面對面坐著的藤椅。我想，當年佛洛伊德和榮格互做精神分析的時候，他們有可能所面對的、更多的就是無邊的大海和天空。

精神分析其實是多種多樣的，鈴木大拙曾從禪的角度來看待精神分析。禪，會說什麼話呢？為什麼在做精神分析的時候，患者就一定要說說自己的夢，精神分析師就一定要對他或她的潛意識說些什麼呢？儘管那一天，從表面上看，老菲苾的同學在我們的面前，幾乎一言不發。但是誰能說呢？當在飯桌上，她默默無聲地聽著我們在談話的時候，與此同時，她就不在波瀾起伏地在與自己的內心深處對話？任何的精神分析，不管用什麼方法，只要能讓患者與自己的潛意識，成功地展開對話，就是一種好的精神分析。

二〇一一年二月二十日 阿拉米達

三

潯陽江頭夜送客
楓葉荻花秋瑟瑟

一九八七年，我和郭吟、還有默默，我們三個人一起坐在潯陽江畔喝酒。我聽到了琵琶聲，也想起了白居易的《琵琶行》。

我不是一個看得懂中國文言文的人。畢業於華師大中文系的劉漫流覺得很奇怪，問我：「這有什麼難呢？」

我說：「之乎者也，還有無數個沒有標點的標點。這對我說來，所有的這一切都太難了。我讀不懂它們。」

一九九五年，在北京寫電視劇的日子裡，孟浪和劉漫流在另外的一間房子裡，也在和我一起寫。

一天，穿著T恤、短褲的劉漫流跑進了我的房間，問我：「你寫到哪裡了？」

這是一部冗長的電視連續集，我們相互呼應。孟浪常常有事沒事地走進我的房間，問我一句：「你寫到哪裡了？」

我以二天一集的速度寫著。這是一個天才的寫作速度，也是一個「扯爛污」（上海話，不負責任的意思）的寫作速度。

我對劉漫流說：「我正想讓老菲苾呼之欲出。」

劉漫流眨動著眼睛說：「好，好，好！」

一會兒後，劉漫流問道：「你還記得當年你朗誦過的一首辜鴻銘的詩嗎？『當初你不愛我……』。我們可以在畢業會上，讓大家一起唱起這首歌來。作曲，就讓張廣天來譜。」

我們當時四人，包括王以培一起合寫的是部青春電視劇《大學城》。導演王光利，藝術總監與作曲張廣天。在劉漫流的建議下，改名為《我的大學》。

畫家兼藝術批評家笱紅冰看完了我的部分劇本後，笑呵呵地對我說：「在你的本子裡，怎麼會有這麼多的風呢？總讓女同學的裙子飄了起來？」

我和笱紅冰一起大笑不止，就像兩個真正的好色之徒。

當初，你不愛我
你的笑容甜蜜
你的笑容燦爛
你的手兒溫柔
你的手兒和微笑就像桃花一樣
艷麗
艷羨仰慕的時光終於流逝
你終於愛上我了
時光竟然讓你失去了全部的魅力
你的皮膚粗糙
你的聲音殘忍
……

辜鴻銘當然寫的是一首古體詩。雖然，在那個草創年代，我以模仿古體詩開始我的詩歌吟唱，但我始終是一個可憐的、看不懂中國文言文的人。

在我的眼裡，永遠只有寫新詩的詩人比中國古典詩人光芒四射。

在這裡，我也許無意中已經改寫了辜鴻銘的這首詩。

老辜啊，你是我心中最後的一個中國大哲學家，最後的一個詩人。

願你安息！

我的窗外已春深似海。

二〇一一年三月六日　阿拉米達

偉大的小作家・陳接餘

在茫茫無際的人海中，一本每期僅手刻油印二十份的《未定稿》，就象漂流瓶一樣被拋入到了大海之中。它們將漂向何方，誰是它的收信人？不知道。我們僅知道，它們是寫給人看的，也只有人才讀得懂它。

只要知道了這一點也許已經足夠。

沒有許諾、沒有義務；既不折磨朋友，也不折磨自己；這有多好！沒有大人物、沒有小人物，只有真正的工作者，這有多好！就象一堆沙子，就象一泓奔放的流水，聚散無常，飄無所指，如同我們的命運，就象我們的心。多麼親密，多麼自由。

當《未定稿》說「亞文化是一種廢墟文化」的時候，還只有我一個人是《未定稿》中的真正工作者。而到了能夠自豪地說「有了親密的戰友就能天翻地覆」時，工作者中有了阿鍾和京不特。當我們把電影《印度之行》中的一句話，「我們不過是一群在這無神的宇宙中的匆匆過客」作為題記，寫在《未定稿》卷五上，這是因為命運已經無法挽回地把離散的結局判給了我們。

又一個秋天將到了，而這個秋天卻沒有果實，這一年的春天早已把中國大地上的一切改變。多麼懷念這樣的話語：「有了親密的朋友……」

一天，終於有了這麼一天：

「從卡欣那裡知道您和你們的工作及成果，在看了《亞文化未定稿》卷三、四，二份文獻的珍貴孤本箴言後，我是很振奮的！一種揚眉吐氣的感慨！江海湖漢幾多水……看不見同行，看不見自己，看不見亞文化，看不見一場文化運動的實際成就，與其實踐後果的關聯……終於，看到了你們！

亞文化依然存在：並且工作著！這是何等激動人心的本土地面生活中的一樁頭等大事呵！有繼續革命的戰士在；有不甘於沉淪、力渡彼岸的水手在；有思考與設計人煙的走向與考察實在（生存）狀態的思想者在。……這樣的文獻，讓我由衷驚喜地覺到你是我們這個紛亂而又整套完備之時代——所呼喚且確係被尋找的先導。一個民間個性再造的工藝師。

保護自己，珍惜思考，教育文青（文學青年）永葆風華正茂。

一個新大陸在浮動，那是你們的投影，也是末世紀在新紀元的新生之可能。讓我，一個超現實主義在中國的鄰居兼文丐，再一次向你們致以敬謝之意。同行共天日。」（摘自一九八九年九月十七日陳接餘的信）

呵，「一個超現實主義在中國的鄰居兼文丐」，是我們的漂流瓶把他帶來了。

在我的八十年代的青春歲月裡，我沒有認識、擁有這樣的朋友、這樣的夥伴、這樣的戰友。

九十年代就要開始，我就將擁有、認識這一切嗎？

一九八九年九月 上海

士兵的報酬

結識陳接餘是我智力史上的一樁奇蹟，是少數最激動人心的事件之一。自一九八九年，他寫下了《在抽象和具象之間》之後，我與他的文學對話便開始了。但我們的友誼並沒有就此開始，因為我一直認為他是寫那種晦澀、古怪的、為我所不喜歡的「中國式現代派」作品的人。而在我看來，寫得晦澀、寫得古怪、寫得不為讀者所理解，就是傲慢，就是在對讀者犯罪。私底下，我也懷疑這樣的作者，他們的心靈是否低下？是否就像傳說中所說的那樣：他們是一群被魔鬼所操作、引導的人。

毫無疑問，這樣的人不會是我的朋友。

然而，一次偶然的讀書經驗改變了我的這種看法。那是一次連續閱讀了陳接餘的作品一天一夜的讀書經驗，而且，還是兩個人一起閱讀的：晚上十點到次日晨六點，第二天中午再到晚上。像這樣兩個人在一起作如此激動人心的讀書長跑，是我一生讀書經驗中唯一的一次。在由衷的感慨「一個人和另一個人注定相遇，這另一個是他的兄弟」中，我和陳接餘的友誼從此有了一種真正的開始。

陳接餘的《士兵的報酬》，由一封信與兩篇獨立的文章組成。在這封信中，陳接餘不僅較為全面地評論了我，而且還引述了一些我未收入在《朋友的智慧》裡的文章。當時，我想如果能將這封信收錄在《朋友的智慧》裡，那麼肯定能夠成為一種有意義的補充。在想了幾個題目後，我最後就將它定名為《士兵的報酬》，這取之福克納的一篇小說題目。

幾天後，我想應該將我的這種想法告訴陳接餘。電話裡，他興奮地告訴我，他也正打算打電話給我。原來，他已於昨天完成了一篇論我的文章，正打算從今天開始起寫另一篇論阿鍾的文章。原來他一直在悄悄地關心著我和朋友們。

見面後，我問他那篇剛寫完的文章的題目是什麼。這一回，他的回答真正使我感到驚訝了，原來它的題目竟也是《士兵的報酬》！所不同的在於它還有一個副標題：「二百條胳膊」。也許這並不奇怪，因為就在幾星期前，他對我說起了福克納的《士兵的報酬》。當時，他對我是這樣說的：

「那時候，福克納正在跟舍伍德．安德森學小說。一天，在街上遇到了舍伍德夫人，夫人對他說：『舍伍德讓我轉告你，如果有一天，你再也不想拿你所寫的小說給他看了，那麼他就將你的小說拿去發表』。」

說到這裡，陳接餘大大地感慨道：「從這裡我們可以看到，舍伍德是多麼的人道。如果福克納在寫小說的時候，頭腦裡所想的總是舍伍德將怎樣看待他的小說，那麼，他的小說就不會寫好了。」那篇福克納第一次沒有拿給舍伍德看的小說，就是《士兵的報酬》，也是福克納發表的處女作。

然而，不管怎麼樣，幾個星期之後，當我聽到陳接餘嘟嘟噥噥地對我說：「我在寫這篇關於你的《士兵的報酬：二百條胳膊》時，我心中一點也沒有想到要給你看」時，我只能是為我倆在共時性中所達到的共識感慨萬千的！

一九九二年 上海

晦澀的「喬伊斯」

有些人長得就是帥。雖然，日常生活中，陳接餘只是街邊一個賣菸的小販，但是當他作為一個封面作家出現在一本文學刊物的時候，我不由地驚嘆道：是的，作家就應該有這張面孔！

我第一次見到陳接餘——那時候他叫夢雁，居然穿著一件風衣。在八十年代，這是最帥的象徵。我對他談起民主，他笑。我感到沒意思，於是轉換話題，談起作家在廣場上的魅力，這是一呼百應的魅力，他依然還是笑。

他那時候的面孔還不像現在這麼黑。早在見到他之前，我曾聽到過一個傳說：他有許多抽屜，一個裝沙特，一個裝德希達、還有各種結構主義的書，當他需要使用哪個作家的時候，便把抽屜打開。

他告訴我，有人說吳俊榮瘋掉了，因為他居然號稱收到了西蒙的信。西蒙是當年的諾貝爾獎得主，一個學法語專業的人和一個法國作家通信，這在今天是稀鬆平常之事，但那是在八十年代。

我和陳接餘真正的友誼是從九十年代開始的。他稱我父親為「王老」，讓我笑得肚子疼。他那時候正在談女朋友。他說，他和女朋友看電影看到一半時，便自己一個人跑了出來。我說，你怎麼這麼不懂得憐香惜玉呢？他笑。後來我的語言變得惡毒了，我說，像這種女人打打死算了。他還是笑，寫了一篇《我不能傷害我所愛著的女人》。

其實，我是看不懂陳接餘作品的。每一次當我認真想讀下去的時候，都讓我氣得怒髮衝冠。但是他的才華確實使我難以忘懷，比如說，他工作的地方閔行，在他的小說裡，這個閔行便變成了「渴市」。他說，我要寫一部小說，叫《老報廢非凡的一生》。我說，你不必寫了，光有這個名字就夠了。他那時候在做油庫管理員，有個美麗的女同事。一天，我去看望他時，順便問道：「你那女同事呢？」他說：「她去搞性活動了。」我無法相信自己的耳朵！但是，陳接餘就有這種本事，把重大的事情以稀鬆平常的手法表現出來。

我不是一個有耐心的聽眾，但是在小酒館裡，陳接餘開始對我說起八十年代的往事。一小時過去了，我張大著嘴巴說：「說呀，繼續說下去。」

這時候，我真得弄不懂，他居然有這麼出眾的演講才華，為什麼還要把自己的作品弄得這麼晦澀？也許他真是中國的喬伊斯？

二〇〇八年八月十七日

我沒有把陳接餘介紹給捷克讀者，而五年前，我曾經把陳接餘推薦給澳大利亞。其實，陳接餘最應該去的就是布拉格，因為那裡曾經誕生過他最崇拜的作家卡夫卡，還誕生過啟蒙他青春思想的布拉格語言結構主義。

陳接餘是我復旦附中初中同學董衍敏、初中兼高中同學蔣肖虹的小學同學。蔣肖虹是我初中、高中的班長，也曾是陳接餘小學時的班長。我和陳接餘相識於中國地下文學遍地開花的八十年代早期。這裡有一條神祕的線把我和陳接餘緊緊地聯繫在一起。

老菲苾離開中國後，我瘋狂地愛上了我的表姊，上海電視台英語新聞主持人榮榮。幾乎每隔三天，我就會給榮榮寫一封情書。面對無邊的沉默，帶著一顆哀傷的心，週末，我去宜山新村看望剛剛從閔行回來的陳接餘。

有一天，我對陳接餘說：「兄弟就要不久於人世了。」陳接餘擔憂地望著我。但很快地，我們就有了大歡樂，我和陳接餘一起端起了酒杯。

酒杯在哪裡？

這樣，歡樂很快地便會湧到我們的心上。

這是普希金的詩。除了阿鍾之外，陳接餘是我的最佳酒友。陳接餘搬到閔行後，幾乎每一個月，只要我身上有錢，我都會乘車穿過市區、穿過漫長的徐閔線去看望他。九十年代末期，髮廊已經變成了色情業。我和陳接餘大醉後，跑進了髮廊。陳接餘愜意地躺在一只按摩椅上，對著袒胸露背的髮廊妹，翻開一本印有他照片的雜誌，激情洋溢地念起他的作品。

有一次，在江灣的「團結」飯店，對著一個胖墩墩的男服務員，阿鍾也讀起了他的詩。小伙子睜大著眼睛，一會兒後，從椅子上站了起來，說：「我要下樓去幹活了。」我一把按住小伙子就要離開椅子的肩膀，阿鍾大笑道：「再耐心地聽一聽！我很快就要朗誦完我的詩了。」

就此別過

詩人，有著世界上一顆最單純的心靈。如今我失望地看著陳接餘在筆會論壇上、在他自己的博客裡，把別人的東西搬來搬去；或者用他一慣的現代派手法，寫下的那些晦澀莫名的東西。作為一個有創造力的作家，陳接餘在我的心中已經結束。

去他媽的新聞，去他媽的政治！我在筆會的論壇上嘲笑起陳接餘來。井蛙閃動著一雙黑亮的眸子，責怪道：「你為什麼要罵陳接餘？他是一個待你真誠的朋友，我希望你一輩子都不要忘了他。作為一個站在路邊擺攤賣香菸的人，而他的老婆文化程度又不高，他能夠寫作就已經很不錯了。」

「能夠寫詩就不錯了。」曾經是陳接餘年輕時代所喜歡的一句出自一個上海女詩人的詩。但僅僅是熱愛寫作，作為一個作家說來，這是遠遠不夠的。讀完了陳接餘一篇表達他對於寫作的無限熱愛的《寫作狂札記》後，我說：「你是一個偉大的小作家。」

很久以後，陳接餘也沒有明白過來，我究竟對他說了什麼。當他再一次見到我的時候，他說：「我還以為你說我是個偉大的小說家呢！」

小作家只是一個通過自己的寫作照亮了自己心靈的人。而我所稱之為的作家，尤其是偉大的作家，指的是那些能夠通過自己的筆，照亮讀者心靈的人們，因此，我沒有推薦陳接餘。

接餘兄！我的老朋友，我的老兄弟，在這些文字裡包含著我對於你的愛，以及深深的期待。

二〇一一年二月十五日 阿拉米達

一個現代派的早晨・吳非

一九九九年，為了寫《吳非評傳》，我採訪了許多他的童年夥伴。詩人戴之告訴我說：「啥人講吳非的詩，抽象晦澀？我們瞭解他，所以，我們讀得懂他的詩。吳非是一個性意識特別強烈的人。在他的詩裡充滿著性，每個字眼裡都是性。他的每首詩基本上都是半夜裡，從夢中一下子醒來寫成的。有一首詩叫『摸摸你的屁股什麼的』。他告訴我，半夜裡突然醒過來，感到很壓抑。一個人赤身露體地在房間裡走了二個多小時，每走一圈，就拍一下自己的屁股。所以，我講從表面上看他的詩是，是……」

我插話道：「——是玄妙，莫名，是主觀意象。」

戴之說：「但如果把他的詩翻過來看，裡面就全是性了。」

這是一段彌足珍貴的文字，八十年代，吳非作為「主觀意象」派代表（其實只代表他一個人），他的詩幾乎可以說沒有一個人讀得懂。如今真相大白。如果說，性是貫穿吳非文學活動的一生主題，那麼，他早年的詩為什麼這麼抽象？而現在他寫的東西，又為什麼變得這麼直露，乃至於到了放肆、粗俗的地步？

我想，答案只能從外部原因中尋找。八十年代，中國還基本上是一個半清教徒的社會。性，是一個社會禁忌。而在家中，吳非還有一個他既崇拜又懼怕的太太。到了今天，中國社會的道德已經淪喪，吳非，這個昔日的窮小子，也一夜暴富，躋身於富翁的行列。吳非成了一個風流快活的老王老五。

佛洛伊德的性理論似乎並沒有過時，馬克思的社會思想也似乎沒有過時。這至少是我從吳非這個有趣的詩人身上所想到的東西。

世界上有兩個文學種類，我一直認為是不可思議的。一個是鬼故事。以前在江灣舊宅，午夜，一旦講起了鬼故事，個個都被嚇得不敢出去小便。更不用說，一個人回家了。最後大家都只好擠成一團，等到大天亮。另一類就是笑話。有一年，我在編譯《藍色幽默》期間，足足有好幾個星期，我無法正常思考，正常說話，一想、一說就想笑。

我能理解為什麼吳非會這麼熱衷於寫黃段子。當一個人寫了一段又一段黃段子之後，這些黃段子對於創作者說來，其本身的娛樂性便遠遠地超越了性。就說佛洛伊德，當他把世界上任何直的、圓的東西，都看成了男女象徵的時候，你說，到了這種地步，直的、圓的東西還會給人任何性的感覺嗎？榮格曾回憶道：當佛洛伊德說到「性」的時候，臉上總是帶著一種古怪的表情，彷彿在這個詞的背後，就有一個上帝一樣。有一次，佛洛伊德甚至於用一種哀求的口氣，對著榮格——這位他心目中的精神分析王國的王位繼承者，說：你要對我發誓，永遠也不要放棄我的「性」學說。

當時，和我一起編譯《藍色幽默》的還有另外一個合作者，當看到他把稍帶有一點黃色的笑話編進去的時候，都被我堅決地剔除了出去。不是我一概拒絕黃段子，實在是有水準的黃色笑話太少了。

由梁星明編劇的《快樂的單身漢》，與秦培春合作、並最終打上筆墨官司的《逆光》、《都市裡的村莊》，無不都是中國八十年代早期洋溢著都市氣息，富於平民精神、也是頗為迷人的電影。當時，梁星明是上海江南造船廠的一名業餘作者。私底下，他談起了造船廠的女工們，如何在吊車的駕駛室裡、在船艙下，或者在車間的某個角落處偷情的故事，但他從來不將它們寫出來。梁星明不是一個地下作家，他是已經進入了官方主流文學、並受到栽培的工人作家。

一九八三年，在上海地下文學中，出現了三本現代派詩集：《夢與真》、《夢與真之二・走調》、《夢與真之三・移動》，作者吳非。此外，還出現了二本現代派小說集：《夢之雁之一》、《夢之雁之二》，作者夢雁（陳接餘）。那一年，吳非二十五歲，陳接餘二十一歲。

若如談到工人出生，其實，吳非和陳接餘才是資格最老的工人。吳非十六歲時，便輟學進入了一家紡織廠，當上了一名油壺工。十七歲時，陳接餘也輟學了，在閔行的一家水泥廠，做了一名普通的青工。

但誰也不會想到把吳非、陳接餘稱之為工人作家。不是一個會寫作的工人，就是一個工人作家。從他們進入我視野的第一天起，在我的心目中，吳非和陳接餘就是上海地下文學中的現代派。

在楊樹浦的一家石庫門房子的天井裡，郭吟憤怒地指著吳非的《夢與真》對我說道：「什麼亂七八糟的東西，你看看！」

還沒有等我看完二行，郭吟繼續憤怒道：「現代派不是這樣的！」

那時候，郭吟已經讓我讀了他所推薦的寶書之一：陳琨的《西方現代派文學研究》。我翻了翻吳非的幾頁詩歌後，味道確實不對。像這樣的詩，如果不是郭吟讓我讀的話，我早就把它們從房子裡扔出去了，所以，我也不會憤怒。我不知道郭吟怒從何來？

郭吟告訴我，前些日子吳非來，讓他為吳非的詩寫一篇詩評。

我問他寫了沒有？

郭吟不停地搓著手，眼睛閃閃發亮地說：「寫了。」

他望著我，笑著說：「我寫道：像寫這樣詩的人，用醫學上的術語說，就是得了失語症。」

「你真的這樣寫了？」

郭吟站了起來，在房間轉了幾圈，終於從一大疊的刊物中找到了兩本複印手寫刊物：陳接餘的《夢之雁》。

「吳非倒不算什麼，最來氣的是吳非身旁有個人，就是這個人。」

我家中也有陳接餘的《夢之雁之一》、《夢之雁之二》，是默默送來的，當時，我不在。我哥哥說：「聽默默說，這個人是個工人，蠻可伶的，花了一百多元錢才印成。」但這兩本小說集，我連一眼也沒有瞄過。

「這個傢伙為吳非辯護，說：說這樣話的人，才是得了腦膜炎。」

「怎麼？他們已經開始相互人身攻擊了？」我焦慮地想道。本來是一件好事，人家好心好意地請你寫評論，你不喜歡不寫就是了，幹嘛用這種方式吵了起來？我暗暗地想到。

在我心裡想著的時候，郭吟告訴我：這個叫夢雁的傢伙，聽人說，在他的家裡有許多只抽屜。一只抽屜裡放著他寫結構主義的文章，一只抽屜裡放著他寫存在主義的文章……在他需要寫文章的時候，就隨便抽出一隻抽屜，然後用剪刀，隨便地剪下一段貼上去。

最後，我說道：「要不要讓我替你去打他一頓？」

幾分鐘後，我和郭吟在他家門口附近的一家飲食店，愉快地買了兩碗湯團。在雪白的日光燈下，忘記了吳非，還有那個叫夢雁的傢伙，郭吟開始和我滔滔不絕地談起西方的現代派。

阿鍾在電話裡告訴我，他批評了整天熱衷於寫黃段子的吳非。當著他的面，阿鍾說：「你的境界太低！」

吳非一臉誠懇地問道：「那麼，我如何提高境界呢？」

一個已經年過半百的老詩人，誠懇地提出了這麼一個問題。這是吳非作為詩人可愛的地方，同時，也反映出中國當代文化的徹底失敗。

二〇一一年三月二日

附　王一梁、阿鍾《關於吳非的兩次對談》

一

王一梁（王）：「南方」這一群人，從小很苦。吳非和陳接餘，都是早年喪父。戴之，就是說「呆」嘛；像肖沉，家境就比較好，看上去像是白相人，我那天打電話到他家裡，他不在，我問他老婆：「他現在忙嗎？」他老婆說：「他忙什麼，他在忙著玩呢。」

阿鍾（鐘）：八十七年公安局來抓京不特的時候，閘北分局有一個人，長得很像李根富（肖沉），那時我們通信，在信中，我們就稱其為「李根富二世」。

王：我聽陳接餘說，他們那幫人裡，唯一能說會道的，就是肖沉。

鐘：是。肖沉說話還是比較有條理，也擅長分析。所以那時候談詩歌，他能說出一些「道道」來。但是像吳非這個傢伙，張口結舌……還有戴之，戴之還比較羞怯。那時在「延中茶座」，戴之話不多，從外表上看戴之好像很成熟，是一個老傢伙，很嚇人，但實際上，他和亞木一樣，屬於內心羞怯那類人。亞木在說話的時候，臉都會紅。

王：你和他們認識是在「延中茶座」？

鐘：他們這批人中，我先認識亞木。有一次，亞木對我說，他們在吳非家有一個聚會，我就去了……

王：那麼，這時候你是否已認識京不特？

鐘：這時候和京不特大概已認識，但沒什麼交往。亞木這天對我說，在吳非家有一個聚會，京不特也會去。但這天，京不特沒去，默默倒是去了。那天，有默默、肖沉等人……

王：這時候你已認識默默了？

鐘：這天是我第一次遇見默默。

王：這倒是很有意思的。

鐘：這是八五年的事。因為當時幾乎所有人都不認識我，默默就指指我說：「介紹一下。」亞木就推托，要吳非來介紹。對此我很不快，我覺得這是很非禮的。後來還是吳非，把我介紹給大家。

王：其實亞木還是比較有禮貌的，因為這是在吳非家裡，你說是嗎？

鐘：為這事，亞木曾主動向我道歉。噢，那天沙塔也在，拎著一只皮包，和默默在一起。出去的時候，在路上，沙塔走到我身邊，對我說：「默默要你留個地址。」這樣，後來我就有了和默默的交往。

王：那天你們談了些什麼呢？

鐘：……好像那天張健為吳非拿來了很多紙。那時吳非在家裡搞刊物，不是要出《南方》嘛。

王：這是八十五年的四月？應該是個冬天。

鐘：天氣……，好像是很冷的天氣，起碼應該是秋天。

王：你能否回憶一下當時的情景？談了一些什麼話題呢？

鐘：當時的話題嘛……，具體談了些什麼，我倒忘了。反正談得比較空，因為大家在一起，大多都不認識，默默和他們大概也是初次接觸。

王：那麼，那時候你覺得默默張狂嗎？

鐘：不張狂，一點也不張狂。

王：那時候「海上」……

鐘：不是說京不特要來嘛，所以我一直有一種等人的感覺。

王：實際上是你心慌，這麼多人都不認識，這時候就希望有一個熟悉的人來。

鐘：其實我倒是挺老練的。那時候，人倒反而老練，不像後來，好像越來越退步了。

王：是酒精的作用，大腦退化了。過去，其實每個人看上去都是大人相……

鐘：對，說話都老練得很，成熟得很。

王：咬文嚼字……

鐘：都是文謅謅的，書面語……（笑）

王：所以，過去京不特說我：「印象中，你是理智與邏輯。」我現在變成了一個詞不達意的人了（笑）。

鐘：這天，默默給我的印像很深。吳非，在這之前，我在「延中茶座」與他遇見過幾次，也見過他那薄薄的小冊子《蹣跚的侏儒》（其實是亞木的詩集）。那時在茶座裡，絕大多數人都說，這個傢伙寫什麼詩？！都是這種看法。確實也沒人看到，吳非的出現，也許對詩歌是具有衝擊力的。

王：從來沒有人這樣認為，我也從來沒有這樣認為過。有衝擊力的，只有從很遙遠的地方，比如四川的「非非」，從那裡過來的……

鐘：從「非非」那裡反饋過來對吳非的評價，楊黎說過，他們在搞「非非」的時候，沒料想實際上在更早的時候，吳非就已經達到他們當時對於文字的理解。

王：這次在南京，閑夢說，他聽說吳非要到南京來看他，他簡直激動得……

鐘：所以，吳非在上海是一棵草，而在其他地方，吳非卻被看作是一個詩歌的革新者。從他的那種形式來看，應該說，吳非走得很徹底。當然，說起「非非」，周倫佑也在做實驗，比如他寫的《自由方塊》之類，儘管他已在反邏輯，但畢竟他還沒有拋棄句子本身。但吳非則不同，他是連句子都沒有了，只剩下音節……

王：（笑）音節也不是。痕跡、墨跡……。我前幾天翻到周倫佑給京不特的信，說《非非》已寄到上海的事。

鐘：這大概是指《非非》第三期。在這期的《非非》上，用了京不特的詩和我的長詩《黯淡之水和一個少年的吟唱》。其實我始終都沒有收到這期《非非》。

王：你和周倫佑有沒有直接聯繫？

鐘：我與周倫佑有過直接聯繫，也收到過周倫佑的信。楊黎也給我來過信，楊黎在給我的信裡說，他給我寄了二十本《非非》。結果我等了很長時間也沒有收到。後來他與閑夢一起來上海，我對他說起這事。他說：「怎麼會沒收到？我再給你寄吧。」結果也還是沒收到。

王：我很想能從你這兒聽到來自「非非」對吳非的評價。

鐘：我所知道的，從「非非」反饋過來的關於吳非的信息，也就是這些。其他方面，亞木和我談起過吳非，他說：「吳非是一個不擅長表達自己的人，有些東西，他心裡很明白，但他無法表達清楚。」他還對我說起一件事，說有一個人，他相當能理解吳非。當吳非張口結舌，講不清楚的時候，那個人就把他的意思給說出來了。吳非趕緊說：「對，對，對，就是這個意思，就是這個意思。」

王：（笑）這個人是誰呢？

鐘：我忘了這是誰了。所以亞木就說，吳非做這樣的實驗，並不是沒有腦子的，其實他有自己的想法。

王：那時，郭吟寫評論，說吳非是有語言障礙。這麼說起來，也沒有冤枉他嘍？他有自己的觀點，卻表達不清楚。

鐘：應該說，他是有語言障礙。

王：但他的思路卻很清楚。

鐘：其實是這樣的，就是說，雖然在他的頭腦裡有這樣的譜，但由於缺少理論訓練，他無法用精確的概念來描述它。

王：上次我和胡俊談起，問到王依群那時的看法。他說：「現在看來，那時他們其實是連自己也是不成熟的。」

鐘：所以，確實他對自己所做的這種詩歌實驗所帶來的意義，心裡未必清楚。

王：陳接餘有一個階段的寫作，使他得了失語症。我覺得，像吳非這樣寫下去，他也會得失語症的。

鐘：我覺得這很正常。有時候在我自己身上，也體現出這樣的傾向。

王：早期是因為觀念少。所謂講得清楚，是外來灌輸的結果。陳接餘說，他們中最會說話的是肖沉。他為什麼會說話，那是他接受了外來的觀念，是些經過提煉的東西，所以他說話就很流暢，思想也顯得完整。但是，具有原創性的思想家，因為從來沒有表達過，所以只好片言隻語。早期我們向他人模仿，就顯得老練，這是模仿他人的結果。但是到了真正要表達自己的時候，就反而顯得幼稚了。你當初是不是聽到過吳非對你的詩的評價？

鐘：沒有，我無法聽到別人對我詩歌的評價。其實我自己倒是清楚的，直到八五年，我才真正接觸現代詩。

王：你實際上是到吳非那裡去聚會才開始……

鐘：不是。應該說，吳非對現代詩的啟蒙，就我個人而言，我是能感受到的。問題是，詩竟然可以這樣來寫。

王：走得那麼極端，那麼肯定。

鐘：但當時是抱著不以為然的態度，覺得這樣的詩也太容易寫了。後來看到周倫佑，再回過頭來看吳非，就反而能以一種肯定的態度來看待吳非，就覺得吳非更具有徹底性。

王：有些影響是看不出來的，比如說從詩歌發育的胚胎來看，孟浪在早期，也許是無意識地受到了吳非的影響。

鐘：不過，我覺得這一點很難說。因為孟浪寫詩很早，孟浪在搞《MN》時，是非常早的，當時孟浪已經很有影響了。吳非在八五年以前，還是處於小圈子狀態，也就是從八五年開始，才剛剛為人所知，人們看到的，也就是他的《蹣跚的侏儒》。所以很難說孟浪受到的影響來自吳非。

王：在這裡我們可以舉一些極端的例子，比如說像京不特，還有我的「阿修羅」等等，在人家看來，好像是相互影響。我曾說到有一個共同的磁場，也就是說反映了那個時代的集體無意識。

鐘：卡夫卡說，我們都是自己時代的抄襲者。所以同在一個時代，大家都不約而同地表現出某種一致性。

王：交流雖然不充分，但相互之間能達到默契。如果有一個共同磁場在主宰這群人，那麼，這就是默契的基礎。而在我們不以為然的背後，是不是有一種（文學上）影響的焦慮在裡面？

鐘：我們早期的文學來源告訴我們，文學是有一定規則的，詩歌也有詩歌的寫法。這對我們來說，是一個緊箍咒。這是一個觀念，詩歌的創作不是一件容易的事，因為必須遵循一定的規則，這就是我們的文學遺產，古典也好，三十年代也好，它是在我們還沒有形成一種文學的自覺時，就已經為我們規定好了的。

王：我這兩天在看一篇文章，是評王蒙小說的，裡面充斥了契訶夫是怎麼怎麼的，《紅樓夢》是怎麼怎麼的。實際上我早期也是這樣的，歷史上已有的東西怎麼怎麼，實際上說到底，都是在比較作品，然後你在其中占據一個位置。你只是想到在其中繼承了多少，發現了多少，但沒有想到，應該從本能的、自身的基礎上創造出自己的寫作規律。你大概在什麼時候有了這點認識？

鐘：那至少是在八十七年以後了。

王：吳非是在八十二年就開始有這樣的認識了。他因為是說不清楚，他說那時他讀卡夫卡小說，就是能讀進去，就是有那種氣氛，他有兩句話寫得非常好：「想怎麼寫就怎麼寫，寫成什麼樣就什麼樣」。

鐘：吳非在這麼早就能有這樣的認識，是很不容易的。而說到我自己，確實，我認為我是一個晚熟的人。我在文學觀念上的真正成熟，也就是這幾年的事，已經是一個老傢伙了。

王：你和吳非，你們的交往什麼時候比較頻繁？我是指私交。

鐘：我們很難說有私交。我和吳非的交往，始終是一種公共交往的延續，即使有個別交往，也只是公共氣氛下的交往，談不上私交。那時候，我們年齡都不大，有一個新人出現，你就可以交一個新朋友，是很開心的，你就會尋訪他。這不像我和京不特之間，是真正有私交的。

王：也就是說，你們是文學朋友，也就是筆友。那麼你們也是有單獨交往的？

鐘：是的。

王：那麼你們這種交往是為了辦刊物，還是為了約稿什麼的？

鐘：不是。純粹是因為在我的通訊錄上有這麼一個人，住在軍工路，他叫吳非。而吳非在「延中茶座」是一個被矚目的人物，雖然所有人都說吳非這種詩，他媽的還是詩嗎？但在「茶座」，他畢竟還是一個「名人」。

王：你能否回憶一下這一天的細節。是秋天，還是春天，下雨天？

鐘：不，不。陽光明媚。當時我用的還是手搖車，手搖殘疾車。從北站到軍工路，路很遠，起碼要一個小時。

王：可能還不止。

鐘：到他家，見他正在一台破的打字機上打字，在打詩歌。

王：他自己的詩，還是顧城的詩？

鐘：不。可能是在搞《南方》。那天我就對他說：「你的那種詩」——當時我們說話都是文謅謅的——「我不敢苟同！」我對他說，文學要涉及生活。我好象是對他這麼說的，文學要涉及生活，必須要表達什麼。我還問他：「你寫一首詩要花多少時間？」因為在我的觀念中，像這種詩每天寫五十首、一百首也可以寫，只要拿本詞典翻翻就可以了。他很認真地說，要一個星期。我很吃驚，像這種詩，竟然也寫得這麼辛苦。

王：他對你的觀點是怎麼表示的呢？

鍾：後來他給我寫了一封信。我看到他的信，倒是吃了一驚，其實他的文字表達要比他說話來得清楚，而且很有文采、相當精煉。至於信上說了些什麼，我都已經忘了。

王：我看過他的信，還是相當清晰的。從他的行文上看，他其實已經是很成熟了。

鍾：後來他到我這裡來過幾次，有幾次也沒遇上，和戴之也一起來過。聽我母親告訴我的。那時候我訂閱《詩歌報》，一厚疊，都被吳非借去，也沒還給我。那時我看到上面金斯堡的《嚎叫》……

王：這應該是在八十五年「大展」之前。

鍾：對，「大展」之前。金斯堡對我們這代人的影響其實非常大，尤其是他的《嚎叫》。

王：這一點你提醒了我，還有卡夫卡……

鍾：確實，一種文學觀念的形成有著來自多方面的因素……

王：往往就是少數幾個共同的偶像……

鍾：到了八十五年的時候，我看到了現代派，看到了卡夫卡，看到了金斯堡等等；現實中，我看到了吳非，看到了默默，也看到了京不特，這對我來說，衝擊巨大。我早期接受的是什麼呢？是聞一多、徐志摩。八十五年以前，我的生活基本處在一個封閉的環境裡，我接受的就是這些東西。八十五年以後，我一直都努力想把以前所接受的東西遺忘掉，看到他們這些搞現代派的，我的內心是自卑的。

王：那麼這時候你對吳非是不是……略微有些肅然起敬？

鍾：談不上肅然起敬。吳非始終不是一個使人肅然起敬的人（笑），吳非對我並沒有構成多大的影響，至少對我來說是這樣。我認為，吳非在文學上的意義要大於對某個個人的影響。吳非作為一種現象，從文學史的角度上來看，可能意義非凡，但從我的內心來說，始終都沒有把它看作為是一種文學的正途。在我的心目中，既是現代派，又是詩人意義上的、從古老的詩歌原則上來說又具備諸多詩歌要素的，是盂浪、默默等人。至於京不特，他引起我注意的，主要是他的才氣，而不是他的詩歌成就。

王：那時的京不特，還正處於發展期。

鐘：京不特使我驚訝的，他那時那麼年輕，剛二十歲出頭，就已顯示出很高的天分，並已能寫出一萬行的長詩來了。那時，看到默默寫出一千多行的詩來，已使人覺得有點不可思議了，而京不特是一萬行，簡直是……那時候我和京不特在私下談話時，吳非始終是我們的嘲笑對象，京不特能背出吳非的「的空被在時」，也是他頗為得意的。但吳非對我們這些人來說，應該沒有什麼直接影響。至於後來韓東那個所謂「詩歌到語言為止」，在吳非面前根本就是「小巫見大巫」了。我說你是「詩歌到語言為止」，人家吳非連語言都不要了，你還有什麼好說的？

王：隨著各種思潮、各種文學現象的出現，我們越來越發現，這種現象在吳非的寫作中都已有所表現。所以他是會被文學史追認的。在文學史發展到各種各樣的現象都出現以後，吳非的意義才會越來越顯示出來。

鐘：吳非是一個將要被文學史追認的詩歌英雄。

王：那麼你再談談在吳非家的……

鐘：後來在他家吃飯。李即引燒的菜，好像那天還倒了酒，是葡萄酒。好像是吃葡萄酒，但看得出，他們的生活還是比較清苦的，沒什麼菜。哦，那天他還把肖沉叫了過來。到吃飯時，他們又走了。

王：那天你們談得開心嗎，留下什麼深刻印象？

鐘：吳非是不善言談的，是一個比較沉悶的人。像我這種性格，也不是一個能夠活躍氣氛的人，所以，我和他在一起還是比較沉悶的。吳非就看著你，好像等著你說話。

王：吳非的眼光是動人的。那時，是否已經發展到像現在這樣，充滿著期待、懇求——在生意場上，我稱之為「百萬富翁」的眼光呢？

鐘：他倒是一直如此。可能我的心理狀態和吳非差不多，大家都處於一種緊張。所以，他的眼光並不能給予我安慰。兩個苦悶！一個苦悶遇到另一個苦悶。

王：我們是否能夠設想那一天的節奏是這樣的：你跑過去後，兩個苦悶相對無言，所以他把能說會道的肖沉叫來。我們再設想，到吃飯時他們走了，你們又再次恢復到苦悶？

鐘：不。那時候，好就好在人還是非常單純的，大家可以不顧一切地談論詩。叫肖沉過來，因為來了一個寫詩的朋友嘛。當時吳非還是比較認真的，我一去，他就把他的朋友們叫了過來。好像那天還有魏建平。人一旦談論到詩就沒什麼拘束了，就有話可以講，可以始終保持有話可說，對伐？

王：一談詩歌就忘我了，不談詩歌就是存在。兩個苦悶的存在。

鐘：老實說，那時的交往，不談詩歌是不可能的。我們當時都是單純的人，不像後來……

王：生活就是生活，詩歌就是詩歌。

鐘：現在，人也複雜了。詩歌方面究竟還談什麼，忘了。那天令我感動的，是他的工作狀態；另一方面是羨慕他的條件，因為他有一台打字機可以自由支配，儘管不好用，打得很慢，但畢竟是在家裡搞刊物，這是他條件比別人都好的地方。想不到，這一晃，十幾年都過去了……

二

吳非詩歌中的性意識與無意識自動寫作

王：從純藝術的角度，已經沒人來談吳非了。現在，戴之也好，肖沉也好，都是從正面、從褒義的一面來談吳非。那麼，你能不能從另一方面來談談吳非呢？

鐘：因為，肖沉或戴之，他們能看出吳非作品中的性意識，從這個角度去理解吳非的詩歌。當時，如果我能抓住性意識這把鑰匙來讀解吳非的詩歌，或許我對吳非會有另一種看法。但吳非作品的隱晦，使得性意識這一點，不太容易被人把握到。我們看到的吳非的詩歌，它對我們構成的意義，往往不被我們察覺，我們無法察覺到他詩歌的真正意圖所在。所以我們也就無法讀到他的性意識，……

王：肖沉運用了這個概念，即性意識，是閱讀吳非詩歌的先決條件。如他的《六神無主》，如果你帶著性意識去讀，的確能讀到。佛洛伊德所說，山是陽具。這樣一看，性意識就出來了。這一點，我比較贊賞肖沉，覺得他談得很好。他的說法是一貫的。他說，吳非的詩，你們讀者要參與其中。你帶著什麼意識去讀，你就能讀出什麼。

鐘：這裡的關鍵是，吳非他自己是怎麼闡述的，他自己是怎麼來看待他的詩的。打個比方，我早期的詩歌，我在當時寫的時候，並沒有明確的性意識主導。但我們的一些朋友不是也從中讀出性意識來了嗎？

王：「天空啊！大地啊！／真理和正義噴湧起來了／我看見死亡了」。我也知道這是什麼情景的（笑）。

鐘：這是我做的一個夢，是夢裡的句子。但早期的，《八面來風》上的幾首詩，我在當時寫的時候，不說無意識是不是有所表現，但動機，確實不是出於一種性的意識。但有一些朋友卻從性的角度來理解它。

王：這就像佛洛伊德分析大衛的一隻鷹是戀母情結，只有佛洛伊德能讀出大衛的性意識。

鐘：所以我在想，或許吳非在他的宣言中對他的詩歌有一種冠冕堂皇的說法，但這個冠冕堂皇的說法無法被人用來讀解他的詩歌。而實際上，他在寫作的時候，倒是處於一種無意識的狀態。我懷疑，吳非是不是很自覺地運用一種性意識來進行寫作。

王：我認為他是自覺的。戴之他們對吳非的理解雖也似是而非，但從他們的回憶中可以知道，吳非每當寫完一首詩，都會馬上跑到他們那兒去讀給他們聽。他在讀詩的時候，他的表情強烈地感染了他們，會讓他們強烈地感受到其中的性。從文字中，我們似乎讀不出其中的性意識。但對他們來說，在他們的頭腦中強烈地映現著吳非這麼個人，他們可以理解吳非這麼一種表達。

鐘：吳非有一個特徵，在早期給我留下印象的，是他的詩歌是通過他人來讀解的。是通過肖沉，通過亞木他們來讀解。是由他們來告訴吳非：喏，你的詩是不是表達了這個意思。

而作為一個寫作者的吳非，他自己是不自覺的。是不是和性意識有關，我覺得沒有把握。

王：我們可以討論一些比較抽象的藝術概念。在對肖沉的訪談中，我說，到了九十年代，解構主義興起，在這種思想背景之下，吳非的詩歌變得容易理解了。你作為詩人，有些東西容易理解，容易接受，在價值判斷上卻不一定是正確的。比如說作品，是不是就應該像肖沉說的那樣，可以讓讀者自由發揮，讀者創造了作品？

鐘：作者和讀者共同創造了作品，最後的完成者是讀者；作品完成以後，最後訴諸於讀者，由讀者確定這一作品的真正含意所在；每個讀者都有每個讀者不同的讀解方式。這個理論在八十年代，對我們這些寫作者的影響，說起來還是很大的。

王：這個影響，是好還是壞呢？

鐘：在那個時代，應該說，這個理論具有解放意義。

王：具體表現在哪裡呢？

鐘：至少是對藝術創作道路的拓寬。

王：就是說，可以允許不理解的東西存在？

鐘：過去所強調的是，我們所寫的東西，我們自己首先必須搞清楚，過去的理論要求我們的作者是全知全能的。到了八十年代，甚至對於我們自己所不理解的東西，我們都有膽量把它寫出來。

王：你作為詩歌寫作者，你舉一些例子，比如什麼時候你開始有這樣的寫作實踐？

鐘：至少是在八六年，在我的詩歌中出現了我自己也不理解的東西。也許是那個時代的影響，使我意識到，我實際上可以寫出那些我所不理解的東西。哪怕那個句子裡面，究竟包含了什麼含意，在我自己也不知道的情況下，我也可以把它寫出來。

王：在八十年代，一個是接受理論，一個是佛洛伊德的無意識，一個是超現實主義的自動寫作，這些都使得當時京不特與劉漫流搞「口獸主義」成為可能。管他呢，這個感覺很好，把它寫下來吧。

鐘：僅僅是為了一個音節的流暢，某一個句子從我的腑腔中流蕩出來，讓我自己感覺舒服，某個組合，僅僅給我帶來一種音韻上的快感，我就可以把它組織成為詩。

王：那麼，「口獸主義」應該是成功的。

鐘：到了八十七年，我有很多詩，都是在自動寫作這個意識左右下產生的。具體地說，我的長詩《黯淡之水和一個少年的吟唱》，有很多句子，我自己都是不理解的。當時是處於一種無意識的狀態下，僅僅是為了某個節奏，某個音韻的效果，我處於這個旋律之下，我鋪陳著我的句子。我在寫的過程中，我不知道這個句子表達的是什麼意思，在意義的組合上，有些是強扭在一起的，是荒誕的，但僅僅是為了造成我在語氣上的舒適，我也就這樣把它們寫下來了。從這首詩開始，尤其到了我寫作《昏暗。我一生的主題》時，我都是以自動寫作的方法來進行創作，現在看來比較清晰，這是修改的結果，最初的手稿絕對是無意識的表達。

王：那麼，是不是可以說，這個理論的主要作用是在打破寫作的禁忌方面，它沒有明確指出你應該寫什麼東西，怎樣寫的方向，但至少你是開始感到自由了。……吳非是一種寫作方式，「口獸主義」也是一種寫作方式，像你對夢的記錄，也是一種寫作方式，其他還有一些例子，這種種寫作方式之所以會產生，首先是因為有這樣一個理論：作品不是由作者來完成的。原先我們以為作品的完成是建立在作者自身理解的基礎之上，然後才交給讀者。也就是說，這個理論在這一點之外，它沒有作出具體指導。比如杜尚，他的出現就具有解放的意義。他作出了一個榜樣，具有方向性的指引，但問題是具體的審美情趣的培養，作者在這中間起到多大的作用。也就是說，在作品中作者應該控制到什麼程度，哪些應該讓讀者去自由發揮，哪些東西還是應該有意識地去引導他？

鐘：一部作品的完成，從開始的時候，有一個無意識的引導，建立起一個大致的框架，具體的布局不是很明確的，我只能告訴自己，這部作品大致達到怎樣的程度，但我無法具體規定每一個句子，它究竟應該說些什麼東西，怎麼說，這是第一步。第二步，當我要把這部作品最後完成，這個時候我就應該考慮怎樣站在讀者的立場上，僅僅是為了要使這部作品能給我一定的愉悅，我也要問一問作為一個讀者我是否能夠接受。

王：第一步是形式，第二步是意義。

鐘：在第二步的時候，我盡量要做到的是，當讀者在閱讀我的作品的時候，他的呼吸能與我達到同步，同時，至少能夠為他帶來愉悅。只有在這個意義上才可以說，你的作品是完成了。這個時候，讀者在你的作品中或許就可以得到他想要得到的東西，我不能很粗糙地將我的無意識還處在雜亂無章的狀態下就交給讀者。

王：那麼，可以這樣說，你的寫作就是抓住無意識的源泉，但還是在無序中理出秩序。

鐘：很多時候，這兩個階段是同步的，無意識與有意識交替著進行。

王：這裡實際上存在了矛盾。你塑造一個理想的作者，一個標準的讀者……

鐘：這裡，作為一個作者的工作可能已經完成了，但是從讀者來說，他可能還讀出一些作為一個作者還無法察覺的、還未來得及意識到的東西。這個時候，可能一千個讀者有一千種讀解方式，也讀出一千種結果來。這一千種結果，可能九百九十九種是作者沒有意識到的。

王：這可能是一種理想化的泛濫，實際上一部作品沒有一千種讀法。

鐘：但作為一個作者來說，應該有這樣的理想。

王：我認為，在當初，這套理論具有解放意義，但到了後來卻導致不知所云、晦澀成為合理，使得批評處於一個尷尬的位置。

鐘：但我認為這一寫作思想最大的意義是，它使很多人成為寫作者有了可能。

王：那是一個草創時期……

鐘：尤其是在那時，我們還處在青年時代，我們作為一個詩人的潛能，作為一個寫作者的潛能，還沒有被更好地激發出來。但是，通過這種方式，我們的潛能被催發了出來，使我們成為真正的寫作者有了可能。

王：當初你認為詩歌寫作的第一個禁忌，是過去你認為詩歌有一定的規則；第二個禁忌，詩歌應該被讀者看，頭腦中始終有一個讀者，這也是使得你的寫作變得不自由。這兩個都是禁忌，打破以後，你的寫作自由了。那麼，到了現在，你還是認為，詩歌要有規則，這點我們大概可以……

鐘：我說，為什麼這個寫作思想對我們這代人尤其重要，因為尤其不能忘記的是，我們這代人所受到的教育背景，我們的少年和童年像荒漠一樣的時代背景。我們在早年所接受的文學思想是什麼呢？毛澤東說，中國新詩從來沒有成功過。他認為，中國真正成熟的詩歌是中國的古典詩歌。而古典詩歌寫作的一整套規範對我們來說，那是一種真正的束縛。要打破那一套古典文學思想對我們的束縛，上述的寫作思想的出現，對我們的重要性是可想而知的。所以，這個時候，吳非的意義也產生了……

王：這個時候，你或許也認為，這一思想的解放意義也帶來了災難性的後果？

鐘：我認為，災難倒是不存在的。如果你是一個真正的詩人，你通過這樣的激發，而使你的潛能被發揮出來。

王：但也有可能越來越渙散……

鐘：確實也有許多人通過這一過程恰恰暴露出他缺乏這方面的天份。

我們都是時代的抄襲者

王：你看過泰子的詩嗎？我不知道這個判斷你注意到沒有，陳接餘說，泰子的理論是不行的，但他的詩歌實際上倒是來自吳非，也可以說他是吳非的一個仿製品，你有這種感受嗎？

鐘：至少形式上來說，泰子與吳非相差很大。

王：接餘兄卻看出他們精神上的嫡傳關系。從這點上說，我們倒要看看泰子的詩了。

鐘：所以說到底，你說吳非偉大嗎？我們所有的人都是這個時代的抄襲者，從精神意義上說來，我們和吳非都是一致的。就是京不特這樣的寫作方式，從精神意義上和吳非也是一致的。

王：所以我們往往認不出同類，把同類看作敵人。

鐘：到了我們這一代人，無意識顯出了它的重要性。這是從哪裡來的呢？我們只能說，這是時代，是時代教會我們這樣去思想。

吳非的智慧很獨特

王：以你作為一個寫作者的經驗，推測一下，吳非的寫作狀態大概是怎樣的？肖沉有一種說法，說吳非他本來頭腦中朦朦朧朧有一些符號，什麼意思他搞不清楚，就把它記錄下來，然後像篩子一樣，比如黃豆和綠豆，本來就不清楚，又再搞亂，再自己隨機地把它們排列組合。

鐘：在我的眼裡，吳非並不是很有才華的，他為什麼採取這種方式，到最後他又不得不放棄詩歌寫作，都說明他不是一個很有才華的人；如果他很有才華，他不會用這種方式寫作，他也不會在初涉寫作之後又放棄它。我作為一個詩歌寫作者，覺得吳非寫詩是很累的。在我們看來很簡單的東西，但他寫得那麼辛苦。如果他是一個有才華的人，他不會用這種方式去寫詩。

王：應該說，既然我們認為符號是一種工具，如果我要表達清楚，我就要嘗試各種不同的比喻手段，往往詩人在斟字酌句的時候就可以看出，總歸有一個詞特別確切。是不是這樣？福樓拜認為，每一個句子中總歸有一個詞最最確切地描述了真相。

鐘：但是，吳非的智慧表現在，他很早就直接採取了一種方式，這個方式，也許正是那個時代成全了他；因為，整個時代的思潮一旦初露端倪，在還沒有成為主流的情況下，他成為了一個先行者。他告訴人們說，詩歌可以運用無意識方式去進行寫作。吳非較早地採取了這種方式，儘管他這樣做，或許不是有意的，不是很明確地意識到無意識的重要性。

王：我認為，作為詩人有幾個可能，一個是像芒克所說的「詩人是預言家」。從這點來說，吳非作為詩人的氣質也好、詩人的天賦也好，在這上面，他可能預言到了新的詩歌精神。

鐘：一個有詩歌才華的人，他的才華首先表現在對諸多詩歌要素的忠實，對技巧的嫻熟運用，這是構成一個人是否具有才華的基本要點；一個喜歡抖露才華的人往往會留戀技巧，把注意力放在對技巧的炫耀上。為了讓他人無法來評價我，為了無法讓他人對我作出是否具有「才華」的判斷，最聰明的做法，就是把這些詩歌要素全部拋棄。在此，我們假定吳非不是一個才華橫溢的人，所以在他的詩歌中，他放棄了技巧，幹脆來個「絕望詩學」，這樣，他就成功地逃避了技巧的追問；既然技巧已經對他不構成意義了，那麼，才華對他來說也不重要了，這樣，他也就成功逃避了人們對他詩歌才能的懷疑。從這裡，我們也就可以發現吳非所表現出來的獨特的智慧以及冒險精神。他的詩歌在當時使人覺得無法從是否有才華這一角度來評價他、非議他，而吳非的意義反而從另一方面顯示了出來。人們也就很容易從吳非這兒發現一種新的東西了……

王：實際上，價值觀念對我們具有顛覆作用。

鐘：這個顛覆作用相當大，吳非的智慧也在這裡獲得了充分的表現。但是，我始終認為，吳非在表現他的這種智慧時，並非是自覺的。

王：「我們都是在抄襲時代」，這個概念其實很玄乎，也可以說是時代精神。用榮格的話說，就是尼采提前預見到了一個新的時代，現代主義也即興起，尼采也就成了新時代的預見者。但對尼采來說，他是不自覺的，他自己也不知道。結果，由於他宣告一個新時代的到來，他自己也成了一個新的時代的犧牲品。這其中，尼采的個人意志不起任何作用，他也只不過是自己無意識的一個奴隸。那麼，在吳非身上，我們是否也只好借用這個概念，才可以理解吳非作為一個先驅者的意義。它至少可以回答幾點，一個是你不認為他具有明確的智慧，而是無意識的智慧。這一無意識的智慧並不是從永恒的角度來判斷，而是從時代意識在變化當中判斷出來的。

鐘：「非非」的周倫佑他們，在精神上他們與吳非是一致的。當然周倫佑的影響更大，他們的傳播方式不一樣，吳非的傳播方式沒有周倫佑他們優越。周倫佑做得沒有吳非那麼徹底的地方在於他還在留戀技巧，而吳非在他的詩歌中告訴我們，技巧已不存在。

王：也只能說，在無意識中他就這麼做了。

鐘：可惜吳非的冒險是即時性的，他的詩歌實驗還沒有定型就放棄了，使得人們無法評價他的實驗所可能有的文化上的意義。當然，也許他認為這種所謂實驗本身就沒有什麼意義，於是他便毅然放棄了。

精神上的「狼心狗肺」

王：就這麼瞎搞，一直到八八年，搞了四年。你說一個人瞎搞搞了四年，也是很不容易的（笑）。

鐘：你不要說他瞎搞，他搞到後來就有味了，為什麼呢？恰恰是這樣的玩意兒會有轟動效應，尤其是在那個時代。首先對大眾來說，詩歌的概念是什麼呢？詩歌首先要有句子，要抒情，這是詩歌的一些基本要素，我們是帶著這樣的觀念去讀詩的。在這樣的背景之下，吳非把這些都推翻了，那麼，毫無疑問，它的衝擊力是無需多說的。

王：這仍然是站在社會、讀者的角度來看吳非，我們怎樣從精神的角度去探討吳非？他這樣寫了四年，這麼長的時間，他每寫一首詩總應該有一定的快感。你作為一個詩人，你推測一下他的精神狀態呢？

鐘：我自己作為一個詩歌寫作者，確實我比較懷疑吳非這種寫作方式可能對他具有精神上的釋放意義。

王：所以，當你聽說他每當寫了一首這樣的詩以後，會激動地去敲別人的門，你就覺得很吃驚。你就會覺得這種作品除了文學史上的意義，對寫作者本人有什麼意義呢？

鐘：吳非早期的詩歌，還是屬於朦朧詩範疇裡的作品，如果他會這樣激動，我還覺得可以理解，如果他念給別人聽，別人也會贊賞說：「嗯，好句子！」但是後來，像他《運氣》這樣的作品，假設我是一個聽者，我無法設想我會和他一起激動。吳非由於他早年的生活經歷，他的失語症，他的結巴也是失語症的一種表現，也就在他的詩歌中表現出一種破碎的東西，如果我們從這個角度來讀解他的詩歌，或許可以找到一些根據。

王：交流對他來說，是他從小就一直缺乏的，所以他對交流沒有信心。在詩中對自己表達了多少，從外界又得到多少交流，這樣的事對他說來，不是生活中經常可以遇到的。

鐘：總而言之，一個詩歌的寫作者，不論他以怎樣的態度去寫詩，也不論他把作品寫成什麼樣，他肯定要有某種追求，他總想要得到什麼東西。關鍵的問題在於對吳非來說，他想要得到的東西是一種什麼樣的東西呢？他以這樣的方式寫詩，我想，不外乎一個內在的要求和一個外在的要求。內在的要求，對精神上的一種滿足，說起來，是什麼呢？我至少可以自我安慰，哪怕我是在遊戲，認同於詩人心態上的一種遊戲。外在的要求，作為一個寫作者來說，我們都有一個出人頭地的想法，這也是一個很重要的方面。

王：你這麼一說，我倒想起，陳接餘一直說是書寫作業，是有點道理的。工作之餘，他必須完成一定的書寫量，不論寫什麼，只要寫完了，對自己也就有所交代。

鍾：面對社會，我們對自身的這一社會角色必須有所交代，作為一個詩歌的寫作者，我的作品使我流芳百世也好，我出人頭地也好，我們都必須有所交代。

王：馬丁．路德的新教革命就是身份危機。

鍾：這確實是無法逃避的。我既然認同於詩人這樣一個角色，哪怕我向大眾高聲宣布我不需要讀者，但其實我還是在等待讀者，這是沒有辦法的，我當然希望讀者對我說：「詩人啊，我請你喝酒」，這是作為一個詩人和作家人人都在渴望的。

王：這時，我們就可以理解，什麼叫現代主義，現代主義第一就是出自荒謬、悖論，首先就是拒絕讀者，現代主義就是充滿了這種自相矛盾。

鍾：拒絕讀者，實際上就是由於作者實在憤怒於讀者的不肯光顧；拒絕讀者，更大的陰謀實際上就是想要得到更多的讀者……

王：（大笑）現在的論文中充滿了軍事術語，比如像「寫作的策略」……

鍾：所以，我說應該把波特萊爾的這句詩改為「讀者，我的兄弟，我的敵人。」我之所以要做讀者的敵人，是希望讀者成為我的兄弟。

王：馬拉美說，詩歌早就死亡了，我認為詩歌是入城儀式上的典禮。如果詩人不是像馬拉美說的那樣是入城儀式上的典禮，是慶典本身，那麼就應該是廣場上的吶喊，但現在，廣場沒有人了，只剩一個人……

鐘：吳非的陰謀是什麼呢？當他高叫「我就一個人了」，其實，我卻是唯一的勝利者，我倒真正成了入城儀式上的慶典。我想，這就是吳非做的夢，吳非渴望的恰恰就是這一點。

王：隱藏著最大的詩歌野心。

鐘：野心……因為他是一個孤兒……

王：向社會報仇雪恨。

鐘：因為他要得到愛。

王：從這點上說，他和接餘兄確實有精神上的「狼心狗肺」。

鐘：或許泰子與他們可能在精神上有承襲關系。泰子的詩我讀過，但我已沒有什麼印象了，但至少他的句式，他的造句方式不像吳非的方式，儘管他們在精神上有那樣的承襲關系，但可悲的是，我們不會很認真地去讀泰子的詩。精神上他可能與吳非有承襲關系，但他使用的卻仍然是一種陳舊的形式，讀者是不會有耐心來做細心辨認工作的。吳非的形式會讓人一下子感到驚訝，泰子卻沒有做到這一點，所以泰子很難為人注意。但吳非卻留下來了，人們會記得吳非「哦，他是這樣寫詩的，這是一個怪人」。

王：他們都具有反社會的性格，就像接餘兄用很精彩的語言概括的：都是有獨裁心理，要向社會複仇。既然沒有人看，那就不管它，橫下來，亂寫一氣。

鐘：反社會的真正含義，倒不是從表面上去理解的。一個對社會抱有敵意的人，他內心真正渴望愛，他是以極端的方式來渴求愛的回報。

我們都比較重視無意識

王：我覺得有些東西，精神上是一樣的，樣式上不一樣。我們可以把你的詩歌拿出來分析。

鐘：我覺得精神上，我與吳非有一個共同之處，我們都比較重視無意識。從八七年開始，我基本上採取無意識自動寫作的方法，最後引發了我對夢直接進行記錄。無意識寫作對我來說，和對吳非一樣，具有同樣的重要性。但我們採用的形式不同，我與吳非還有不同的地方，我對詩歌本身的要求更加符合一般人對詩歌的看法。

王：也就是說，早期你對詩歌有框框，這曾經成為你的壓迫，但這或許也使你更加接近於詩的本來面目。

鐘：在對我和吳非之間進行比較，我對自己認可的地方是，我的這種寫作方式，我所獲得的成就，也許更加需要訓練有素。但對吳非來說，他可以忽略這一點。從具體的詩歌成就上說來，別人很容易就能辨認出我們倆的結果是不同的，但我承認，我們的精神有一致的地方。吳非宣稱的「主觀意象」，也許是對我們在那個時代精神一致性的一個較為恰當的描述。

王：你第一次讀到吳非的詩是在八十五年，當時，在精神上，應該說，你對他還沒有什麼領會，後來通過「非非」，這是在八十六年。

鐘：我始終不認為吳非對我會有什麼影響，我們的起點不同，我始終不贊成吳非在形式上的投機態度。在這一點上，我甚至曾懷疑過他的誠實性。從另一方面說，要談到影響，我們是處於同一個水平上，都受到了來自社會的影響。吳非是一個更為徹底的形式上的探索者，而在我的詩歌中卻還保留了對詩歌的古典看法。

對「非非」的理解

王：你對「非非」怎麼看？

鐘：對「非非」，我覺得他們的理論大於詩歌的實踐。「非非」中最成功的詩人，是楊黎。但楊黎恰恰不是「非非」理論的忠實的實踐者，他在很大的程度上脫離了「非非」的本意。

王：那麼，是他們在詩歌形式上更接近吳非，還是他們的理論更接近吳非呢？

鐘：他們詩歌的形式上更接近吳非。尤其是周倫佑，和吳非更接近一些。他們的理論，直到今天，我才似乎搞懂一些。所謂前文化，就是說文化是一種累贅，我們要像吳非一樣，脫去這件文化的外衣，回到我們的原初狀態中去。

王：你明確意識到這一點，應該是在八十七年。或許也沒有意識到，是到現在才事後追加的。

鐘：事後的追加。

王：所以，從這點上來說，你的成熟的智慧是從晦暗當中慢慢地走出來的。

自動寫作並不可取

王：當你接近了無意識，一上來的時候，就給你的作品帶來了豐滿，內容越來越多。我最近看見你的詩歌，發現你開始寫短句了。那麼，你認為短句是更加接近於無意識嗎？

鐘：我猜想，或許在最早的時候，原始時代，詩歌具有某種紀事的功能。古人結繩記事，後來有了文字，但古人開始並不是像現在以完整的篇幅來記錄事件，他們一句話一句話這樣來記錄，這樣的方式與今天的詩歌形式是很接近的。所以我就想，古人的記事方法可能直接孕育了詩歌。基於這一點，我想嘗試恢複詩歌的記事功能。現在我使用的短句，這種斷裂的句子，它的抒情成分越來越少，但它的記事成分卻越來越加強。

王：如果是記事功能的話，那麼這個概念與無意識是相對立的。

鐘：它仍然是接近於無意識的，為什麼呢？記事僅僅是一種形式，它的對象卻是飄浮在無意識中的尚難捉摸的東西，甚至直接就是對夢境的記錄。我試圖像龐德的《斷章》那樣，來記錄我們人格的全景圖。

王：這也可以這樣說，記錄無意識可以有多種形式，比如意識流，我們認為是無意識的記錄，但它帶來了冗長，而自動寫作也會帶來冗長，這是以繁複的方式來記錄無意識；同樣也可以用短句，比如你現在用短句，吳非也用短句，來記錄無意識，這和形式是無關的。傳統認為，與無意識打交道一般是以意識流的方式，但會帶來驚人的冗長。

鐘：我覺得是介乎於意識與無意識之間。這種記錄，具有相當明確的意識，但它的記錄對象是無意識。而我所採取的方法不是自動寫作的方式，因為我認為自動寫作的方式，容易流於空泛，導致一種無力的延伸，所以我對這種方式不是太滿足，無意識的自動寫作容易使我一晃而過，容易使人變懶。我現在做的，是必須要使每一句都很紮實，使每一句都有一個非常清晰的形象，每一句裡面都有一個具像。

王：肖沉在《絕望者的漫遊》裡面寫道，吳非的詩歌雖然顯得零亂，但他是拒絕自動寫作的。從這點上也可以說，吳非選擇短句，放棄了自動寫作。假如肖沉表達出了吳非的創作實踐，那麼應該說也可以看出他至少在經驗上，或許也有來自與你同樣的情況。

鐘：因為到了後來我發現，自動寫作往往導致一種不負責任，句子總是一滑而過。劉漫流與京不特的「口獸主義」也有類似的毛病。

王：我們有時以為滔滔不絕的自動寫作是無意識的，但許多卻充滿了教育與文化的陳詞濫調。

鐘：我努力把這些東西鏟除掉，回到無意識的本原中去。我對吳非寫作的出發點不是太了解，僅僅從他的表面上來看，吳非的詩中沒有句子，都是一些單詞。

王：奇怪的是，他的題目都不錯。

鐘：他有幾首詩，我的印象比較深。

王：他的《秒針》，厲害！要詛咒吳非實在是太容易了，現在我們要找到吳非詩歌欣賞的門徑，這扇門始終打不開，……

一九九九年五月 上海

卡欣同志

雖然我第一個辭職，但在朋友中，第一個為了文學事業真正地就吃飯問題發愁的人卻是卡欣。儘管如此，卡欣卻有自己的一套房子，因此，這裡成了喜歡聚會的朋友們的一個「文學沙龍」。雖然在這個「文學沙龍」裡，除了一只裝著來自全國各地地下刊物的箱子兼飯桌之外，幾乎家徒四壁。

卡欣的家就在天山支路上，離華紡[1]不遠。老菲苾考上研究生後，我常帶著她去卡欣那裡玩。家裡只有卡欣一個人的時候，他一閃身，把房間讓給了我們，然後一個人去街上溜達。見他很久還沒回來，我們便不上鎖、關上門悄悄地離去。

我所做的生意都是失敗的，就連我和京不特一起去菜市場賣從田裡偷來的毛豆，最後也以失敗告終。那一天，我和默默、還有郝力克去京不特的浦東家裡玩。夜深了，我們就去小河裡游泳。皎潔的月光下，四周空無一人，我們在田埂上光著身子走。突然，靈機一動，便去田裡偷菜，除了毛豆、玉米，京不特還從田裡抱來一只十幾斤重、還未成熟、根本無法吃的冬瓜。

摘的時候，默默說：「多摘一點，可以給卡欣去賣。」

回到家裡，大家非常想買一隻雞來吃，但湊不出足夠的錢。於是決定，一大清早，讓我和京不特一起去小菜場賣毛豆。

市場上，毛豆賣三毛錢一斤，我們只賣一毛五，但我們不懂得做生意。兩個人只會瞪著熬夜的、通紅的大眼睛，盯著走過我們身旁的少婦們看。

等到日後我和京不特再次一起站在路邊，賣現做的蛋卷冰激淩的時候，我們已經懂得把價格寫在廣告牌上，偶爾也吆喝上幾句，生意這才稍微有了些起色。

但我和卡欣合作過的生意卻幾乎都是成功的，包括最初他幫我把我舅舅從美國寄來的美金，拿到黃牛那裡去賣黑市價、一直到以後我們去浦東鄉下開飯店。我和卡欣還曾經一起去崇明島捉過蛤蟆，一般地，人們只吃青蛙，除了作為藥方外，從來不吃蛤蟆。但是，不知道卡欣從哪裡知道了徐家匯附近有一批人，偏偏就喜歡吃蛤蟆。一斤可以賣七毛到八毛錢。我和卡欣立即乘上去崇明的輪船。到了那裡還只是下午，卡欣告訴我，捉蛤蟆要到晚上，用手電筒一照，一照一個，手到擒來。我們住在他的一個朋友家，那裡有個女孩，用一種異樣的眼光打量著卡欣。以後，卡欣寫起《花瓶與剪刀》，我猜想其中小絹子的原型就是這個女孩子。

你想知道那把獵槍是否被人動過，小絹子站在坑沿邊眼巴巴地望著你，恰好擋住了你的視線，這更使你感到忐忑不安，然而你看到她的目光對你並無惡意，只有同情。

注釋——

1 創建於一九五一年的華東紡織工學院，一九八五年改制為中國紡織大學，一九九九年更名東華大學。

只是那個夜晚，我和卡欣的手上並沒有獵槍，只有兩支手電筒和兩只蛇皮袋。也沒有在森林裡，只是在河邊、坑浜間（崇明話：糞坑）旁邊，仔細地尋找著躲藏在黑夜裡的癩蛤蟆。

也許，卡欣天生就是一個做生意的人。最後，他沒有成為一個作家，而是成為了一個成功的生意人。也許，卡欣確實有文學才華，只是迫於當年的貧困，被迫發展起了自己做生意的天賦，最終也只好放棄了文學。

但當年吃了上頓沒下頓的卡欣卻不是這麼想的，卡欣正陶醉在自己的文學夢裡，朋友們也一起鼓勵他，將這個夢繼續做下去。

卡欣其實是個美男子，有著一對劍眉，長得像周恩來，只是被一副窮困潦倒的樣子遮蓋住了原來的本色。一天，詩人劉漫流學著周恩來的蘇北腔，說：

「卡欣同志，不要灰心嘛！你沒有飯吃，主席也知道了，難過得自己也吃不下飯。這還只是你文學漫漫征途上，走出去的第一步嘛。就像主席教導我們的那樣，道路是曲折的，前途是光明的！」

朋友們聽了都笑顏逐開，卡欣聽後，更是合不攏嘴巴。

二〇一一年二月十八日 阿拉米達

兄弟

我三十歲讀《論語》，太晚了。說來更為怪誕的是，我是通過英譯本來閱讀的。於是，有了這樣的一段文字：

When a friend died and there are no relatives to fall back on, the master said: the funeral is my affair.

當這段文字清清楚楚、一字不差地出現在我地夢境裡的時候，我的驚恐程度可想而知。我想我是被嚇醒的。

而在此夢境之前，夢中的景象則是一片蔚藍的天空，大海清澈無比。已經被海水淹死了的兄弟，正隨著海水蕩漾，姿態優美地在海上漂來漂去。

此境被描述出來後，像是詩行，其實，它們在我的夢裡就是觸手可及的現實。而我呢？夢境的創造者，一個站立在岸上的目擊者，當目睹著已被海水淹死的兄弟，那時候，我又在幹什麼呢？

我不過只是一個異常冷靜的旁觀者，一個無動於衷看風景的人。

所以，我醒來了；我是只有被這一段文字才能喚醒的。當我試著把這段英文重新翻譯到中文，我的心情異常難過。這時候，天色還未亮。十二月的冷風，淒涼的吹著窗臺。

朋友死了，沒人負責收斂。孔子知道後說：「喪葬由我來料理。」（朋友死，無所歸。

曰：「由我殯」《論語・鄉黨》）。

我想起兄弟現在正居連雲港，緊靠著海。已經有十年了，音訊全無，然而每當我想起、談到兄弟的時候，總會忍不住地大笑一陣。因為我和他互稱兄弟，看我們的信，抬頭是兄弟，落款也是兄弟，不免好笑，尤其是當我對人說起他的《兄弟友誼頌》時：

兄弟，你有一個美麗的臀部
你我就是它的兩半
一起走路，共同顫動

一九八三年秋天的某個日子裡，兄弟臉色漲得通紅，鄭重其事地對我說，他花了三個晚上的時間，寫出了上述詩行，問我是否接受這樣的饋贈。我大喜過望，也同樣鄭重其事的對他說：波特萊爾謳歌人類惡之花，還僅僅頌及頭髮，兄弟的這首「臀部和諧頌」，必將永垂不朽。至少，作為中國「惡之花」詩人的第一人，兄弟當之無愧。

兄弟的黑色幽默感幾乎是天生的。同室好友剛剛非常想吃肉，一天，剛剛說：「好久沒吃肉了」。兄弟答道：「你有肉欲」。

我與兄弟第一次接觸，是在新生入學第一周的體育課上。當我慢騰騰地向著操場上的一堆人走去的時候，不知何故，那兒出現了一些騷動。只見兄弟大搖大擺地迎我而來。他一邊和我握手，一邊說：「你有一雙溫暖的手，更有一顆溫暖的心。」兄弟是用蘇北話講的，兩顆大金牙在陽光下閃閃發亮。事實上，兄弟除了會講蘇北話之外，就什麼話也不會說了。他在鹽城鄉下度過了所有的日子，甚至於連高中都是在鄉下讀的。上大學的第一天，才第一次乘上汽車，第一次看到了輪船和火車。兄弟十五歲時，才知道小說原來是由活人寫的，而這個人就是魯迅。

剛剛掌管著班上開信箱的鑰匙。那一天，春雨濛濛，寢室裡散發著陣陣發霉的氣味，以及皖中大平原所特有的令人惆悵的氣息。象往常一樣，開午飯的時間已過，我還躺在床上抽菸，心裡總想著找些有趣的讀物看看。臺子上就放著剛剛拿回來的信件，裡面有一封兄弟寄給《詩刊》的退稿信。我拿過來看了又看，越看越覺得兄弟是個被淹沒了的天才，或是一個無法發芽的天才。

「狂犬病對著月光狂吠」；「生病了的蘑菇在春天的大地上爬來爬去」；「小天使在女孩的雨傘上輕輕地哭泣著。」

一九八五年，當兄弟見到神往已久的默默、孟浪時，兄弟說：只有超大詩人才能在中國占一永久的席位，其餘的都是放屁。

兄弟的一隻耳朵不好，他總是側睡，把好耳朵壓在腦袋下面。我每次喊他，怎麼喊也喊不醒，只有狼心狗肺地對他拳打腳踢，才能讓他醒來。後來……後來兄弟就留級了。

他是回家鄉奔父喪返校後，才知道有兩門功課不及格。補考的兩周裡，我四門補考都及格了，但是，這一次兄弟的精神垮了，他不行了。他說，這一次，他無論如何不行了。他再也不能像從前一樣，與我一起在為補考生特設的通宵教室裡，專心孜孜地讀書到天亮。

既然父親死了，讀書不讀書對兄弟說來也就無所謂了。他在絕望中表達了一個心願，他說他還是願意回鄉下種田去。想到也許不久就要離開校園，無論如何，總要對已過世的父親表達些什麼，以告慰亡父臨終前沒見他一面的遺憾。

合肥工業大學的校園裡有一個美麗的湖，那是我們的天堂！深夜，在湖畔的小樹林裡，兄弟把一大疊草紙點燃了。他以為這就是送給已經走在陰間路上的父親的元寶，這樣，在那個死人的世界裡，兄弟的父親就再也不會是一個窮人了。這個主意是我替他出的，但我並沒嚴肅對待它。當看到兄弟跪在一堆草紙前，心裡直想笑，直到看見兄弟把頭磕了又磕，在火光中見到兄弟的眼淚，這時候，我的心才猛然一驚。原來，當你嚴肅地看待這個美麗而又冷酷的世界時，你就會忍不住想大哭一場。

兄弟，昨夜我夢見你被淹死在海裡了，那麼，我是不是也該嚴肅地去想一想這一個夢呢？

兄弟，你曾經熱愛文學，現在你還繼續愛著它嗎？如果你的文學夢已經醒了，那麼你，還有無數的文學青年，這一個「文學大夢」是否就該「由我殯」？

一九八九年 上海

成剛的理想

《亞文化未定稿》真正緣起於陳剛。暑假裡，他在江蘇南通的姐姐家裡寫了一本《柳橋筆記》，希望我和他一起辦一本地下刊物，能讓更多的朋友們讀到。面對過去的那些夭折、流產的辦刊計劃，我失望地說：「根本不可能！」

他說：「那麼我們就辦手刻油印啊，『五四』時期，不就是這樣做的嗎？」

然而，等到創辦《亞文化未定稿》第一期的時候，他卻已經消失得無影無蹤。但很快地，他又熱衷地參與了《亞文化未定稿》的下一期工作。

我們四個人：阿鍾、京不特、陳剛、還有我，愉快地、唰唰唰地、輪流推起了油墨機。這是一件單調的力氣活。見我們乾得這麼歡，或者在我們幹得不好的時候，作為這台油印機的贊助人，我哥哥也走過來幫一把。

很快地，一張廢品出來了。我哥哥大笑道：「大興，大興！」

「大興」是當時上海剛剛流行起來的一個詞，意思就是「糟糕。」

當幾十本散發著油墨芳香的《亞文化未定稿》編釘好之後，我們四個人一起喝起酒來。北方人嘲笑上海人的酒量不好，喜歡說：「你們上海人，一瓶酒，三人醉。」我們當時四個人喝的是上海最暢銷的、也是最便宜的「熊貓乙級大曲」。我們四個人，就連一瓶也喝不下去，很快地便進入了醉意朦朧的世界。

誰會想到呢？過不了多久，從這裡就會走出上海亞文化酒神世界裡的「四大金剛」中的兩大金剛，其中一個是阿鍾，另外一個人就是我，而且還是「四大金剛」之首。

我和陳剛第一次見面是在上海的龍華，那時候，我們還都是學生。坐在地板上，他和我談到了辯證法，我全盤否定了辯證法。他失望地爬到床上，說：「我現在瞭解你了，我們今後不會碰在一起的。」

但是，最後我們還是碰到了一起。出於禮節，在我和陳剛分手的時候，我們互留地址。我驚訝地發現：陳剛竟然是我的鄰居。上海這麼大，而我和陳剛居然不用拐幾個彎，幾分鐘後，就可以走到彼此的家。更不可思議的是，十幾年後，陳剛竟然在我家的大院裡，租了一間房子，我們成了只要走幾步就可以走到的鄰居。

那已經是九十年代中期了，一個我稱之為「聚財者時代」已經到來。

在那些日子裡，幾乎每一個夜晚，陳剛都會敲響我的小房子，和我高談闊論起他白天的生意經。有一天，他談起了對於明年的展望：他說：「明年嘛，不發財，毋寧死！」

這是對「不自由，毋寧死」名言的篡改。在一家小酒店裡，陳接餘和阿鍾，聽了之後都感到非常的快活。忘了是在誰的建議下，我們一起決定篡改《國際歌》，把它改成一首獻給成崗的「不發財、毋寧死」的歌。

成崗是一個在小說《紅岩》裡辦油印刊物《挺進報》的人，也是生活，我們對於陳剛的稱呼。

顯赫！不願卑微的人們

顯赫！全世界瘋狂的人
滿腔的熱血已經沸騰
要為成崗樹碑立傳
不要說我們一事無成
痴心妄想的日子已經過去
這是最後的鬥爭
不發財，勿寧死
成崗的理想一定會實現
不發財，毋寧死

二〇一一年二月十五日

印張

「印張是書籍出版術語。它說明印這本書需多少紙張……」作為一個通過自己印刷、出版自己作品的地下作家，我太熟悉這樣的出版術語了。讓我和你們講一個叫著「印張」的、也許是一個似乎有點不可思議的故事吧。

一九八六年，一個叫印桂華的大齡青年，把他準備結婚的錢全都捐獻了出來，贊助默默出版長詩《在中國長大》。那時候，所謂的大齡青年，就是一個到了二十五歲合法結婚年齡，還沒有結婚的青年。

九十年代，「聚財者時代」到來了。雖然，一個偉大的「智者時代」已經結束，但我也意識到，就在這個有錢能使鬼推磨的時代，我這個地下作家，也許能夠在誰也沒有注意到的一個空間裡，從地下走到地上。

我給正在美國夏威夷大學讀博士的姑父孫伯豪寫信。告訴他，大概只要化八千到一萬元人民幣，就可以在出版社買到一個書號，出版我的書了。

我姑父很快給我寄來了兩千美元，並在信中關照道：出不出書無所謂，反正你想怎麼用就怎麼用。

兩千美元，在一九九二年，除了可以買到一個書號外，還可以在印刷廠印刷我的兩千本書。

我這個地下作家就要在地平線上噴薄欲出了！

張桂華為我聯繫到了雲南人民出版社，陳剛為我聯繫到了安徽文藝出版社。最後我選擇了安徽文藝出版社。除了安徽文藝出版社，為我這本書出面簽合同的人是安徽社會科學院文學所所長張民權，編輯是魯書潮——其父是《天雲山傳奇》的作者魯彥周，時任安徽作協副主席。太好了！作為一個地下作家，我出了錢，當然知道官方地位越高的人為我擔保，我的書就越安全。另外一個最主要的原因是：我曾在合肥工業大學讀書。我愛安徽。

我和我哥哥住在合肥當時最豪華的長江飯店。早晨起來，兄弟倆坐在台階上，望著美女一個個走過。安徽美女都長得小節節的（上海話，形容她們身材不高，卻結結實實），太美麗了。安徽有黃梅戲。

噩耗傳來了。張民權在信中告訴我：我的書已經從印刷廠被調走，現正由安徽新聞署的人在審閱。張民權在信中黯淡地寫道：「由這幫老朽們審稿，看來凶多吉少！」

我和張桂華日夜兼程，趕到了蚌埠，因為我的書是在蚌埠印刷。

魯書潮在我的面前亮出了這本已經在印刷廠出了清樣的的書。

對一個作家說來，有什麼比親眼看到自己的書被毀滅更大的痛苦？

默默告訴我，他是在監獄裡第一次看到了作為他罪證的《在中國長大》。「這本冊子已經印好了。他們故意等全都印好之後，這才抓捕開著摩托車去崑山取書的印桂華。」默默神祕地向我說：「我當時那本書的贊助人是印桂華，你現在這本書的特邀編輯是張桂華。這兩個叫桂華的人，他們的姓合在一起，就是印張！」

二〇一一年三月六日 阿拉米達

羅李爭與《目錄》

地下刊物《目錄》創辦於一九九〇年初春，成員有張桂華、羅李爭、李新華和我。這個名字是我起的。我說：「每一本書，你只要一打開，就會看到目錄。同時，目錄也代表著『默默記錄』的意思。我希望我們的這本刊物，能夠在彪炳史冊的卷裡，真實地記錄下我們在這個殘酷的年代裡，思想家們所留下的最真實的足跡。」

張桂華、羅李爭、李新華的年齡都比我大許多，其中，羅李爭因為是我姑父孫伯豪的朋友，我一直都叫他羅老師。

不像我和同齡人，在討論如何創辦一本地下刊物的時候，容易爭吵一樣。四個人當場一致無異議地通過。

後來，孟浪告訴我，他在外國領事館關於中國地下文學動態的情況匯編上，看到了《目錄》。其中，還特別提到了李新華在《目錄》上發表的一篇文章：〈七十年代是怎樣結束的〉。

那時候，我們有點布爾喬亞情緒。張桂華建議，我們每個月都去錦江飯店的「奧斯卡」咖啡館聚會，把它辦成一個上海地下文學沙龍。

在我第一次、也是唯一一次去的「奧斯卡」咖啡館，我見到了中國電影明星秦怡。她當年所主演的電影《摩雅泰》，是我少年時代，日夜魂牽夢縈的春夢之一。秦怡是這家「奧斯卡」咖啡館的董事長。

我驚訝地看到秦怡的頭髮，怎麼也變得像老菲苾的金黃色頭髮一樣了。張桂華認真地告訴我：「她這不是染的，是自己生出來的。」

女人和歲月，在我的眼睛裡，太不可思議了。

《目錄》是一本純思想刊物，我們從不發表詩、或者小說。

〈走上道的內心呼喚〉上半部刊在《亞文化未定稿》上，下半部便刊在剛剛創辦的《目錄》上。

其實，我的所有寫作都是應運而生。正確地說：我之所以寫〈走上道的內心呼喚〉上半部，是因為有一天，阿鍾告訴我：有一次別人為我們免費打印三萬字的機會。那時候，電腦還沒有普及，這種機會千載難逢！我用一星期寫完了這三萬字。我想，如果當時阿鍾告訴我是十萬字的話，我極有可能就會在兩星期裡，寫下十萬字。

當張桂華建議我們一起辦地下刊物的時候，我正好可以將〈走上道的內心呼喚〉繼續寫下去。而這一次，我是付給了打字員一百元人民幣。那時候，我哥哥已經去了澳大利亞，不時地，我會收到澳元。

請注意一九九〇年這個特殊年份，當時，除了羅李爭主要在美學翻譯上、李新華和張桂華都已經是中國文壇上的思想新星。

一九八九年的夏天，把所有的腳步都打亂了，所有的先鋒思想都被迫再一次轉入地下。

那時候，我的寫作座右銘是契柯夫的名言：寫吧，寫吧！直到把手寫斷為止！

當然，沒有這麼多地下刊物在等待著我去寫，我就不停地給榮榮寫情書。

我把最精彩的情書，高聲地在阿鍾面前朗誦出來。那時候，我記得所有剛剛寫下的文字。我鼓勵阿鍾也給他的M，把心中最美好的詩篇，無休無止地都唱出來，然後給她寄去。

在這場瘋狂的愛情遊戲中，阿鍾是我的思想高參。在阿鍾的愛情窮途末路之時，我也為阿鍾代寫過一封情書。在這封放肆的情書裡，我寫道：有一天，我會在你的面前健步如飛！當然，署名人是阿鍾。

阿鍾小時候，患上了小兒痲痹症，從此得靠雙拐走路。有一天，我和阿鍾一起在他家附近的電影院，看了一部由栗原小卷主演的、反映治療小兒痲痹症的電影。看完後，阿鍾不無傷感地說道：「如果當時這種藥出來了，我也不會靠拐杖走路了。」

我沒有代阿鍾欺騙他的M。請記住這是一九九〇年的中國，氣功正風靡一時。我也真誠地相信，當我練就了這一身本領後，我真的能讓阿鍾在他的M面前「健步如飛」。

這一年的春天，我對阿鍾說：「兄弟要去北京了。我相信，我會在北京遇到高人。」所謂的高人，就是具有「特異功能」的大師。

在阿鍾的藏書裡，有一本古希臘的《愛經》。作為高參，他告訴我：「在戀愛剛開始的時候，假如你還沒有獲得對方的明確反應，這時候，最好就去遠行。」

阿鍾笑嘻嘻地對我說：「這是《愛經》上說的。」

是的，遠行！當對方得不到你的任何消息後，就會對你牽腸掛肚、朝思暮想，然後，終於對你用最熱情奔放的語言，向你一訴衷腸。

遠行！這真是他媽的、一個太好的建議了。

我在電話裡，把我要去遠行的事情，告訴了榮榮。當榮榮知道我要去遠行的原因後，她笑了起來，說：「你的朋友是不是有毛病啊？！」

榮榮沒有說我有毛病，而是說我的朋友有毛病。我的這個朋友就是羅李爭。

羅李爭是中國改革開放後，第一批去國外留學的人。一九八三年，他到了日本。在那裡，有一家日本豆腐店的「豆腐西施」愛上了他。一九八九年，這位「豆腐西施」來到了上海外國語學院留學，當時，羅李爭就住在上海外國語學院的家屬區。我每次去羅李爭那裡，幾乎總能看到這位「豆腐西施」帶著好菜好飯，踩著碎步，悄悄地走進羅李爭的家。

羅李爭總是唬著臉，似乎正生活在水深火熱之中。

當然，這個「豆腐西施」絕無美色，而且年齡比羅李爭大。她叫保子。留學一年的期限到了，保子就要回國。

平時，一慣對我囂張、把我的思想批得體無完膚的羅李爭。一天，眼巴巴地望著我，說：「你帶著保子去旅遊吧。井岡山或者青島，我給你們差旅費。」

羅李爭曾在江西插隊，他對江西情有獨鍾。我知道羅李爭從來沒有帶保子出去玩過。最後，羅李爭決定我們三個人一起去北京。

平時，我家中有聚會的時候，羅李爭和保子也常常一起來。

我告訴父母親，我要去北京的事情。

我母親驚訝地問道：「你和他們一起去？你在他們兩人中間，當電燈泡幹什麼？」

（電燈泡，上海話，意思是夾在兩個戀愛的人中間。）

我父親大笑道：「這格電燈泡，要格，要格！」

夏天到了，依然是一九九〇年。華東師範大學組織教師去武夷山旅遊，教育系分配到了兩個名額。因為去的每個人還要交六十元，教育系只有羅李爭一個人報名。羅李爭讓我冒充教育系的老師，陪他一起去武夷山，並為我交了這六十元。

這一年的春天，羅李爭幹了一件驚天動地的事情。革命既然已經失敗，看來改良之路尚可一試。羅李爭決定競選華東師範大學選區，兩個人民代表名額中的一個。

羅李爭，陳剛——這位華師大的前高材生，還有我，湊在一起，日夜謀畫。

當時，每個參選者可以在學校的閉路電視上發表五分鐘演講。我為羅李爭撰寫了發言稿。第一句是：「已經是春天了。」我最得意的一句是：「我是你們的長舌婦！我為你們潑街，為你們吶喊！」

我不知道，最後羅李爭唸了沒有，但是，反正羅李爭當選了。

在他當選的那天晚上，他騎著自行車剛出校園，這時候，一輛黑色的轎車突然發動，險些把他撞到。

當我和羅李爭坐上去武夷山的火車時，羅李爭已經是華師大的名人了。每一個人都認識他。我這個教育系的冒牌貨，神態自若地坐在羅李爭身旁，和青年女教師們一起打牌。

午夜，我穿著一條短褲，舒舒服服地睡在車位的底下。伴隨著火車哐啷、哐啷的巨響，我很快地進入了夢鄉。

早晨起來，青年女教師驚呼道：「你身上怎麼這麼髒！」

到了臨時停車地點，我發現車廂外正好有一個水龍頭，立即跳了下去。幾分鐘後，我渾身濕漉漉地爬上了車廂，這時候，我的身上已經是乾乾淨淨了。

其實，在一路去武夷山的火車上，我都對羅李爭心中有氣。那時候，《目錄》已經出了幾期。《目錄》辦刊的宗旨就是：對朋友的文章，必須心狠手辣！該批評的就批評，該讚美的就讚美！

我剛剛在車廂裡坐下，屁股還沒有完全坐穩，羅李爭就喜孜孜地拿出了一篇洋洋萬言的〈走向內心的欺騙道路〉，讓我認真地讀。

我一看題目，就知道這是對我發表在《目錄》創刊號上的〈走向道的內心呼喚〉的批評。第一句是：「我的朋友王某寫了一篇〈走向道的內心呼喚〉。」氣得我拍案而起。我說：「王某，這是什麼意思？我有名有姓，什麼叫王某？」

羅李爭破天荒地，對我和顏悅色地說道：「那好，我把王某改成王一梁。」

我仍然不依不饒：「呶，過去有一些愚蠢地崇拜文字的人，他們寫『打倒劉少奇』，以為把劉少奇三個字倒寫了，就已經把他打倒了。」

我匆匆瀏覽了這篇奇文。

「批評我的文章，不是這麼容易的，需要極高的智慧。」這時候我真想立刻站起來，對著他大喊大叫。

幾年後，孫時進讀到了《目錄》，對我說：「你們《目錄》中，文章寫得最好的就是羅李爭，他的科學主義文章，這才真正叫滴水不漏。」

我知道，當羅李爭已成為華師大名人的時候，孫時進還只是個學生，他是用一種仰視的目光看待羅李爭。

我拒絕細讀羅李爭這篇文章，我說：「這裡，還有你寫到過的王某。你一日不把王某改正，我就一日不讀。」

火車，發出哐啷、哐啷的喘息聲。我氣呼呼地望著羅李爭。

在火車上，他當然不可能立即把「王某」改成「王一梁」。

他半睜開眼睛，小心地望著我。他平時那一種傲慢、俯瞰我的眼神都到哪去了？

我虎視眈眈地望著他。

火車在哐啷、哐啷地發出巨響。

在我的一生中，遇到過不少好玩的人。

羅李爭無疑就是其中一個最好玩的人了，也是永遠都把我罵得狗血噴頭的人。當然，那時候，一個被罵得「狗血噴頭」的人根本不會覺得好玩。

我得意洋洋地拿起一子黑色的圍棋，在羅李爭執白的要害之處，放下。

羅李爭支著頭，陷入了漫長的沉思之中。

我得意洋洋地說道：「有青年學生問我，『大師，何謂圍棋之道？』」

我以為我這種擾亂羅李爭思緒的屁話，他根本不會認真傾聽。沒想到，正拿著一隻圍棋準備放下的羅李爭，抬起頭來問道：「什麼時候有青年學生，向你問道呢？」

我幾乎要趴到棋盤上，笑得醒不過來。

面對羅李爭一臉認真的表情，我捋了捋一把想像出來的鬍子，說：「我笑而不答。」

羅李爭惱火地把手中的圍棋放下，問道：「你說什麼呢？」

我說：「大師云：圍棋之道，玄而又玄！」

這時候，羅李爭才意識到，我這是在耍他，哈哈大笑起來。

聽到說羅李爭就要來了，王煒嚇得臉色發白。那時候，學校正在放假，王煒正在我這裡過暑假。

像我一樣，王煒恭恭敬敬朝羅李爭叫了一聲：「羅老師！」

我正在為羅李爭燒水、為他煮茶的時候，王煒悄悄跑了過來，說：「你和李申瞎講八講，我還以為羅老師真的有多可怕呢！」（瞎講八講，上海話，胡說八道的意思。）

長著一張像法國大詩人波特萊爾面孔的李申，也是我們朋友圈中最好玩的人之一。

王煒是個美麗的女子。也許懾於美色，羅李爭認認真真地回答了王煒所提出的三個問題。

第一個問題，王煒問：「在你臨死前，你最想做的一件事情是什麼？」

羅李爭揮舞起拳頭，說：「我想走到大街上，高呼打倒共產黨！」

第二個問題，王煒問得太像上海的「十三點」了。我幾乎要奔過去，捂住她的嘴巴，不讓她發出任何的聲音。

王煒笑眯眯地問道：「聽王一梁說，你迄今為止還是一個童男子。難道在你死之前，不想結識女人嗎？」

在朋友們的聚會上，羅李爭喜歡唱岳飛的《滿江紅》。不像我的中學同學李玉喜是吟，他是在唱。

怒髮衝冠
憑欄處
瀟瀟雨歇
抬望眼
仰天長嘯
壯懷激烈
三十功名塵與土
八千里路雲和月
莫等閒
白了少年頭
空悲切

這時候，陳耳在我的耳朵旁說：「你看看，羅老師的每一根頭髮都是豎起來的。」

面對王煒的第二個問題，羅李爭沒有怒髮衝冠。他認真地想了一會兒之後說：「想！」

「幾乎所有作家的處女作，寫的都是自己過去的不幸，原因就在這裡。事實上，通過撰寫童年、回憶往事，也就是改寫、重整舊有意識，從而使得我們在一種新的意識形態中，再一次將人生早晨的太陽喚回。」

我在〈走向道的內心呼喚〉中這樣寫道。對於像羅李爭這種科學主義者說來，這種「全稱判斷」，即使我已加了「幾乎」，他也難以接受。

他會說：「什麼叫『幾乎所有作家的處女作』呢？就算一百個作家中，有八十個作家的處女作如你所說的那樣，那麼，請你把他們的名字和處女作寫出來。就算你已經調查了一百個作家，面對全世界的作家，一百個作家這麼小的樣本夠嗎？就算一萬、十萬個也不夠！請你把證據一一拿出來。」

天啊！這就是一個科學主義者對於學術的要求。照這種邏輯，我剛才等了你羅李爭一個小時，我永遠也無法說：「我等了你一個小時。」因為即使我恰恰等了你整整一小時，但就在我說這一句話的時候，幾十秒鐘又過去。

「哈哈！」羅李爭會仰天大笑道：「那倒不必這麼準確，對於日常生活，盡可以模糊一點不妨。孫叔豪（其實羅李爭最早正是孫叔豪的朋友）不就在搞『模糊數學』嗎？哈哈！」

但是作為一種非「日常語言」的「理想語言」就不可以。照這種邏輯，永遠不可以說：「人生是痛苦的。」因為「人生」是一個「全稱判斷」。永遠不可以說：「人類是不幸的。」因為「人類」也是一個「全稱判斷」。

照這種邏輯，世界上就沒有哲學書了。是的，羅李爭沒有發瘋！他的學術思想來源於「維也納學派」，尤其是其中的「事實判斷」與「價值判斷」的兩分法。在中國的八十年代，幾乎有整整的一代中國思想學術精英都曾經先先後後、或不同程度上受到了「維也納學派」思想的影響。在《目錄》裡，除了我，幾乎個個都是科學主義者。後來，張桂華寫了一本《怎樣講道理》的書，就沿著「維也納學派」的思路，發展起他的「如何講道理」的思想。

我在蘇北勞教農場裡，讀到了張桂華給我買來的傅科著作，對傅科其中的一句話，十分感慨。他說：尼采知道，對於像黑格爾這樣的體系思想家，最好採用的批評工具就是機智與諷刺，否則都有可能進入他早已設計好了的思想圈套之中。

據說，維根斯坦的晚年哲學思想，就起源於對經濟學家斯拉法的一個意大利人表示蔑視的（往下巴上輕輕一划）手勢的無比震驚。他問：你說，所有的語言都是一種邏輯的形式，那麼，這個又是什麼形式呢？

後來，我在虹圖編館報《綠土》時，曾組織過人評論張桂華的《怎樣講道理》。「現代派」作家陳接餘評論道：「張（桂華）先生除寫了一本《怎樣講道理》之外，其他都是可愛的。」

如果當時我也有這種陳接餘式的機智，我大概就不會和羅李爭有這麼多爭執了。我就會毫不猶豫地把「幾乎所有作家的處女作，寫的都是自己過去的不幸。」立即改為「世界上至少有一個作家的處女作，寫的是自己過去的不幸。」

這種非「全稱判斷」的「存在判斷」，在邏輯上無可辯駁。大概羅李爭就會滿意了。而羅李爭確實也有過一個不幸的童年，在他八歲那一年，他的「右派」母親自殺了。在他牆廚的門後，一直都懸掛著他母親的一幅油畫。假如他也像作家一樣，寫起自己的處女作，他大概也會寫到這個不幸。

我怕黑。

之所以怕黑，說到底，其實就是怕鬼。

我想，羅李爭這個科學主義者也是怕黑的。他離開家裡，只要不是出遠門，他的門永遠都是不鎖的。我想，在潛意識裡，他是期待著朋友們的到訪。

在當時我的朋友中間，羅李爭算是一個有錢的人了。在他的家裡，不斷地添加著來自日本的新電器。我走進他的房間，見他不在。我悠閒地抽起一根香菸，從他的書架上隨便地抽出一本書，翻開。

看見我，羅李爭哈哈大笑，隨後，笑嘻嘻地掏出一支香菸來，請我抽。

那時候，他所抽的香菸，除了日本的「七星牌」就是清涼型的「高寶」。有識之士曾警告過他：「抽『高寶』，會得陽痿的！」

羅李爭委屈地說：「陽痿就陽痿。哈哈！」

羅李爭不怕賊偷，但他晚上睡覺的時候，總是開著一盞日光燈。

我想，他比我更加怕黑。

二〇一一年三月五日～九日

陳家兄妹

陳江

我認識陳江是在上世紀末。一天晚上，陳江帶來了俞心焦的一封信。更準確地說，是俞主席的「最新指示」。其實，這些都是寫在紙上像詩一樣的東西。我至今記得的是俞心焦的「別了，我的同志們……」或許，該組織唯有這個「文件」也說不定，反正那天陳江是帶著一種神聖的使命感、非常嚴肅地來和我見面的。

我請他在路邊的夜排檔上喝酒。買單時，他堅持要由他來付鈔，說，「我們都知道你的經濟情況並不好。」

我說：「算了，我來吧。」

約過了一個月，陳江又來見我，還帶了一位新朋友，一見面就說要請我出去喝酒。中國人向來有禮尚往來的傳統，也許可以將它理解為一種「中國式的AA制」，但被我謝絕了。

再一次見到陳江時，我就指望他買單了。後來才知道，陳江既不是一個酒徒，也不是一個有錢人。他那時正在「新錦江」做客房服務員。

「新錦江」是五星級酒店，在當時的上海來說還是一個神祕的地方，於是我興致勃勃地向他打聽大飯店裡的風流韻事。他一邊說，我一邊笑。比如說，有個幾乎全裸的少婦，在房間裡要他這個毫不搭界的人替她擦皮鞋，然後給他小費。陳江說，客房裡經常有客人遺留下的高級剩酒及畫報，有些酒瓶根本就沒有打開過。那時候，適逢柯林頓訪華。後來，陳江果然送了我一些BBC記者打印的新聞稿，只是沒有酒。

陳江身材高大，戴著一付秀郎架眼鏡，酷肖瞿秋白。他畢業於上海法律專科學校，曾當過三年提籃橋監獄的獄警。

我獲釋歸來後，有一段時期，週末的日子裡，非常喜歡去他那兒。陳江認真地做菜，擦地板，認認真真地和我一起喝酒。晚上我便留宿在他妹妹陳蔚的房間。當年，他就是因為陳蔚的緣故來和我見面的。那時候，陳蔚正在川藏的寺廟裡修行。而這房間裡也充滿著佛氣，掛著佛像，還存放著一些佛經，但我只是翻了翻床頭邊薇依的神學作品。

使我感動的是，在我被捕後，聽陳江說，他曾天天給我的手機打電話。

有一天，陳江在電話裡說：「我妹妹快要死了。」

我急忙過去安慰她。那時候，陳蔚已躺在床上不成人形。幾個月前陳江還對著錄像帶裡的陳蔚對我說：「緊張，緊張！看她的那副樣子。」錄像帶裡的陳蔚正在唱一首英文歌曲，戴著一頂絨線帽。

第二天，陳蔚去世了。像這樣純潔、天真、美麗的女孩是不應該這麼早就去天國的。我曾想過，我對陳江的感情不僅僅是友情，就像一切革命成功後都有新神話出現一樣，陳江其實就是「革命烈士」的哥哥。

今天，陳江已經是一個成功的上海律師了，還娶了一個著名的女作家。在我來美國後，僅有的一、兩個往他家打的電話裡，女作家對我說：「你一定要和你的江江打電話哦，他整天念叨著你。」」

在我面前，女作家一直酸溜溜地把陳江叫作「你的江江」。但我難得給陳江打電話，我甚至有半年以上沒有給他寫電子郵件了。昨天，我因為電腦中毒，丟失了所有的文件，尤其是「美國風情畫卷一」使我痛心不已。我想，大概陳江那裡還保存著，可是陳江的手機卻已關機。

幾分鐘後，當我打開電子信箱時，一件不可思議的事情發生了。那裡面竟然有一封信，正是幾分鐘前，陳江給我寫來的。

如果這不是第六感覺又是什麼？

這一份心靈感應屬於「你的江江」。

陳蔚

我出獄後不久，陳蔚就死了，三十歲還不到。這是一個美麗的女孩。像我另一個早早遠去的朋友馬驊一樣，是個具有聖徒品質的人。

他們怎麼這麼早就離開了人世呢？

我出獄後，丁麗英幫我介紹了一個女朋友：王軼梅。那時候，丁麗英正在和陳江談戀愛。得知陳蔚已到了彌留之際，我立即趕去看望陳蔚，還叫上了王軼梅。

我買了一束百合花。

雖然，陳蔚是我的同案犯，但我和她其實並不熟。我問我母親：「當時，都是誰？向海外發出了我入獄的消息？」

「細節我都記不得了。是阿鍾，還有陳蔚。有一天，阿鍾帶著陳蔚來。陳蔚幫我打印了我給聯合國寫的信，還幫我寄了出去。」母親說，「這是一個好姑娘哦！」

我突然感到一陣恐懼，想到隔壁的陳蔚就要死了。我對王軼梅說：「我們就不去看了吧？」

王軼梅很生氣，說：「你怎麼可以來了，卻不去看她呢？！」

陳蔚已是骨瘦如柴，只是鼻梁依然筆挺。她確實是個美麗的姑娘。

陳蔚呻吟著，突然嚎啕大哭起來。

「哦，哦。」

像哄一個小孩，我輕聲輕氣地說。

陳蔚的父親激動地握著我的手，說：「如果不是公安的折磨，她怎麼會變成這樣呢？」

他和我講起如何在一個山花燦爛的下午，他在川藏邊界的一個寺廟裡，找到了陳蔚。

「她們住的房間，牆上都滴著水。」陳蔚的父親說：「當時，我真想一把拉著她，帶回上海。但是，我看到她和一群女孩子，天真爛漫地在山上奔跑著……」

第二天，陳蔚去世。

我沒有去奔喪。她的美麗、善良與執著永留我心。

二〇〇八年二月三日　阿拉米達

心理諮詢師

當時，上海建材學院心理諮詢室聘請了兩個心理諮詢顧問，一個是孫時進，一個是我。孫時進是曾性初的學生，在中國，是以催眠術為研究對象而獲得博士論文的第一人，現任復旦大學心理學系主任。當時，他是上海高校心理諮詢協會會長，聘請他是理所當然的。孫時進是我的朋友，他非常推崇我思想的原創性。當談到我們一起合作的遠景時，他興致勃勃地說：「名字我也想好了，就叫『王孫學派』，聽上去挺順耳的。」許多人以為我成為了另外一個心理諮詢顧問，肯定是孫時進推薦的結果。其實不是，是因為那裡的心理諮詢女老師愛上了我。

她是一個有夫之婦，這個「夫」是我的朋友。那時候，我們正好剛過三十歲，而我是一個沒有女朋友的單身漢。

上海建材學院的校園意想不到地迷人，古色古香的建築，為中國富於創造活力時期之一的民國建築。舊上海政府曾想在江灣五角場一帶建立起「新上海」，上海建材學院就在其中，著名的「葉家花園」在它的附近。不遠處，是上海唯一還保存著的一塊濕地——江灣機場遺址，一群群飛鳥在那一片濕地上空翱翔。

從我家到建材學院，騎車不到二十分鐘。黃昏時，一路騎車去的路上，心裡浮現出許多「朦朧詩」中的詩句，想起了北京。也許是這一帶風景太不像上海，這裡有參天大樹，有竹籬笆，有長長的紅色圍牆……

前方正潛藏著一種危險的愛，一種帶有罪惡色彩的愛。

心理諮詢室設在二樓，前面是一個巨大的露台，左右兩側都有台階通向地面，正前方是一個大操場。心理諮詢室分為兩間：朝向露台的一間，燈光雪亮。朝向走廊的另一間，在鋪有台布的桌子上，置有一隻花瓶和一隻檯燈。當諮詢的時候，諮詢者和被諮詢者斜角對坐著，只有檯燈散發出柔和的、桔黃色的光芒。

火燒雲鋪展在西邊的天空上，我走進了心理諮詢室。她穿著一件絨線衫，正坐在檯燈下看書，看到我進來，露出無比燦爛的笑容。正是早春季節，我注意到她又換上了一件新毛衣。

有時候，我會感到她是宇宙中的一個精靈。這是我所遇到過的女人中，從未曾有人給過我的感覺。其中蘊藏著一種引領我靈魂升騰的力量，帶著我的靈魂，四處擴散。

我說：「大海。」

見沒有學生來諮詢，我和她便面對面地坐著，一起玩起了「文字聯想遊戲」。

在做遊戲前，我告訴她，她必須不加思考，立刻把心中所浮現出來的第一個念頭說出來。

她說：「遠方。」

我說：「紅色。」

她說：「玫瑰。」

我說：「人際關係。」

她說：「煩。」

……

我說：「愛情。」

她說：「哭泣，喜悅。」

「文字聯想遊戲」是榮格的發明，一種有力地探測潛意識的工具，並被使用到具體的精神分析實踐中。早在我知道這個工具前，有一夜，我和陳耳睡在同一張床上。已是夜深人靜，我們都已談得精疲力竭。閉上眼睛的時候，突然，我看到一大片金黃色的花朵，浮現在我的眼簾上。接著，出現了一座藍色的山。

我說：「陳耳，陳耳！你閉上了眼睛沒有？」

他說，他早已經閉上了。

我問道：「那麼，在你的眼睛裡，或者在你的腦海裡都看到了什麼？就是你現在正看到的東西。」

陳耳說：「我看到一輛拖車。你呢？」

我說：「我正看到一部火車飛駛而過。」

陳耳說：「我看到了許多浪花。」

待讀到榮格的「文字聯想遊戲」後，我知道了那一夜，我和陳耳所做的遊戲其實也是一種探索潛意識的方法。

有一夜，一個前來接受心理諮詢的女生，自從她走進心理諮詢室，始終把頭埋著。最後，她緊張地從口袋裡，掏出了幾頁紙給我，說：「老師，我都寫在上面了。」

我接過手稿，認真地讀了起來。前所未有地認真，我看任何文學手稿都不曾這麼認真。我知道，在這位特殊的作者面前，我的任何表情都有可能影響到她對於我的信任。這也是一位為單相思而痛苦、並同時懷著無窮無盡的希望的可憐的女孩。她沒有什麼文學才華，但把可能表明對方或許是愛她，或許是不愛她的生活中的各種細節都寫到了。我讀得很慢，我用盡全力，通過這些蹩腳的描述背後，希望看到生活的真相，更多地去體會她的情感。這肯定是一篇已經寫了無數遍、讀了無數遍的手稿。不管這時候，她是否已經抬起頭來看我。當我微笑起來，她一定同時也回憶起了美好的那一瞬間。當我輕輕皺起眉頭，我感受到了她內心的失落。最後，她寫道：「我該怎麼辦？老師，我究竟該怎麼辦呢？！」

我抬起頭來，她正睜大著眼望著我。從這雙明亮的眼睛裡，我相信，就在我仔細地、慢慢地閱讀的過程中，她不僅已經百分之百地信任了我，而且，她也已經完成了和自己內心的對話。我說：「請你把這篇文章就當成一封信，交給他！」

這時候，她忽地站了起來，雙頰緋紅，充滿感激地說道：「謝謝你，老師！我知道自己該怎麼做了。」

她從錢包裡拿出五毛錢，放到了桌上。按常規，這個錢是一定要收的，這個傳統從精神分析開始。但我讓她收回去，既然我也沒有按照常規辦事，前前後後也就總共說了這麼兩句話，作為對她的精神分析。

單戀是痛苦的，因為害怕沒有希望，但也是幸福的，就在於他或她有著無窮無盡的希

望。而真正的自由生活，就是當一個人沒有恐懼而懷有希望的時候。（2011年二月二十日）

你早就該拒絕我
不該放任我的追求
給我渴望的故事
留下丟不掉的名字

心中突然響起了一段《廣島之戀》的旋律。這也是我此時此刻寫作中的潛意識。潛意識是隱藏在我們內心深處的真實，但只是片段的真實。

越過道德的邊境
我們走過愛的禁區

心理諮詢女老師早已和我的朋友離婚。離婚後，她去了復旦大學讀哲學碩士，後來，又讀了博士。而我的朋友，和同濟大學的一位英語教授，在相互認識了一個星期後，幸福地結婚了。一年多前，他和現在的太太一起來到了美國，見到了我。

一滴、一滴的雨水，不停地滴落在海邊的傑克．倫敦廣場上，廣場上，棲息著許多海鳥和鴿子。我們三個人，愉快地一起在早年傑克．倫敦常常出沒的酒吧裡喝酒。這個酒吧也是傑克．倫敦時代唯一留在廣場上的遺址。

馬丁．伊登是傑克．倫敦筆下的一個英雄，也是年輕時代陳耳所崇拜的一個英雄；而在那個時候，我崇拜陳耳。

雨，稀瀝瀝地下著。我，一個蔑視過道德、只以藝術為最高的人，我該向我的朋友懺悔嗎？哪怕是我和心理諮詢女老師僅僅只有一夜？

不！

我不懺悔！哪怕是我做了對不起朋友的事情，我的朋友也無權要求聽到我的懺悔。人，只能向上帝懺悔！

我從蘇北勞教農場回到上海後，心理諮詢女老師沒有請我吃飯，我也沒有請她。她約我和她一起去校外散步。我已經很久沒有來到這裡了。建材學院校園外，到處都是剛剛蓋好的高樓，學校也已經併入了同濟大學。看著眼前變得十分陌生的景象，我有些恍惚。天完全黑了下來。在校門口，遇到了一個人。她向這人介紹說，我就是王一梁，對方笑著說：「他出來啦。」

我有些驚訝，難道這裡也有人知道我坐牢的事情？

從那以後，我再也沒有見到心理諮詢女老師。這也是我出獄後，唯一一次見到她。

二〇一一年二月二十二日 阿拉米達

憶馬驊

遠去的詩人
——紀念馬驊

詩人不會老去，是遠去
馬驊，所有聽說你名字的人
都知道你已遠去

梅里雪山，瀾滄江
詩人遠去的好地方

白雪皚皚，江水藍藍
馬驊，我的兄弟

你曾像一匹駿馬奔馳過我的書頁
你憤怒舉起的拳頭就像一顆石榴

八月的上海不眠之夜
你獨自高唱侏儒之歌
亞細亞的孤兒
琴聲還在我的心中悠揚

梅里雪山，瀾滄江
白雪皚皚，江水藍藍

沒人知道你何時歸來
詩人，你已遠去，我正在老去

王一梁
二〇〇八年三月八日

一

我對「共產主義村落」的嚮往，最初來源於羅撒。他是八十年代中國改革開放後第一批去日本的留學生之一。他告訴我，在日本有個「山岸主義」，是個共產主義的免費村，走進村口，就見一塊牌子上大大地寫著「Free!」

儘管羅撒還曾對我說，有個六十年代的學生領袖，曾在那裡住了一段時間，最後帶著失望的心情寫了一本書《別了，山岸主義》，然而，當聽到老友的夫人說，她的老同學在福州山區，也辦了一個「共產主義村落」時，我還是毫不猶豫地說要去。

老友聽後，笑道：「那不就像坐牢嗎？」

結果我沒去。

次年，老友和我果然都坐牢了。

二年後，我從勞改農場歸來，幾天後，馬驊陪著京不特一起來江灣看我。這是我和京不特十三年後的第一次重逢，使我略感意外的，首先是馬驊第一個跑過來和我一個大擁抱。

我認識馬驊時，他還是復旦的大二學生。我印象最深的，復旦「燕園社」話劇團上演馬驊的話劇《真相與虛構》，這可能是馬驊的話劇處女作，上演時，他一副失魂落魄的樣子，徘徊在台前幕後。

演出結束後，我們一起去校外的路邊排檔喝酒。

做為復旦附中的學生，我十三歲時就在那裡混了。我熟悉那裡的一草一木，也熟悉復旦大學的話劇團。

看著驚魂未定的馬驊，整個晚上緊張得甚至臉都變了形狀，我舉著酒杯說：「別！如果我們不讚美你的話劇，那是因為我們在用莎士比亞的標準。」

突然，馬驊湊到我面前，往我的臉上親吻了一口，撒腿就跑。

這不可思議！我拔腳就追，追了幾條大馬路都沒有追上。

一九九五年夏，孟浪要去美國，我們三個人一起在江灣的路邊排檔喝酒，我不無傷感地對孟浪說：「你走後，我就少了一個喝酒的人了。」

冷不防，馬驊說道：「還有我呢！」

大約一年後，陰差陽錯，馬驊居然成了我的鄰居。

二

馬驊在復旦大學有兩個哥們，一個是韓博，一個是高曉濤。我每次見到馬驊，都會同時見到這哥仨。一九九六年馬驊畢業，韓博考上了復旦新聞系研究生，高曉濤被分配到北京新華社《參考消息》，只有馬驊沒有著落。

我騎著自行車去看他，他的同室對我說：「別和他說話！」

這是我又一次看到馬驊一副失魂落魄的樣子，他乾笑著，走過我的身旁。

我不和他說話，他也不和我說話。

馬驊是個百分百把自己的情緒寫在臉上的人。我從張廣天的回憶錄中讀到，京不特和他一起去見張廣天，從頭到尾，馬驊都沒說一句話，這讓我想起俞心焦和馬驊住在我家裡的情景。我出門幾小時後回來，驚訝地發現，在這期間，馬驊和俞心焦居然連一句話都沒有說過，兩人一直都在默默地看書。

馬驊找不到話時，他就絕對沉默，而一旦想說話，他的臉就會變得異常生動起來。我曾看過馬驊主演的卡繆話劇《反抗者》，劇中，他梳著大包頭，抽著雪茄，配上他修長的身材，人模狗樣的，儼然就是一個紳士。《真相與虛構》開場白裡，那一段「孩子……」充滿磁性的男中音，就是馬驊自己說的。

一天，在江灣團結飯店的酒樓上，蕭開愚的夫人黃卉說：「啊呀，馬驊，你怎麼長得這麼漂亮。」

馬驊得意地摘下眼鏡，瞪大眼睛。我第一次注意到馬驊的睫毛就像被電燙過一樣向上捲起，這時候，他的臉上掛著只有從小被人像洋娃娃一樣寵愛著的孩子才會有的表情。

自從馬驊成為我的鄰居，通常月底將近時，馬驊會背著一個大雙肩包，一進門就大聲叫道：「借貸，借貸！」隨後，兩人用借貸中的百分之二十、三十大吃一頓。

應該說，馬驊就是一個壞孩子，正是他第一個告訴了我們虹鎮老街一家髮廊裡的祕密。一個夜晚，在一輪明月的照耀下，我和他正在涼城新村的路邊排檔喝酒，突然，馬驊堅決叫嚷著，馬上就要去按摩。半小時後，馬驊乘著「差頭」（出租車）又回來了。

「怎麼啦？」我問。

「關門了。」馬驊喪氣地說。

那時候的上海，不僅髮廊妹鳳毛麟角，而且還沒變爛，馬驊所知道的髮廊其實也就這麼一家。那裡有個老闆娘，獨領風騷，帶著二個胖嘟嘟的姑娘替客人按摩，只有遇到老顧客才會全身裹得嚴嚴的，穿著兩條絲襪，風情萬種地親自上陣。

其時，馬驊已當上了韓國「依戀」公司總經理助理。一天，他從公司帶來三件衣裳，送給阿鍾、蕭開愚和我。我選了一件可當外套穿的粗毛衣，沒想到，我在蘇北「上海農場」一穿就穿了一年多，兩個肘關節處都被磨破了，我用線把它們又縫了起來，最後還是沒捨得扔，又把它做成了枕頭，夜夜枕在上面。

三

馬驊在我眼裡，首先不是他的才氣，也不是他的博聞強記，而是他的搗蛋勁。

我很喜歡孟庭葦的歌，我甚至會一天到晚都聽著她的歌，但有一天馬驊卻對我說：孟庭葦才一米五幾，一臉憔悴！

我說：「你再說一遍？」

這時候，我揚起了拳頭。

馬驊說：「真的，她在北京的演出，給她打燈光的就是我。」

馬驊掉進瀾滄江後，我從他的生平紀事中知道：是他把周星馳第一個帶到了北大演講。看來，馬驊當時對我所說的都是真的。

九十年代那會兒，他有個女同學，後來成了電視台明星。在我的印象中，馬驊並沒有女朋友，有時候，看到這位屏幕上的女主持，馬驊會指指點點說上兩句，好像昨天他們還在一起喝咖啡。

然而，馬驊卻是孤獨的。

在他成為我的鄰居，在我難得留宿他的住所的一個午夜，我突然被一陣從客廳裡傳來的琴聲吵醒。

手兒要拉得緊！

……

亞細亞的孤兒！

我問：你唱的是什麼？

馬驊說：羅大佑的〈侏儒之歌〉、〈亞細亞的孤兒〉。

待我醒來已是江灣的早晨，馬驊這才安靜地睡去。

四

馬驊曾對我說起過他的初戀，那是高考的前夕，天津下了一場大雪。馬驊走出校園後，看到他暗戀著的女同學走在前面。

他果斷地走了上去。

這時，雪越下越大，他和她並肩走了半個多小時，什麼話也沒說。

我問：後來呢？

馬驊說：後來，到了一個岔路口，我們就分手了。

馬驊當年以天津市高考總分成績第二十八名考上了上海復旦大學，我一直忘了問，那個女同學的結局呢。

馬驊曾告訴我，他在大學期間，每個月都寄錢給兩個失學兒童，每人一百元。他說，有個一直對他有看法的同學對此拍案驚奇，因為不相信他會是這樣一個人。

但馬驊就是這樣一個人！

我和馬驊的最後一次見面是一起從江灣走到外灘。大約走了一個多小時，我們為了一個婚禮四處尋找鮮花。我們窮途末路，竟然一直走到浦東都沒有找到一個花鋪，卻在我們即將到達目的地時，看到了一路鮮花。馬驊驚呼道：把所有的鮮花都買下吧！

那一夜的一束鮮花裡應該有幾枝梔子花，幾枝夜來香，那是馬驊經不起賣花女的誘惑，胡亂地買下來的。

只是這一束鮮花似乎不祥，就這樣，我和馬驊永別了。

五

在我和馬驊交往的日子裡，有一種狂歡色彩。

八十年代、九十年代，那可能是中國最好的年代。往往是這樣的：我從江灣出發，在上海漫遊一、二個星期。在這一段日子裡，與我一起喝酒的人，也正從一個、兩個發展到一、二十人。直到最後體力不支，糧盡彈絕，這才安靜地回到江灣。

在這支飲酒大軍裡，第一個，當然是阿鍾，第一個或許就是馬驊，而最後一站往往是在蕭開愚那裡。

開愚很開心地說：穿過兩個公園，就是我家了。

第一個公園指的是中山公園，第二個指的是開愚當時所住的華東政法大學。

尼采曾經說，真正主宰了我們一生的軌跡可能只有兩個神，一個是酒神戴奧尼索斯，另一個是日神阿波羅。

我和馬驊交往的日子，那正是戴奧尼索斯高照的日子。

當我毫不猶豫走進監獄，我對警察說：我無所謂，所有的好日子我都度過了。後來，當馬驊真的逝去後，我曾想過，假如那一天，沒有那一杯剛剛喝下去的白酒，也許馬驊會死裡逃生。

在我所有過早凋零的朋友中，馬驊是其中一個在自己的手藝還沒有真正成熟前就已遠去的詩人。有時候我會想，我應該撫棺哭泣，為我們所有逝去的日子哭泣。

有人說，曾經在瀾滄江裡，最後看到馬驊絕望地舉起了一隻手臂。

兄弟，你對這一生有悔嗎？

六

「團結」是江灣鎮的一家清真館，那裡除了妙不可言的牛肉麵外，還有每盤一元的毛豆、花生、百葉結；最奢侈的是斬牛囊，每盤三元。

那時，上海出的嘉善黃酒已漲到一．二九元，可是，「團結」只賣一．五〇元。啤酒有些貴，「力波」啤酒每瓶二．五〇元。

我們一般不喝啤酒，只喝黃酒。當客人來時，我只要從抽屜裡找到十元錢，就可以帶著朋友上樓了。

「團結」有二層，從木樓梯走上去，樓上可以欣賞到窗外的小河。馬驊搬到江灣後，小河已填。不過，馬驊應該在他還是學生的時候，就已經是「團結」的一個常客了。

翟明磊在他的《阿童木一代人》裡寫道：馬驊曾在「團結」對著木地板小便。我們在「團結」最奢侈的應該是那一次，鄢烈興帶著她的德國老闆，開著奔馳來。我們讓服務員去樓下的菜市場買最好的菜、最新鮮的河鮮，買單時，七、八個人的一桌，也就兩百多元。

我印象最深的是，有一次，我們讓服務員聽阿鍾朗誦詩。這是一首冗長的詩，半小時過去了，阿鍾還在唸。

服務員睜著圓圓的眼睛說，他必須下樓幹活了。

這時候，我幫著阿鍾一起按著這個胖小伙子的肩膀說：聽，聽！就要結束了。

哦，詩人。

走過兩個公園就可以見到大詩人蕭開愚了。那時，馬驊也已搬到了公園附近。有時候，開愚不在，我們就在他的門上留個紙條：「老地方，我們喝著酒等你！」

所謂的老地方，就是跨過蘇州河一座小橋，華政[1]對面的一個小酒館。酒館上，有一個

注釋——

1 華東政法大學，原名華東政法學院。長寧校區位於上海市長寧區萬航渡路 1575 號，原聖約翰大學的校園。

大平台，除了刮風下雨，無論是春夏秋冬，我們都愛在上面喝酒。

一直喝到月明星稀、東方既白。

一夜，我們靈機一動，發現可以在華政的招待所留宿，而且，午夜過後，四人房只收半價：二十元。

「瘋子王一梁！」

早晨，我、阿鍾、馬驊、米拉正在招待所吃早餐，黃卉走了進來，劈頭就給了我這麼一句。

可我現在怎麼也想不起來，那一天我們四個人怎麼就竄進了招待所，而且還給開愚的門上留下了一張紙條。

我們一起穿過這個公園、到另一個公園玩，突然，米拉大聲叫道：「馬驊，你給我停下！」

我悄悄地問馬驊：「怎麼啦？」

馬驊說：「昨夜，我竄到米拉的床上去了。」

那時候，我和阿鍾已經爛醉如泥，沉沉睡去，不知道那一夜究竟發生了什麼。

米拉是南斯拉夫的留學生。幾年後，米拉做為南斯拉夫最牛的足球隊「紅星隊」的翻譯重歸上海。在徐家匯的建國賓館，已是百分百白領的米拉，熱情地向我展開雙臂，在眾目睽睽之下，我靦腆地擁抱了她。

假如她知道我們共同的好朋友馬驊或許永遠不會歸來了，不知道她會怎麼哭。

七

後來，又發生了許多事情。

一天，馬驊滿臉興奮地對我說：「他們來找過我啦！」

他們？他們是誰？

我們的老朋友李光光有一天問我：「王一梁，你知道你們為什麼牛逼嗎？」

我茫然地說：「不知道。」

李光光說：「因為他們盯住你們！」

上海灘人才輩出，李光光就是其中的一個聰明人。他曾經在派出所打過工。大約是九十年代早期，午夜，阿鍾給了我一盤講鬼故事的磁帶，我臨出門時，阿鍾詭密地笑道：「你知道，這盤磁帶是誰的嗎？」

因為懷揣一盤鬼磁帶，面對外面的一片漆黑夜色，其實，這時候，任何話都會使我嚇得魂不附體。

阿鍾說：「這是李光光的。」

我幾乎當場就從自行車上翻倒在地。

我開始有些不喜歡馬驊了，因為馬驊的那句話讓我想起了李光光，以及我們所有的八十年代的遭遇。

所謂的他們，其實就是上海公安局政治保衛處。

馬驊失蹤後，京不特對我說：「馬驊多好！當時，你出事那天，第一個告訴我的人就是馬驊。」

我其實是胡說八道的，但京不特有時候就會和我這麼較勁，其實我說的是馬驊的虛榮心，就像當時李光光說的那樣：「你們為什麼這麼牛逼？」。

如今，當我回首往事，我會說，假如沒有國家有關部門當年對我們的摧殘，我們的青春肯定會更加美好。

八

我一生中有兩個大悲痛，一個是十五年前，我的舅舅在堪薩斯城被兩個墨西哥人殺死，另一個就是馬驊的失蹤。

三年前，我剛搬到阿拉米達島，突然，我開始有了強迫症，只要一走進廚房，就會不由自主地想起馬驊。

從佛洛伊德的理論上說，廚房可能就是罪魁禍首，可是我遍找回憶，找不到任何與馬驊有關的蛛絲馬跡。十五年前，當我的舅舅死去的噩耗傳來，作為佛洛伊德的一個信徒，我寧願相信，這一次謀殺其實就是一場自殺。可是，我很快就做夢了，夢中的場景，耳光響亮地使我醒了過來。

自從馬驊逝去後，我開始有了一種幻覺：馬驊變成了瀾滄江上的一尊石像，瞪大著眼睛，渾身冷得發抖，望著遠方。

我們的一生是可憐的。

當我認識馬驊的時候，他正是一個意氣風發的大學生。馬驊曾拍著胸脯對我說：「今後的文學史是我寫的！」

而自從馬驊遠去後，我好像也有了一種義務，就是對馬驊的作品做出文學的評價，可是，我卻一直不敢去看馬驊的作品。一天，像往常一樣，井蛙問我，今天聽誰的詩？我說，馬驊的詩吧。

井蛙一直對我說，馬驊最後的詩越來越成熟。但是，當我聽了幾首詩後，開始不同意。我說：「別像馬拉美一樣，把這個世界的目的看成就是為了誕生一本書！」

不管馬驊寫不寫詩，馬驊在我心中就是馬驊。

去年，我的大姑父去世了。他酗酒吸煙、口才一流，戴著一頂鴨舌頭帽子，從小就是我的偶像。就在我獲悉這個消息的當晚，我開始做夢了，奇怪的是，在這個夢境裡，我的大姑父變成了我的一個童年玩伴，我們幸福地在一起玩耍。

假如夢境就是所有奇蹟的見證，我想，馬驊應該就是天堂花園裡，和我從小一起玩大的夥伴。

二〇〇八年三月二十八日 舊金山灣區

塵緣

我孤獨地坐在警察的對面。

昨天，他們讓我赤身裸體地站在他們的對面，這是所謂的入獄前的檢查。

午夜，一點半，對講機裡傳來了一個聲音說：「一切都準備好了。」

「好啊，楊警長，我們現在就來。」身旁的陳貴寶說。

我們上路了。車燈打出了高光，道路在閃亮的燈光下延伸。經過我的家，經過了一座山。我從來不知道，在上海的城裡還會有山，後來我知道了這是一座垃圾山，只是現在上面長滿了樹。

與我的料想不同，我沒有被戴上手銬。

以後，尤其是在監獄裡，我曾無數次地回憶起這一夜。我有許多逃跑的可能性，乃至於連最逼真的細節都想到了。但我沒有，只是臨出門前對我母親說：「假如我被捕了，你要為我呼籲。」

我母親笑了，說：「不會的。」她的意思是說，我不會被捕的。後來，我真的入獄了，而我的母親也真的為我呼籲了。

現在，警察就坐在我的對面，讓我交代往事。

孤獨啊！

「我們到這個世界上是為了來玩的。」幾年後，詩人井蛙寫道。

「怎麼玩玩、玩玩就真的玩到這個地方了。」當時，我驚心動魄地想到。

這一瞬間，我知道了，在這個世界上沒有一個人可能救得了我。一切的朋友和同志，一切的愛人和情人，我們曾經多麼親密！但在警察的淫威之下，他們都有可能成為我走下地獄的每一格格階梯。

這個叫陳貴寶的警察露出了猙獰的牙齒，說：「乃至於外地，全國，我們都會派出人去調查。」

幾個月後，另一個同伙叫孫俊，說：「王一梁，你知道嗎？我們在你的身上浪費了多少錢。」

我惘然道：「我真的沒有事啊。」

我在看守所待了七十九天，於二〇〇〇年四月十八日被押解到蘇北勞教農場。臨出看守所大門前，陳貴寶對我說：「二年，很快的。我們不希望給你戴上手銬，這會很難看，希望你能和我們合作，不逃跑。」這時候，我天真地想到，「我還不知道戴上手銬的滋味呢。」正是江南、江北好時光，而對一大片燦爛的桃花，我要求中途停車。我說：「喝了啤酒，我要撒尿。」

我們在如皋一家叫「橄欖餐廳」裡吃了午飯。押解我的共有三名警察，他們點了一台子的菜，其中一名對我說：「王一梁，你吃啊！這些都是為你點的。」

我想，苦日子又要開始了，就要求喝啤酒。他們叫來了兩瓶啤酒。

黃昏時，到了位於大豐的「上海第一勞動教養所」。在一個叫「下明」的地方，我開始進入了一個月的「新收期」。所謂「新收期」，就是每天早晨六點鐘起床。不准說話、不准看書，除了吃飯、上廁所、偶爾操練外，每天都只准坐在僅有一本書大小的小板凳上。在這間約有二十平方米的平房裡，還有三個勞教人員和我一起坐著。他們是來監視我的。像這樣地坐著，一直要坐到晚上九點鐘。

外面的春天越來越明媚了。

我開始了我的回憶。從記憶中最早的童年，到少年，到青年，到中年。每一天，我盡量把回憶的速度放慢。我擔心，等我回憶到我已經坐在小板凳上的時候，發現自己坐小板凳的日子還沒有結束。

隨著回憶的腳步，自己漸漸地從童年的回憶陰影裡走出。心中的春天也越來越多、越來越明亮了。

塵緣

不能像
佛陀般靜坐於蓮花之上
我是凡人
我的生命就是這滾滾凡塵
這人世的一切我都希求

快樂啊憂傷啊

是我的擔子我都想承受
明知道總有一日
所有的悲歡都將離我而去
我仍然竭力地蒐集
蒐集那些美麗的糾纏著的
值得為她活了一次的記憶

二〇一一年一月～三月 阿拉米達

天才之虹・井蛙

她可能是我們時代最好的一個抒情詩人，也許會成為一個不朽的經典詩人。

她閉上一隻眼睛，伸出右手的食指與中指，模仿我抽菸的樣子；又伸出左手，模仿我喝酒的樣子，然後把另一隻眼睛也閉上了，雙手在空中胡亂地敲打一番後，說：「這就是你寫作的樣子！」

她想每年出一本詩集，想找一個人為她的詩集寫序。她伸出兩只手，再伸出兩只腳，把手指和腳趾都數遍了，但找不到一個合適的人選。我說：「那就只有我囉。」

我們結婚太快，見面不到七十二小時就結婚了。要不然，我是可以為她所有的詩集寫序的。

我喜歡一切聰明的人。他們是宇宙中的精靈，人類的驚喜。

當我正在執編的一本文學刊物，臨時缺稿的時候，我說：「寶寶唉，給我們的雜誌寫一篇吧，求你了。」

她說：「詩，小說，還是散文？」

一般不超過三小時，我如願以償。

她是嚴肅的。吃飯的時候，她緊鎖雙眉，只張開嘴巴，靜靜地吃著自己的飯。當我開心地舉起一杯酒時，她已什麼也不吃了，任我胡說八道，一邊靜靜地喝著自己的茶。

開車的時候，我坐在副駕駛的位置上。我說：「Turn right」，她就右轉。我說「Turn left」，她就左轉。最後，她終於忍無可忍地說：「你知道嗎？你對我的話具有催眠力。你讓我左，我就左，你讓我右，我就右。」有一天，她從夢中驚醒道：「我夢見你指著我的太陽穴說，笨笨！」

寫作，那是朝思暮想的事情。

八十年代，我看過一部叫《中國流》的電視連續劇。有人問其中的一個日本圍棋高手：你每天下多少盤棋？日本高手道：除了睡覺、吃飯外，天天都在下。即使沒人對弈，我也在腦中和自己下。

至少有幾年，我幾乎都能猜到井蛙將寫的主旨，因為那是她夜說日說的結果，而我一直都無法猜想詩的第一句。

街市永遠都是鬧哄哄的。只有天才的寫作是一個例外。

詩人一平說：上帝是公正的，井蛙這麼忙，結果讓她寫出了這麼多的詩。

井蛙喜歡趴在我的耳朵上，嘰里呱啦地對我耳語一番，然後讓我猜，她都對我說了什麼。其實，這個鬼東西什麼也沒有說，她只是吹吹氣、伸伸舌頭而已。

心無悲哀
哄哄（四周）看看
真亦無所謂

一天，井蛙用粵語如此唱道。我驚訝於這首歌的旋律優美、歌詞之灑脫。我問道：「是誰的歌？作詞、作曲者是誰？」

井蛙嬉皮笑臉地說道：「我！」

井蛙難得唱歌，她喜歡唱的是一首粵語歌《分飛燕》。「分飛萬里隔千山……」粵劇是我聽到過的最具內涵的曲種之一。一天，我情不自禁地哼唱一句：「哎呀，難，難，難，難！」井蛙立即奔過來，用手捂住我的嘴，伸出一根手指說：「噓！」

那時候，我們正在辦美國簽證。井蛙是一個對語言有潔癖的人，簡直可以說，對語言的崇拜幾乎到了迷信的程度。在這時候，蹦出一句「難、難、難！」，當然是絕對犯了大忌。

井蛙基本上只寫兩類作品：詩與小說。

散文除了真之外，作為藝術的一個品種，它確實很渺小。我在寫散文的時候，當我不得不學做謙卑地描述那個「我」的時候，我意識到了散文的侷限。讀者其實並不在乎那個「我」：這是真的，還是假的。散文，是作者給自己加上的一道枷鎖，因為它不得不是真的。

一天，我驚訝地看到井蛙把我的童年故事寫成了小說《我的奶媽福妹》。九〇％都是真實的，但一一〇%以上也都是虛構的，因為那個我變成了小說中的「我」。

有時候，就像十足自戀的納西瑟斯一樣，井蛙自言自語道：我好想擁抱昨天的我哦。她有時歡快地說：聰明！聰明！這個聰明當然只能指的是她自己。

據說，溝口健二是在荷蘭梵谷美術館裡，看到梵谷的真跡後才瘋掉的。那一刻，溝口健二淚流滿面地說：藝術家，只有像梵谷一樣瘋掉了之後，才能成為一個真正的藝術家！井蛙告訴我，為了看梵谷的墓地，她一個人曾經走了八個多小時的路。

井蛙喜歡梵谷的畫，也喜歡高更、塞尚的畫。我對井蛙說：高更是個老騙子，塞尚其實是個比高更更加瘋狂的人。井蛙勃然大怒！隨後，她笑了，說：塞尚畫他的太太，要求她一動也不動。塞尚太太說：難道你以為我是一隻蘋果嗎？

蘋果可以不動，人呢？

童詩，是井蛙詩歌中最為光輝燦爛的一部分，因為井蛙本人就是一個充滿童趣的人。

你家的蘋果樹
聽話的長在樹上，不聽話的呢
風生氣了就罰它們睡在地上
還有蟲子咬它們
怕嗎
我怕我怕我好怕喔

這首《春田花花和秋天的蘋果》是井蛙來美國後寫下的第一首童詩。

後來，我們去了美國東海岸，住在我老同學宋培林的家裡。每天，我們都搭乘著火車穿過一望無際的楓樹林去紐約辦事。老同學的女兒蒂芙尼五歲，只要我們回來，就像跟屁蟲一樣跟在井蛙的後面。當她知道我們就要回西海岸了，臉上流露出真正的難過表情。我悄悄地對井蛙說：「蒂芙尼多麼可愛，你給她寫一首詩吧。」

井蛙對我眨眨眼睛說：「我還沒有找到靈感。」

幾天後，井蛙寫下了《一隻斑點狗很想搭火車》，然而，這卻不是一首很成功的詩。

愛？技巧？靈感？

井蛙從十三歲起就開始文學創作了，並給自己起了這個筆名；十七歲時寫成了長篇小說《媽不要我了》。假設，我們從理論上統統都知道了寫作的原理，但對一首真正的傑作的誕生，我們最後還是依然一無所知。

長江在上海的入海口有三個大島：崇明島、長興島和橫沙島。其中，崇明島是中國的第三大島。

我們漫步在長興島，這時候，夜已深了。井蛙指著前面一幢高高聳起的大樓說：我們走到那裡，就到外灘了。井蛙說得這麼肯定，我開始相信，只要朝著這幢大樓的方向一直走下去，我們很快便可以走回到上海的陸地。

藝術是一種幻覺嗎？

當井蛙終於到了冰天雪地的阿拉斯加後，從此以後，不再像念經一樣地說起阿拉斯加。

我有時候會感到羞愧，當別人問起「你最喜歡去的地方」的時候，我總不能說：我最喜歡的地方就是阿拉米達，我現在居住的小島吧。

然而，這卻是真的。四年前，我迷上了在海邊長跑。加州的陽光，一年四季總是這麼燦爛。望著不遠處的群山，奔跑在細軟的沙灘上，我由衷地贊嘆道，我一生中最幸福的時光就這麼開始了。

蘭波說：生活在別處。

這也是真的。

加州其實是沒有一年四季的。剛來美國時，我們吃粽子、吃月餅，也過中國的「春節」。其實，我們那時候很窮，然而，越是這樣，我們越是要把這些「節日」過得像模像樣。後來，我們就什麼也不過了。

中國，不再是我們記憶中的故事了。

看她一副文弱的樣子，其實，與人們想像的不一樣，井蛙從小是個尚武者。她是中學籃球隊的主力，那時候，她身材修長，長髮飄飄。一天，選拔專業籃球隊的老師來到他們學校，用一把小木榔頭敲敲她的關節，知道她再也不會長高了。

多年後，她坐在黃昏的窗口，帶著一絲困惑，說：「也許，我成了一個職業籃球手，也就不寫詩了。」

她從小跟人學習舞劍。五六歲時，赤著腳，沿著長滿青苔的井壁，爬到井下去取水桶。「別人的水桶落到井裡，就喊我爬下去取。那是我最高興的時候，因為小朋友中只有我敢爬下井裡去。」井蛙開心地說。

直到我們住在阿拉米達海邊後，井蛙還沒有學會游泳，聽到這裡，我嚇出了一身冷汗，說：「你怎麼這麼傻，你算是白撿了一條小命。」這時候，她更得意了，拍打著我的肩膀說：「還有呢，還有呢，我帶著小朋友們一起爬瀑布。」

井蛙在她一兩歲時，被送到嶺南鄉下的姑媽家寄養。她姑父是個獵人，空閒時，喜歡讓她騎在自己的脖子上，帶著她滿山村地轉悠。大人們看到她後，都喜歡在她胖乎乎、紅潤潤的臉上掐一下。我看井蛙的童年照片，幾乎每一張照片上，她都拼命地咧開嘴巴大笑，好像活著就是歡天喜地似的。誰會想到這麼一個小孩長大後會成為一個抒情詩人呢，而且，在她的詩歌中，總有一種抹不去的淡淡的憂愁呢？

依據這段經歷，井蛙在一個暑假裡，寫成了長篇小說《媽不要我了》。後來，她母親看到出版後的書，抹著眼淚說：「媽什麼時候不要你了？」

幸福，就像一扇永遠凝固不動的窗口。

井蛙在照鏡子。我高聲叫道：「一看背影就知道，一個傻瓜在照鏡子。」這時候，井蛙無動於衷。看著她一聳一聳的肩膀，我知道她正在憋著笑。接著，我指著空中一本想像出來的書，說：「知道嗎？《兒童識字課本》哎！左邊站著一個人，就是你，右邊寫著兩個字：傻瓜。」

「你和歷史上一個最有名的傻瓜太像了。」看她依然一副無動於衷的樣子，我窮追猛打。

井蛙說：「那個人，就是我啊！」這時候，我徹底沒詞了，蓋不過她。她用她的鼻子碰著我的鼻子，說：「狗鼻子哎，這是我們的見面禮。」她脫下兩只鞋子，踩著我的腳。我們在舞蹈，我哼道：「寶寶，寶寶不分開，分開不是好寶寶。」

這時候，我的腦中突然掠過一道陰影：我為什麼會哼出這樣的句子呢？

加州女人是全世界最帥的女人了。因為陽光，開車時，幾乎一年四季都要戴上墨鏡。她們打開車門，就像我們在電影裡看到的流氓大亨一樣，看著她們戴著墨鏡從車門裡慢慢走出來。

井蛙也戴著一副蛤蟆鏡從車裡走出來，這時，我忍不住在她臉上掐上一把。她咧開嘴巴，笑了，就像我想像中的那個小時候的傻瓜一模一樣。

我喜歡和井蛙一起散步。以前，我們總是散步，每天不少於兩個小時。那時候，在上海，我們必須在一個月裡完成三本童話的翻譯，而最終我們只用了二十三天就完成了。為了翻譯哈維爾的《獄中書》，我每天只睡三個小時。看著我紅通通的眼睛，井蛙說：「我們散步去吧。」

我們散步。當井蛙終於在十七天裡寫成了長篇小說《那個小子……》，而我只翻譯了《亞馬遜上的博物學家》七萬字的時候，在這期間，我們每天還是雷打不動地散步。

「著書只為稻粱謀」的日子結束了。到了美國後，我們每天還是散步。那時候，一個最主要的原因是，我們所住的房子太小了。後來，我們買了車子，也在海邊有了一個更大的房子。她一邊悠閒地戴上墨鏡，一邊豪情滿懷地說，「This is California！」(「這是加利福尼亞！」)。藍天白雲下，井蛙開始飆車。

從此，我們再也不可能有更多的散步的機會了。再後來，在月光下、在湛藍的海邊，我知道，井蛙正在飆車。

二〇〇三年年底，梅艷芳去世。那一天，恰好是我和井蛙剛剛翻譯完哈維爾的《獄中書》，井蛙在地鐵站奔跑起來，叫嚷道：「可以去玩了，可以去玩了。」

從路邊的商店裡，我們買了一盤紀念梅艷芳的磁帶：《似是故人來》。午夜，當我從廁所裡回來，借著路燈光，看到放在桌子上的這盤磁帶，想到梅艷芳已死，想到《胭脂扣》——這是一部鬼戲，男女主角的扮演者梅艷芳、張國榮卻在同一年裡，年紀輕輕地相續死去。而從面相上說，梅艷芳本來就帶著一絲鬼氣，這盤磁帶盒上的相片尤其如此。此時此刻，這盤磁帶上似乎正閃著爍爍的磷光。房間太大了，我嚇得瑟瑟發抖。

翌日，我們到了杭州，住在西湖之畔的國際青年旅館。那一夜，狂風大作。旅館很漂亮，西班牙式建築。約在夜晚十點，我們一腳高、一腳低，找到了這個躲藏在樹木深處的地方。所住的房間的房頂呈斜角狀。斜上角有個窗戶，我們剛收拾完，大滴大滴的雨開始稀里嘩啦打在上面，一團團黝黑的樹葉隨著大風不斷地拍打著玻璃窗。

風聲雨聲中，我和井蛙在床上講古。井蛙曾對我說：「小時候，我奶奶告訴我，晚上最好不要看到外面的東西。」我記著這個古訓，我不看窗戶。我們正說到梅艷芳的時候，突然，房門自動打開。

這是不可能的，我們分明把門關得緊緊的了。外面的雨下得越來越大了，走廊上空空蕩蕩。

彷彿是惡作劇，一陣驚怕後，井蛙給當時和我們住在一起的表弟阿龍打了一個電話，說：「一粱說了，你趕快把梅艷芳的磁帶扔掉。」

後來知道，當夜，阿龍被嚇得不敢回家，在浴室裡度過了一夜。我們自己更是被嚇得一夜無眠，也不敢出去上廁所。國際青年旅館是自助型旅館，房裡沒有廁所，要上廁所就得走過長長的走廊。

回到上海後，井蛙寫了一首較長的詩《烏篷船·鬼話》，以小時為單位的形式，從午夜一點鐘一直寫到黎明五點鐘，記錄了這次浙江行（另外的一首詩是《倉橋客棧》）。其中，除了表達出了瀰漫著的鬼氣外，井蛙最得意的是結尾：「看她的蘭花指：阿毛回來——了。」井蛙是一個天才型詩人。

天窗透露一個夜鬼的祕密
他道魯迅外婆家沒有烏篷船
凌晨一時
梅艷芳的故人來了
撐著紹興的雨巷油紙傘
杭州青年旅社似是鬼出沒的地方
西湖寒煙裊裊

凌晨三時
遠處梅蘭芳在唱戲
……
完了，一切都完了
門自己打開
……
凌晨五時戲台搭好
梅艷芳哭泣
梅蘭芳哭泣
只有祥林嫂蹬蹬蹬出場
看她的蘭花指：阿毛回來——了

——井蛙《烏篷船．鬼話》

我翻箱倒櫃地找到一張照片，那是井蛙。因為一本雜誌要發表《天才之虹》，希望配些照片，而且「多多益善」。但我不捨得把這張照片給任何人。那是井蛙，少女時代的井蛙。我和井蛙從未談過戀愛，在我們見面之前，我甚至不知道她是男的，還是女的。

井蛙指著這張照片說：「這是我特地帶來想送給你的。我想，當我們分別的時候，就把這張照片留給你。」

這是一個女孩的心思。

但我們結婚了，不久就去了北京。那是十一月的初冬，北京很冷。我們在那裡遭遇到了恐懼與渴望自由的激情。

我和井蛙從不為「油、鹽、醬、醋、茶」爭吵，但在生活中，我們卻時常爭論。用一個哲學上的比喻，比如說，我指著眼前的這張桌子說：「這是一張桌子！」

井蛙說：「這是一塊木板！」

我說：「沒錯，這是一張用木板製造的桌子。」

井蛙說：「你說桌子就是桌子，我為什麼要跟著你說？這樣我不是很沒有面子？」

有時候，井蛙說：「我和你之間有代溝。」

沒錯，我們之間相隔著一個時代的距離。對於我思想上的「獨斷論」，井蛙說：「野蠻！野蠻！」對於我思想上的「博大精深」，井蛙稍微誇獎道：「有些『三腳貓』的功夫。」

井蛙不喜歡自己的本名，我要惹她生氣，一個最簡單的方法就是直呼其名。但井蛙也有幽默感，我開玩笑道：「×××同志，你有一張支票等待著領取。」這時候，她笑了，因為在支票本上，只能寫她自己的本名。一天，她開心地說：「你瞧，海明威也最恨別人叫他的名字：歐內斯特。」

井蛙指的是保羅．約翰遜的《知識分子》。這是其中的一章，關於海明威，篇名叫《僅有藝術是不夠的》。我讀完後，有些動容。我是一個成長於八十年代的知識分子，或者說，從本質上說，我是一個中國八十年代的知識分子。儘管我可以驕傲地說：從寫作第一天開始起，我就是一個地下作家。在我的文學成長過程中，我可能從未受到中國官方文化的污染，但我還是受到西方文化中糟粕的污染了，存在主義即為其中之一。

海明威是「迷惘一代」的代表性作家，他打獵、酗酒、寫作。感官滿足了，但感官衰竭了，他最後只好一槍打死自己，從存在主義的角度上，這是一個最完美的結局。

井蛙喜歡引用廣東話中的一句話：「有多大的放縱，就有多大的墮落或者痛苦。」

「井蛙，井蛙！這話究竟該怎麼說？」

屋內空空蕩蕩的，井蛙不在。

天下沒有不散的宴席，每個故事總會有自己的結局。

登山隊員喜歡指著眼前的一座山峰說：因為山就在這裡！而對登山隊員來說，最完美的結局莫過於死在攀登途中。

有時候，我想，也許為了藝術，我們犧牲得太多了。

在上海的時候，我們有一張很大的辦公桌，井蛙坐在我的斜對面寫作。到了美國後，儘管我們有了兩張寫字檯，但它們是並排著、緊挨在一起的，我只要偶爾地瞄上一眼，就知道井蛙在寫什麼。她走過我的身旁，只要朝我的電腦瞄上一眼，也就知道我在寫什麼了。

榮格，偉大的榮格曾經做過一個夢。在這個夢裡，他夢見一個盤腿的老僧，正在冥想。也許我們每個人的今生，都起源於一個人在做夢，當這個人的夢醒了，我們的生命也就結束了。

井蛙無限親密地繞著我的脖子說：「寶寶是用來疼的，知道嗎？你再罵寶寶，寶寶還是寶寶哎。」

也許，這一切都起源於一場文字遊戲。很久以前，井蛙就對我說：「假如有一天，寶寶走了，寶寶不要哭哦。」我們正走在語言遊戲的路上。

王爾德說：「生活模仿藝術。」我同意這樣的看法。張愛玲在胡蘭成走後，說：我不會難過，只是我的生命凋零了。

凋零？這個女作家說得多好！

起風了。我坐在家門口的海邊，身旁翻飛著海鳥，或者叫海鷗的鳥。[1]

「我們到這個世界上是來玩的」這不是井蛙寫的一句詩，是她在筆會論壇上隨意寫下的一句話。那時候，筆會的筆仗正打得不可開交。有一天，我不慎說了一句什麼，把井蛙牽涉上了，引來了各種聲音。她指指論壇，說：「誰讓你說到了我？現在，不管你用什麼方法，把這些聲音消滅掉。」

我開始寫傅柯、寫海德格。聲音沒有了。井蛙滿意道：「這才像話。」

她讓我說蘇格拉底是怎麼死的。我指指面前堆滿骨殼的盤子，我們正在吃自助餐，說：「我要去拿些新的菜。」我一邊去拿空盤子，一邊眼睛瞄了瞄旁邊的酒櫃。我知道，這時候，我可以喝酒了。其實，那時候，我們已經分居了，我想做什麼，儘管做！

注釋——

1 以上發表於雲南人民出版社期刊《大家》二〇一〇年第五期《我流浪的天邊不會有飛鳥的行蹤》

「你說呀，我讓你現在就說。」沒想到，井蛙也拿著空盤子，走在我身旁，一步跟著一步說道。我笑了，井蛙也笑了。這時候，她笑得更歡了，大概意識到了自己的荒唐。這個世界上，哪有一邊挑選自己心愛的食物，一邊說蘇格拉底之死的人？

在這個世界上，至少有兩個人最相信我是個哲學家。談到哲學，任何我的胡說八道，她們都相信。一個是老菲苾，另一個是井蛙。她倆有許多相似之處。當年我們閃電般地結婚，主要得益於兩點：一個多月前，香港到上海的直通車開通了；也是一個多月前，中國取消了結婚要有單位證明的規定。我說的是二〇〇三年的十一月份。

「你的阿尼瑪走出了車站」這是井蛙寫的一句詩，它描述了我們第一次在車站見面的情景。但我現在遍找井蛙文集，也沒有找到這句詩。大概被這個小傢伙刪掉了，也或許是我的記憶出了問題。但我清楚地記得，見到井蛙的第一天，我就和她談到了老菲苾，談到了阿尼瑪。如果說，井蛙是老菲苾的替身，那是大錯特錯。阿尼瑪是心理學家榮格所提出的一個觀念，意思是說，每個人都命中注定了只能愛上同一類人。阿尼瑪這個觀念，成功地解釋了一切所謂的一見鍾情；它告訴了我們，為什麼所有的幸福都是閃電般地到來。

每個人都在用自己所希望看到的形像回憶過去。這就是為什麼回憶是一門藝術。但藝術除了美之外，它還是一種更高的真實。而我更多地則是希望我的回憶百分百真實，在最日常意義上的真實。否則可以去寫詩、寫散文，為什麼偏偏是回憶呢？

井蛙具有非凡的記憶力，任何一個電話號碼，她都能過目不忘，要用的時候，我總是喜歡問她：「什麼數字？」

但只有三天，僅僅是三天，她就什麼都記不得了。

從任何角度上說，井蛙都是純粹意義上的詩人。比如說，文如其人。她是什麼樣子的，她的詩就是什麼樣子。我惹她不開心了，她說，我要叫了。我挑釁地看著她，等待著，她就真的叫了。像這樣的細節，她當然是記不得的。

一個三流詩人當年曾問我：「老菲苾作伐？」

「作」是一個特定的上海詞，形容女人特有的那種無所事事的折騰勁。也許就像天下的烏鴉，天下的女人都是一樣的。

「不，一點都不。」我說。

老菲苾和井蛙，其實都是非常安靜的，像小孩一樣。她們都喜歡獨自埋著頭玩自己心愛的遊戲。就像當年別人問起老菲苾平時喜歡什麼的時候，她會說，自己喜歡做數學題。讓人聽了笑死。

老菲苾和井蛙一樣，都屬兔子。只是井蛙是一隻更加年輕的兔子。現在這只小兔子神氣了，除了詩人、小說家之外，又給自己按上了一個頭銜，叫「學歷史的人」。就像當年別人問起老菲苾年齡的時候，她說自己二十一歲半。這種準確、但不甚常用的說法，同樣讓我笑死。

井蛙從香港乘直通車到上海的第二天，一大早，八點鐘，三個便衣警察闖進了當時我住的表弟家。我表弟問他們是怎麼進來的？他們說，門本來就沒有上鎖，自己開著。突然，我的房門被直接推開了。推門的人是曾經在看守所審訊過我、也是當年拘捕我的人孫俊。我立即穿好衣服，起床。走出去後，我對他們說：「你們不要亂來，這裡的主人是一個加拿大人。」

當時，做為獨立筆會的正式代表，我正準備參加下一週將在墨西哥舉行的第六十九屆國際筆會年會。中國作家協會曾經以全體會員入會的形式加入國際筆會，組成了中國筆會，會長是巴金。我第一次知道世界上還有一個國際性的作家協會，就是從那一年，巴金在東京舉行的國際筆會年會上所做的發言中知道的。我清楚，在大會即將召開前夕，他們絕不敢公開拘捕一個國際筆會年會的正式代表。但他們卻有可能以某種手段，隨便找一個藉口把我扣押起來，使我無法準時參會。就像當年，他們無法在政治上找到我的罪名，就以最卑鄙的傳播黃色影片的名義，把我投入監獄，用來懲罰我多年來的地下文學活動。因此，我心裡也早已有所準備，我對表弟說：「如果有一天，警察找你談話，想了解我的情況，你就對他們說：『要談，請先找我的加拿大領事談。』」

孫俊把我拉到一邊，小聲問道：「你的房間裡是不是還有一個女人？」

我揮舞起手來，憤怒地說道：「你們想要挾我？要知道，她是我的老婆，昨天才從香港來。」

我猜想，我表弟的家大概早已受到監視。昨夜，他們見我帶回一個女人，一定喜出望外，以為找到了一個從生活問題上整治我的突破口。

這時候，井蛙從房間裡走了出來。

我聽到其中一個便衣，小聲地朝藏在衣服裡的對講機說：「這裡有台巴子。」（「台巴子」，上海人對台灣人的稱呼。）

他們讓我去賓館裡談談。我說：「我不去，要談，就在這裡談。」

我擔心井蛙從來沒有見過這種場面，會感到害怕，就對她說：「你自己一個人去門口的《世紀公園》玩吧。」

井蛙不去，也不吃早飯。在我和便衣們談話的時候，我看到她一直坐在客廳另一邊的電腦前。

便衣警察走後，井蛙告訴我，她已經把我的消息發出去了。

在筆會論壇上，我看到井蛙以元曲的形式，寫道：

王一粱

家

警察！

井蛙對我說：「如果他們敢再抓你，我要把天拆翻！」

我知道，井蛙為了我，會在警察面前撒謊，也會在全世界的輿論面前，為我誇張。

流亡詩人，其實才是井蛙最喜歡的稱呼。

流亡，代表著漂泊和遙遠。在不知人世艱辛的人看來，簡直就是浪漫的同義詞。這裡有一種淒美，凡是帶著悲劇色彩，總有著一種莊重、深刻的美。

當我和井蛙一起來到美國，決定定居美國的那一刻，我知道，與此同時，一個流亡詩人也誕生了。這個詩人就是井蛙。

而在此之前，我倒是和我的老朋友——已經漂泊海外多年的孟浪，他的夫人，一個香港詩人，在車上有過一次談話。當孟夫人在車上一一例舉流亡作家艱辛的時候，不等她說完，我斬釘截鐵打斷她的話，說：「不，不，我一定要離開中國。」

而一旦選擇了流亡，我知道，今生今世，也許再也不可能回到中國了。

不久後，在井蛙的一份自我介紹上，我看到了這樣的字眼：流亡詩人，井蛙。

我笑了，就像看到不停地喜歡給自己起新名字的《麥田裡的守望者》裡的老菲苾一樣，我笑了。流亡，不也意味著一次嶄新的誕生嗎？流亡作家也是真正自由作家的同義詞。沒有祖國的束縛，沒有任何文字的束縛。做為世界公民，我們可以真正地飛了。

從此，我看到了井蛙活躍在各種舞台上的矯健身姿。為不幸的××作家呼籲；給予身陷囹圄的××作家以安慰；為真正的自由寫作而戰！年年她都去廣場朗誦自己的詩，為死去的人們唱安魂曲。她是一個真正的舊金山灣區流亡桂冠詩人。

我問起她，為什麼收到挪威諾貝爾和平獎的邀請書，卻不去參加頒獎典禮？

她說：「有些烏龜王八蛋是我不想看到的，像×××，××……碰見他們有什麼意思？」

「烏龜王八蛋」是我教會她的一個壞字眼。井蛙成熟了。

不久前，在一份捷克漢學家徵詢海外流亡作家的名單上，我毫不猶豫地推薦了井蛙，而且，她是我唯一推薦的海外流亡作家。井蛙，已實至名歸。

我並不了解井蛙。我所說的了解，意思是說：至少我得有一個下午，站在井蛙的角度，用她的感覺、她的目光來感受我、打量這個世界。但這樣的一個下午從來沒有發生過，哪怕只是短短的一瞬間。

夜深了，井蛙沒有回來。午夜三點，我給井蛙打了一個電話，她在電話裡大叫大嚷：「寶寶就要回來了。」這時候，她身旁的女伴接過電話，告訴我，井蛙已經在舊金山的一家酒吧裡喝醉了。有一次，她在奧克蘭傑克倫敦廣場的酒吧裡也喝醉了，最後，她的女伴們只好把她送到旅館裡。

想到她就要駕車越過海灣大橋、穿過海底隧道，我不禁渾身戰慄起來。

詩人，尤其是賦予創造力的詩人，一生的幸與不幸其實大多和酒精有關。井蛙倒不是一個酒鬼，比起喝一瓶白酒的真正酒鬼來，井蛙只不過是一個端起啤酒瓶、稍稍在嘴巴上呡了一口的小酒徒。這個喝一瓶白酒的酒鬼當然說的就是我自己。不過，我對井蛙真正備感親切起來的，倒也源於酒。她在伊妹兒裡告訴我，那是在西藏，她喝醉了，結果被兩個服務員架起身體，送回了房間。這是我和井蛙的初識，那時候，我還分不清她是男還是女。而我和井蛙的友誼，倒也有一段歷史。那時候，井蛙在香港的《當代文學》做副主編，發表了我的《話語的權利》，而當時，我正在中國坐牢。當她聽說我出獄後依然受到迫害，憤怒之極。在伊妹兒裡，井蛙問我要一張照片，說：「我不想在我死之前，還不知道你的模樣。」

「你的阿尼瑪走出了車站。」

在我，井蛙是我的阿尼瑪的顯現，而對她來說，如果我不曾在一棵大樹下冥想，我怎麼知道在她心中，我就是一個大英雄呢？在波士頓的詩歌朗誦會上，她當眾宣布：「此詩獻給王一梁先生。」從舞台上走下來後，井蛙得意地對我說：「我朗誦的時候，那些老詩人，像鄭愁予、余光中，都不斷地對我點頭微笑。」

井蛙，當寫完她最得意的詩的最後一句時，就像一隻奔騰著的小兔子一樣，兩只腳興奮地在電腦桌下來回踢著。抱著自己的胳膊，說：「我太聰明啦！我太聰明啦！」

我湊過腦袋，往她的電腦上瞧：「這最後一句寫得確實也太他媽的，太天才了！」

我也實在說不清楚，井蛙是在生活中誇張呢，還是在詩中更加誇張？

但無論是詩還是人，井蛙都樸素無華。只不過她一激動起來，就會誇張！誇張！！

我們結婚了。

那時候，筆會還是一個非常小的組織。一個中國知識分子的精英會，會員之間友愛如兄弟姐妹。

當看到會友胡俊已經在筆會論壇上宣布我和井蛙結婚的消息後，井蛙興奮地、攔也攔不住地在上面寫道：「井蛙是全世界最幸福的女人！王一梁是全世界最幸福的男人！」

我從來也沒有為井蛙寫過詩評。有人點我的名字，要我為井蛙寫評論。我對井蛙說：「要寫，就只寫兩句話吧：全世界只有兩個天才，一個是井蛙，另一個是王一梁。」

我嚇了一跳。井蛙真的把這篇只有兩句話的評論，給雜誌社寄去了。

老菲苾也知道自己聰明之極，但她不會像井蛙這麼誇張，老菲苾只會說：「我姐姐說我聰明。」

井蛙不再喝酒後，對我說：「你以後再也不要喝酒了。喝酒的日子，只有你的生日，我的生日，我們的結婚紀念日，還有情人節。」

從前的黃昏，燒完菜後，井蛙還沒有回來，我就站到門口，點燃起一支香菸，等她。井蛙的狗鼻子很靈，即使我一小時前在房間裡抽過香菸，她也聞得出。「臭，臭。」井蛙揮揮手說。

一會兒，一個小不點騎著自行車來了。我和井蛙愉快地、你一杯酒、我一杯酒地乾了起來。井蛙很喜歡我做的菜：「哇！只要吃到你做的菜，我一天即使做得再辛苦也值得。」井蛙說。

自從井蛙開車後，她就不可能每天乾杯了。

我惆悵地望著天空，天邊的雲霞正一片一片地消失，井蛙還沒有回來。我跑回家裡，猛地又大喝一口葡萄酒。加州有世界上最好的葡萄酒，它的價格大概就和上海的水一樣便宜。

「寶寶回來了。」

我聽到了汽車的馬達聲，也聽到了井蛙說話的聲音，但我一聲不吭，因為我已經醉了。我的老朋友陳耳有句名言，他說：「辛辛苦苦地做了幾十分鐘菜，如果不喝上一杯酒，怎麼對得起自己？！」

井蛙不陪我喝酒，我一個人就在做菜的時候，先喝起來。

還在上海的時候，有一天，我走出廚房就醉倒了。井蛙開心地問道：「怎麼回事情？你剛才走進廚房的時候，還腳步正常，怎麼出來就變得跌跌撞撞了呢？」我說：「我剛剛跑進廚房，一口氣喝了總有二兩的白酒。」

井蛙說：「抱我！」

我一身酒氣，怎麼抱她？我說：「嗔！」這是一個模仿兩個機器人擁抱的象聲詞，出自我和井蛙一起翻譯的美國童話小說《天域魔國》。井蛙說：「真的抱我。」一會兒，她睜大著一雙像兔子一樣的眼睛，說：「你喝酒了？」

世上的幸福，有許多都是從最微小的細節開始，比如說，上班前，抱一抱自己的愛人，下班後，再一次抱抱她或他。外面的世界多麼凶險，只有家，才是這個世界最安寧吉祥的地方。

後天就是情人節了，假如一切正常，這個日子就該是我開懷暢飲的日子了。

井蛙從小有個綽號叫「刁蠻公主」。她在這個世界上，一個人默默地編織著自己夢，玩著自己的遊戲。在荷蘭，為了去看她心中的藝術大師梵谷的墓地，她一個人穿過無數的麥田，默默地來回走了八個多小時。而一旦有誰打破了她的夢，她便有可能怒火萬丈。和井蛙打電話也許是危險的，假如一言不合，她便有可能立刻把電話甩掉。我不止一次地聽到別人對我這麼說。但井蛙從來不甩我的電話，生活中，她和我一言不合，拎起一隻背包就走。我也不知道她將走向何處漫漫天涯路。

她媽媽對三個小孩子，井蛙的外甥和外甥女說：「你們可別惹你們的姨生氣，要是她生氣了，你們就是乘上飛機也追不到她。」

在我的一生中，曾經經歷過無數次的衝動。但衝動過後，我便置身事外了，就好像剛才那個衝動中的人，根本不是我一樣。我冷冷地看著過去了的那個瞬間。這時候，我真想袖手旁觀，就讓那個剛才衝動中的我去收拾殘局吧。

事實上，我和井蛙是吵不起來的。還沒有吵兩句，井蛙猛地把門關上，大聲地叫嚷道：「你就等著去收屍吧。」隨後，開著車子，揚長而去。

有一天，我比井蛙跑得還要快。正在她做出一付要離家出走的樣子、正收拾背包的時候，我早已跑到了戶外。

我不要一個吵鬧的家庭，我寧願像一條無家可歸的狗，孤獨地死在路邊，我只希望這個世界是安靜的。

我叫井蛙是寶寶。井蛙說：「知道嗎？寶寶是永遠不可以罵的。知道嗎？寶寶是用來疼的，知道嗎？你再罵寶寶，寶寶還是寶寶哎。」

我知道，我當然知道。

我的一句話，惹得井蛙不開心了。她就說：「誇張！誇張！」

老菲苾在電話裡說：「從你的字裡行間，我覺得你待井蛙就像待女兒一樣。」

我和井蛙分居後，看到她戴著墨鏡，一付吊兒郎當樣子，就要開車走的時候。忍不住地站在車門外，在她的臉上掐了一下。她別過臉去，說：「我又不是你的女兒。」

井蛙在嚎啕大哭。我不想助長她囂張的氣燄。我出去逛了一圈，回來後，看到井蛙還在嚎啕大哭。

有誰知道呢？井蛙一騎上自行車後，我就擔心她被車撞倒。她開車後，我又怕她撞別人。這時候，我和井蛙從來不說愛的語言。我一旦說了，井蛙就歪起嘴巴說：「誇張！誇張！」

冬天了，井蛙剛剛完成了一本書的寫作，她請我吃飯。井蛙說：「你放開肚皮，吃吧！」

我點了一小瓶紅酒，說：「老菲苾讀過你的詩了。她說，最喜歡你的《哭泣的安妮妹妹》，我也覺得這首詩好。」

即使在飯店裡，在冬天的加利福尼亞，井蛙也不把她的墨鏡摘下。

井蛙說：「普通大眾都喜歡我的這首詩。」

如果是從前，我早就一拍台子說：「氣我！」

我知道，這是井蛙故意在氣我。先把「老菲苾」歸為「普通大眾」，然後再讚美她。

井蛙說：「我也覺得這首詩不錯，但只有真正的詩人，才會欣賞我的另外二首詩。」（指我給捷克讀者推薦的井蛙三首詩中的另外兩首：《十日哀歌》和《馬俐，馬俐！》）。她讓我回去讀她的一首新詩：《自治的零形式》。她和我談到了光，白色的光給予她的暈眩感覺、

我不知道她是在故意氣我，還是在誇張。井蛙明確地告訴我：《自治的零形式》[2]，是她迄今為止，所不曾寫出過的一首最偉大的詩。

井蛙說：「在我寫詩的時候，我感到自己正和另外的一個我更好地相處。」

一個從來沒有讀過一頁榮格書的人，她怎麼也知道用「另外的一個人」，這樣的術語來描述詩人與詩的關係呢？

但我不想讓井蛙太驕傲，我故意低下頭，一聲不吭。

我在去年，虎年，我的本命年到來的時候，寫下了《天蘭蘭》。今年，也是兩只兔子的本命年，我開始寫《我們到這個世界上是來玩的》。我怎麼糊裡糊塗地就開始了與天神的搏鬥？

我說：「謝天謝地，我的本命年安然無事。」

井蛙說：「你還沒有事呢？！」

哦，我在我的本命年裡離婚了。這確實是我災難深重、罪惡深重的一年。

瑪麗說，現在老菲苾叫瑪麗了。「一個叫瑪麗的紅頭髮姑娘是有福的」我不相信老菲苾到了美國後，給自己取名瑪麗是因為這句西方諺語的緣故。

「你還沒有簽字，你就還沒有離婚。」瑪麗說。

是的，我還沒有簽字。

我不喜歡中國文化，我詛咒中國文化。這是我的青春寫真。

什麼時候，一種文化能夠很好地幫助我們成為一個人呢？

注釋——

2 自治的零形式

井蛙每天起來就照鏡子，對著鏡子拼命地刷牙。她有一付雪白的牙齒，但她從來不用杯子，刷完牙齒後，就用雙手捧起水來漱口。我也學著她。有一天，她在浴室裡放了一隻杯子，我很好奇。她說：「你媽媽就要來了，如果發現我們沒有刷牙杯，會感到奇怪的。」

井蛙對著水龍頭，用雙手捧起水，往自己的臉上潑，一邊陶醉地說道：「舒服啊！」在快要照完鏡子的時候，她彎起自己的食指和中指，往自己的鼻子上捏一把，希望自己的鼻子長得高一點。

井蛙對男人最高的評價是：「他有一隻羅馬鼻。」

我說：「我就喜歡你這只塌鼻子，和你圓圓的眼睛配在一起，最合適。」

井蛙認真地想了一會兒，說：「我媽媽也說我的鼻子長得好。」

二〇〇九年七月十日～二十九日

二〇一〇年二月二十四日

二〇一一年二月八日～三月一日

井蛙

「白色是被訓服的光，我們沉思的動力」

——穆利羅（Murilo Mendes）

1.

我自己就曾在一片白色的雪地學習行走
我是沒有顏色的

一輪月亮在月光的屋頂上靜止
是的，彈鋼琴的手也停止了

一行，只有一行自己的影子相信
我是來自原來的外形看不見過去

那只白鶴
淺水上兀然起飛

水邊傳來琴聲再度回到琴鍵上的一霎那
一霎那永恆了

我把左邊的手指與右邊的交叉一起
我感到疼痛的語言在絕望中像淺水上的飛鶴

來了
停在極短暫的刻度上敲響十二下

2.

生命，就在那個點上展示著翅膀的無力
透過隱沒的腳印提醒明天始終會到來

與另外一些風景
全部是白色的縫隙

雕刻成一棵或者一片
紛紛揚揚的雨聲

高音符的和低音符
忘了整個過程的漫長閱讀和練習歌唱的早晨

就在腳下
像另一種手風琴在風中鼓動

我，的一切都被隔離
正如我何必當初遇上一行已遠的腳印

雪啊
白了很久仍然靜止在路上

只要還有人在，在路上的某一段
時間就會深深地陷進

琴鍵上的就是飛起降落的旅客航班
在這個國家到那個國家

種族的，傷感的就是中午
沒有陽光也沒有顏色的目光在相愛

與異地的人
和另一片或另一棵沒長出芽苗的柿子樹

支離破碎成一堆詛咒和謾罵
也許，還有更潔白的祝福

京不特出國記

一 穿越緬甸

走出中國、進入緬甸並不很難。中緬邊境上有好幾個出入口，像猛龍、猛臘、打洛。八十年代還沒有網際網路、資訊不很發達。選擇從打洛潛入緬甸依據的是地圖。從地圖上看，從打洛汽車站步行到邊境只有半小時的路程。另外的依據是，京不特在景洪開「上海無政府主義旅店」時，曾聽到顧客們說起過不少從打洛偷越緬甸的故事。

八十年代的最後一個春天，傣族「潑水節」剛過，京不特脫下灰色袈裟、換上了桔黃色袈裟。中國佛教分大乘教和小乘教，前者追求普渡眾生，他們穿的袈裟是灰色的。小乘教講究的是自我解脫，其袈裟顏色是桔黃色。雲南、以及東南亞一帶的和尚主要是小乘教。一九八八年，京不特在雲南出家，後來又去了莆田廣化寺，那裡是大乘教，因此，京不特身兼小乘教和大乘教背景。

五月的早晨，中緬邊境上出現了兩個穿著桔黃色袈裟的年輕和尚，其中一個是京不特，另一個是他的中學同學秀明。幾天前，他還是一個俗人，不叫秀明。在猛龍一個村落的小廟裡，一個萍水相逢的日本和尚成了他的師傅，為他起了這個法名；做為師傅的見面禮，還給了這個新徒弟一萬日元。離開上海時，京不特和秀明各帶一千元人民幣，在西雙版納時，早已花得所剩無幾。這一萬日元不啻是雪中送炭。秀明畢業於同濟大學，辭職後，成了一個在路邊倒賣外匯的黃牛。駕輕就熟，秀明從一個香港遊客那裡，兌換成了五百四十元港幣。秀明背著一個大書包、京不特背了兩個小包，再加上他們所穿的桔黃色袈裟，這就是走出中國時，京不特和秀明身上的全部家當。

當地人尊重和尚，做為和尚，他們很順利地穿過了邊境。五月的緬甸，儼然已是夏日炎炎。他們在村寨裡遇到了全副武裝的軍人。那時候，緬甸共產黨軍和緬甸政府軍正處於交戰之中。幾乎每個村寨都駐守著緬甸共產黨軍，而打洛對面的這塊地方，正是緬甸共產黨軍的大本營。這時候，京不特才明白過來。為什麼邊境線上幾無防範。因為緬甸共產黨軍已經全面控制了這一片區域，不遠處就是戰場。

中緬邊境，風景如畫，白雲低垂，天空湛藍。大約走過三、四個村寨，在一個較大的村寨裡，他們被軍人們攔住了。一個軍官命令他們立即返回中國，否則將遭逮捕。

「上海無政府主義旅店」是一家兼有飯館的旅館，在旅店裡，京不特經常聽到這樣的傳說：緬甸共產黨軍把偷越國境的中國人關押幾個星期，將他們身上的財物洗劫一空。然後，再把他們遣返回中國。「之所以不立即逮捕你們，因為你們是和尚。」這個軍人說。

當夜，京不特和秀明住宿在返回中國途中的一個緬甸村寨的小廟裡。

二

第一次走出中國失敗了，兩人又回到了中國。

在打洛一個村寨的小廟裡，京不特重新攤開地圖研究起來。緬甸不是他們的目的地，而是泰國。經過這次失敗教訓，京不特發現，跨過國境線並不難，難的是穿越緬甸，因為那裡正在打仗。盡管從猛龍汽車站到邊境，路途遙遠，但卻是一條到泰國的最短路線。

第二天早晨六點，兩個人乘汽車從打洛到景洪。下午一點，再乘汽車從景洪到猛龍，抵達那裡時，已是晚上七點鐘了。

他們留宿的廟，正是幾天前日本和尚行秀為秀明舉行剃度儀式的地方。那天因為臨時找不到別的和尚，行秀就讓京不特為秀明剃髮。京不特只是一個沙彌，按理說，不具這種資格。大津行秀笑吟道：「我們日本寺廟，沒有這麼多的規矩。」

行秀不會說中文，和京不特說的是英語。有時候，和秀明說日語，因為秀明會說日語。廟裡的和尚告訴京不特和秀明如何越過邊境，並叮囑他們，明天一定要早早動身，因為從猛龍到南瑞河，得整整走上一天。還特別關照道，白天走路，這裡的日頭非常毒辣。翌日清晨四點鐘，天光還沒有放亮。這兩個年輕人又信心十足向著國境線的方向，出發了。

這一年，京不特二十四歲，已經做了一年多和尚，離開他做為「撒嬌派」代表詩人，一舉成名，也有三年光景。

邊防站裡，空無一人。走了很久，京不特知道他們還沒有走出中國，因為道路兩旁的山上，都種著橡膠樹——這是西雙版納的國營橡膠農場。

晌午飯時，橡膠樹消失了。兩個人艱難地跋涉在山上，眼前漸漸地出現了一大片茂密的熱帶叢林。望著山谷裡的景象，使人有一種恍如置身於童話世界的感覺。不久，他們看到了作為國境線標誌的石牌。

跨國石牌，就是真正的緬甸。京不特終於又一次走出了中國，但離開他真正地走出中國，尚還遙遙無期。

三

一九八八年的一天，已在福建莆田廣化寺做和尚的京不特，在客廳裡接到了一通電話。

「廣化寺。」京不特對著話筒說。

「我是省宗教局的，請問明善師傅在嗎？」對方問道。明善是廣化寺的知客僧，負責外事接待。那一天，恰好不在。

「他不在，請你過一會兒打來。要不要讓我傳話給他？」

「哦，他不在。我只是想問一點事情。喬奧是不是在你們廟裡？」喬奧是京不特的法名。

「是的。」京不特說。

「要不要我去叫他？」京不特機智問道，想一探對方的虛實。

「不，不必了。他也是一個和尚？他是不是和香港有聯繫？」

「這個，只有他自己知道。」京不特說。

兩天後，明善告訴京不特，警察截獲了他從廣化寺寄到香港的一隻郵包，要廟裡把京不特趕出去。這只郵包是一本取名為《這一代人》的上海亞文化文稿，其中選有上海朋友們的詩、散文、隨筆、小說和評論。在上海時，京不特就開始編它，還清楚記得在題記上寫道：「這一代人肯定是無家可歸的。」京不特想讓它在香港出版。

廣化寺的主持毅然和尚只有三十九歲，出家前，曾是哈爾濱一名電工。正是他，親筆寫信允諾京不特來廣化寺。最終，毅然主持告訴了京不特警察找他的原原本本。

「你說你不是一個非常有名的人？但我可以肯定，你在上海很有名氣。」毅然和藹地說道。

「我給廟裡帶來麻煩了。」京不特說。

「那沒什麼關系。他們要廟裡把你趕走，但被我們拒絕了，他們不會對廟裡做什麼。我想，你出去後，他們會監視你的，也有可能檢查你的每一個郵件。」

「我想，我不會在這裡待很長時間，也許一個月後，我就去西藏，然後再去印度。」京不特說。

「這恐怕不好，西藏現在正發生騷亂，你很容易被捲入，把你抓起來。既然你在南方寺廟待過，為什麼不去泰國呢？」

毅然法師告訴京不特，印尼廣化寺的定海法師這些天就住在這裡，建議京不特去找他了解情況。廣化寺是個大廟，在印度尼西亞和新加坡都有廣化寺。

起身走到門口，忽然，毅然回過半個頭來，說：「如果你真要離開中國，那麼亞洲也不安全，你應該逃到西方國家去。」

四

熱浪滾滾，頭頂上的太陽越來越毒了。

翻過四、五座山，隨身攜帶的幾小瓶水很快就已喝光。四周看不到一個村寨。想返回剛剛走過的村落，但他們已經走出很遠了。

路旁不斷有溪水潺潺流過，也許怕有毒，誰也不敢去喝。又累又渴。兩個人搖搖晃晃、昏頭昏腦，不停歇地往前走。唯一希望是有住戶人家出現。

幾乎是光禿禿的山頂上，出現了一個很大的竹樓，這裡住著愛尼人。愛尼人是一個還處於原始狀態的民族，歷史上，因為打不過傣族人，只好世代住在山上。他們耕作完一片山地，就又放火燒出一片新的土地。這裡只有很少的樹，京不特猜想，這個「村落」大概才搬來不久。

京不特用傣族話、用普通話向屋裡的人要水，沒人聽得懂。用身體語言，對方終於明白了，其中一個人掏出了一張人民幣給他們看。

京不特向他們買了一葫蘆的水，還有一點米飯。米飯很難吃，但總算吃飽喝足了，又有精力繼續趕路。

有的山呈現出金黃色、一些山呈現出青綠色，也有的山黃綠相間。翻過一座山又一座山。天色已近黃昏，京不特和秀明還是沒有看到一個傣族村落，不過，他們聽到了從遠處不停傳來的嘩嘩流水聲。

沒走多久，一條寬闊的大河宛如一條白帶似地飄進了他們的眼簾。猛龍廟裡的和尚說得一點沒錯，從猛龍到南瑞河得走上一整天。

江邊的空氣清新，到處都是一片鬱鬱葱葱的熱帶植物。有人在釣魚，有人扛著槍，也有人扛著東西在江邊走著。這時候，迎面走來了兩個人。

「督比龍！」其中一個人大聲地喊道。督比龍是傣語裡對和尚的尊稱，漢譯的意思是「大佛爺」。「督」在傣語中指比丘僧，「比」是傣語兄或姐，「龍」是傣語裡大的意思。

「督比龍要去哪裡？」對方用泰語問道。

「去曼法。」京不特也用泰語回答道。廟裡的和尚曾告訴他們，南瑞河對面有一個地方叫曼法，是他們去泰國的必經之路。

「我不怎麼會說傣語，你說英語嗎？」京不特繼續用傣語說道。

「不，你說中國話嗎？」

京不特搖了搖頭。

「你說廣東話嗎？」旁邊的一個人問道。

「不說。」這時候，京不特沒有說謊，他確實不會說廣東話。

兩人一臉狐疑，彼此對看了一眼。其中，另外一個人說：「沿著這條路一直往下走，前面有個村寨，你們可以住在那裡。」

這時候，暮色降臨了。

五

走進村寨，天還沒有黑透。一個小男孩帶著京不特和秀明去了村裡的寺廟。

督比龍除了是泛泛的尊稱外，也是一個職務，指寺廟裡負責教育小沙彌的佛教老師。和傣族人一樣，緬甸佛教徒家裡的每個男孩都要出家做和尚。這個廟裡的督比龍叫督喬奧，和他住在一起的還有七、八個小和尚。

督喬奧很熱情地接待了他們。除了說傣語，督喬奧還會說一些簡單的英語。當看到京不特、秀明和督儒安在景洪的合影時，他高興地告訴京不特，他是督儒安的好朋友。督儒安是京不特在走出中國前，在景洪認識的一個緬甸和尚。

正當京不特快要入睡時，一群人扛著槍、打著手電筒走進了廟裡。一個小和尚趕快點亮蠟燭，廟裡沒有電。借著燭光，京不特認出了其中兩個人，正是他們傍晚在江邊遇到的。京不特想，也許這兩個人是緬甸共產黨軍的人。

督喬奧告訴領頭的人，京不特和秀明是督儒安的朋友，並讓京不特趕快把剛才給他看的照片拿出來。領頭的看了看照片，用手電筒對著京不特和秀明的臉照了照，用傣語對著身邊的人和督喬奧說了一陣話，就走了。京不特的傣語程度有限，不十分聽得懂。

「睡覺！你們沒事了，睡吧！」督喬奧微笑著說。

這一夜，京不特睡得很香甜。第二天，督喬奧把他們叫醒。吃過用糯米做的早餐後，督喬奧告訴京不特，過河前，必須先去見這裡的共產黨的頭。

廟裡的小和尚們，都爭先恐後地搶著背京不特和秀明的包。督喬奧把已經準備好了的糯米和幾塊乾肉，還有已經裝滿了水的從愛尼人那裡買來的一隻葫蘆，塞進了京不特的包裡。督喬奧和廟裡的所有小和尚們，一路上，笑嘻嘻地陪著京不特和秀明，走到了不遠處的一個棚屋。

督喬奧說，只有京不特和秀明可以進去。

督喬奧和眾小和尚們在外面等著。

除了昨夜來寺廟裡的幹部外，他的身邊還站著另外一個人。他們微笑著，檢查京不特和秀明的包，還有錢。這個幹部攤開手掌心，取出一張十元錢的人民幣。他身旁的那個人推了推他，對他耳語了幾句。他從中又取出二元錢，伸出兩根手指頭，示意給京不特看，隨後把它給了身旁的那個人。接著，他寫了一張紙條。因為寫的是傣文，京不特看不懂。

站在門外的督喬奧讀完紙條，興奮地拍了拍京不特的背，說：「去南瑞河！」

小和尚們又跑了過來，把京不特和秀明身上的包取走，自己背上。每個人的臉上都洋溢著歡笑。

岸邊約有三十來個人，排著隊，還有七匹駝著貨物的馬。在隊伍的身旁，站著兩個拿槍的人。督喬奧走過去，把紙條給一個拿槍的人看。這人衝著京不特他們一笑，督喬奧走回來，讓京不特和秀明排在隊伍的最前面。排隊的人都尊敬地讓出一條路來。

早晨的南瑞河，陽光下，閃爍出一道道的金色光芒。站在渡船上，京不特和秀明雙手合一，懷著感激的心情，與督喬奧和眾小和尚們道別。

渡過南瑞河，前面就是緬甸政府軍統治的地區了。

六

與京不特和秀明走在一起的人，大多是專門做中國、緬甸和泰國邊境貿易的人。他們的馬，不是用來馱人，而是用來馱貨。你也可以勉強地將這支隊伍稱之為一支臨時湊合起來的商隊。

穿過熱帶雨林，半小時後，依然聽得到南瑞河的陣陣拍岸聲。

道路平坦，群山遙遙相對。路上有許多行人，路旁稀稀落落、不時地出現一個個小小的村寨。一路上有許多遮蔭的樹，擋住了烈日炎炎。

隊伍奔跑，京不特和秀明跟著奔跑。隊伍從路旁的溪水裡喝水，京不特和秀明也跟著喝水。儘管和「商隊」裡的人不說話，但「商隊」裡每個人，都對他們十分友好，因為他們是和尚。

中午時，越過一條溪水，到了一個很大的村寨。這時候，所有人都散開了。

京不特和秀明走到了一棵大大的菩提樹前。菩提樹下坐著一群人。

京不特用傣語問道：「請問，這個村叫什麼名字？」

「曼法。」其中一個人答道。

「你們怎麼去泰國？」京不特又問道。

「你說中文嗎？英文？」另外的一個人問道。從京不特蹩腳的傣語中，他們一聽就能聽出京不特不是一個傣族和尚。京不特用英語說道：「你說英語嗎？」

「是，我說英語。」這個人用英語說道，儘管帶著強烈的口音，但京不特聽得出，這個人會說英語。

「你們要去泰國？」這個人用英語問道。

「是的，請問去泰國的路怎麼走？」京不特用英語說。

「你們先得去勐用，我們明天就去那裡，你們可以跟著我們一起走。但在你們離開曼法這裡前，得先去見這裡的官員。」一邊說，這個人一邊站了起來。「走吧，跟著我走。」

京不特愣住了。逃跑是不可能的。在這塊人地生疏、語言不通的地方，逃不了多遠，很快就會被抓回來。

七

京不特和秀明被帶到了一間大木屋。一張桌子旁，坐著兩個身著普通衣服，而不是傣族服裝的男人，一個姑娘坐在地上。他們看上去都不像村裡的人。

京不特說英語，帶京不特和秀明來這裡的這個「嚮導」，充當了他們之間的翻譯。這個姑娘檢查完京不特和秀明的包後，把照片遞給了坐在桌子旁的男人。男人端詳著照片，看了看京不特和秀明的臉，微笑起來。隨後用傣語對「嚮導」說了什麼。

「嚮導」對京不特和秀明說：「領導說，他們無法決定你們的案子，你們得去見這裡的部隊長官。」

一個四十來歲的人帶著他們去部隊。臨走，其中一個男人寫了一張紙條交給帶路的。

在沒有遮蔭的山上，走了大約二個小時，到了一個山頂。那裡有一個穿著深綠色的士兵在站崗。四周圍有不少全副武裝的戰士，一些帳篷和經過偽裝的棚屋，一付戰時狀態。

「這裡有人講英語嗎？」京不特大聲地用英語叫了起來，試圖掩飾自己的緊張心情。

從帳篷裡走出來兩個人，其中一個人穿著制服，另外一個人穿著淺綠色的軍襯衫、一條灰色的帕伺（緬甸男人穿的裙子）。那個四十來歲的人走過去，把紙條交給穿制服的人。

「你們帶著證件嗎？」穿制服的人用英語問道。他做了一個手勢，讓京不特和秀明在地上坐下，他自己也在他們身旁坐下。

「沒帶，因為我們擔心放在身上，在中國時會有麻煩。」

「你們從中國來？」他問道。

「是的。」京不特說。

「在中國也有許多佛教徒嗎？」

「有，但他們是大乘教。」

「什麼？」他聽不懂。

「大乘教。中國的佛教和緬甸的佛教不一樣。」

經過一番解釋，穿制服的人似懂非懂地點點頭。接著，他喊了一聲。一個士兵走來，他對他說了什麼，這個士兵又走了。

「那麼你們從河對岸過來？你們在那裡看見有拿槍的人嗎？」

「看見。」京不特說。「你們是什麼人？你們不是共產黨，對不對？」

「我們是緬甸軍隊。你們在河對岸看見有許多拿槍的人嗎？」穿制服的人繼續問道。

「不，只有幾個人。我們見到他們，是因為他們要檢查我們和我們的東西。但是他們的槍和你們不一樣，你們的槍管大。」京不特描述起他在岸邊見過的槍形狀。

「這是中國造的，我們的槍是美國製造，非常具有殺傷力。」

這時候，那個士兵端著兩隻杯子過來。他把杯子遞給京不特和秀明。

「是咖啡？」它看上去像奶咖。

「不是，是茶。」

一生中，京不特還從來沒有喝過伴牛奶的茶。

「味道不錯。」京不特說。

這人微笑著說：「你們離開這裡後，要去哪兒？」

「我們要去泰國。」

「在得到我的同意後，你們明天可以走。記住，沒有我的批准，你們不能走！還有什麼事情，需要我幫忙嗎？」

「我們不認識路，你能不能為我們畫一張地圖？」

他擺擺手說：「這不需要，明天會有許多人走，你們只要跟著他們走。從這裡到大其立，再到泰國的米賽，只有一條路。」

整個過程中，秀明都沒有說話。

當夜，京不特和秀明住宿在法廟。

八

第二天早晨，「嚮導」來到廟裡，把京不特叫醒。告訴他們，可以走了。

「我們得等到長官的批准。」京不特說。

「現在沒事了，走吧！」他說，並幫著一起整理東西。廟裡的和尚給了京不特和秀明一個裝滿著糯米飯的小竹籃。秀明正要往葫蘆裡灌水時，「嚮導」阻止了他，說：「這不好，把它扔了。你們可以喝我的水，或者路旁的溪水。這個東西不好，扔了它！」

京不特和秀明跟著「嚮導」走到了大路上。路旁有一間小屋，每個人都出示證件給屋裡的人看。檢查完後，就站在一邊等。和他們在一起的還有馬和馬車。

「我們也要檢查嗎？」京不特問。

「噓，別說話。」嚮導說。

沒有人檢查他們。一會兒後，一個人用傣語大聲喊道：「每個人都可以走了！」人群出發了。

原來，剛才人們站在一邊等，是要組成一支旅行隊，不管相互之間是否認識。一路上，人們歡聲笑語，對京不特說來，看上去就像是出門旅遊。秀明說：「現在太好了，等我們到了泰國後，就會更好了。」

路旁都是一些小山，不像從勐龍到曼法，一路上都是大山。路，大多建築在高地上，沿途有不少村寨。風景絕佳。上午，他們穿過了一片熱帶雨林。下午，他們來到了一大片長滿著灌木叢的高地上。天空很低、很藍，讓人不禁想起梵谷的畫。忽然，下起了傾盆大雨。下了半個小時，因為沒有雨具，京不特和秀明全都成了落湯雞。

在距離猛用城只有一個公里時，「嚮導」說，他要去另外一個地方，便與京不特、秀明作別。

猛用城看上去是一頗大的鎮，人們到了這裡後，就四處散開了。京不特和秀明跟著一些拉著馬的人繼續走。跨過一條溪水時，人們越走越快，京不特被甩在了最後一個。

「帕拉！」（「和尚！」）

遠處傳來一陣吆喝。因為根本聽不懂，京不特還以為和自己無關，繼續奔跑著去趕隊伍。秀明停住腳步在等他。接著，京不特從背後聽到了一聲槍響。他回過頭來，看到離他大約一百米處，一個奔跑著的士兵，槍口正對著他。京不特站住了，秀明走了過來。

「帕拉！」（「和尚！」）

這個士兵一邊奔向京不特，一邊說。他看上去很憤怒，說了一連串京不特一點兒都聽不懂的話。在槍口下，京不特和秀明被俘了。

九

一般說來，官兵不會檢查和尚，尤其是不帶貨物的和尚。假如京不特和秀明，大大方方地走大路，哨卡裡的人會放他們過去的。但不幸的是，他們跟錯了隊伍。這支跑單幫的人，因為不想讓馬背上的貨物受檢查，所以便選擇走溪水。這也是為什麼在淌過溪水時，他們越走越快的道理。

在士兵的押送下，京不特和秀明穿過猛用城。一路上，有一些和他們一起走的人認出了他們。但不敢過來和他們說話，只是用同情的目光望著他們。

陽光灼熱，大顆大顆的汗珠，不停地從京不特和秀明的額頭上滴落。

他們被帶進了山上的一個寺廟裡。只見一個穿著淺藍色襯衫、穿著一條帕倜的人坐在一把柳條椅子上。

「你是這裡的長官嗎？」京不特用英語問道。

「是的，我是！」這人用英語回答道。他示意京不特和秀明坐下。一個士兵端著兩隻杯子進來，裡面是真正的奶咖。這個人問了一連串的問題，京不特像曼法時的那樣，一一作答。當京不特和秀明喝完咖啡後，他告訴京不特和秀明，他們必須待在廟裡，不准出去。

一個士兵把他們帶到了廟裡的一間房子裡。

這個廟很大，如今，成了戰地臨時指揮部。廟裡的和尚給他京不特和秀明送來了吃的東西，但不敢和他們說話。房間半明半暗，京不特心情起伏。正當想睡一會兒的時候，他們又被叫到了長官的會客室。

除了剛才和他們談話的軍官外，還有兩名穿制服的、和一個穿普通服裝的人。

「我姓黃，團長讓我和你們談。你們不必害怕，我們是緬甸軍隊，不是山裡的強盜。」這個穿平民服裝的人和顏悅色地說道：「你們說中文嗎？」

「我說中文，黃先生是中國人嗎？」京不特用中文說。

黃先生告訴京不特，他是中國人。在仰光生活了十年，在猛用生活了八年。他們談論了許多，從西藏談到印度、談到西雙版納和泰國，還談到了達賴喇嘛。每說一句，他都用緬甸話把它翻譯給穿淺藍色襯衫的團長聽。

「你知道學生們在北京示威遊行嗎？」團長用英語問道。

「我不知道。」京不特說。

「我在收音機裡聽到了。」團長說。

這是一九八九年的五月，而京不特確實對此一無所知。當胡耀邦去世的時候，京不特已經在路上漂泊了。

團長用緬甸語對黃先生說了什麼。

「你們身上帶錢了沒有？沒錢，去泰國是不可能的。你們可以說實話，不必害怕。團長也是個佛教徒，尊重和尚。」黃先生用中文說道。

「我們有五百四十元港幣和一些人民幣。」京不特用中文說。

「團長想看一看，你能拿出來嗎？」

秀明向京不特投去責怪的一瞥，但還是把錢放在了桌子上。團長抽出一張二十元和一張一百元，仔細地看了看，隨後又放到桌子上，用緬甸語和黃先生說了幾句。

「你們現在可以拿回錢了。團長說，你們要小心保管好錢。」黃先生說。

秀明把桌上的錢取回。團長又對黃先生說了一些話。

「團長將考慮你們的案子。今夜，你們就睡在這裡，明天將告訴你們結果。」黃先生說。團長微笑著，對他們點點頭。正當京不特站起來，準備走時，突然，秀明用英語問道：「可以讓黃先生給我他的地址嗎？」

「可以。」團長說。

秀明又用中文對黃先生說了一遍。黃先生看了看團長，團長對他點點頭。

十

第二天，團長明確告訴京不特和秀明，他們必須返回中國。

「可是，我們是和尚……」京不特呢喃道。

「我也是個佛教徒，但緬甸有法律，我們不想破壞和鄰國的關係，我不能做違犯法律的事情。」團長說。

「那麼，假如我們不走你的地盤，是不是你就不用負責了？」京不特問道。

「是的，所以你們必須回到你們來的地方。」

他指了指身旁的一個穿制服的人說：「如果能夠幫你們的話，我們會幫的。我現在很忙，得走了，請原諒。」

說完後，團長走了。

「有需要幫忙的嗎？」站在一旁的那個穿著制服的人微笑著問道。

「那麼好吧，我們回去。但你能告訴我們還有其他的路去泰國嗎？」京不特說，

「哦。」他打開桌子上的一張大地圖。一些山上做著標記。他指著地圖上的一處地方說：「我們在這裡，你們得先到那裡。」

「曼法？」

「是的，曼法。然後你們往這個方向走，翻過這些山就是金三角。看，那裡也離開泰國很近。這些山裡沒有人，你們得多帶些乾糧和水。那裡沒有我們的部隊駐紮，你們可以穿過這塊地方。」

「翻過這些山，得走多長時間？」京不特問道。

「我們部隊走的話，大約得走兩星期。」

十一

回到房間裡後，秀明對京不特說：「好啊，現在我們得回家了。你或許又可以見到你的小三了。」

小三是京不特離開西雙版納前，新結識的女朋友。

「不，我想翻過這些山，你可以自己做決定，回家還是一起走。回家？不，我寧願死，也不回去。」京不特斬釘截鐵地說道。

「我不想去翻這些山。對我來說，如果沒有更好的解決辦法，這也是我回家的最後機

會。也許我們可以去問問黃先生。」

許多士兵抬著受傷的戰士走進了廟裡，他們剛剛遭到了共產黨軍隊的襲擊。有些人其實已經死了。一顆子彈穿破了一具屍體的胸膛，血沾滿了制服。

「汽車來了，你們現在可以走了。」團長走進廟裡，對京不特和秀明說。「這裡正在打仗，可不是鬧著玩的。」

京不特和秀明跟著一群士兵，上了汽車。大約開了二十分鐘，汽車在一個村寨裡停下。其中一個士兵示意他們可以下車了，自己步行到曼法。

當夜，京不特和秀明住在一個村寨的廟裡。

黎明破曉時，京不特和秀明決定潛回猛用。

中午時，他們走到了一個大村寨。這裡距離猛用城只有半小時的路程。秀明讓京不特先在村裡的廟裡住下，他一個人去猛用城找黃先生。這很危險，但也只有一試。

二小時後，正當京不特和廟裡的小和尚們說話的時候，秀明回來了。黃先生告訴秀明，他們可以從山上繞過猛用城，這樣就可以避免遇到部隊。秀明還把所有的人民幣，在黃先生那裡都換成了緬甸幣。

以後一帆風順，除了路上遇到兩個喝醉了的官兵的糾纏。但是，山裡的路坎坷不平，京不特和秀明一路上跌跌撞撞，精疲力竭地朝著泰國的方向走。

暮色降臨了。

沒有光，黑夜裡在山上走是極其危險的，而附近根本不可能找到一座寺廟。在山上一處乾燥的地方，京不特和秀明躺下。從頭到腳，他們用袈裟把自己裹得嚴嚴實實。四周不斷地傳來流水聲和昆蟲的鳴叫聲。午夜，京不特被凍得瑟瑟發抖，醒來。

當東方露出第一道晨曦時，京不特和秀明用溪水洗了一把臉，又匆匆地上路了。

十二

終於，京不特和秀明看到村寨了，這時候，猛用城早已經被他們甩得遠遠的。

京不特一邊朝著村寨走去，一邊想：只要我能躺在樹蔭下，只要我能躺在樹蔭下……

離村寨門口大約二十米的地方，有一棵巨大的菩提樹。京不特奔跑著過去。揮汗如雨。京不特是如此虛弱，在樹蔭躺下後，就再也站不起來了。

在村寨的寺廟裡，睡了足足十五個小時。

到處都是緬甸軍隊，但沒有人過來向他們盤問。

中午時，一輛摩托車向他們駛來。開摩托車的人對京不特和秀明問道：「師傅！師傅要去哪兒？你們去孟帕亞嗎？」

「我們去泰國。」京不特用傣語說：「從這裡到孟帕亞有多久？」

「不遠，半公里多。」這人從傣語改成英語說：「師傅要去泰國？我可以騎你們去泰國，你們付多少錢呢？」

京不特和秀明掏出身上所有的緬甸幣。京不特說，他可以拿去一半。隨後，這人問京不特，你們有沒有證件？京不特說沒有。

「我住在米賽，如果你們把手上的錢都給我，我可以把你們帶到米賽，晚上就住在我家裡。」

京不特說：「好，都給你。」

「但我現在就要錢。」這人說。

這個人沒有騙京不特和秀明。傍晚，他們到達了大其立。大其立是緬泰邊境的一個小鎮。這人把京不特和秀明帶到邊境上的一條溪水邊，讓他們從摩托車上下來。

「我從橋上過，他們會在橋上檢查護照。當我到了對岸後，你們就淌水過來。水不深，一米多一點。我希望你們沒有問題。」

此時此刻，京不特和秀明只好相信他了。

他們站在岸邊等著。

一會兒，這人出現在了對岸。京不特和秀明趟過溪流，儘管他們渾身上下都濕透了，但是，他們已經到了泰國！

從泰國到日本

一

在廣化寺，京不特沒有主動去找定海法師。一天，京不特正坐在客廳裡讀報紙，定海找到了他。

「毅然法師說，警察在找你麻煩？」

「是的。」京不特說。

定海說：「那你為什麼不去泰國呢？」

「我也正這麼想。」

「我認識那裡的一些和尚。」定海說：「如果你去了泰國，也許我能幫助你。你可以告訴泰國的和尚，你是我的徒弟。我很樂意你能成為我的徒弟。」

京不特是一個羞怯的人。他沒有當場答應，只是羞赧地報以一笑。定海法師給了他一些泰國寺廟的地址。

第二天早晨，離開騎摩托車的人家後，京不特和秀明乘巴士從米賽到了清邁。按圖索驥。但廟裡的主持幾乎說的都是同樣的話：「我們無法留你們，因為你們沒有護照。」

最後，終於在清邁的栓道寺，找到了一個讓他們住一夜的寺廟。

京不特和秀明再也不敢多在清邁逗留。從通訊錄上，他們找到了行秀的朋友，摩訶剌嘉的地址，這個寺廟在曼谷。

京不特和秀明一起坐火車到了曼谷。

他們在摩訶剌嘉的寺廟裡住了兩天，廟裡的主持就再也不敢多留他們了。這是通訊錄上最後一個地址：北碧府的普仁寺，仁山和仁華所住的廟。仁山和仁華也是京不特在走出中國前，在勐龍新結交的兩個朋友。

京不特和秀明走到了北碧府的盧伽縣。

這是一座中國寺廟。京不特沒想到仁山和仁華是大乘教和尚，因為京不特剛遇到他們時，他們身上穿的是小乘教的袈裟。

仁山和仁華不在，他們去另一個中國寺廟做法事了。廟裡的主持告訴京不特和秀明，明天他們才能回來。秀明感到渾身不舒服，京不特也是，身上陣陣發冷。

第二天，仁山和仁華回來了。一見到他們，仁山激動地說道：「你們不是普通的人！你們真的從中國來到泰國了。這太難了，當時，我還以為你們是說著玩的。」

京不特說：「你們也不一樣？穿過緬甸，到了中國。」

仁山說：「這不一樣。在中國的時候，我沒有告訴你，我們去中國，得到了昆沙部隊的幫助。你知道嗎？古納是昆沙掌控地區的大和尚。」

古納是京不特第一次在勐龍遇到仁山和仁華時，陪伴他們的另外一名僧侶。

京不特和秀明越來越感到不舒服了。

當夜，兩人都發起了高燒。第三天，他們被送到了醫院，診斷是瘧疾。這是一種走過熱帶森林的常見病。在醫院裡，他們一住就是一個星期。

二

暮鼓晨鐘。

在普仁寺裡，像其他和尚一樣，京不特和秀明每天祈禱兩次。

經歷了這麼多的事情，每一次祈禱，京不特越來越真誠了。他盤腿坐在地上，從心底裡，祈禱道：「如果有一個神，或者眾神。如果有菩薩或者阿羅漢，世界上真有這麼一個全能的神的話，我願意跪下來，聆聽你的教誨：結束戰爭吧！消滅苦難，幫助所有可憐的人吧！讓這個世界充滿著同情與愛。」

京不特一遍又一遍地祈禱著。京不特相信業力，也就是所謂的羯磨。我們今生所作的一切，無不都是前世的因果報應。而祈禱是有力的，至少可以淨化人的心靈。

秀明常常跟著去做法事，做法事可以拿到紅包。但京不特不常去，只是實在找不到人的時候，京不特濫竽充數。

在普仁寺裡，除了祈禱外，京不特讀經書，寫長詩《梵塵之問》。京不特許諾自己，這將是一部二萬行的長詩，一首比《第一個為什麼》更長的詩。

今天我更清晰地理解了生命之上的神祕
我相信晚霞確實拂照了沙礫上的足跡
從前有一個老僧
一個越過海踏過陽光的老僧

——京不特，選自《梵塵之問》

三

一天，京不特在廟裡收到一封阿鍾從上海寄來的信。信中說，張楊的叔叔張武馨要來泰國做生意。他不會說泰國話，也不懂英語，希望京不特能夠幫他做翻譯。張楊是京不特大學裡的好朋友，京不特去了曼谷。

在張武馨租的房子裡，京不特住了下來。對京不特說來，這是一段充滿世俗誘惑的日子。曼谷是一個燈紅酒綠的世界，亞洲色情城市的象徵。在去大飯店當張武馨的翻譯時，為了避嫌，京不特便脫下小乘教的桔黃色袈裟，換上大乘教的灰色袈裟。在這段日子裡，京不特認識了不少女人，有歌星，也有商人婦。有時候，破戒，京不特也和自己喜歡的女人上床。

定海法師從印尼過來看京不特，想解決京不特和秀明的身分，但沒有成功。然而，不管怎麼說，定海法師正式收了京不特和秀明為徒弟，給京不特起名為學隆，秀明為學參。

後來，京不特認識了素提，一個做泰國和寮國貿易的前泰國官員。他聲稱認識寮國司法部副部長，只要京不特付三萬元泰銖，就可以為他買到一張寮國護照。京不特沒有這筆錢，張武馨為他付了。張武馨做生意，離不開京不特當翻譯。

一九九〇年八月，素提為秀明安排了去奧地利妙山法寺的旅行。行秀是日本妙山法寺的，既然秀明是他的徒弟，秀明也就自然屬於妙山法寺。但那裡的和尚不敢讓秀明多住，因為他沒有合適的證件。妙山法寺在巴黎也有自己的廟，於是，秀明便乘火車去巴黎。在德國和法國的邊境，德國警察逮捕了他。最後，秀明在德國獲得了政治庇護。

京不特用寮國證件獲得了泰國一年的簽證，在曼谷的德國使館取得了四十五天的德國旅行簽證。但京不特沒有旅行的錢，也就只好放棄。

十月底，素提告訴京不特，只要他能當他顧客的翻譯去日本，他將付京不特三星期的東京旅行費用。那時候，日本政府正在申請派兵參加海灣戰爭。日本的妙山法寺和尚打算發起抗議。在電話裡，行秀很高興京不特能去東京參加他們的活動。

和京不特一起前往東京的是五個福建人。他們從曼谷機場出發，向著東京飛去。

四

抵達東京是下午。海關官員問京不特在東京時住哪兒？京不特給他看了妙山法寺的地址，這個官員在京不特的護照上，蓋了一個九十天限期的上陸許可圖章。透過機場的大玻璃窗，京不特看到行秀正站在外面等著。

但是，這五個福建人還沒有出來，於是，京不特便返回到檢查處。海關官員正在盤問他們。

「發生了什麼事？」京不特用英語問道。

「你是誰？」這個官員也用英語問道。

「我和他們一起來的。」京不特指了指這五個福建人說。

「我可以看你的護照嗎？」

京不特拿出護照給他看。

「噢，你的護照和他們是一樣的。」這人說著，在京不特的上陸許可期處蓋了一個「無效」的圖章。

「為什麼？」京不特叫了起來。這時候，京不特就像一下子吞了一塊鉛，頭腦變成了一片空白。

「你的簽證是假的。」

當天晚上，京不特和這五個福建人一起坐上泰國航空公司的客機被送回了曼谷。京不特認識一些曼谷機場的官員，他找到了其中一個。

「你可以離開這裡。你有一年的泰國簽證，再說你又是和尚。」這個官員說：「那五個人進不了泰國，因為他們只有一個月的過境簽證，已經過期，你不必和他們一起去寮國。」

京不特把情況對這五個福建人說了。他們願意付京不特去寮國的全部費用，希望他能和他們一起去。京不特也想去寮國看看情況，畢竟寮國已經是他的「祖國」。而在此之前，京不特還從來沒有去過寮國。

「我希望你不要跟著他們去，寮國情況向來複雜，你自己決定吧。」當這個官員得知京不特的決定後，有些動容。

「我認識他們的部長。」京不特說。突然，一絲陰影掠過京不特的腦海，但很快就消失了。不管怎麼說，去萬象是京不特命運的一部分，他決定毅然前往。

後來才得知，素提給京不特和這五個福建人的護照，還有日本的簽證都是假的。等待著京不特的命運，將是在寮國的終身監禁！

在萬象監獄

一

儘管已是初冬，但泰國的天空依然毒太陽高懸，閃發出炙熱的光芒。

當太陽再一次把飛機跑道曬熱的時候，京不特和五個福建人被送上了飛機。空中小姐微笑著合掌，向京不特問好：「薩瓦迪卡！」

但京不特笑不起來。陽光亮得令人難以忍受。窗外是機場的跑道，綠茵場。接著，京不特看到曼谷鱗次節比的樓房和連綿不斷的車輛，蜿蜒曲折的昭帕雅河。京不特留戀地朝向曼谷投去最後的一瞥。飛機進入了白雪皚皚的上空。

萬象，給人的感覺就像是回到了七十年代中國的小城。街角上的舊平房、小工廠、髒亂的街沿、油漆褪落的公共汽車、載著外國遊客們的人力三輪車。這就是小時候，廣播裡所說的印度支那人民抗擊美帝的地方之一嗎？京不特情不自禁地想道。

一輛寮國公安部的、彌漫著汽油味的舊吉普車，把京不特和五個福建人從萬象機場帶到了公安部，隨後，又把他們帶到了一幢陳舊的大樓。樓的大門兩旁用鐵絲圍著，大門上方，是一塊用水泥砌成的長方形的橫匾。儘管已是斑斑點點，但還是依稀能辨認出是用寮國文和法文寫的兩行字。

因為寫的是寮國文和法文，京不特不知道寫的是什麼。

走進這幢陰森森的、像被人廢棄了的大樓。走上樓梯，到了三樓，京不特和五個福建人被關進了一間小屋。

離開曼谷時的一時豪氣和好奇心消失了。這時候，京不特絕望而混亂，各種各樣的想法都冒了出來：他留在曼谷的各種書籍和宗教書籍，他的《梵塵之問》第二卷，以及《被放逐的土地》的手稿。

這是一次多麼令人絕望的旅行！

二

十個月前，在普仁寺，京不特對仁山師兄說：「八十六年我在大學裡翻天覆地搞詩歌運動；八十七年我辭職離開上海；八十八年我出家做了沙彌；八十九年我從中國走到了泰國。每一年我都搞出一個事件來，每一年我的生活方式都得變一下。那麼今年會有什麼變化呢？我看不出有變化的可能。」

仁山笑著說：「別是在今年去坐牢吧。」

沒想到，仁山一語成讖。

本來京不特把自己在普仁寺裡的那種晨鐘暮鼓的生活看成是一種自我囚禁，現在是真的被囚禁了。而最使京不特受不了的是：他之所以坐牢，並不是為了轟轟烈烈的革命，而只是為了一本假護照！

實際上，囚禁京不特他們的地方是寮國內務部。因為擔心京不特和這五個福建人串供，第二天，京不特被單獨關進了一間小屋。這間牢房大約有八平方米，牆原來是白色的，但如今看上去骯髒不堪。牢房裡的日光燈整天整夜亮著。沒有床、沒有椅子、沒有桌子，沒有任何家具，他們給了京不特四條小毯子，讓他睡在地上。

開始時，內務部的人也認為京不特的寮國護照和身分證都是真的。也不知道京不特是什麼人，只知道他是一個大乘教和尚，師傅是印尼、新加坡的廣化寺和尚。

大津行秀來泰國見京不特時，給了他一些妙山法寺的小冊子。因為要去日本，京不特就把它們隨身帶上。其中大多數的文章是關於藤近日達的。聖人藤近日達是行秀的師傅。半個世紀前，日達聖人抱著把佛法傳回西天去的信念去了印度。在印度，他結識了聖雄甘地。做為甘地的朋友，日達聖人也是一名非暴力主義者。他創立了日本妙山寺，今天的這個派系，為的是傳播日本山妙法寺佛教與世界和平，是反戰爭、尤其是反核戰爭的非暴力主義。雖然日達聖人已在六年前圓寂了，但他的弟子們依舊在全世界開展反戰和平運動。三年前，京不特和行秀師兄還不認識，但已經知道日本妙山法寺的僧侶在莫斯科紅場的那次和平祈禱了。京不特被藤近日達的偉大人格深深打動了。這也是京不特第一次透徹地讀完了妙山法寺有關人與權力關係的思想。它們的戒條如下：

「我們不害怕權力；
我們不屈服權力；
我們不和權力作妥協；
我們不和權力對抗。」

當京不特讀到反對核戰爭的和平運動，以及他們在不同國家裡所開展的佛教活動時，試圖打坐，但沒用，他無法平靜下來。

京不特把所有的小冊子都讀了三、四篇後，就再也忍受不了孤獨了。永遠都是一樣骯髒、灰白色的牆，永遠都是一樣的日光燈。京不特失眠了，祈禱也沒有用。無法集中思想來做祈禱。

第八天，京不特開始大聲尖叫，躺在地板上叫。喊得警察無法入睡。蒲沓來了，他是這裡的頭，問京不特出了什麼事情。

「你們總是對我說也許，也許明天就可以釋放我，總是說明天！可是，最後連你也消失了！我再也受不了了！」京不特站起來，說。

「我也希望你能儘早地回家，但這由不得我或我的同事們決定，我們也在等待上面的新指示……」

「我只是不要再這樣繼續下去了，假如你能借給我中文或英文書讀的話，我還能忍受。要不就是你讓我離開這裡，否則，我將立即自殺。」京不特怒不可遏地對蒲沓說。

他望著京不特，大笑道：「你要自殺？那又怎麼樣？」

京不特沒作聲，從口袋裡掏出了一把剃刀，毫不猶豫地朝左腕上的靜脈處割去，頓時血流如注。

蒲沓急忙奪走京不特右手上的刀片，嘴巴裡「哇—哇」直叫。他的笑聲凝固了，被眼前的景象完全震住了。

「你瘋了，還是咋地？不，你決不可以再這樣做！」他一邊捏住京不特的手腕，一邊說：「你要書嗎？好……我們會為你找一些來。」

他對著自己的手下大聲叫道。

京不特感到鼻子酸酸的，眼淚控制不住地流了出來。

「我不，」京不特抽泣著說，「我只是不想活了，假如非得這樣的話——沒有事情做，沒有東西讀，看不到活人，還有……」

一些警察帶著紗布跑來，幫京不特包紮手腕。他還在抽泣，京不特知道在他們面前哭泣是怯懦的，可就是停不下來。

等警察為京不特包紮完手腕，蒲沓對京不特說：「你待在這裡，行嗎？我們為你去找些書來，好嗎？再也不要做蠢事了。好不好？我一小時後回來，好嗎？」

京不特點點頭，警察們走了，重新把門鎖上。這時候，京不特的頭腦裡完全空了，不知道自己是否在思考，日光燈看上去蒼白無力，骯髒的牆和水泥地板……

三

十分鐘後，蒲沓回來了，打開牢門對京不特說：「京不特先生，你現在可以有一個同室了。但你要向我保證，不會和他打架。」

「我是個和尚，除了傷害我自己外，不會傷害任何人，」京不特說。

「拿著你的東西，」蒲沓說。

京不特把所有的物品都放進了和尚袋裡，慢慢地披上寬大的、桔色袈裟。蒲沓走在前面，回過頭來對京不特說：「你的新同室姓金，是個韓國人。」

在不遠處的一個牢房。蒲沓打開牢門，示意京不特進去。蒲沓說：「他說寮國話，你得設法學會講寮國話。」

這間牢房看上去很新，還有盥洗室。牆被刷成了淺藍色，牆上有兩個窗戶，但都很高。其中一扇在通向走廊的一邊，另一扇正對著集市廣場的方向。入口處有兩個木門：內門的頂端上有一個帶有橫木的小窗口，上面罩著一層金屬網，透過它可以看到外面的走廊，外門開著時，從走廊上可以看到牢房裡面。內門的鎖是一把掛鎖，外門的大厚木上沒有門閂。牢裡有兩張木床和一把木椅子。

「金先生」坐在床上，中等個子，白皙的面孔上留著八字鬍，一看就知道不是東南亞人。當他們進去時，站起身來。「這是京不特先生，」蒲沓用寮國話指著京不特說。臨走前，蒲沓問京不特是否還有剃刀片？京不特說：「這有什麼關係，假如真想死的話，不用剃刀也可以。比如說，用頭撞牆。」

「不，不。你不可以！哇，哇……」蒲沓搖著頭說。

蒲沓走了，把牢門鎖上。「金先生」回到床邊，坐下。微笑著，望著京不特。

「你說英文嗎？」京不特問道。他點點頭，繼續微笑著。他居然連英文「Can you

speak English?」都不知道，京不特懷疑他不是韓國人。「Kheun phu thai dai mai?」京不特又用泰語問道。他點點頭，繼續微笑著。看來他也不會說泰文：「你會講中文嗎？」京不特又用中文問道，這次他有反應了。

「是的，我會講中文，但不是很好。」他用中文答道。在他的中文裡，聽不出有外國口音。

「你不會說英文嗎？」京不特用中文問道。

「我會，但一般我不說，你知道它有些難。」他用中文說道，這使得他的自我介紹顯得更可疑了。

正要繼續說下去時，蒲沓又把牢門打開，帶著兩本書進來。對京不特說：「現在你有書了，你可以讀書，再也不要大喊大叫了。也不要……」他做了一個切手腕的動作。隨後，用寮國話對金說了一大堆話，走了。

「他說什麼？」京不特問金。

「他要我好好地看著你，不讓你自殺。」他仍像以前一樣微笑著：「你割腕了？」

「是的，否則我不會到這裡。我被單獨關押在一間小牢房裡有一星期，再也受不了了。」京不特打開書，這是兩本美國通俗小說。

「他給你的是什麼書？」他問。

「兩本美國小說。」

「等你讀完後，我可以讀嗎？」他從京不特手裡拿過書，翻看著，但京不特肯定他一個英文字都不會讀。人有撒謊的權利，假如為了活命，而謊言又不傷害別人——京不特不想揭穿他。

接著，他告訴京不特：二、三個星期前，他剛從中寮邊境的一個寮國小鎮，烏龍賽監獄被送到萬象。他在那裡待了幾個月，並學會了寮國話。他說，他從韓國帶著一大筆錢去泰國買象牙，但被人騙到了金三角。在那裡，被搶走了錢。他說。後來，他遇到了金三角的私人軍隊，並成為其中的一員，最後，他想回到泰國，可是迷了路，在烏龍賽被寮國人抓住了。

他的話裡有許多自相矛盾的地方。「你多大了？」京不特問道。

「二十八歲，」可他看上去只有二十歲。

四

京不特知道那五個中國福建人就被關在附近，因為他們開始大聲叫喊了，整天踢門抗議。聲音聽上去很可怕，警察們嫌吵，不得不一天兩小時，准許這五個中國福建人，還有金和京不特去陽台上放風。

陽台約有二十平方米左右，它實際上是與關京不特這幢大樓相連的另一幢大樓的屋頂——兩幢大樓都是內務部的。站在陽台上，可以看到不同大樓的屋頂，還有一小部分集市廣場。

自從京不特和金可以去陽台後，金漸漸地和這五個中國人熟悉起來。金和他們談起曼谷，這些人是農民，並不懷疑他是否真的去過曼谷，可總是說金所描述的曼谷不是真正的曼谷。接著，便激烈地爭論起來。

當牢房又被鎖上後，金對京不特說：「這些人莫明其妙，他們不聽你說的。」

「老實說吧，你們的話我都聽到了，可我不相信你說的東西，如果我是一個不得不審問你的人，你早就露餡了。」京不特第一次老老實實地告訴他。

他看上去有些窘迫，但很快又恢復過來：「真是莫明其妙，他們不相信真理。」

「我不想討論這個，也不想追究你所說的一切。但願我錯了，可你聽我的話沒錯，趁警察還沒有詢問你細節之前。」

「我不明白你的話，為什麼……？」

「聽著，我們是牢友，我只是想幫助你。你不必告訴我，你真的是哪裡人。」

「我已告訴你我是韓國人。」

「是的，就像你對警察說的那樣。」

「可這是真的！啊，你，你……！你怎麼可以這樣，不相信人說的話？」

「我信不信與你無關，問題是你說的話得和真實一致。」

「我不懂你在說什麼……」

「不，你懂我在說什麼。你是個聰明人，只是沒有去過這麼多的地方，尤其是沒有去過曼谷。好吧……」

金想說什麼，但欲言又止，用力地絞著手。於是，京不特破天荒地第一次告訴他，自己對曼谷直接和間接所了解的見聞。講到一半時，金打斷了京不特的話，說：「京不特，你是對的。我從未去過泰國，我不是韓國人，我是朝鮮人。我的故事很長，以後我會告訴你。」

「我幾乎忘了一件重要的事情，要告訴你。」京不特說：「既然你沒真的去過金三角，那就不要老是說它。你現在是在寮國，比起你僅是聽說過它，這裡的老百姓都比你知道得多，警察就更不用說了。」

金聽著，依舊絞著手。牢房裡寂靜無聲。一會兒後，他說：「京不特，我們可以成為好朋友。實際上，我只有十九歲，你可以教會我一些東西。我們現在兩個人被關在一起，我們必須一起有商有量，假如我們彼此防範的話，我們只會傷到自己。」

五

在京不特搬到金的牢房後的第二天，來了一個越南人。他企圖游到泰國時，在湄公河上被捕了。

他叫紹，住在西貢旁的一個小鎮上，會說一些帶著奇怪口音的英語，三十五歲。北越占領南越前，他曾在南越軍隊裡當兵。他告訴京不特和金，他想逃到泰國去找美國大使館，因為他知道美國士兵的屍體埋在哪兒。他走路時，一瘸一瘸的，這是戰爭留下的，但他的肌肉卻十分發達。

他對金與京不特談起越獄，但京不特並不想逃跑。既然他是一個來自泰國的和尚，他以為，最壞的結果也就是多關幾個星期。京不特想通過正常的法律途徑解決。紹和金倒是確實需要逃跑。他們爬到面向集市廣場的窗口，察看窗子的結構。上面有鐵柵欄，紹試著將它拔出，紋絲不動。

在紹到了他們牢房的第四天後，警察來了，把他帶走。

二個多月過去了，京不特的案子還是沒有任何結果。京不特開始沉不住氣了。

像往常一樣，京不特和金每天還可以去陽台上散步二個小時。這一天，吃過午飯後，京不特發現牢房的內門沒有上鎖，外門也開著。京不特和金假裝午睡。

一小時後，四周寂然無聲。他們從床上爬了起來。「你怎麼想？」金問道。

「機會到了。要麼現在就做，要麼永遠也別做。」京不特說：「你呢？」

「幹吧！」金說。

京不特收拾好東西，包括一把剃刀。走到門前時，向金問道：「你知道怎樣跳下去嗎？當你快要著地時，把你的所有力氣都運到雙腿上。」

「完全清楚！」

京不特用剃刀把鐵絲網割開一個小洞，伸出手摘下掛鎖，把門栓打開。門開了。

他們跑向陽台。陽台大約有十米高，京不特猶豫了一下，調整好角度。金已經跳了下去，京不特也跳了下去。

京不特照自己給金說的那樣做了。後背狠狠地碰到了地面。京不特爬了起來，向著金走去。他正在爬起。

「你行嗎？」京不特問道。

「我試試看，」金呻吟著，「我的腿斷了。」

「爬得起來嗎？」

他點點頭。

「你能走路嗎？」

金搖搖頭。

「你在這裡等著，我去叫一輛計程車。」京不特想在看守發現他們逃跑前，離開這越遠越好。金狠狠地抓住了京不特的肩膀，京不特知道他是多麼的疼痛。

「我再也忍受不住了，你自己走吧！」他說。

京不特走了，但附近找不到一輛計程車。京不特又回來了。金的身旁站著兩個人。京不特向著金跑去。

「你不想去我們的辦公室裡，坐一會兒嗎？」其中一個人，用非常蹩腳的英語問道。

「金，我們得走。」京不特把金的手放到肩膀上，扶著他走。京不特看到了看管他們的一個看守，奔跑過來。

「他們看到我們了。」金說。京不特看到更多的警察，臉上露出絕望的神情，向著他們跑來。

他們被抓住了。

警察把金拖走，也許是去醫院。京不特又被關到了他曾經割腕的牢房。警察用寮國話、泰國話和英語大聲地罵他。京不特一聲不吭。京不特默默地坐在地板上。警察把門鎖上。京不特聽到門外傳來一陣陣奔跑聲和喊叫聲。京不特開始祈禱。

六

當天晚上，蒲沓又把京不特帶回到他和金逃跑前的那間牢房。金的左腳上已裹上了石膏，他腳後跟的骨頭摔碎了，石膏還沒有乾透。

「我一直擔心著你。不知道他們把你帶到了哪兒。」金說：「我撞牆，對他們說，如果見不到你，我就繼續撞牆，直到他們殺掉我。」

望著他腿上潮濕的石膏，京不特想嚎啕大哭。看得見金的臉上還帶著傷。

「你上了麻藥沒有？」

「沒有。」金說：「在醫院裡，我吃了兩片止痛藥。這是一家部隊醫院。」

「他們給了你更多的止痛藥沒有？」

「沒有。」金說，一邊刮了刮石膏。

「他們不能這樣對待你，他們得多給你一些藥。」京不特站起來，走到門口，敲門。現在，裡外兩扇門都被鎖上了。沒人搭理。

「我對付得了。不，你不必問他們要藥。」金說。幾分鐘後，京不特停止撞門。

到了夜晚，情況越來越糟了，金開始大聲地呻吟。京不特又撞起門來。一會兒後，有人把外面的門打開。

「你要幹什麼？」一個姓臘的警官透過內門的小洞問道。他看上去很惱火。

「我要你們給金一些止痛片。」京不特用泰國話說。

「但已經給過你們了。」

「我要藥。」京不特說，憤怒地望著他。

「沒有，我們沒有多餘的藥。」

「我要你去買。」

「那好，明天你們就會得到。」臘說：「這是你們的錯，不是我們的。」他又開始關門。

「不！」京不特大叫道：「不要鎖門，拿藥來！」

臘警官沒理睬，碰地一聲，把門關上。京不特跑到牆邊，隨後，奔跑著把頭對著門撞去。「砰！」一聲巨響，裡面的門被京不特的頭撞得粉碎。鮮血從京不特的額頭上流下，京不特摔倒在了地板上。

起初，金被嚇昏了，接著，他一拐一拐地走向京不特。但他的腿支撐不住，摔倒在京不特的身旁。「不，你不能這樣做……」他哭喊著，緊緊地抓住京不特。京不特被深深地感動，也哭了起來。

臘警官重新把外面的門打開。「你想製造更多的麻煩嗎？還是想幹什麼？你，京不特，你想戴手銬嗎？為什麼，你又把門弄壞了？」但是，他突然停止了說話，也許是看到了京不特滿臉的血。

京不特從地上爬起，怒視著他。「我要藥。」京不特哽咽著說。

惱火的表情從臘警官的臉上消失了。他低聲說道：「我已答應你明天可以得到藥。」

「我現在就要。」京不特哽咽著說：「金很疼。」

「但是，我們現在這裡沒有藥。」

「我要你現在就去買。」

「可現在藥房關門了。」他給京不特看手錶。「現在已經快十一點鐘了。」

京不特瞪大著眼睛盯著他。一絲英雄的氣概湧上了京不特的心頭，就像小時候，京不特在電影裡所看到的那樣。京不特的眼睛瞪著他，臘警官不敢看他的眼睛。

「我要藥。」正在京不特說著的時候，京不特感到金把他拉到了他的身旁。京不特在金的面前蹲下，金緊緊地抓住他，哭了起來。這時候，京不特聽到外面的門被關上了。

第二天早晨，金得到了藥。京不特頭上的傷勢並不嚴重，只是摸上去很疼。

一星期後，京不特和五個人福建人被送到了鵬灘監獄。以前，金曾經被關過的地方，但這一次，金卻被留了下來。

七

寮國的冬天到了，這是一九九一年的年初。

在鵬灘監獄，京不特和這五個福建人被關在一起。第二天早晨，京不特便早早地醒來。他睡的地方正好在窗旁。空氣清新無比，即使已是冬天，天氣仍然不冷，陽光明晃晃的。從京不特坐的窗口可以看到大門旁的木頭瞭望塔，裡面站著一個警察。

監獄，京不特想。以前，京不特還從沒有坐過真正的監獄，但現在卻在寮國坐牢了。怎樣的經歷啊！

正像蒲沓送他們來時所說的那樣，比起內務部的牢房，這五個福建人在這裡的日子會好過一些。但是三天過去了，像蒲沓當時許諾過的「每隔三天會來看望他們一次」那樣，不僅蒲沓沒有來，內務部也沒有任何一個警察來，也沒任何一點消息。

京不特和這五個福建人天天等著。

一天，京不特看到一個腳脖子上戴著木枷的囚犯，從另一排牢房走到他們的這排牢房。木板大約半米長，三十厘米寬，三到五厘米厚，中間開著兩個鎖腳脖子的洞。帶著這樣的木枷，一定步履維艱。京不特想。這人身材高大，有些發胖，但看上去十分虛弱——這個看上去虛弱的人似乎已受了很長時間的折磨。他的雙手前拷，拖著木枷極其緩慢地移動著。可憐的人！京不特想道：警察都對他幹了些什麼？

一個缺少營養的人，如果好幾個月都無法自由行走，這人會癱瘓的。

這裡的許多囚犯常有他們的家屬來送飯。剛開始時，這對京不特他們來說並沒什麼——他們還沒有討厭吃糯米飯，他們的身體還足夠強壯。京不特並沒有意識到，在這座監獄裡，飢餓正覆蓋著囚徒們。

整整一星期，他們都沒聽到來自蒲沓的任何音訊，五個福建人和京不特開始不安起來。到了第十一天，京不特決定絕食，一直等聽到蒲沓的消息為止。

八

京不特開始絕食了，什麼也不吃，除了喝水與抽菸。一個泰國囚犯，叫朵格的女孩常來看他。像京不特一樣，她也是從素提那裡拿了假證件被捕入獄的。朵格試圖讓京不特放棄絕食。京不特知道朵格已經愛上了自己。那五個福建人也看出了苗頭，問他是否會娶朵格做老婆。

「不。」

京不特說：「我是一個出家人，再說，我也不是那種只要有女孩愛，就會動心的人。要我陷入愛情不那麼容易。」

「你是一個真正的和尚，還是鬧著玩的？」五個福建人中的一個問京不特。

「我是，我信仰佛教。我也相信今天自己之所以被關在這裡，是因為我在曼谷破了戒。」實際上，這話也是京不特對自己說的，這是命運的因果報應！京不特無悔無怨地想道。

儘管，這裡一個也姓臘的警官已經把京不特絕食的消息帶給了蒲沓，但在京不特絕食一天後，蒲沓那裡仍然音訊全無。京不特用英文寫了一個小紙條，讓臘警官第二天交給莆沓。小紙條上寫道：

莆沓

由於你那裡一點消息也沒有，我陷入了絕境。我希望你能來，與我們談談。否則，星期五早晨，你若還不來的話，我將在星期五中午割腕。我說到做到。

京不特

臘只懂一點英文，他答應會把紙條給蒲沓。京不特仍然什麼也不吃。既然京不特已經絕食，這五個福建人就分吃他的這一份。他們都姓黃，這五個人總是一刻不停地說著難聽的福建話，總是為一些雞毛蒜皮的小事爭吵。

已經是星期五，上午十點鐘了。京不特取出寬大的橙色袈裟穿上，以蓮花座的坐姿坐在床上，腿前放著剃刀，開始念經。五個福建人好奇地看著他，問他想幹什麼。

京不特沒搭理他們。念完經後，他拿起剃刀，割開左手腕。

「和尚，你在做什麼？」

「天啊！流血了！」他們大叫道。

「你們現在不要走近我，得再等一會兒。」京不特說。他們驚愕地看著他。京不特看著手腕，讓血一滴一滴地滴到到袈裟上。接著，京不特說道：「如果你們真要幫我，當血從床上流到地板上時，你們就大聲喊警察。」

他們照京不特的話做了。血流到地板上時，他們開始狂呼，死命地敲打著門。在院子裡放風的囚犯被吸引了過來，他們站在門窗外。其中有些人也大叫了起來，另外一些人用泰國話問出了什麼事。京不特微笑著什麼也不說。他們也大聲問這五個福建人，儘管這五個福建人根本聽不懂。一個福建人跑來按住京不特的手腕，不讓血繼續外流。血停止了，但那裡留下一個大血塊，看上去挺嚇人的。

一會兒，看守他們的一個警官過來了。像往常一樣，他拉長著臉。其他一些男警察與女警察也跑來了，都站在窗外。最後，監獄長康梢來了。

「你在幹什麼，京不特？」他用寮國話說：「你為什麼要這麼做？」

「我只是兌現我的諾言，蒲沓讀過我的便條。」京不特用泰國話說道：「你能幫我喊他嗎？」

「已經有人去叫他了，我想他就要來了，可你不該做這樣的事。」康梢說，命令看守他們的警官打開牢門。這個警官將門打開。三個囚犯走了進來，把京不特抬出囚室，將他靠著一根大木頭躺下來。接著，一個女警官帶著繃帶之類的東西走來，用繃帶綁住了他的手腕。

朵格也在旁邊。她蹲坐在木頭旁，眼睛裡噙滿著淚水。「師兄，你不該這麼做……」

「我幹下了。我幹了，因為我想這麼幹，因為我許諾過要這麼幹……」京不特腦中一片空白，疲倦地想道。

朵格拿來了一碗麵湯，試圖勸說京不特喝下去。京不特睜開眼睛。

「不。」京不特說：「在見蒲沓之前，我不會吃的。」

京不特看到了曾經和他與金一起被關在內務部牢房的那個越南人，紹，他站在牢房柵欄的後面凝視著京不特。他的眼神裡充滿著憂慮與同情，京不特向他點點頭，對他行注目禮。

此時，這五個福建人也走出了牢房，在院子裡走著。他們讓一個懂中文的囚犯將他們的話翻譯給監獄長康梢聽。他們說，一直被關著，人的情緒就會變壞，和尚就是為此想自殺的。他們的話應效了。包紮完京不特的傷口後，康梢走到看管他們的警官前，命令他，從此以後，從早上八點到中午，下午二點到六點，他們牢房的柵欄門都要打開。

可是，蒲沓還是沒有出現，因此，京不特仍然還不得不絕食。

夜晚，京不特從男囚和女囚的牢裡聽到有人在唱歌。有時，聽到紹也在唱。每一次，聽到他悲涼的歌，京不特都會被深深地打動。或許，在越南有許多這樣的歌：悲哀、熱情、多愁善感。從內心深處，京不特尊敬越南人民。有一天，當他離開這裡後，京不特想道：一定要找到這些歌。

京不特永遠忘不了在鵬灘監獄裡的這些夜晚。

這一次，京不特總共絕食了七天，一直到被送回最初拘押他的內務部的拘留所。

京不特贏了，儘管蒲沓還是沒有來。

九

京不特和五個福建人一起被帶回了內務部。

走過以前和金一起被關押的牢房，京不特看到金的臉上和額頭上出現了許多皺紋。他看上去變得蒼老了。他的左腳上依然裹著石膏。當看到金時，京不特忍不住想流下眼淚，可憐的金。

「你怎麼了？」京不特問道。

「我一直在想你，想讓他們把我送到你被關的監獄，但他們不肯。你知道嗎？當你不在我身旁的時候，我知道自己再也支撐不下去了。」金說。

「我絕食了兩天。昨天，蒲沓說你又要回來了，我才停止了絕食。」金說。他看上去很可憐，就像一個中年人。他才十九歲啊！

「當蒲沓來的時候，我會告訴他，我要和你住在一起。」

在去內務部的路上，一個警官告訴京不特，明天，中國駐萬象大使館將會見那五個福建人。印度尼西亞的官員也將於明天見京不特。對京不特來說，這其實不是一個好消息。對印度尼西亞大使館，其實京不特不知道要說什麼。當寮國的內務部官員問京不特從什麼地方來，京不特告訴他們：他是一個印度尼西亞寺廟的中國人，此外，他住在泰國，他的師傅在雅加達。這不可能是定海法師的安排，京不特想，因為定海法師並不知道自己在寮國坐牢。如果去找中國駐寮國大使館的話，結果只會使自己在中國被判徒刑。

在五個福建人會見了中國大使館的人後，京不特也被帶進了內務部的一個會客室。那裡有兩個印度尼西亞使館的人，他們的身旁還坐著一個穿便衣的人和蒲沓。

「你要離開這裡，但首先你得見你國家的大使。現在，他們來了，但他們不相信你是印度尼西亞人，你能不能證明自己是印度尼西亞和尚？」蒲沓用英語說道。

「如果你是印度尼西亞公民，我們可以最終幫助你。」其中的一個印度尼西亞人用英語說道。「但我們不相信你是印度尼西亞人，你會說印度尼西亞話嗎？」

「不會。」京不特說。

「那麼，你不是印度尼西亞人？」

「是的。」

「那你為什麼說自己是印度尼西亞和尚？」

「因為我的師傅，我的意思是說，我的佛教老師是一個印度尼西亞的中國和尚，他是印度尼西亞公民。」

「首先，你的師傅是印度尼西亞人，並不意味著你也是印度尼西亞人。其次，我們並不知道如你所說的那樣，你有一個印度尼西亞的師傅。」

京不特拿出定海法師的名片。他看了看，說他將設法找到定海法師，找到後，就會通知寮國警方。

「你沒有祖國嗎？你為什麼不向自己的政府尋求幫助呢？」

「不，我不能說。我在這裡身陷囹圄，我不想撒謊。因為我是個和尚，我只好什麼也不說。」京不特說：「我真誠地感謝你們來這裡，和我談話。」

「聽上去像個罪犯。」另外一個印度尼西亞人對穿著寮國便衣的官員說。

當天傍晚，約五點鐘時，京不特和五個福建人，還有金一起被送回到了蒲灘監獄，關在同一間牢房。

十

回到蒲灘監獄後的三個星期，這五個福建人在他們家人的安排下，中國大使館為他們辦理了新證件。他們被允許離開寮國去泰國。京不特寫了六份信，請他們到了泰國後，幫他寄出去。其實，京不特並不相信他們。但既然這是與朋友們聯繫的一次機會，京不特只好一試。金也用朝鮮文給曼谷的韓國大使館寫了一封信。

現在，牢房裡就只住著京不特和金了。金開始有些沉不住氣。「我們得幹些什麼。」他好幾次對京不特這麼說。他腿上的石膏已經拆除，已能正常走路。

「是的，我們得幹些什麼。」京不特也在想這個問題，但找不到方向。金現在更加寄希望於韓國駐曼谷的大使館。他認為應該給警察增加一點壓力，但現在的主要問題是見不到蒲沓。

京不特寫了一張便條，讓臘警官交給蒲沓。

「上面可不准寫壞事情，如果你再寫什麼你要切腕，或者諸如此類的事，這種信我不帶。」

蠟說。

「沒有壞事情，只是寫金的感覺壞極了，他想跟蒲沓談談。」京不特說。蠟拿走了紙條，答應替他們辦。

但蒲沓既不給他們話，也不露面。

那時候，在鵬灘監獄共關了八個泰國人、五個越南人。他們大多因非法進入寮國而被關押在這裡。這些人都未受到審判。他們只好等待，等待有一天寮國警察想到把他們放出去。

監獄裡，也有許多被關押多年，至今未被判刑的寮國人，他們的「罪行」是曾效力於前右派政府的軍事武裝。讓京不特感到驚訝的是，這裡至少有三分之一的囚犯，在進監獄之前曾是警察或士兵，有些人的警銜甚至高於這裡的警察頭子。一些士兵被關押進來，是因為他們出賣槍枝，或幫助出賣槍枝。而進來的前官員們大多是由於受賄。

在京不特的牢房旁，關著一個老頭，人們叫他杜溫。在寮國話裡，「杜」的意思是老或大叔。有時，他與京不特說些非常蹩腳的英文。他是右派軍隊的士兵，在這裡，未經審判已被整整關了十年。他對京不特說：他現在已經認命了。說不定只有等到他死的一天，他才可能離開監獄。他用一種可憐的聲音、小聲地說道。京不特感到窒息，真想為他大哭一場。生命！一條囚犯的生命！

在這座監獄裡，對寮國囚犯們說來，最好的消息就是「等到判決」，但對此杜溫早已經麻木了。

十一

接著，就是囚犯們的「三天大日子」，一半的囚犯將要得到審判。

然而，這和京不特和金沒有任何關係，儘管金盼望也有他的份，但這是不可能的。

朵格被判「無罪釋放」，她總共被關押了整整六個月。判決前，朵格曾對京不特說，她認為自己極有可能當庭釋放。京不特請她寄一些信，她答應了。

當天晚上，京不特給曼谷的小顧，普仁寺的仁山法師，以及東京的上海詩人張真分別寫了信。金給曼谷的韓國大使館寫了一封信。像上次一樣，京不特在每封信裡都放進了他的照片。

「這些信對我和金說來都是極為重要的，當你到了曼谷後，你要馬上寄走。」朵格離開鵬灘監獄前，京不特對她說道。她說她絕對會辦妥，讓京不特儘管放心。

朵格走後，金再一次對京不特說，也許他們應該給蒲沓一點顏色看看了。京不特同意他的想法，打算再次絕食。

京不特告訴了康梢，說他要絕食，一直等到蒲沓來為止。康梢聽後非常惱火：「我待你不錯，可你為什麼總要給我製造麻煩？」

「我沒有，」京不特說，「我這樣做不是針對你的，我只是要見蒲沓，勸他來與我的朋友聯絡。」

「但你是在我的監獄裡，我負責發生在這裡的每一件事情。」

「那好吧，我先給他寫一封信，如果他明天還不來，我才開始絕食。」京不特在信中告訴蒲沓，他要見他。如果不來，他將於明天絕食。

蒲沓沒有來，因此，京不特絕食了。這是艱難的，京不特請金在他絕食期間，到院子裡去吃飯。前五個的白天，京不特沒有躺在床上。他穿著桔黃色的袈裟，不停地在院子裡打轉，看上去就像一個正在冥想中的僧人。他每隔三天剃光頭髮，這看上去也像是一種冥想的儀式。這時候，京不特發現自己的腦子越來越清澈了。在院子裡打轉時，京不特不和任何人說話，但等晚上鎖門後，他和金說話。

到了絕食的第二個星期，京不特比以前走得更少了，最後，他白天黑夜地都躺在了床上。

在京不特絕食到第十二天時，蒲沓騎著一輛摩托來了。

「為什麼不吃飯？」他問道。

「我在等著你。」京不特說。

「你想回泰國嗎？」

「是的，但你不讓走，我只好絕食了。」

「現在准許你游過邊境去泰國。」他說。京不特沒答話，因為他不相信蒲沓的話。

「你想嗎？」他又問道：「我把你帶到河邊，然後你自己游過去。」

「你的話算數？」京不特還是不相信。

「怎麼不算數，我來就是接你的。」

「哦……」京不特考慮起來。但他不想一個人游過去，想讓金也與他一起走。

正要說話時，聽到金在說：「只准許京不特游過去嗎？那麼我呢？我也要游過去。」

「不，你得待在這裡。我們正要和曼谷的韓國大使館聯繫，讓他們過來帶你走。」蒲沓對金說道。

「不，不，不。讓我和京不特一起游，我自己可以很容易地找到泰國的大使館。」

「不，你現在待在這兒，京不特走。」隨後，他轉過身來對京不特說：「京不特，準備好了嗎？我們走吧。」

「你就要走嗎？」金問京不特，他顯得絕望與無助。

京不特不想一個人游，如果和金一起走，至少一路上可以相互照應。

「不，」京不特說道：「我現在不想走。首先，我現在無法游泳——我已經有十二天沒吃任何東西了，已沒有任何的體力。其次，在我沒看到金走出監獄前，我不想離開。」

「那好吧，我已經來接過你了，這回是你不想走。以後，你不可以再給我製造任何的麻煩。從現在開始起，我再不欠你什麼了。」蒲沓說道。

「你當然不欠我了，我今晚就開始吃飯。」京不特說。

「好吧。當你可以游泳了，就讓這裡的警察告訴我，我會再來接你的。」蒲沓離開之前說。

十二

金看到京不特絕食「成功」後，變得非常激動。認為他也可以通過絕食，迫使警察同意讓他游過湄公河。他說，他要立即絕食。

在此其間，金告訴了京不特他的故事。他今年十九歲，生於朝鮮，父親是個小學教師。他有個哥哥，在他十四歲那年，上班時與人發生口角，被推到機器下壓死了。肇事者聲稱不是故意的，這人有個當官的父親，他的哥哥算是白死了，金的父親只得忍氣吞聲。金對他父親的態度極為憤怒。他父親有個妹妹在中國，金就從家裡逃了出來，游過鴨綠江，投奔姑媽。

在朝鮮，「偷越國境」是一項極為嚴重的罪，將受到嚴厲的懲罰。金在他姑媽那兒，繼續念初中。金的姑媽生活在吉林市，那兒不是自治區，但金還是適應了那個地方。那兒的人們說中文，因此，金學會了說中文。

本來金的生活很正常，但在中國，金聽到了韓國廣播，從中知道，韓國歡迎所有逃往自由世界的朝鮮人。金打算去找韓國駐泰國大使館。一九九〇年春天，他先到西雙版納，從那裡偷越過中老邊境。在烏龍塞他被寮國軍隊抓住了。起初，寮國人以為他是中國人，把他關押在烏龍塞八個月之久。在監獄裡，他用朝鮮文給寮國外交部寫了大量的信，後來，寮國人用軍用飛機把他送到了萬象。最初幾個星期，他被關押在鵬灘監獄，隨來，又被移送到內務部拘留所，京不特就是在那裡第一次遇到了他。

他們的那一次逃跑，最後以金摔斷一條腿而告終。

絕食的第二天，金的感覺變壞了。他對京不特說，他想放棄絕食。「那麼，這過去了的一天半，算什麼呢？」京不特說。

「也許我可以用割腕來代替。」金說。

「我不會說你該做這做那的，這是你自己的選擇。但如果你打算割腕的話，最好明天做，我好給蒲沓寫幾個字。」

「好的，我一定做到。」

京不特走到伙房，那兒蠟和一些警察正在做自己的晚飯。京不特在小紙條上寫道：

蒲沓：

金已絕食三天，現在感覺極壞。你能讓你的上級和他談談嗎？否則，今晚將有可怕的事情發生。

京不特

京不特讓蠟明天早上交給蒲沓。

第二天，蒲沓和他的上級都沒有來。

下午五點鐘，到了金割腕的時候。他躺在床上，從京不特那裡接過剃刀。

「不行，京不特，我自己幹不了。」試著割了幾次都失敗後，金說，「你能幫我嗎？我下不了手，你能割開我的手腕嗎？」

「我不能，我是個出家人，我不能傷害任何人的身體，除了我自己之外。」京不特一邊說，一邊從金的手裡拿過了剃刀。

京不特在床上躺下。金看著他，等待著。京不特解開衣服，露出肚子。小心地把刀放在肚子中間，刺進皮膚，劃了一刀。這一刀並不深，大約五到六毫米，只有一點點的血流了出來。

「還不夠深。」京不特說，想再補上一刀。

「不！你不要再幹了！」金抓住他的手說道。

京不特停了下來，對金說：「可還不夠深啊……好吧，現在你可以叫了。」

「有人幫幫忙嗎？快來人啊！京不特在他的肚子上扎了一刀！來人啊！救命啊！」金大聲喊道。

對只出了這麼一點血，京不特有些惱火。這時候，許多囚犯和警察趕來了。兩個囚犯把京不特抬到院子裡，放在柴堆上。「送他去醫院吧！」金說。

「不，我不要。」京不特站了起來，走回牢房。既然出血不多，他不想再玩下去了。這一次，京不特輸了。

監獄長康梢也趕來了，他看上去非常生氣：「把所有的刀與剃刀都給我搜出來，沒收！」康梢對囚犯命令道。五個囚犯一起走了進來。他們搜查出幾把剃刀，京不特躺在床上看著他們。

他們走後，京不特聽到窗外有一個囚犯在說：「京不特已經瘋了。」

「是不是要叫人把他送進黑房裡去？」一個囚犯說道，他是這裡的牢頭。

「這沒用。京不特是個瘋子，他只求一死。你們要看管好他，再也不要讓他出任何事情了。他是個小精神病，誰也不許和他說話。」康梢說道。

京不特躺在床上看著天花板，天花板與鐵柵欄之間結滿著灰黑色的令人噁心的蜘蛛網。

「京不特，你待我太好了，我將繼續絕食，直到蒲沓來為止。」金說。

「我也絕食。」京不特說。他敢肯定，明天這裡的看守不會放他們出去。

十三

對金說來，入睡是困難的。京不特知道這一點，因為他已絕食過好幾次。頭一天是強烈的飢餓感，而從第二、第三天起，骨頭就開始變得越來越痛了。當身體不動時，骨頭尤其疼痛。一個人只有不動時才能入睡，因此，想要入睡是極其困難的。

正如京不特所料想的那樣，第二天，看守只把他們牢房外面的一扇門打開。

牢房裡，有幾條毯子，以前京不特和金一直睡在窗子旁，但現在他們移到了裡面，在靠窗的地方和睡的地方掛了兩條毯子。這樣一來，外面的人從門窗外就看不見他們了。當有人送來糯米飯時，京不特和金讓他們放著。等到送飯的人走後，他們走出毯子，再把米飯推倒在門外。

每個人都能看到他們什麼都沒吃。

到了絕食的第五天，聽到有人打開牢房的內門，接著聽到看守對一個囚犯說道：「你進去看看，如果他們死了，就告訴我，」

隨後，毯子被挑了起來。一個頭探進了毯子。

「我們沒死。」京不特向他搖搖手說道。

第八天，大約中午的時候，京不特聽到有人在高聲說道：「金、京不特你們好嗎？」

這是「光頭」的聲音，「光頭」是內務部的一名警官。京不特和金立即跳了起來，扯下毯子。是的，是「光頭」和另外兩個從內務部來的警察站在門外。「光頭」身旁的看守正在開門。

「我們已經等了你很久了。」京不特說。

「哦，因此，你在肚子上扎了一刀。這不好啊。」

「你不來，我迫不得已。」

「光頭」走進牢房來。監獄裡的警察從不這樣做。有事情時，通常，他們總是叫在院子裡的囚犯進來做。「光頭」的官級要比這裡的看守高出許多，但他還是徑直走了進來。

金用毯子擦了擦床，為「光頭」挪出一個地方讓他坐。這一次，他們其實是帶著極大的敬意迎接「光頭」的到來。

「現在，我有些好消息要帶給金。」「光頭」對金說：「明天韓國駐曼谷大使館要來萬象，你就可以回家了，明天你可以他們告訴，讓他們幫助你儘早地回家。」「光頭」對京不特說：「隨後，等金離開後，京不特，我們也把你送到河邊。」

這對京不特和金說來，確實是個重大消息。他們答應「光頭」馬上恢復吃東西。離開之前，「光頭」給他們買了一包帶過濾嘴的香菸，平時，京不特和金一般抽廉價的不帶嘴的香菸。

既然京不特和金的抗議活動結束了，當天下午，他們被獲准又可以去院子。

十四

第二天下午，蒲沓來鵬灘監獄帶金去內務部。臨走時，蒲沓問京不特，是否想和聯合國的人談談？京不特有點吃不准什麼意思。

「什麼聯合國？」京不特問道。

「從那兒，我們收到一些詢問你的信。等金的案子了結後，我們可以就此談談。」蒲沓說：「如果聯合國要你，你可以跟他們走，這樣的話，你就不必游過河去了。」

傍晚，京不特正在吃討厭的糯米飯時，金回來了。現在，京不特口袋裡的錢除了買菸之外，不可能再買別的東西吃了。金看上去自我感覺非常好。

「他們問我是否需要錢，我想我們就要離開了，因此，我沒有拿他們的錢。另外，我還談了你的情況，他們答應也會幫助你。」金說。

一切聽上去都挺好，京不特想。但在吃飯的時候，他沒多說什麼。

等看守鎖上牢門後，金開始對京不特詳細地講述了與南韓人的談話經過。

「當我走進會客室時，已有兩個韓國人在等著我，另外，還有一個內務部的譯員。這兩個韓國人開口說話時，我能清楚地聽到他們的南方口音。他們說，他們來自韓國駐曼谷大使館。我讓他們出示護照，其中一個說，護照不在身上，因為已交給寮國外交部去延長簽證。韓國與寮國沒有外交關係。」

「他們身上沒帶護照？」京不特打斷他的話說：「這怎麼可能呢？既然他們代表著韓國政府。你能肯定他們說的是地道的韓國話？」

「是的，他們說的是地道的南韓話。」

「你問過他們信沒有？即使那五個福建人沒寄出我們的信，我敢肯定，朵格一定寄走了它們。」京不特說。

「是的，我問起了信，但他們說只收到我托寮國警察寄給他們的信。這就是為什麼他們認為我是韓國人。另外，他們還問了我住在韓國哪兒？」

「我擔心……」

「什麼？」

「在萬象有朝鮮大使館，可你說他們說的話中帶著南方口音……好吧。我只希望我的擔心是多餘的，接下去他們又說了什麼？」

「接著，我告訴他們，實際上我不是韓國人，而是朝鮮人。也許當他們離開曼谷時，朵格還沒寄出我們的信。」

京不特的心情有些沉重起來，可沒表示出來。

「他們問我從朝鮮的什麼地方來，怎樣來到寮國的。我給了他們一個假地址，確有這麼一個城市，只是路名是假的。我說，我是朝鮮政府的地下反對派。」

「你說，你是一個政府的反對派？」

「是的，我說我們有一個地下組織。接下去，他們問我是否願意回到朝鮮，為他們工作。我說我不能，因為朝鮮警察會認出我來。最後，其中的一個人說道，他們可以安排我經中國到韓國去，因為在中國，還有一些人要一起送走。我問他們為什麼不從曼谷走，他回答說因為我沒有護照，在曼谷機場登機恐怕會有問題。」

這聽上去很奇怪。「我擔心他們不是從韓國來的。」京不特再次說道。

「但他們說的確實是南方口音。」

「下一次你遇到他們時，你一定要堅持從曼谷走。」京不特說：「你走後，我就游到泰國，然後，我們在曼谷會面。」

「可我想，他們也會幫助你的，他們已經答應幫助你了，你也可以去韓國。是的，你能去的。你如此聰明，我敢肯定，當他們與你談話之後，他們一定會要你去韓國。」

京不特不再說什麼，他無法驅趕走心中的憂慮。

「你到了韓國後，就不必再做僧人了。你可以找一個韓國女孩結婚。一旦你娶了韓國姑娘做老婆，在家裡你就什麼都不用做了，她會照管一切。」

京不特什麼都沒說。

「一旦我們成為了韓國公民，韓國政府會給我們一大筆安家費。離開寮國後，你想幹什麼？如果你有了錢，你要做什麼？」

京不特把頭轉向金，說：「一旦我離開了寮國，我先要找回我被捕前留在泰國的日記和詩。如果我有錢了，我要用它出版我朋友們的書，和我自己的書。」

「如果我成了韓國公民，」金一邊遐想，一邊微笑地看著天花板說：「我第一要做的事就是讓韓國政府給我買一輛大型摩托車。」他的聲音裡充滿著激動。

如果他的目標只是「一輛大型摩托車」，京不特不想聽。當時，他為什麼說自己是一個朝鮮政府的反對派呢？京不特再也不想聽下去了，因為，他隱約感到有某種不安的東西。京不特保持沉默。

接下去，金也沉默了。他們躺在床上，抽著「光頭」給他們買的過濾嘴香菸，什麼都沒說。牢房裡的空氣變得有些沉重起來。螢光燈發出蒼白的光芒。

大約二個小時後，金坐了起來，對京不特說：「京不特，有什麼地方不對勁，我一直在想。他們是朝鮮人！是的，他們是。現在我能感覺到他們是！」

這正是京不特始終擔憂著的東西。

「如果他們是朝鮮人，他們將怎樣處置我們？」金問道。

「他們將調查你在朝鮮的情況，然後把你送回去。所幸的是，你沒有說出你在朝鮮的真實地址。」京不特說。

「地址並不重要，既然他們知道了我是朝鮮人，他們就會把我送回去。到了朝鮮，只有一樣東西等待著我，那就是死亡！」

「槍斃你嗎？可你對他們什麼危害也沒有啊！」

「等著我的不是死亡，就是終身監禁。我對他們是沒有危害，可逃出國門已夠嚴重了。

哦，該死的！今天，我直截了當地對他們說，我要研究金日成的著作，以便有效地打擊他們！他們微笑地看著我。現在我想，當時他們肯定在想，你這隻蠢豬，當我們把你送回國家後，看我們如何好好地修理你。該死的，真該死！為什麼在我還沒有看到我給韓國大使館的信時，就對他們說出真相呢？」

「現在我們不得不更加小心了，下一次再與他們談話，你要裝著什麼也沒發生，看他們怎麼說。我們現在還不能確定他們是朝鮮人，如果他們是……」

金打斷京不特：「他們肯定是朝鮮人！」

「如果他們是朝鮮人，你不要讓他們發現你已經知道了真相，你就假裝順從他們。如果你是一個人步行去中國的，那麼你可以去北京，找到美國駐中國的大使館。如果有朝鮮人到寮國來接你去中國，或者在中寮邊境等你，那麼裝著不知道他們是朝鮮人，然後尋找機會逃走。只要他們還在騙你，在和你玩，你就會有逃跑的機會。但是一旦他們向你公開說他們是朝鮮人，把你抓起來，那你就沒有逃跑的機會了。」

「如果他們讓我從曼谷走呢？」

「到了泰國，你可以找到警察說，你沒有護照。你是一個朝鮮人，想去韓國駐曼谷大使館尋求避難。」

早先的歡樂變成了沉重的陰影。這一夜，他們談了很多。

二天後，蒲沓又來領金去見「韓國人」。金離開之前，京不特對他說：「小心點，裝成你什麼也不知道。」

「好的，我會這麼做。」他說。

二小時後，汽車把金送回來了。當他走進院子時，京不特向他跑去。

「他們是朝鮮人。」他說。

「他們對你說了什麼？」

「我沒和他們談話。」

「什麼？那你怎麼知道他們是從北方來的？」

「在去內務部的路上，我對蒲沓說，他們是朝鮮人。他聽了氣得發狂，幾乎要把汽車砸爛。隨後問我：『你從哪兒知道的？』我說：『我是韓國人，如果他們是韓國人，我肯定能夠認出他們來。可是他們的舉止太奇怪了，我一眼就能認出他們是朝鮮人。他們還不會演戲。』接下去，蒲沓什麼話也沒說，他丟了面子。我們到了內務部後，他讓我坐在一間與上次不同的房間裡，他去了另一個地方。我等了很長時間。接著，蒲沓回來，開車把我送回了這裡。我想，他們已經計畫好了一個陰謀來與我玩，可是，既然我揭穿了真相，他們的陰謀便破產了。」

但現在最大的輸家是你！京不特想道。現在是你不再能「施展計畫」，而不是他們。但他再能對金說什麼呢？京不特感到無比的沮喪。金的處境已經徹底無望了。

正當金準備好鐵棍，計畫第二天逃跑時，第二天早晨，蒲沓開車來接金去內務部。

「金，你準備好了嗎？帶上你所有的東西跟我走。不久，你就可以回家了，」蒲沓說。

「不，我不要去朝鮮。」金用含糊不確定的聲音說道。

金對蒲沓說了許多話，不肯隨他的車走。但最終，他收拾好東西跟著蒲沓走了。在他們快走到監獄大門時，京不特拿著一個小筆記本，跑著追上他們。把筆記本送給了金。這是京不特在寮國被捕後，在監獄裡寫的一本小詩集。

這也是京不特和金的最後一面。

十五

八月底，杜漚死了。活著時，他和他的家人寫了大量的信，請求獲得醫療，但都遭到拒絕，到死也沒有獲得保外就醫。

在京不特和三個加拿大人越獄計畫流產後，京不特被送到了另外一間牢房。其中有一個與他同年齡的人，是因汽車肇事入獄的。此人叫作薩姆，是寮國農業部部長的兒子。他成了京不特的朋友。

一星期後，一個警察把京不特帶到監獄大門口。那兒有一間警察住的房子，兼做「接見室」。當他走進去時，看到仁山與仁華。康梢站在他們的身邊。

京不特向仁山與仁華雙手合拜。

「春天時，我們就來過萬象了，可那時候我們見不到你。夏天時，行秀法師也從日本來到了這裡，但同樣找不到你。他說，聯合國準備接受你的案子。秀明從德國寄來了一千德國馬克，我們用它給了監獄頭子二千元泰銖，這才得以見到你。秀明認為我們可以用錢把你贖出來，但他們要四千美元，這太多了。」仁山用中國話說，身旁的警察聽不懂。

「不，你們不應該再付任何錢了。花錢沒有用。如果他們知道我們付得起這筆錢，就會要價更高。」京不特說：「這是我的羯摩，我把在這裡的生活看作一種沉思的方式。」

「我們也付不起這筆錢。這裡的警察說你絕食、割腕、吞打火機，還在肚子上劃了一刀。聽上去你禪修得太多了。」仁山大笑道。

「哈哈，行秀關於『聯合國』說了些什麼？」

「在萬象，也有『聯合國』的辦事處，可我們還沒有去過那兒。」

「你們得去那兒，請他們過問我的案子。我想，我最後的希望是在聯合國。再也不要付錢給這裡的警官了——他們實在是腐敗透頂。把錢節省下來，可以做別的事。」京不特說。

聯合國？是的。看起來，上一次蒲沓對京不特談到聯合國的事，他並沒有撒謊。

「這是你的一些衣服。你需要錢嗎？」

「是的，我需要。請給我一千元泰銖。」

仁山給了京不特二張五百元的泰銖。

康梢說接見時間到了。仁山和仁華答應京不特，在回泰國之前，他們會去聯合國辦事處。

牢門關上後，京不特向薩姆打聽，在萬象是否有聯合國的辦事處，薩姆知之不詳。另一個囚犯說，在萬象有許多聯合國的官員，他的案子應該屬聯合國難民處管，他知道那兒。京不特立即給聯合國辦事處寫了一封信。

那天傍晚，看守把京不特移到了「自由」牢房。賄賂警察頭子的二千元泰銖很快起了作用。

第二天，蒲沓來提人去內務部。京不特走到蒲沓跟前，對他說：「我想和聯合國的人談談。」

「不，你只能與中國大使館談，我們別提什麼聯合國了。」蒲沓說。因為金在朝鮮使館人員面前，暴露了京不特的中國身分。

幾天後，一個男人帶著食物來到鵬灘監獄看望京不特。京不特獲准在監獄大門口與他見面。這人是個中國人。他說，仁山和仁華已回泰國了，托他送一些食物來。

「聯合國的事怎樣了？他們去過聯合國辦事處沒有？」京不特問道。

「去過，我也去了那兒。在那裡，我看到了你的照片。一張很大的照片。」

「那裡的人說了什麼？」

「他們正在辦理你的案子。現在，最重要的是得讓寮國人承認你在這兒。」他說。京不特沒有隨身帶著給聯合國的信，他感到有些懊惱。臨走前，這人給了京不特聯合國辦事處的電話號碼。

京不特從牢房裡拿了信，走到他從前住的牢房。

「薩姆、薩姆。來一下！」他在窗前叫道：「我有事請你幫忙。」京不特說。

「什麼事？」

「你能替我把這封信寄給聯合國嗎？」京不特問道。薩姆的妻子每天都來給他送食物，有時，他也被准許在大門口見他的妻子。畢竟，他是部長的兒子。

薩姆答應幫忙。第二天，他把信交給了妻子。

四天後，一見到薩姆從大門口走回來，京不特就走到他的牢房，等看守鎖上門離開後，京不特向他問起信來。

「我老婆已經把它交給『聯合國』了，現在，你可以平靜地等待著。」

可京不特再也平靜不下來了。

找准一個機會，京不特對康梢說，他想給蒲沓打電話，康梢同意了。打電話時，周圍沒有人。京不特拔通了「聯合國」駐寮國辦事處的電話。從話筒裡傳來一個說法語的女孩聲音。

「你說英語嗎？」京不特問道。

「是的，這是UNHCR（「聯合國難民署」）萬象辦事處。」女孩說道。

「我的時間不多，我叫京不特，那個被關在牢裡的僧人。我給你們寫過信，我不知道你們是否收到了？」

「你，京不特？僧人？」

「是不是曾有兩個泰國僧人與你們聯繫過？」

「哦……對，對。正是你嗎？馮先生！我們正在辦理你的案子，可我們還沒有得到與你見面的許可。你自己要當心。」

「太好了，現在我放心了。那麼，我在這裡可以做些什麼呢？」

「不，你不可以絕食……」

「我要給他們一點壓力，但不會絕食的。」

「能給他們一些壓力，這很好。可是，你不可以傷害你的身體，好嗎？」

「好的，順便問一下，我是否能知道你是哪個國家的？」

「沒關係，我是日本人。」

「我太感謝你對我的幫助了。那好吧，再見。」

放回話筒，走出辦公室，京不特的頭腦裡出現了一個構想。

一星期後，蒲沓又來鵬灘監獄。

「哈羅，蒲沓，我得見聯合國的人。」我說。

「不，你必須見中國人。」蒲沓說。

「你怎麼一點也拎不清，現在中國人不想見我，我也不想見他們。但聯合國卻要見我，我也想見他們。為什麼你不讓我見他們？難道聯合國的人沒有給你看我的照片嗎？」

「你是中國人，中國大使館人讓我們看住你，直到他們把你送回中國為止。因而我們得看住你。如果你要見聯合國的人，你得對中國大使館說。如果他們讓你見，我們允許你去見。」蒲沓說道。他顯出有些為難的樣子。

「我正等著，我知道聯合國的人正在寮國找我。也許中國人不知道我是誰，可聯合國的人知道我是誰。」

「不是我要你去見中國人，我只是服從命令。是外交部的人要你去見中國人的。」他解釋道。京不特沒說什麼，他走開了。現在，京不特的計畫越來越清晰了。

京不特寫了四封信。第一封是給蒲沓的，第二封給內務部，第三封給外交部，最後一封信給寮國總理康代．斯潘東。

在給蒲沓的信中，京不特寫道：他希望蒲沓能對他的案子作一個了斷，讓他去見聯合國的人，否則一星期後，內務部與外交部就會收到他給他們的信。總而言之，他希望蒲沓能讓他見到聯合國的人。如果這仍不起作用的話，那麼二星期後，做為總理的康代．斯潘東就將收到京不特給他的信。如果他依然還不能見到聯合國的人，那麼，京不特在泰國的朋友就將把這些信的複印件交給 BBC 廣播電台駐曼谷的記者。

在第三、第四封信裡京不特希望他們能讓他見到聯合國的人，否則二星期後，康代・斯潘東先生就將讀到京不特給他的信。如果這依然不起作用的話，一個月後，京不特的朋友將去駐曼谷的 BBC。

在給康代・斯潘東的信中，京不特寫道：「我是一名信仰佛教的僧侶，我也同樣認為寮國是一個慈悲為懷、信仰佛教的國家。但是我有些困惑，做為一名僧侶，我竟然在這個國家被關押了這麼久。當我獲悉聯合國在四處尋找我，我也在尋找他們的時候，為什麼我無法與聯合國的人見面？我有一些在曼谷當記者的朋友，他們想來寮國了解事情的真相，以及為什麼當聯合國的人知道我被關押在鵬灘監獄，他們仍然無法見到我。」在這封信中，京不特還寫道：「無論如何，我希望在總理的親自關懷下，我的問題能夠得到順利的解決。」

這四封信都是用英文寫的。京不特找到薩姆，把後三封信給他：「你能把這兩封在十月二十二日寄出嗎？這一封在十一月九日寄出。」京不特問薩姆。現在，薩姆也搬到了「自由」牢房。

「這個，我妻子做起來很方便的，她就在政府大樓裡工作。」薩姆說。

「可最好是通過郵局寄走它們。」京不特說。

「沒問題，我會向她解釋的。」薩姆說。

隨後，京不特找到警察臘，讓他把信交給蒲沓。

現在剩下的只是等待，讓一切按部就班地發生。

十六

現在，京不特的越南話已經說得很好了，除了整天找同室的越南人練習說越南話外，他也在學法語。

一天，一個囚犯告訴京不特，當初他沒有選擇游過湄公河是聰明的。「為什麼？」京不特問。

「你游到河當中，他們肯定會向你開槍。」他說：「寮國士兵經常這麼做。」

到了十一月的第三個星期，一天，監獄長康梢把所有的囚犯都召集到了伙房旁，對著犯人們大聲宣讀犯人守則。他特別強調，一旦發現有人偷偷地把信，不管是自己的還是別人的信帶出監獄，都將受到嚴厲的懲罰。他還說，從現在起，犯人們不准保存紙和筆，紙與筆都將上繳給警察。

幾天前，京不特聽說一個共產黨政府的前部長被關押在散凱監獄。一家外國電台對此做了報導，而在此之前，寮國政府對外界一直是保密的。肯定是有人把這份消息洩漏給了外國記者。

訓話結束後，康梢問京不特：「為什麼你不通過我把這些信寄出去？」

「因為我知道你不會寄走它們。我給蒲沓的信是讓蠟轉交的，這你也知道。可其他的信，你不會寄出它們的。」

「你為什麼要寫這些？我可沒有做過任何反對你的事。」

「你知道，我必須把自己從牢裡救出去。在我的信裡，我也沒有寫下任何反對你的事情。

「誰幫你寄了這些信？」

「這我不能說，我不會說的。」京不特說：「你知道得很清楚，我不會損害那些幫助過我的人。」

康梢沒再為難京不特，只是像其他囚犯一樣，京不特交出了自己的筆與紙。一切安排就緒，京不特的謀略正在運轉之中。

在他們交出紙與筆的同一個星期的星期五早上，蒲沓來接京不特，讓京不特和他一起去內務部見聯合國的人。

「我們並不要留你在寮國，如果聯合國要你，你就可以走了。你務必使聯合國讓你越快離開寮國越好，你在寮國只會給我們製造麻煩。」在汽車裡，蒲沓說。

「這不是我決定得了的，決定權在你那裡，我只不過是你的囚犯。」京不特說。

金是因為判斷錯誤，而成為犧牲品的一個例子，京不特保持著警覺，走進了內務部的會客室裡。

「我叫坎，來自UNHCR，我們將接管你的案子。那麼，你能提供給我們一些有關你的情況嗎？」

這個人看上去像一個中東人，或南歐人。京不特吃不准。這一回，會客室裡只有他們三個人。

「我的筆名叫京不特，我有個日本朋友叫行秀。另外，我還有兩個朋友叫仁山和仁華。他們是泰國僧人，曾經走訪過你們。我曾寫過二封信，從萬象寄出給你們的。我在其他國家的朋友或許也曾給你們寫過一些信。因此，假如你是聯合國的人，我的情況你是非常清楚的。」

「等我回到辦公室後，我們就將著手辦你的案子。現在，我能為你做些什麼嗎？」他友好地說道。

「我想讀一些英文書。」說完後，京不特轉向蒲沓說：「在牢裡，我想要有筆和紙。」

「可以，准許你有筆和紙。」蒲沓說。

「我會想法為你找些書來，今天我們不能談很多。我們現在已經找到你了，不久以後，我們還會見面。」坎說。

京不特又回到了牢房。在蒲沓離開之前，京不特拿到了筆與他的筆記本。難以想像坎會是一個冒牌貨，因為他沒多問京不特什麼。畢竟，京不特已在信裡寫下了他的所有情況。通常，為了更好地入睡，京不特只在夜晚抽大麻，但現在，非得馬上抽一支不可了，儘管現在還只是正午。京不特走到牢房的廁所裡，在那裡捲了一支。京不特抽著，人飄了起來。

四天後，蒲沓又來接京不特。這次聯合國來的人是個女的，一個叫作阿奴·瓦薩米的芬蘭姑娘。她還帶著表格。「我可以向你問一些事嗎？馮征修先生。」瓦薩米小姐問道。

「你在說什麼？……先生？」京不特問道。

「你的名字不是叫馮、征、修嗎？」她問道。京不特的本名用英文說出來時，聽上去有些異樣。現在，京不特可以百分百確認她是聯合國的人，因為他的本名只在給聯合國的信中出現過。

「我是馮征修。」京不特說：「可自從我離開中國後，我一直叫京不特，你可以叫我京不特。」

蒲沓不是十分聽得懂。房間裡總共有五個人：蒲沓、一個穿便衣的警官、阿奴·瓦薩米、她的翻譯和京不特。翻譯把阿奴問京不特的個人資料翻譯給蒲沓和另一個人聽。

京不特講述了他的個人史。講了很多很多……

瓦薩米小姐一邊聽著，一邊填著表格。最後，她伸出手來，京不特握住了她的手。

阿奴·瓦薩米神情莊重地說道：「我授權特此正式向你宣布，馮征修，你做為一個難民，現在已受UNHCR的庇護。你已在我們的保護之下了。歡迎！」

說完後，她轉身向蒲沓說道：「現在，馮征修先生是我們中的一員，他在我們的保護之下。」

尾聲

一九九二年三月十三日，星期五，凌晨。穿著單薄袈裟、所有行李只是一隻裡面裝著二、三件衣服的馬夾袋的京不特，從萬象的監獄，經曼谷一直飛到了哥本哈根。

那裡正是漫天大雪。

這是四年來，在東南亞一帶漂泊和坐牢的京不特又一次聞到了冬天的氣息。

京不特終於走出了中國。

主要參考文獻：

Time for Celebration。一九九九年，丹麥美侖果爾出版社出版，京不特著。

《在萬象：一次自白》。一九九〇年十二月，獄中手稿，京不特著。

我和姑父

那些日子，在上海師範大學一間破舊、狹小的琴房裡，我總是和姑父一起對飲、對弈。當時姑父一家住在這裡。冬天的夜晚，天黑得很快。姑媽下班回來時，桌子上依然還是杯盤狼籍，我們什麼也不顧，繼續下著圍棋。

幾乎天天如此，姑媽見到這幅情景心裡是怎麼想的，我從來沒有問過她。可有一次，當我抱怨說，那是一段無聊的日子，我們在一起浪費了許多好時光。不料，卻聽到姑父回答我：不，我們不僅沒有浪費時光，而且這樣的日子還特別有意義，至少，你姑媽沒有抱怨！

姑父這番話對我來說很是莫測高深。明明是浪費了時光，為什麼還會特別有意義？會不會僅僅是出於愛呢？那段日子正是我前景黯淡的日子，姑父一家正在養活我，姑父之所以會用這樣的話安慰我，也許是怕我回憶起這段日子產生陰影。而姑媽還笑呵呵地安慰我說：混吧，你至少還可以混五年，你姑父在你這樣的年齡是個混鬼。

姑父二十九歲才開始發奮，用了兩年半時間，以初中生的文化程度考上數學研究生，從而結束他的「混鬼」生涯。按理說從此他就該永無休止地發奮才對，而我和姑父整天對飲、對奕時，姑父已經三十七歲了。抱怨浪費時間的應該是他，而不是我。因為他已經在大學研究從小就心愛的數學，比起他自學那會兒，條件好得不能再好了，可他卻整天與我這個渴望浪跡天涯的浪子對飲、對弈。

這是生命的頹唐，還是更深的躍進？

有一次，我們乾脆一起跑到山裡去了。即使多年後的今天，促使我們跑到山裡去的契機——那個瘋子，對我來說，其形象還彷彿歷歷在目。

馬鞍山市裡的雨山湖是美麗的。夏天的傍晚，一陣小雨過後，湖面上的微風更加沁人心脾。我和姑父坐在湖畔一棵梧桐樹下閒聊著，這時走過來一個披頭散髮的瘋子。我就隨口對姑父說：你不認為這是一個風度翩翩的人嗎？在這座心胸狹窄的小城裡，或許只有他可能擁有一個宇宙般的胸懷。說著說著，沒想到我自己竟被這番話感動，開始忘記我們正在說一個瘋子。誰也看不出他那個輕鬆模樣下，也許心靈正遭受無與倫比的痛苦呢。最後，我決定我也要留長髮，直到肩膀，要做到這點，最好是去山裡。姑父聽到這裡放聲大笑。這時候他的形象是迷人的，就像他下圍棋時沉思著佈局，抽著煙，然後又篤悠悠地吐出來那樣。姑父說道：你算了吧算了吧！你留長髮是不會風度翩翩的，就像瘋子徒具瀟灑的外殼。不過，去山裡倒是一個好主意。

就這樣，日子在我們手裡再一次溜走了。我們整天在山裡轉呵轉，並寫出了一疊又一疊鄉村調查報告。最後留給山裡的鎮長就只有兩條路：要麼全盤接受我們的「烏托邦改造山村計畫」；要麼就把權力放棄，由當大學講師的姑父，直接向國務院申請替代他當鎮長，從而實現這個偉大夢想。

就這樣，時光、青春在酒中，在圍棋裡，也在幻想裡溜走了。直到有一天，姑父突然宣布說，他要去美國，否則他就再也搞不出數學了。在他向我們宣布這個決定的那天，姑父還特意去理了髮。而我們那天經歷了一生中最瘋狂的對飲對弈，用姑父的話來說，就是他成為New Man（新人）的儀式。

一年半後，姑父去美國攻讀博士學位。這一年，他正好三十九歲。

今天，我也早已越過了姑父當「混鬼」的年齡，我與他分別也快有三年。今天，我的事業無端遭受挫折，使我又一次懷念起這一段日子。當我思念身處異國他鄉的姑父一家時，他那番話重又響在耳邊：「我們沒有浪費時間，我們沒有浪費時間！」

也許姑父是對的。如果那段日子真的屬於浪費，在我這裡也就不會有無限的思念了。也許姑父一生的真理也就在這裡：誰在這個世界上開始抱怨浪費了許多好時光，誰的青春也就結束了。

姑父的青春從來沒有結束。

一九八九年 上海

舅舅

堪薩斯小鎮血案

我該寫寫我三舅舅了。

再過三個月，十七年前，殺死他的那兩個墨西哥人將刑滿釋放。一條人命，兩個年輕人的十七年，這一切都算什麼名堂！圖財害命嗎？不清楚。

當時，舅舅在堪薩斯州的一個小鎮上開了一家Buffet店（「自助餐館」），餐館有二百多個座位。這兩個墨西哥人就在那兒打工，晚上和他住在一起。但舅舅是個謹慎的人，他不可能把當天的營業款揣在身上，按理說，這兩個墨西哥人不會不知道這一點。事實上，這兩個墨西哥人被捕後，也沒有從他們身上搜查到大筆現金。

「值錢的也就只有他的車子了。」舅媽小明說：「看來是為了搶他的那輛車」。

然而，這也有點太可笑了。舅舅的是一輛手動排檔車。「像這種老式車子，這兩個墨西哥人怎麼會開呢？」小明說。結果，這輛車很快就翻進了路邊一條壕溝裡，這大約是午夜三點鐘。警察發現時，這兩個渾身沾滿血跡的墨西哥人還在車裡掙扎。

「這兩個人也受傷了？」我問。

「沒有，都是你舅舅的血。」

根據驗屍報告，沈信強死於一九九三年八月十六日，大約晚十一點。他的腦殼多處被啤酒瓶擊破，脖子上緊勒著兩根他平時穿的旅遊鞋的鞋帶，赤身露體倒在盛滿水的浴缸裡，血水一直流到浴室外……

「我和你舅舅已經分居了，但白天還去餐館上班，」小明說。

「那天晚上，我的感覺有些怪。」小明慢慢回憶道：「時間就在十一點左右，當車快要開到你舅舅住的地方時，我的心莫名其妙地狂跳起來。好像有什麼東西，正讓我感到非常害怕。我慢慢把車子開了過去，看到你舅舅房間裡的燈亮著，這才稍微平靜了下來。」

「第二天，在我去店裡的路上，正好遇到幫我們辦理離婚的律師。他說：『你知道嗎？沈信強出事了。』他的話，我好像一直聽不懂似的。當明白過來，原來是說你舅舅死了，開始還以為說他自殺了。等到了他的房間裡，看到地板上都是血跡，才知道他被人殺了。」

「那時候，屍體還在房間裡嗎？」我問。

「是的，我看到了。他一絲不掛，房間裡到處都是血。」小明緩緩說道：「後來，我拼命地用布擦洗地板。我一直沒有讓蘭蘭去看現場，這個場面太血腥了。就是在追悼會上，你舅舅的頭上還是紮著繃帶，只露出一點點臉。臉，已經用一種特殊的液體處理過了。」

當年，聽到噩耗時，我的第一反應也認為舅舅是自殺。像他這樣身強力壯的人，怎麼可能被兩個墨西哥人殺死呢？不，不可能！只能認為，他想借助這兩個墨西哥人殺死自己，因而放棄了生存的意願。事實上，除了自己殺死自己外，自殺的方式還可以有很多種。例如，參軍上戰場，參加極限運動，製造車禍，或者與人鬥毆，等等。這是一種無意識的自殺。

然而，我很快就做了一個夢。夢裡：我和舅舅默默無言站在列車車廂間的過道上，舅舅的頭上紮著繃帶，靠著車窗玻璃。列車駛上了南京長江大橋，舅舅仍然一言不發，但顯出一付十分焦慮的樣子。我聽到他的心在對我說：「快，快！我們一定要趕上八月二十三日，要不就晚了。」

醒來後，我的第一反應是：舅舅不是自殺。

聽到小明描述如此血腥的場面，我不禁悲從中來：原來舅舅真的多麼想活下去！

「信強開餐館的小鎮離開這裡有多遠？」

「開車有四個多小時，你想去看看嗎？」

「噢，不，不了。」

「聽說你要來，我也問過一個朋友，是否要帶你去那裡看看，我的朋友馬上說：『No! No!』」

我曾經多麼渴望，想知道舅舅之死的真相。我也曾經多次想像自己，怎樣來到堪薩斯。在我的想像裡，天空總是陰沉沉的，或者正下著濛濛細雨。我怎樣來到當地警察局，來到圖書館，來到了當年曾報道過我舅舅之死的報館和電視台。最後我又怎樣見到了當年邀請我舅舅來美國的大衛夫婦。但我從來沒有想過這一生中，還會見到小明和蘭蘭，因為自從我舅舅死後，她們母女倆就消失在了茫茫人海裡。

小城故事

我和小明並不陌生，她和舅舅談戀愛時，我一個小孩子，常常做他們的通訊員。大學畢業後，我被分配到無錫，離小明住的小城二十八公里，火車快車也就一站路。那時候，舅舅從上海每個月去那裡探親一次。一天早晨，才六點多鐘，我宿舍的門被咚咚敲開了。門外站著舅舅。我有些驚訝，今天是星期天，而且還這麼早……

舅舅說：「你最好抽空去看看你舅媽。」

送走舅舅，我馬上買了火車票，去小明那裡。家裡的大廚鏡子被打碎了，梳妝臺上的玻璃也是一面大花臉，小明木納地坐在床邊。我問一句，她答一句。盡管我已經二十二歲了，不用問，也知道發生了什麼。但她是我的長輩，哎，我該怎麼說呢？

年輕時候，小明是個美女，是小城裡的五朵金花之一。當年，我母親歡天喜地把她介紹給了她最喜歡的弟弟，也就是我舅舅。後來，聽到了什麼風言風語，我母親開始拼命反對。母親是剛強的，舅舅也是剛強的，最後鬧得姐弟倆宣布斷絕親情。我當一個通訊員，跑得最勤的就是那段日子。但最後舅舅還是把小明娶了過來，然而，從此在心裡也留下芥蒂。

「去美國前，我想把這件事情弄清楚。」

所謂的「這件事情」，就是指那些風言風語。小時候，我曾經在小城生活過五年，那裡有的是我同學。在一個天色灰暗的星期天，做為一個業餘偵探，我來到了小城，走訪了我小時候的同學。

「什麼事情也沒有。」我和舅舅並排睡在隆昌路的前樓，我向舅舅匯報道。

「但我還是不放心。」

我說：「常州有天寧寺，你們去那裡燒一炷香吧。讓她在菩薩面前發誓，保證所說的一切話都是真實的。」

「你聽聽，你舅舅都讓我幹了什麼？」突然，我聽到小明對我這麼說，「他讓我站在菩薩面前發誓。」

舅舅竟然真的那麼做了，這倒是我沒想到的。

「他還會在我的姐姐們面前吼：她是我老婆，居然敢不讓我和她一起睡覺。」

「你看看，」小明指著被打碎的玻璃說，「他都幹了些什麼？還把抽屜裡的錢都拿走了。」

我從口袋裡掏出了三十元錢，在八十年代，這是我半個月的工資。我不想讓舅舅太丟臉。我更不想讓人以為舅舅的腦子不正常。不顧一切，我問了一個尖銳的問題：「那麼，你年輕的時候，究竟和別人有沒有發生關系？」

一瞬間裡，彷佛空氣都凝固了。牆壁上，初冬的陽光，在一格一格地下沉。

「是的，」小明說：「我曾去杭州打過胎。」

一生中，我有過一些機會，傾聽別人對我一訴衷腸。如果是親密愛人，那麼彼此的靈魂會更加親密、糾纏在一起。如果是一般朋友，那麼極有可能，第二天，你會遇到一雙仇視的目光正注視著你。

這也就是為什麼，人們寧願去教堂找牧師懺悔，寧願化一大筆錢給心理醫生。

廣州醫生

「我已經快六十歲了。」小明一邊洗菜，一邊說。她的頭髮已經花白。

在我到達堪薩斯的第一天，小明和我一直談到凌晨四點多。盡管我還沒有看到舅舅的墓地，但我確確實實感到舅舅已經死了。斯圖爾特開著他那輛 Stuart 電車出工去了，蘭蘭的飛機要近午夜才到。空蕩蕩的房間裡，就我和小明。

小明說：「在整理你舅舅的遺物時，我感到有些奇怪，就是找不到他的護照、綠卡和安全社會卡。從警察局那裡帶回的被兩個墨西哥人劫走的東西裡也沒有。」

小明甩了甩手說：「我找到了一張報紙。這是一頁廣告，上面有則徵婚啟事。我一看電話號碼，就知道是你舅舅，因為是他的電話，署名顧先生。顧不就是你外婆的姓嗎？」

經過昨天的一夜長談，我剛來時繃緊的神經已經舒展開來，小明的臉上也有了更多的笑容。

「嗯，那上面寫著什麼？」

「你舅舅是很實惠的，」小明說，「上面寫著：來美後，可以解決身分，但要在他的餐廳裡打工。」

「哈，哈！」

也許沈信強確實是實惠的，只有在我的眼裡，他才是一個浪漫的人。我忘不了舅舅的笑聲，這是一個只有無比熱愛生活的人，才會發出的笑。我和小明談到舅舅的笑。她說：「是的，是的，他會因為我唸不準一個英文單詞，一直笑到滾倒在地上。」

小明惟妙惟俏地模仿起我舅舅的笑。

「還有呢。」小明笑眯眯說：「有一次，不知道你舅舅從哪裡撿來了一條小狗，又醜又髒，你舅舅就給它起了個名字叫臭臭。沒想到，臭臭越養越漂亮，長成了一條大狗。有次，你舅舅帶著牠去釣魚，結果忘記了把牠鎖在車子裡。幾小時後，你舅舅回來，一打開車門，這條狗砰地竄了出來，奔到外面去撒尿，笑得你舅舅四腳朝天。」

他會為許多無緣無故的事大笑，比如說，在他插隊的農場，有個姑娘外號叫「大吃一驚」。舅舅說：「因為她長得太難看了，讓所有人都大吃一驚。」

這時候，他大笑。過幾分鐘後，他又開始大笑。

似乎想起了什麼，小明說：「我還從你舅舅的遺物中找到了幾封信，是一個廣州醫生寫的。」

這時候，我不笑了，問道：「是通過『徵婚啟事』收到的回信嗎？」

「是的。」小明說。

「但我聽舅舅說，他找到了一個香港女朋友。他想去香港，對大陸最後一次眺望，也就算圓了回大陸的夢。」

「這個，我不知道，我看到的只是這個廣州醫生的信。」小明若有所思地說：「她的信寫得真好，又得體又熱情。我讀了非常感動，就給她寫了一封信。」

「你怎麼寫？」

「我寫：信強已經死了。」

「你後來收到她的回信沒有？」

「沒有。」

這個世界上，有許多感人的故事。假如我是 個小說家或者一個導演的話，我要寫舅舅的故事，就會從這個「廣州醫生」開始。

莫名，感動。

如今，這個廣州醫生，大概也有六十歲了吧。

一只死去的鴿子

舅舅剃了一個小平頭，我湊過身去，想去擼擼他的頭發。

我裝出一副漫不經心的樣子，把舅舅嘴裡的海綿頭香菸搶過來嚐嚐，還故意咳嗽了幾聲。

春節，舅舅和小舅舅乘棚車來。所謂的棚車就是春運期間，臨時將貨車改裝成的列車，價格是普通列車的四分之一。舅舅帶來了幾本小人書，其中一本書裡，有一張打屁股的畫，作為對犯人的懲罰。我和哥哥掩嘴一笑。古代的人，怎麼會這樣的呢？

在我眼裡，自打我生下來起，舅舅就是個大人了。那時候，小城常常一個區、一個區斷水，有時候得到隔壁的區裡去打水。舅舅左手一個塑料桶、右手一個塑料桶，力大無比地回來了。冬天，他脫掉衣服，只穿一條短褲，撲弄通，跳下了小花園的遊泳池裡。這個遊泳池是一座有幾個足球場大的池塘改建而成，遊過鐵絲網就是野河塘了，但他一口氣就遊到了對岸。

那時候，我們還住在一區五十五號。有關那裡的廁所，有個恐怖的傳說：一天夜裡，有個人進去小便，裡面黑咕隆咚的，發現已經有人在小便了，這很正常。但尿著、尿著，感到有什麼地方不對，因為那個人小便居然沒有一點聲響。他想，只有鬼小便才沒有聲響，嚇得他趕快跑了出來。只有舅舅，即使在深夜裡，也敢進去廁所。

舅舅來過春節，也帶來了一籠鴿子。小城是個火車城，隨便就能找到一個人，帶著鴿子去遠飛。

有一只鴿子，別的鴿子都飛回來了，只有牠還沒有飛回來。每天，舅舅都抬頭仰望藍天。

一星期後的黃昏，奇蹟出現了，噗弄嗵，一只鴿子從屋簷上直直地掉落下來。舅舅飛快地從房間裡衝了出來，舅舅翻開牠的翅膀，發現它被人打了一槍。正是這只鴿子，牠飛回來了，但已經死了。

「這是一只多麼好的鴿子！」

舅舅捧著死了的鴿子，無比痛惜地說。這只鴿子以牠的死，證明了自己的優秀。

我從此再也沒見到過這樣優秀的鴿子。那一年，我八歲。

舅舅二三事

按福祿壽星的排列，行三的舅舅本應該叫沈壽祥，不知何故，卻給他起了沈信祥。長大後，自己又改名為沈信強。最後，這個信「強」的人死於暴力。

他應該是那個年代裡的有為青年。他畢業於孝和中學，這是一所區重點學校。一九六八年或一九六九年的一天，他對外婆說：我要去黑龍江。其實，他已偷偷地報了名，過幾天就走。

外婆說：霧不霧（上海崇明話，意為傻不傻）？人家招生辦的只是給他看了幾張馬的照片，就被人噱走了。以前，我們一直都知道『聯司』是好的，忽然有一天，聽到馬路的廣播說，要砸爛『聯司』。你舅舅就立刻跑到上柴廠去，去向圍攻『聯司』的人群扔汽油瓶。

一個老故事說，舅舅被車撞了，又從大卡車的車輪下鑽了出來，害怕被卡車司機罵，嚇得趕緊推起自行車就跑。還有一個故事說，他的鴿子被人偷走，不僅沒有要回，還被人打了一頓。回到家裡，就一個人躲在被窩裡哭。

我知道了舅舅也是長大後才相信力量，推崇「拳頭」的。

舅舅從小就喜歡兩樣東西：哲學和英語。按當時的說法，舅舅是個「崇洋媚外」的人。當聽到有人說「美國的民主是一種虛偽的民主」，舅舅馬上接口道：「那麼，也請你虛偽一下呢？」

我從小就知道什麼叫「偷聽敵台」了，有一首歌叫《紅河谷》，這是一個冬天的早晨，舅舅告訴我的。自從聽說有黑龍江的上海知青，偷越國境，家裡人就一直擔心舅舅，說不定有一天他也會這樣做。他那時在種馬場養馬，離蘇聯邊境不遠。他附近的連隊裡，曾有姐弟倆在偷越的途中迷了路，最後被人發現一對緊緊抱在一起、被活活凍死了的屍體。

一天，聽到舅舅對小舅舅說：一個警察對著一個菜販子的腿上開了一槍。這時，躲在一旁偷聽的我笑了。不料，舅舅瞪了我一眼：「你別笑，那兒的警察就這麼亂來。這是我親眼見到的，很悲慘。」等我稍微長大後，舅舅對我說：「老毛的罪行，罄竹難書。」好像怕我不懂似的，舅舅說：「就是砍盡南山上的所有竹子，也難以寫完他的所有罪行。」

許多年以後，我明白了舅舅說這句話時臉上凝固的表情。他一定從自己切身經歷中，明白了自己的不幸都和老毛有關。他肯定在一望無際的原野上，冰天雪地裡，無數次地詛咒過這個名字，否則說這話時怎麼會有狼一般的表情？

舅舅在黑龍江一共待了十多年，最後幾年是在煤礦挖煤。而他去黑龍江時，還不到二十歲。

但他對黑龍江也有美好的印象。在他插隊的周圍，有四個叫「蘭」的地方：木蘭、花蘭、春蘭和依蘭，只可惜，都未曾去過，待他的女兒生下來後，他就取了其中一個蘭，叫依蘭。這個小女孩如今大概像許多「ABC」一樣，早已美國化了吧。舅舅對我說：以後你一定要去黑龍江玩，尤其是夏天去。那是一片肥沃得隨便抓起一把土可以捏得出油的黑土地。舅舅說，到處都是小火車，出遠門的當地人一般都帶著自己的被頭鋪蓋，乘著小火車在什麼「夾皮溝」或什麼溝的溝裡轉來轉去，在親戚朋友家一住就是幾個月。哈哈！

他還特別地向我談到了那裡的天空和雲。

後來，我看到了日本電影《赤月》，望著無垠的北大荒原野、低垂的雲，我很激動，仿佛這個畫面曾經在我的夢裡出現過。

我舅舅雖比我大十二歲，但是，等我長大後，我們卻親密得像兄弟一樣。

「美學是什麼？」我舅舅問。

「高爾基說，未來只有一門學問，那就是美學。」

「康德的『二律悖反』呢？」

「這個問題與『無限』有關。」我說道。

我舅舅只是一個初中生。外婆津津樂道的一個故事說：那年，你舅舅考上孝和中學，一條弄堂裡的人都叫了起來。孝和中學是區重點學校，我在外婆家讀小學時，它已改名為建設中學[1]。那是一個有幾幢漂亮大樓的學校，只是所有的玻璃窗都被打碎了。

若干年後，舅舅在美國寫碩士論文，他來信問我：「『異化』是怎麼回事？」我回信道：「什麼意思也沒有。」不過還是給他寄了一些國內關於「異化」的論文供他參考。

二〇〇八年七月

午夜奇談

午夜，我抵達堪薩斯後，舅媽小明說：「好，我們開始喝酒！」但事實上，我們並沒有喝酒，我不停地喝著只是冰水。我們一邊吃著田雞——這可能是我一生中吃到的最好的田雞，一邊閒聊。

「大約信強死後的一年，我做了一個夢。那時候我住在一個公寓，裡面有兩間房，一〇一，一〇二，我睡在一〇二室，突然，我夢見你外婆和你媽媽坐在一〇一室的床上，你外婆告訴你媽說，是我爸爸要把信強帶走。

這不像是個夢，好像就真的發生在一〇一室一樣。我想，不好，我爸爸已經死了，要把信強帶走，就是要他死。我大聲叫道，信強，信強，逃啊，快逃啊！他開始逃，但是前門出不去，後門也出不去，所有的門他都逃不出去。最後，他發出一聲淒慘叫，就像電影裡的那種叫聲一樣，他被人拖走了。」

這時候，我的雞皮疙瘩驟起。我說：「有關信強的靈學現象，我也遇到過，一樁是我姑父遇到的。」

「那一年，我姑父接到我姑媽要從加拿大來的消息，他決定開車去接她。其實這是一次瘋狂之旅，僅從舊金山到紐約就是一次縱橫美國的旅行，約有五千多公里。但姑父喜歡開車，他開啊開。那時候，春節將近，他突然想起算命說，今年不宜遠行。他想，我不開高速公路，開普通公路總是安全的吧。那是冬天，沒想到普通公路上都結冰了。他的車開始打轉，汽車飛了起來，在原地打了幾個圈後，被撞得粉碎。」

「他從汽車裡鑽出來後，發現這個地方就是堪薩斯。」

「信強。」姑父小聲地對我說道。

兩年前，我從舊金山去紐約看望從中國來的老朋友。那架飛機上有即時航訊，堪薩斯州位於美國中部，也就是我航行的中途。飛機飛了約三個小時後，突然我發現箭頭正指著堪薩斯城，我決定在空中向慘死在堪薩斯的舅舅祭奠一下。當我從後機艙拿來酒的時候，飛機上的燈光全部熄滅！

啊，堪薩斯！

注釋——

1 建設中學現在叫「上海財經大學附屬中學」。

我已經很久沒有夢見我舅舅了，但就在我去堪薩斯的前一夜，我做了一個夢。夢裡，舅舅對我說：「你要去勞倫斯。」

但我根本不知道勞倫斯在哪裡。第一個午夜，舅媽小明來機場接我，車過一個地方的時候，她說：「這就是勞倫斯，你舅舅一生中最得意的地方。」

第二個午夜，去接蘭蘭。突然，天上下起了大雨。我說：「是不是到了勞倫斯？」幾分鐘後，我看到一個路標，上面寫著：勞倫斯。

二〇一〇年五月四日 阿拉米達

輯二

流亡在外

我的社區大學

賭徒、酒鬼、Homeless和社區大學老學生，用這四個字眼，基本上可以囊括我在美國十年（二〇〇四～二〇一五年）的亞文化生活。

我少算了一年，因為有非連續性的一年，我像成千上百萬新移民一樣，過著正常的打工生活：在餐館裡洗碗、打雜，做大樓管理員（Super）。按理說，讀社區大學（Community College）很正常，不正常的是：我讀了ESL、讀了寫作、亞裔美國人史、心理學、政治學、哲學、藝術和音樂。

我前後讀了七年社區大學，卻沒有獲得一張文憑。

站在正常人的立場上看，我的這種亞文化生活是不正常的——假如把博士、教授、著名作家和學者當成正常追求的話。

靠讀書生活

井蛙說要去讀書，我聽後心情沉重。雖說加州居民每個學分才二十美元，不像外州人的一百二十六美元，但為了這筆學費，我勢必要出去打工。

事實上，在舊金山灣區一個英語、廣東話都不好的人是很難找到工作的。

我曾在餐館裡打過一天的工，洗盤子。老闆是唯一能說幾句國語的人，他一對我說國語，周圍的人就笑。老闆對我很客氣，不停地叫我鐘先生。

「鐘先生，請喝茶。」

「鐘先生……」

我只顧埋頭洗盤子，他拍拍我的肩膀說：「鐘先生，請喝茶。」

這時候，我才恍然大悟，一直聽到的「鐘先生」原來喊的是我。

我說：「我不姓鐘，我姓王。」

周圍的人再一次哄堂大笑。

「還說你會講Mandarin（普通話）呢，」有人嘲笑道。

過了很久我才明白過來為什麼老闆叫我「鐘先生」，原來這裡說普通話的大多是台灣人，許多台灣人姓鐘。

「不要學費的，學校還會給我們錢。」井蛙說。

「Are you kidding？」（你在說笑話吧？）我說。

那時候，我們正在上Adult school（成人學校），讀的是最高班。課本是當天的San Francisco Chronicle（《舊金山紀事報》），教室門口放著一大疊，任意取用。Adult school免學費，課是每星期二、四晚六點到九點。我做好餃子，便拼命騎自行車往學校奔，有時候，半路上會聽到悠揚的報時鐘聲。學校是一幢百年前的巨型建築，鐘樓就在對面，旁邊還有一家充滿南美風情的賣菜店。但更多的時候，我坐在學校門前的石凳上，靜靜地等待著井蛙六點收工。她就在附近上班，約六點零五分，一個小不點會準時在我眼前變得越來越大。

加州很少下雨，除了十二月到三月。那時候，正好是雨季。有時是毛毛細雨，有時是傾盆大雨。學校有一間小餐廳，裡面除了有一個微波爐，還有一書櫥任意取用的書。

約六點半，我和井蛙走進了教室。

一個長得像戈巴契夫的傢伙，我們的老師說：「我希望你們每次都能準時來上課，你們每一次來上課，加州政府便會給我們學校四美元。」

還有這種事情？這就是說，我們每一次來上學，不僅不是我們欠了學校什麼，反而是我們為學校做出了貢獻。

期末時，老師把井蛙叫到講台，對她說了些什麼。入座後，井蛙滿臉放光對我說：「老師說，以我的英語程度，下學期最好是去College（學院）。」

一個能讀San Francisco Chronicle的人當然有資格去上大學，但是，天曉得，真正有幾個人能聽得懂這個戈巴契夫所讀的報紙。

幾分鐘後，戈巴契夫把我叫上講台，對我說了同樣的話。

沉重，沉重啊，心情。

萬萬沒想到的是，當我去了College of Alameda（阿拉米達學院）後，就開始過上了好日子。

第一年，我獲得了一個「加州州長教育基金會」的Grant，這意味著全部的學費免費，此外我還獲得了Pell Grant，一個聯邦政府給所有州的助學金：四千一百美元。

在紐約，我對台灣女詩人王瑜說了我的故事，她說：「那一定是你曾遭政治迫害，美國政府對你特別好。」

我說，「不，這是人人有的份，不是我的特權。」

在Skype裡，劉曉波感嘆道：「美國真好！」

以後，學校給我的錢開始瘋長。後來我才知道，這是一個叫做「CAL」（加州基金會）給的。去年春天，學校給我的錢幾乎瘋的每個月一千多美元，我開始受不了。我給我的兩個舅舅每人寄去了一百美元。媽媽在電話裡說：「你兩個舅舅生活的都很好。」

我說：「心意，心意，一點小小的心意。」

開學啦！

美國大學大多實行四學期制，春、秋學期，一學期四個多月，冬、夏學期，每學期一個月左右。乍聽下，也許會以為四學期制比中國大陸的兩學期要好玩，有更多的空閑。其實不對！就說最長的春、秋學期，事實上，那意味著，當你尚從假期的閒散裡回過神來，買來了昂貴的教科書，剛剛翻上幾頁，期中考試就要開始了。就別說冬、夏學期，其節奏之快，簡直到了匪夷所思的程度。

去年夏天，我選了一門西班牙語。之所以選這門課，做為一個母語為非英語的文科生，也許拼不過美國學生，但是學外語總可以一搏吧，因為我們都在同一條起跑線上。

第二個星期，開始考試，我以為只要會寫字母表，會說幾句日常用語，過關綽綽有餘。其實我已犯下了大錯：一、我忘了，再過兩個多星期就是期末考試了；二、我疏忽了一個大背景，西班牙語對中國學生，也許像是天書一樣的小語種，但它卻是美國的第一大外語，尤其是加州。

得益於本身就是一個移民國家，美國從不把外語學習當成一回事。以前，我曾讀到過一份資料（《雙向式英語》，台灣，扶忠漢）說，美國傳教士只學了三個月的中文，就可以到台灣去傳教。

做為一個從小耳熟能詳別種方言，如蘇北話、寧波話、山東話的上海人，這種生活在移民地方的人們在學習語言上的優勢我懂，但是，能不能像加州人一樣，聽西班牙語也像上海人聽蘇州話一樣容易呢？這就是另外一碼事了。

這年夏天，我發現學校還開了一門早晨六點到七點二十分的課，旁邊特地注上了一行字：Sunrise College（「日出學院」）。五月二十八日，我考完了春季班的最後一門考試，而這個浪漫的「日出學院」卻從六月四日起就開學了。

我選了其中的一門「哲學課」，在晨光微曦之下，讀柏拉圖、蘇格拉底，也許別有一番滋味。

感謝上帝！

但我最終沒有去上，因為只有三個人註冊，最後一刻，學校取消了這門課程。

我製作了一張海報

課堂上的美國學生都很勤奮，每逢老師說開始小組討論，個個都拿出筆記本，一邊談一邊做，只有我在一旁悠哉悠哉玩。見我什麼也不寫，小組同學便遞過筆記本讓我抄。我拍拍錄音機說：我有這個！

老師說：今天提早下課，想留下做家庭作業的人，請留下來。我拎起背包第一個拔腿就走，回頭望去，我有些好奇，怎麼會有人願意留下來？

到交Journal的前三天，我傻眼了：三十九堂課的錄音，即便是光聽聽的時間也不夠！所謂的Journal一般翻譯為日記，這沒錯，但對美國大學生來說，它首先是指包括老師要求的所有東西，例如課堂筆記、課堂作業、家庭作業等等。這下你該明白了：為什麼美國學生會在課堂上這麼勤奮。美國教育鼓勵團隊精神，同學之間是不存在抄襲的，那叫合作！這樣，也就不難理解為什麼會有喜歡待在學校裡一起做作業的人了。

這種團隊精神最好的體現莫過於課堂演講，哪怕再小的教室，你會發現前面有一個演講台。這種演講約佔總成績的二十~二十五%，演講一般是二~四人一組。我總以為，這種演講的好處除了培養學生表達觀點之外，還極大地體現了老師對學生的仁慈，因為每個學生只要站在演講台講那麼一點點，最後算小組總成績，人人有份。

我也做了一張海報，正式的名稱叫：Poster Session——論歐威爾的《動物農莊》。其實，我大概什麼都不做也沒關係，因為和我一組的另外兩個成員已經好久沒有來上課了。

胖子說：「I am sad for you, I am really sad for you.」（我為你感到難過。）

我聽後心花怒放，因為胖子繼續說：既然這個小組只有你一個人，你只要放放電影就可以了。

我的預言實現了

在演講台上，我果然一句話沒說就得了一個A。

胖子有句口頭禪：「Think about what you think about.」（「想你所想」）。

「It is crazy!」（「瘋了！」）

一個同學大聲反駁道。

胖子大吃一驚！左右觀望了一會兒說：「什麼意思？」

胖子是個好人。他宣布：今天所有的演講者都是A。

我下午才寫完「進入荒野」，關於一個年輕人餓死在阿拉斯加的故事，到晚上就聽到胖子說，下學期他準備去阿拉斯加找工作。

「朋友要我去那裡之後，成為一個素食者，哈哈！」

胖子是名副其實的胖。去年夏天，我見到他拄著拐杖上課，現在，他坐著輪椅來了，並不是腿疾，實在是因為太胖了。

胖子有個朋友，也是個小胖子，時不時會來看看胖子。上個星期他又來了，說有太多的食品和水，「We really need your help!」

（「我們真的需要你們幫忙！」）

我以為要幫忙抬水和搬運食品，到了那裡，才知道只是要我們幫忙去吃掉水和食品。也許受此啟發，胖子宣布：「下星期，我們 Party!」

一個去年和我一同上胖子課的同學，哈哈大笑：「這是『愛心夢工場』」。

我說：「什麼意思？」

「誰不知道『愛心夢工場』呢？傻瓜之家唄！」

想想去年胖子開課的盛況，那是在一間有一、二百個學生的階梯教室，今年，胖子卻只有七個學生了。

應該說，這種盛衰和胖子無關，去年的那一堂大課是「美國政府」，這一門卻是「政治哲學」。美國人喜歡具體、討厭抽象，像「政治哲學」這種看了就使人頭大的課上，自然乏人問津。

胖子開的課都很有意思，除此之外，他還開了一門「美國總統制」和「變態心理學」需要說明的是，那個空椅子上的人當然就是我，另外那張空椅上的「第七個同學」，就是那個喜歡說「It is crazy!」的同學，像往常一樣，今天，她又跑出去為胖子買吃的、喝的了。最後，她買回來一桶冰激凌。

胖子的第一堂課

我遲到十多分鐘，走進教室，胖子已經坐在講壇前一把椅子上，侃侃而談。只是今天，他看上去有些拘束，語言也不像從前那樣神采飛揚。這讓我想起「美女老師」，當我第一次見到她，看到她面對新生，居然有一半時間是在假笑中度過的。

這是我繼胖子開的課《美國政府》、《政治理論》後，選他的第三門課：《變態心理學》。

胖子是政治學教授，除了是電視台節目主持人、心理醫師之外，胖子最引以為傲的，他是個哲學家。

今天是秋季班的第一堂課。

課堂上坐著的人什麼都有：水桶腰粗的黑美人，像唐吉訶德一樣瘦的小伙子，頭髮被染得雪白的少婦。好不容易看到一張亞裔面孔，但若仔細看看，卻更像是印第安人或印加帝國的後裔。

一個五大三粗的黑人突然臉漲得通紅，這是我第一次注意到，當黑人臉紅時，臉上也會出現一陣陣的酡紅。

一般說來，就像心理醫師大多都有些神經兮兮一樣，選這門課的學生或多或少有些「不正常」；至少從專業角度，也得把「失常」看成是人生的一種「常態」，否則《變態心理學》怎麼會變成一門學科呢？

要不就是像我這樣的學生，只是為了湊學分。但縱然是為了湊分數，這裡也有個技巧問題，而胖子對我來說卻只有兩個字：魅力。

當然，胖子絕不可能像「美女老師」那樣假笑，但失去了開懷大笑的胖子，在我這個「老學生」的眼裡總好像有些不正常。

胖子說：「什麼叫正常呢？你在 Free Way 上開車，超速或減速都是不正常的。」Free Way 也就是「高速公路」，但字面意思卻是「自由公路」。說到這裡，胖子笑了，眼睛裡開始放出光芒。

「你們知道嗎？夏娃並不是上帝創造的第一個女人，知道的請舉手！」

沒人舉手。

「是 Lilith。」

這時候，胖子哈哈大笑，旋即站了起來，走了幾步。我以為胖子又會像以前一樣，步履維艱地走到黑板前，寫下幾個字，再配上一幅他所畫的畫。

但是，沒有！

胖子轉了一個身，又向前走了幾步，居然踱起步來，而且踱了很久，妙語連篇。

這時候，我驚訝地注意到，胖子的手裡沒有拐杖，也沒坐輪椅。此外，以前講壇上一般總會放三樣東西：一瓶水，一瓶果汁，另外還有一杯咖啡。今天卻一樣都沒在講臺上出現。奇蹟啊！

我和胖子只不過隔了一個暑假，算算最多也就三個月，而胖子居然又能和正常的人一樣走路了。

這時候，我注意到胖子瘦了，比以前瘦了許多。

在邏輯課上

美國大學有四大「鬼門關」：寫作、演講、數學、邏輯，這四門課是每一個美國大學生都得選的非及格不可的課程。

關於「寫作」課我曾寫到過，這是一門令人髮指的課：美國人從小學到大學，反反覆覆學的東西就是如何寫一種「八股文」。在「數學」課的第一堂課上，老師問：「你們喜歡不喜歡這門課？」回答是一片噓聲。這不是明知故問、自討沒趣嗎？

按中國教育的分類，前兩門為文科，後兩門為理科，這四門課屬典型的「通才」教育考試。什麼是「通才」教育——這個從古希臘時代就提出的觀念。簡單地說，就是除了教會一些碰巧你生而知之的東西之外，還要讓你學會一些你生而不知的東西。

美國選擇了「通才」教育，這不奇怪，這裡畢竟是華生的故鄉。他的名言是：給我一打健康的嬰兒，讓我培養他們，那麼我敢擔保可以把他們訓練成為醫生、律師、藝術家、商人或乞丐、小偷，而不管他們的天資、出身如何。

今天，在「邏輯」課上，一個漂亮的女生拿著自己的考試成績單泣不成聲。

說來太複雜了！給你看一個題目，讓你在三個選擇中選一個標準答案：主觀判斷？客觀判斷？還是價值判斷？給你看一段對話，然後問你，後一個是人答非所問呢？還是接著前者的話題在繼續回答？讓你判斷一段話，是 Argument，或不是？這裡的 Argument 不是我們平常所說的「爭論」，按標準答案，所謂的 Argument 得有 Premise（前提）和 Conclusion（結論）。還有判錯題，比如問：「Any opinion is subject?」是對還是錯？

待課結束後的十分鐘，這位女生還將聽邏輯教授所教的下一堂哲學課，講的是柏拉圖、莊子、克里希那穆提。這不是一門必修課，只有那些真正喜歡哲學的人才會選，也就是說，這些學生多多少少有些哲學細胞。

不是嗎？

我的漁樵問

那個使學生在課堂上痛哭流涕的邏輯教授絕不是一個壞老師。兩天前，他給每一個學生發了一張模擬考卷，雖然和真正的考卷有些出入，但是在臨考前的五分鐘裡，他又一次定義什麼叫「主觀判斷」、「客觀判斷」和「價值判斷」。這一部分將佔這張考卷的五分之二，也就是說，二十五道選擇題裡的十道題，比起後面的十五道難題來，這十道明明就是送分。

下面是我即興出的這一部分考題。美國老師不允許把考卷帶出教室，我想原因大概在於他們幾乎年年都會出這同樣的一張考卷，我也就只好模擬考題了：

一，我的女朋友海倫真美，她是我們學校裡公認的校花，無人可比！

「主觀判斷」？「客觀判斷」？「價值判斷」？

二，荷馬史詩中的海倫美極了，真可謂傾國傾城。

「主觀判斷」？「客觀判斷」？「價值判斷」？

三，上帝存在。

「主觀判斷」？「客觀判斷」？「價值判斷」？

四，比起那條藍裙子來，你穿上紅裙子更美。

「主觀判斷」？「客觀判斷」？「價值判斷」？

五，天空是藍的，所以美也是藍的。

「主觀判斷」？「客觀判斷」？「價值判斷」？

六，據紐約時報報道，當尼克森走出白宮時，他滿面淚痕，看上去沮喪極了。

「主觀判斷」？「客觀判斷」？「價值判斷」？

七，一個不會欣賞古典音樂的人，不可能真正懂得音樂。

「主觀判斷」？「客觀判斷」？「價值判斷」？

八，每個人都有自己的品味。

「主觀判斷」？「客觀判斷」？「價值判斷」？

十，天氣預報說，明天將有大雨。

「主觀判斷」？「客觀判斷」？「價值判斷」？

十，上海金茂大廈曾是世界第三高樓，中國第一高樓，也是世界上最美的樓。

「主觀判斷」？「客觀判斷」？「價值判斷」？

花言巧語

美國的稅表之所以這麼厚，是因為它假設人人都很笨。就像他們假設人人都是惡的、創立了制衡制度一樣。

幾天前是邏輯課的第二次考試，考的是 Credibility，Persuasion Through Rhetoric。Credibility，簡單地說，就是可信度：你怎樣判斷你朋友說的話，或互聯網上的文章是可靠的？

我的答案是無解。

果然，邏輯教授最後也沒出、或不敢出這方面的題目。考題都集中在 Persuasion Through Rhetoric，翻譯成中文就是「花言巧語」——意味著沒有任何道理，只是付諸於情感，用貌似有理的話來誘惑你。這一章的「花言巧語」中包括，Euphemism, Dysphemism, Rhetorical analogie, Rhetorical definition, Rhetorical explanation, Stereotype, Innuendo, Loaded Question, Weaseler, Downplayer, Horse laugh/ Ridicule/ Sarcasm, Hyperbole。

在中國修辭學的方面，對應的有誇張、諷刺、明喻、暗喻等等勞什子。

其中最有意思的是「Loaded Question」（我找不到確切的中文翻譯，Loaded 的字面意思是「負重」、「太多了」）比如說，一個 Loaded Question 可能是這樣的：「你怎麼說出這樣的話？你是不是一個共產黨？」

一個最最經典的例子是，「你還打不打你老婆？」對這個問題你不能簡單地說「是」或「不」，因為假如你說「是」，那就是說，你現在還在打。你說「不」，那就意味著過去你打過老婆。

美國人雖然假設人人都很笨，但美國人卻絕頂聰明，他們用這樣的花言巧語造出了一些有趣的問題，並用它來傳授下一代。

Critical Thinking 一場靜悄悄的思想革命

Critical Thinking 博大精深，我注意到自美國六〇年代興起這門課後，門派不一，術語也不很統一。但美國就是美國，即使在嘗試中，它也已成了大學生的一門必修課（當然，其他另有取代課。這也是美國的特色，總想著讓學生考試過關）。

Critical Thinking 是一種訓練，我現在用的教科書有五百多頁（Critical Thinking，Brooke Noel Moore. Richard Paeker），其中一半都是練習題，而這些練習題都來自生活。我想，假如我們真要寫的話，所有的案例也都必須來自現實（有些可改頭換面一下，就像 Brooke Noel Moore 和 Richard Paeker 的書聲明的那樣），這也是為什麼我說得準備寫二年的緣故，也是寫這本書的最大樂趣所在。

Critical Thinking 也就是你的「怎樣講道理」，但我注意到，美國的教課書也是嘗試性寫的（一本教別人怎麼講道理的書，自身總要寫得像講道理吧。這也可能是我現在手上的這本書 Critical Thinking，為什麼是 Brooke Noel Moore 和 Richard Paeker 兩人合寫的緣故。）「你現在還打老婆嗎？」Critical Thinking 把它歸為 loaded question，但就在同一本書中，另一個在我看來相似的問題卻歸為另一個範疇，如：「人性是惡的，還是善的？」Critical Thinking 化解令人頭疼的「民族主義」很有本領，把它歸為人們害怕孤立。

一場靜悄悄的思想革命可以是這樣開始的。

中國的大學早晚都會開設 Critical Thinking 這門課。

有趣的羅賓斯

有些事情值得不顧一切代價去爭取，哪怕最後勞而無功，像英語發音。所以，這年暑假，我選了一門「Spelling and Phonics Of America English」（「美式英語拼寫與發音」）。

夏季班歷來是最難讀的，因為六個星期裡要上春、秋季班十八個星期的課。

這門課從早晨八點半到中午十二點零五分。這是一門 ESL 課程。我一直認為美國有意思的地方有三個：賭場、DMV（車管處），還就是 ESL 班（作為第二語言的英語），因為，在這裡，你可能遇到一切人，明星或阿拉伯石油王子。我剛來美國時，ESL 班裡就有前阿富汗部長。

Rick Robison 羅賓斯，這門課的任課老師，乍一看去是個挺嚴肅的人。他的滑稽慢慢地展示出來，一點點地累積，又唱又跳，終於把課堂演變成了狂歡節。我實在笑痛了肚子，他就走過來，用胳膊支一下我，一臉嚴肅地繼續又唱又跳。在所有人都狂笑不已的時候，只有他一個人不笑。用上海話來說，Rick Robison 是個冷面滑稽。

「Don't waste my time, tell me what is homonyms?」（「不要浪費我的時間，告訴我什麼是同音字？」）

班上所有的人像是被催眠了一樣，異口同聲地說道：「Two words with the same pronunciation and different meanings.」（「具有相同的發音而意義不同的字。」）

「Tell me, if there are two words with the same pronunciation, spelling and same meanings, what are them?」（「告訴我，如果兩個字發音相同，拼法、意義也一樣，這兩個字是什麼字？」）

有回答「Synonyms,」也有回答「Heteronyms,」的。Rick Robison 說：「Wrong! They are the same words.」（「錯！它們是同一個字。」）

對呀，如果兩個字，發音一樣，拼寫一樣，意義一樣，當然只可能是把同一個字反覆寫了兩遍。這就是 Rick Robison 滑稽的地方，常常出人意料。

「Tell me, who am I?」（「告訴我，我是誰？」）

「You are our mammy.」（「你是我們的媽咪。」）ESL 班上，有老的、有少的，為了同一個目標——學好英語，都坐到了一起。再一次像被催眠了一樣，異口同聲道。因為 Rick Robison 已經告訴了我們，母語，母語，就是跟媽媽學的語言。

「Yes. remember! I am not your teacher. I am your coach!」（「是的，記住！我不是你們的老師，我是你們的教練！」）再爆冷門，為下一次的滑稽打下伏筆。

Rick Robison 滑稽的地方，還在於他幾乎每說到一個關鍵地方，就會從廚櫃裡拿出一個道具，誇張地讓學生們記憶深刻。

第一堂課，他幾乎花了一個多小時來點名。這是他真正有機會炫耀自己多種外語的時候了。反正是語音課，他再怎麼重覆都不為過。「Nataliya」他點到了一個俄羅斯女孩的名字，他說：「在英語裡，我們把它叫著Natliel。」「Adre」一個法國名字，「英文裡，我們叫它Andrew。」「阿拉伯裡的Ibrahim，英文裡是Abraham。」「西班牙裡的Juan，在英語裡就是John。」

炫耀也有危險，因為課堂上就坐著真正的俄羅斯人、法國人、西班牙人、意大利亞人或阿拉伯人。

當他點到我的名字時，我說：「Call me Wang, or King.」（「叫我王，或肯」）。Rick Robison一臉嚴肅地說：「In English, we never only call last name. we call you Mr. Wang, or Yiliang.」（「在英文裡，我們從不只稱呼人的姓，我們叫你王先生，或一梁。」）「How do you call me?」（「你怎麼叫我？」）Rick Robison接下去問道。我說：「Mr. Robison, or Rick.」Rick Robison滿意地跑到廚櫃前，拿出一頂王冠戴在我頭上。「王」，「King」的意思就是王。

R是英語中一個最難發的音之一，Rick Robison開始用法語、西班牙語、德語與俄羅斯語發自己的名字Rick Robison，並讓大家跟著他鸚鵡學舌。

接著，Rick Robison有了一番高論：「我沒有教你們英語，我教你們的只是加利福尼亞英語。」所有的人都笑了。「我是嚴肅的，沒有標準的英語。但你們是幸運的，因為好萊塢就在加州，加州英語是最接近標準英語的。」

Rick Robison 狠狠地拉下黑板上的地圖，指著紐約城，學起紐約話。指著 Texas，說：「布希是德克薩斯州人。」開始模仿起布希的話。

Rick Robison 喜歡用手當成擦板，三個多小時下來，手上、衣服上到處都是粉筆灰。真是辛苦！

羅賓斯的課堂筆記

與發音相對的是拼寫。美國小孩因為還沒有養成讀書的習慣，許多字他們一直聽大人在說，但不知道如何寫。

羅賓斯先生說：不幸的是，因為左腦、右腦分工不同，有人左腦發達，有人右腦發達。有些學者善於通過耳朵來記憶，有些則擅長於通過眼睛來記憶。

羅賓斯先生說，他太太是幼兒園教師。有時候，羅賓斯太太用手、腳或頭的姿勢教小孩子來認字。例如 Foot 這個字，一些小孩看著這個字就記住了，但有些小孩不行。說到這裡，羅賓斯先生用手在空中划了一個 F，再划出 O、O、T。

「這就是左右腦分工的不同，對不同的小孩得用不同的方式來教。」

羅賓斯先生開始飛舞起大腿，在空中划出 Foot。當用頭划出了 Foot 的形狀之後，羅賓斯先生為羅賓斯太太的教學方式得意地笑了。

古希臘人有智慧，美國人則聰明絕頂。最能代表美國人的是愛迪生、富蘭克林，這些發明了「小技」的人。

美國人教美音不用國際音標，使用的是自己的一套方式。對我來說，它是如此嶄新、獨特與有效，讓我嘆為觀止。

羅賓斯的祖父是俄國人，但羅賓斯不會說俄羅斯語，最擅長的外語是法語。他說：越南人本沒有自己的語言，是法國人為越南人造出了文字。說到這裡，他開始用法語說話。

羅賓斯先生講了一個笑話，正確地說是一個謎語：有一個人，住在摩天大樓三十四層。每天早晨去上班，都乘電梯到一樓，但晚上回來卻只乘到十四樓，然後自己一步步走上樓梯。

羅賓斯先生問大家，這是為什麼？

在美國，這大概是一個流傳甚廣的謎語（riddle），羅賓斯先生再三關照知道謎底的人千萬不要說。有人說：因為這個人想鍛鍊身體。羅賓斯先生說：不，他每天的工作都很累。他是馬戲團的一個小丑，為了逗人笑，回家時都累得幾乎走不動了。

「clown（小丑）以前的意思就是fool（傻瓜），現在才變成了一種職業。」

說到這裡，羅賓斯先生從櫃子裡拿出一個箱子，裡面都是小丑的裝飾。他挑了一頂小丑的帽子給自己戴上。

「給你們一個線索，」戴著小丑帽子的羅賓斯先生目光炯炯地說道：「馬戲團的小丑有巨人（giant），也有侏儒（midget）。」

「你們現在能夠猜到了嗎？」

羅賓斯先生的課從早上八點三十分，一直到中午十二點鐘，其中十點到十點三十分為休息時間。他喜歡在下課前的幾分鐘講一個笑話。前半節課的笑話，他講得很成功。他說，意大利什麼話裡都喜歡加上「呃」，「我的呃媽媽呀。」有一天，一個意大利人走進美國餐館，想要一把fork（叉子），因為加上了「呃」，fork就成了fuck（操），sheet（張）成了shit（狗屎）。

大多數美國人都把警察叫做cop，但這是一個bad word（壞詞），你不能當著警察的面這樣說他，即使他給你開出罰單。叫他trash, garbage（垃圾）？那是你背後說的，隨你怎麼說。兩個黑人在路上相遇了，一個黑人說：「Hi, Nigger!」另一個黑人說：「Hi, Nigger!」黑人之間可以這麼說，但非黑人卻不能這麼說。

我想起有一首蘇北民歌叫《韭菜炒大葱》，在上海的表演場所，這首歌只有蘇北歌手可以唱，別的人不能唱。他們唱叫懷念家鄉，別的歌手唱就叫諷刺。下面是一些bad word：

阿拉伯人被貶稱為Camel jockey；猶太人被貶稱為Kyke；中國人被貶稱為Chinks；日本人被貶稱為Jap；俄羅斯人被貶稱為Reds；越南人被貶稱為Gook。羅賓斯先生說，他覺得最奇怪的是，為什麼越南人被叫作Gook。接著，羅賓斯先生說，在朝鮮戰爭中，美國人被叫作Me-Gook。

我想，許多美國人搞不清楚朝鮮與越南，對他們說來，反正都是美國人和亞洲人的戰爭。我猜想，Me-Gook可能是中國人對「美國」的發音。除了菲律賓之外，中國人（廣東人）是最早一批到美國的亞洲人。（菲律賓人甚至不把自己看作為黃種人，這是美國移民史上一個著名的「案例」。等後來菲律賓成了美國的殖民地後，菲律賓就成了「美國人」。這是另一個話題。）

「我還知道中國人把我們叫作 Ghosts（「鬼佬」）。」說到這裡，羅賓斯先生得意地在黑板上畫了一個鬼。

接著，羅賓斯先生往下繼續說道：墨西哥人被貶稱為 Spirks，緣於問墨西哥人：「Can you speak English?」（「你會說英語嗎？」）墨西哥人答：「I can spirks English.」（「我會 spirks 英語。」）墨西哥人使用的是西班牙語，他們發不清楚 speak，總是把它發成 spirks。

羅賓斯先生的這門課叫「Spelling and Phonics」。在這裡，Phonics 的意思就是發音是有規則的，Spelling 就是毫無規則，必須死記硬背的發音。英語來源於德語，按理說，它是 Phonics（我在大學裡學的是德語，大約兩星期後，班上所有人就都可以很好地發音了）。但歷史上，英國遭受許多國家的入侵，像羅馬人、法國人，後來又改信了基督教，結果每一次都帶進了外來語。

羅賓斯先生認為，英語發音中有一半發音是規則的，另一半是不規則的（一般認為是八十%）。羅賓斯先生喜歡說：假如我是美國總統的話，我就宣布西班牙語為美國國語，因為西班牙語是 Phonics，人們看著字母就能發音。

最不 Phonics 的語言是中文，你望著「中文」兩個字，能發出這兩個音嗎？（但在中國的外國留學生，他們最先掌握的卻又是中文的發音，因為中國的拉丁拼音，除了四聲外，就是最標準的 Phonics 語言了。）

許多外國人都發不准 question，但寫成西班牙語 kwsechun，就很容易記住這個發音了。

羅賓斯先生是個好老師。他講 spring 的 homonyms（同音字），他說：有四個 spring。第一個 spring 是「彈簧」的意思。說到這裡，他猛地從講台下抽出三根像野獸尾巴、毛茸茸的東西彈向學生。spring 第二個意思「跳」，他把身體趴下，然後就像「老虎一跳」。第三個 spring 是「泉水」的意思。他在黑板上畫出了一座山，又畫出了一道泉水。他說，當泉水流到地底下的時候，「We have to dig a well to find it.」（「我們得挖一口井才能發現它」。）他說，spring 除了變成 river（江河）外，在地上還會變成 stream 和 creek。在中文裡，我們把 stream 和 creek 都翻譯成了「溪水」。羅賓斯先生說，stream 是個好東西，我們可以在裡面游泳釣魚，但 creek 卻是「dirty water」（髒水），我們在裡面既無法游泳，也釣不到魚。

像往常一樣，羅賓斯先生又用自己的手、連同手臂把黑板上的粉筆擦去。spring 最後一個也是最著名的意思，羅賓斯先生說，就是 fall（秋天）的 antonym（反義詞）「春天」。

說到這裡，羅賓斯先生叫一個墨西哥學生和我一起走上講台。他讓我們一左一右護在他身後，我發現他連耳朵裡都沾滿了粉筆灰。正當我忍不住想笑的時候，兩百多磅的龐然大物突然倒向了我們，幸虧墨西哥學生身手敏捷，我的自重不輕。

「知道了嗎？fall 還有一個 homonyms 叫『跌倒』。」

倒在我們懷裡的羅賓斯先生得意地對學生們說道。

只是這個「侏儒按電梯」的故事說得有些不合時宜，為了這個故事羅賓斯先生拖課了。

明天，也是羅賓斯先生最後一堂課。短暫的夏季班即將結束了。

二〇一六年三月三十一日 泰國曼谷

另一幅美國地圖

別人說NO！但其實你可以……噓！

我這裡當然不會說的全是「噓……的故事」，更多是我在美國的個人經歷，以及我聽來的或從書本裡和課堂上知道的故事。有時候我會直接使用一些英文單詞，那是因為有些詞在我生活中已經獲得了語境，若再把它們譯成中文就會味道頓失。就像上海話裡的「冊哪！」，你絕對不可以將它譯為國語裡的「他媽的！」或「我操！」但這樣譯也沒有錯。就像幾天前，我在一首可敬的詩裡把Damn譯為「該死的」一樣。那段日子裡，一個壞小孩正好整天把「丹梅，丹梅」放在嘴裡像唱山歌一樣，這個「丹梅」的意思當然不止是「該死的」，但為了押韻也只好這樣了。

以下就是我所看到的另一張美國地圖。

噓……

小技*1

警車來了，隨著警笛的鳴聲，馬路上出現了戲劇性的一幕：只見行駛中的所有車輛，猶如勁風壓草似地迅速向路邊閃開，紛紛停下，讓警車如入無人之境，風馳電掣般呼嘯而過。雖只是交通法規中的小技，帶來的效率卻十分驚人。

像這種雕蟲小技在美國俯拾即是，比如說，圖書卡、超市會員卡、乃至信用卡，除了普通卡外，一般還會提供繫在鑰匙圈上的小卡。上面寫著：拾者請與發卡單位聯繫。因為發卡處留有個人信息，有了這種線索，丟失的鑰匙就有可能失而復得。

我是留短髮的，在中國理一個寸頭或平頭，費時費錢，特別是九十年代後，有這種技術的理髮師越來越少了。有時，看著像被狗啃似的頭髮，只好乾脆剃光。在美國理短髮就方便得多了，只要說一聲「二號頭」，理髮師在剃刀上裝上一個套子，三下五除二，一個整整齊齊的短髮就新鮮出爐了。私下裡我也懷疑有了這種套子，大概不用什麼技術，人人都會理短髮了。而所謂的「零號頭」也就是光頭。

「萬國旗」是中國城市裡大煞風景的景象之一，在美國根本看不到這種現象，大多數家庭都有烘乾機。洗衣店裡，二十五美分可烘七分鐘，小倆口花上一美元便可把一星期的衣服烘乾。放在院子裡的立式曬衣架子也使人刮目相看，在中國還不能普及烘乾機的今天，像這種可以放在陽台上，較為隱蔽的曬衣架至少可以引進，但至今尚付之闕如。

美國公共汽車的門都是升降式的，一來供坐殘疾車的乘客專用，二來方便攜帶大件行李的乘客，而不像在中國需要買行李票。真是設計巧妙，又考慮得十分周到。而公共廁所裡，供放置在抽水馬桶上的一次性圈紙，對使用者更是體貼入微。

早先，科學曾在中國被視為奇淫巧技遭到排斥，其實，這些雕蟲小技也大為可觀，像科學一樣，都大有拿來的必要。

打工卡

無論是東海岸的紐約，還是西海岸的舊金山，當從美國人的嘴巴裡說出工卡的時候，絕大多數並不指 Employment Authorization Card，而是指 Social Security Card。

Social Security Card 是「社會安全卡號」，每個美國人、包括僑民、留學生都可以申請，一旦獲得，這個卡號便將終身享用。我的一個親戚曾在美國留學，十幾年後捲土重來，他即刻使用這個卡號，用它辦理駕駛證、銀行卡、信用卡、圖書卡等等一切。

這張卡（Card）其實不是一張卡，而是一張紙，上面寫著一行字：請把它放在一個安全的地方。這意味著，它不是中國意義上的身份證。在美國，身份證就在嘴裡，你只要報出自己的「社會安全卡號」——這是一個九位數字，就可以像我的親戚一樣辦理自己所需要的一切卡了。

剛來美國時，我曾想當一個屠夫，去肉鋪斬肉，可是當讓我填表，填到一欄「社會安全卡號」時，我傻眼了。不過，我的一個朋友，房東讓他在租房契約上填這一欄，他胡亂地填上一個七位數也 Pass 了。

注釋

1 ＊標記下短文，原載美西《星島日報》。

不管這個房東是阿拉伯人、墨西哥人或中國人，他不會在乎你是不是亂填，因為交不交稅不是你租客的事情，而是他房東的事情。但在老闆面前，你就必須老老實實地填上自己的「社會安全卡號」了，因為所有在美國工作的人都是用這個卡號來保稅的。

這下你大概明白了，為什麼這麼多的美國人，當說到工卡時，他們首先想到的是社會安全卡號，而不是Employment Authorization Card。

有些美國人一輩子都沒有見識過這張Employment Authorization Card（真正的工卡）。一天，在去賭場的大巴士上，為買張優惠券，我掏出了這張卡。女售票員說：「哇，綠卡！趕快放好，放好！」

她大概一輩子也沒有見過綠卡。

我一直對這張Employment Authorization Card充滿困惑。它是一張紅卡、而不是綠色的，看上去就像一張中國身份證。我一直搞不清楚可以用它來做什麼，當初，我申請它的費用約一百四十五美元，現在的申請費是三百四十美元。既然我已有了「社會安全卡」，我除了用它當作ID（身份證）外，就再也沒有使用過它了。

可是，在美國，只要有了「社會安全卡」，花上五美元（現在，加州是二十五美元）人人都可以去申請一張真正意義上的身份證。

不過，據說，外國留學生所申請到的「社會安全卡」，上面寫著「不允許打工」，但既然這個卡號是一個將伴隨終身的號碼，你又怎麼知道，到了明年我仍然還不可以打工呢？

噓……

ID*

美國不像中國有戶籍制度，也不像中國給每個年滿十八歲的人都自動發放身份證。在美國證明身份最常用的是駕照。去年，據美國國土安全部發言人說，全美有駕照的人約兩億四千萬，持身份證的人才一千兩百萬人。這多少給人一種印象，似乎在美國，ID（Identification，身份證）可有可無。

我第一次領教它的重要性是在超市，那天，我買了一打啤酒。一個酷似德國漫畫《父與子》中父親的營業員接待了我。

「你的ID呢？」

「什麼ID？」那時侯我連對這個英文縮寫都不甚敏感。

「身份證，我要看你的生日。」

我知道在美國只有年滿二十一歲的人才可買酒，可本人比起這個年限來實在是太老了。於是與他爭執，一邊叫嚷著要經理出來。經理是亞裔人，一看我一張飽經滄桑的臉，立即揮揮手說：

「給他買吧。」

這時，身旁一個白人姑娘笑著說：「這說明你看上去年輕，應該恭喜。」

那天，我使用的是現金。等後來使用信用卡了，發現有些超市必定還會要求同時出示ID，如Meryns超市等。它徹底瓦解了我來美後的一種觀念：在美國只有警察才有權要你出示ID。有些朋友甚至說的更為誇張：警察都沒這個權力，只有移民官才有！

從此，我開始養成了隨身帶ID的習慣，但我不會開車，自然也就沒駕照。一天去賭場買籌碼，又要我出示ID。賣票員看後，大驚小怪地嚷嚷道：「哇，你帶的是綠卡，小心、小心放好。」

其實我出示的是工卡，對看慣了駕照的美國人來說，無人識這種ID也算正常，只要管用就行。但有一天我還是遇到了麻煩，為了以後少費口舌，我決定去申請一張身份證。

我是五月份申請的。六月過去了，身份證沒有來；七月過去，八月過去，身份證沒有來；九月、十月、十一月，直到十二月都過去了，身份證還是沒有來。

第二年，一張與駕照百分之九十九相像的加州身份證終於來了，但這時我卻幾乎不敢相信自己的眼睛，因為根據上面的有效期，我只能用五天，它就過期了。

福克納的燈泡：我的第一張信用卡

據說，大小說家福克納（William Faulkner）從不看信。他家中有個大燈泡，拆信前，先將信封放在燈泡前照一照，看看裡面是否有支票，沒有的，信就都扔掉了。據說福克納死後，人們發現屋裡堆滿著從沒拆開過的讀者來信，這個故事大約是真的。

我現在每天聽到電話鈴聲就煩惱，以前還會像模像樣地說聲「Wrong number」（打錯了）！不知從哪天起，連這句話也懶得說了，乾脆二話不說便把電話掛掉。我不認為自己這麼做是粗魯的，難道那些整天打電話進來騷擾你的廣告推銷就不粗魯嗎？

現在，我也需要一只福克納的大燈泡！

有一段時期，信箱裡每天平均會收到五封信，其中至少有三封信是信用卡公司寄來的。

我說「有一段時期」，那往往是指你去紐約、歐洲飛了一次，或買了一個大件物品，例如汽車或電腦。最來氣的是，有一家信用卡公司每個月必定準時寄來一張子虛烏有的賬單，賬單上的錢月月都在遞增之中，但我的名字卻是拼錯的。

聽說，竊賊專找那些信箱裡堆滿信件的住戶上門。假如有一天，我出門旅行長期不歸，而這也正是我頻繁使用信用卡、家中信箱又必定暴漲的日子。

記不起為什麼當初決定申請信用卡了，也許是聽說美國的劫匪專搶喜歡身攜現金的中國人，但我的第一張信用卡肯定不是從信箱裡的廣告中看來的。這裡存在著一種悖論：當你還沒有一張信用卡，沒有一個信用卡公司會主動找上門來。

我的第一張信用卡來自「華美銀行」，這是一家在美國小得不能再小的銀行，小到你只能去 Chinatown 找。但在 Chinatown 裡卻是大佬，很方便就能找到。不需要任何美國證件，只要出示中國護照、存上五百美元，馬上就可以為你辦理一張 Visa Card，限額當然也是五百美元，因為你在美國還沒有自己的信用。但是，除了華美銀行知道外，沒有人會知道你所謂的「信用」其實就是在用自己的錢，噓……華美銀行會得意地告訴你，你現在手上擁有的這張 Visa Card，和成千上百萬美國人所使用的信用卡一模一樣。這是你的第一桶金，從此以後，你就可以靠著這第一張「信用卡」開始建立起你在美國的「信用」了。

打錯了*

我姑父屬於那種硅谷[2]電腦奇才。飯桌上，津津樂道的談資之一是講他的英文如何一竅不通，言下之意，這麼蹩腳的英文，可並不妨礙他年薪拿幾十萬，這無疑證明他是個超級天才了。

最令人噴飯的是聽他講電話推銷。電話女郎說：「送你免費報紙讀，你也不要哦？」

「是，不要。我又看不懂，要它幹什麼？！」

說得振振有辭，好像看不懂英文是別人的錯，使對方徹底沒轍。那時我剛來美國不久，不禁暗暗盼望起也有機會接到這種電話，可以操練自己的英文。尤其是聽姑父說，偶爾還接到應招女郎約他出去玩的電話。這樣的對話肯定很精彩。

不久，我從姑父家搬出去住了，新居中也裝上了電話。果然，這樣的電話開始陸陸續續地打進來。起初，我聽得、談得很興奮，可漸漸地感到這味道似乎有些不對勁，好像對方的英文並不怎麼樣，甚至比我還差。等我去了 Adult School 上學後，班上有墨西哥同學，這時才知道，打電話進來那些怪怪的聲音，其實就是西班牙口音。這對一個企圖通過聽電話來提高英文水平的人來說，無疑是一個沉重的打擊！

終於有一天，電話裡傳來了一口標準的美語，聽得我心花怒放。電話小姐說，可以供我免費看兩星期《紐約時報》。興奮之餘，我不僅連連說 OK。一幕動人的景象在我的眼前出現了：廚房裡，從此每天早晨出現了一個幾乎光頭、穿 T 恤的人，他一邊喝著牛奶，一邊看著《紐約時報》。

這個人當然就是我。據說，每天讀《紐約時報》正是美國上流社會的標誌。我相信，這一幕至少可以保留兩個星期。

但兩星期過去了，報紙沒有來，帳單卻來了。井蛙生氣地說：「聽！聽！你又聽不懂，知道別人怎麼設套下陷阱？為什麼不學學你姑父？不懂就不要裝懂，花這筆冤枉錢，還不如老老實實去交學費呢。」

我只好唯唯。以後凡是電話。只要不是講中文的，我一概說「Wrong number」（打錯了！）這一著果然管用，從此天下太平。

不料，幾天前，井蛙回家後，喜滋滋地問我：「今天有電話沒有？」

我說：「有。好多個。」

「怎麼說？」

「我沒聽，說 Wrong number 就掛了。」

「天！你不會錯過中大獎吧。」

這時，我才猛地想起上星期天我們剛剛去了雷諾賭城，正天天等著一百萬從天而降呢！

Shopping 的學問

有一句名言：在美國買東西，要知道什麼東西在什麼地方買，這樣就可以省下很大一筆錢。

注釋——

2 大陸地區指美國的矽谷。

比如說，在加州買食品要去Costco，買家電日常用品要去Walmart、買衣服則要去Merryns。這兩天，電視裡天天在做Walmart的廣告：不知不覺中，一年省下2500美元。不知道這個標準對誰而言，窮人可能一年在Walmart買的東西都不到2500美元，怎麼省？但敢這麼吹，當然有它的道理，這些都是大賣場，本身兼有批發商性質，小商店哪能比？

美國小商店裡的價格，往往亂得離譜。有一種叫「Royal Gate」牌子的伏特加，375ml，在我放學的路上，一家小店裡賣3.25美元（含稅），另一家賣4.01美元（含稅），我家門口的公園海灘處，那就對不起了，賣6.23美元（含稅）。

大賣場也有價格亂得離譜的時候，例如，我在Merryns，就買到5美元的褲子，5美元的襯衫，不過，這個價格是在年末大甩賣的「Shopping季節」裡。而在不遠處、一家叫Rainbow的皮鞋店裡，一雙大頭皮鞋才賣12美元。我以為過了這一村就沒有這個店，當時就買了兩雙，後來才知道其實這是一年四季的價格。去年，到紐約見老朋友，我特意穿了一雙嶄新的高級皮鞋。看我每次都艱難地穿上，老朋友在一旁發笑。回來後便又把老皮鞋穿上，如今快穿了三年，依然呱呱叫！

在美國的大商場，往往是在最醒目的地方，每天都有一種叫Special價格的東西，如果你留意觀察一下的話，或許就會發現明天它又被放回到原處，價格又回升了。而昨天還老老實實地呆在角落處的另一樣東西，則作為今天的Special吸引你的眼球，價格自然比昨天便宜。據說，Costco每天都會把貨物換個地方放，這是一種推銷手段，讓你在急得團團轉的時候，看到更多的便宜貨。

真正賣便宜貨的商店是所謂的「Dollar」店（一美元店），或「99」店（99美分店），但其中有些東西，我建議你最好不要買。像剪刀，你還沒有用過一次，它就剪不動了。葡萄瓶啟子，你剛費力地將它的尖尖鑽進軟木塞子裡，用力一拔就斷了，最後在眾朋親友面前，你只好把瓶口砸碎後才可以喝到一杯濃郁芳香的加州葡萄酒，你說掃興不掃興？

我曾和房東討論過在「Dollar」店，或「99」店裡，哪些東西可以買，哪些東西不可買。我的結論是：所有的鐵器都萬萬不可買。房東說：那倒不一定，你買一把榔頭總可以吧。

奇怪的是，這兩家店裡的東西僅管大都來自中國，Made in China，但營業員卻大多數是墨西哥人。

上海晚宴*

週末有個 Party。電話裡一聽說 Party，我緊張起來，趕忙問道：「那麼要我帶什麼菜呢？」

以前曾接到過朋友 Party 的邀請信，信上甚至明確要求回覆將帶的菜名，以免到時侯重復。我想，這大概是美國規矩，這次也不例外，只好從俗。

不料，主人卻爽朗地說：「不必帶任何東西，只是家常便飯，大家聚聚而已」。聽到這麼說，倒使我感到慚愧了。這才是中國人的習慣，我這一問，反倒顯得自己小氣。

這裡的所謂 Party，其實就像飯館裡的自助餐，僅是這些菜大多由客人們自己帶上。按照以前的經驗，Party 上永遠有數不清的陌生人，大家到時候各自端著自己的盤子，想吃想走，一切悉聽尊便。

故意慢騰騰地遲到了一個小時，到了那裡才知道不應該。原來，主人只邀請了三個老人，桌上的白台布早已鋪好，就等我們兩個年輕人了。

隱約地聽到主人在廚房裡對女主人說：「花生米呢？」說的是上海話。

「…」

「可以燒魚片了。」

「……」

廚房裡的一問一答，突然使我想起父母親在家中請客，以及無數上海人的家宴情景。伴隨著廚房裡的鍋碗瓢盆聲，客人們慢慢地上酒、進菜。當燒魚片時，一般便意味著宴席正式開始，因為魚片必須趁熱吃才嫩。

這是一頓典型的上海晚宴：油麵筋塞肉、紅燒烤麩豆腐乾、素什錦、油爆蝦、松鼠魚、三黃雞、雞蛋炒番茄、炒魚片。我很激動，說要拍張照片寄給我母親看，讓她知道我在美國也能吃到真正的上海菜。

女主人對我說，很久以前，他們在上海時，常常喜歡這樣招待朋友。難怪，在這眾多的上海菜裡，我還意外地發現油爆花生米和爆龍蝦片，使我一下子彷彿回到了八十年代。與上海不同的是，一盤燒紅燒烤麩在這裡卻成了價格不菲的高檔菜。

窗外的暮色在徐徐降臨，這是一棟五層樓的公寓，與上海的新村格局相仿。在看慣了美國的 House（可勉強譯為別墅）裡舉行的 Party 後，當大家圍坐在一起，邊吃邊聊時，我不禁嘆息以前的 Party 原來竟是這麼簡陋，缺乏人情味。

有了 Debit Card，還要信用卡

我的朋友手持澳洲護照，每次可免簽證進入美國三個月。在他從內華達到加州縱橫賭場的日子裡，最大的遺憾是沒有信用卡。

他的加州駕照是我陪他一起去考的，這裡就又遇到了一個社會安全號（Social Security Number）問題，但若你仔細研究申請表的話，就會發現這一欄裡還寫著：假如沒有，你是不是正在申請之中？

於是，朋友笑顏逐開，半小時後通過了筆試。

對於將要發生的事情，誰都可以填「是」或「不是」，然而，就算朋友有天大的本事，他還是沒法辦理信用卡。等我知道了在 Chinatown 申請信用卡的祕笈後，朋友已經把賭場轉移到澳門去了。

儘管 Chinatown 裡應有盡有，但如果不想一輩子待在那裡的話，還是必須「走出中國城」，而擁有一個「社會安全號」正是走向美國社會的第一步。

從遞交表格那天算起，約二週後，我收到了「社會安全號」。當 CitiBank（花旗銀行）小姐知道我將成為他們的客戶，立即笑咪咪地拿出糖果，讓我在一旁靜候。一會兒後，一個西裝革履的黑人兄弟熱情地接待了我，用一根黑黑的手指逐條逐句向我解釋。我照例是假模假樣地點頭哈腰，不斷地說 Yes，Ya，儘管什麼都聽不懂，反正早已肯定像這樣的大銀行不會害我，要害，我也是眾多的受害者之一，我沒有道理說 No。

這是一次冗長的談話，約一小時後，黑人兄弟把我送到門口。我手上則拿著一張 CitiBank 試用卡、黑人兄弟的名片以及他最後送我的一支精緻的原珠筆。

大概也是二星期後，我收到了一張正式的 Debit Card。它不僅可以在 ATM 機取錢、自動存錢，就是在商店裡，我也看不出它與信用卡有什麼不同。在需要少許現金時，你甚至可以直接從商店的櫃台上取。有些小店拒絕購物不到 10 美元或 5 美元的顧客使用信用卡，但卻接受 Debit Card——不過，得小心，可能它會收取 50 美分的手續費。

不久，我發現它還兼有 Master Card，也就是說，這張 Debit Card 本身已經是一張信用卡了。這意味著，當你需要網絡交易時，其功能和任何一張真正的信用卡毫無二致。我真搞不懂，有了 Debit Card，還要信用卡做什麼？當然，你可以說，信用卡是在用未來的錢，而 Debit Card 卻是在使用自己已有的錢，但你作為一個新移民，在你還沒有真正開始賺美元的時候，你為什麼要欠下一屁股的債呢？

後來，我又發現了更勝一籌的 Bank of America，尤其是對學生的優惠。不過，這時候，我已經不在乎這些好處了。

路邊和我握手的黑人兄弟*

走在路上，常有黑人兄弟熱情地和我握手。

一個陽光明媚的早晨，一個黑人兄弟又向我伸出手來，這一回他伸出的卻是拳頭。街道上熙熙攘攘，我並不害怕，所以也伸出了拳頭。兩人的拳頭輕輕地碰在一起，隨後又一起高高揚起，彷彿正做著某個非洲部落的神祕見面儀式一樣。這時，黑人兄弟露出了一排雪白的牙齒。我倆相視大笑。

那真是一個愉快的早晨。

剛來美國時，聽到不少有關治安方面的負面消息。姑媽家在 Hayward，一次我要乘地鐵出去，臨出門時姑父說：「若過了晚上六點半就打電話來，我好開車去接。」姑媽在一旁插嘴說：「只要不晚於九點半就沒關係。」

沒想到的是，倆人竟然就六點半還是九點半便不可以在街上的問題爭論了起來。其實，姑媽家到地鐵站，只是五分鐘時間。不過說真的，剛來時，即使大白天在街上，看到黑人兄弟大大咧咧朝自己迎面走來時，心裡還是有些嚇絲絲的。至今為止，我也不知道那天，那個黑人兄弟為什麼要朝我們如狼般地嚎叫起來。

那是在奧克蘭的 Telegraph 街上，我和井蛙剛看完一個朋友出來，遠遠地就見一個鐵塔似的黑人兄弟向我伸出手來。

井蛙立即用身體擋住了我，不讓他走近，一邊柔聲柔氣地說：「I am sorry」。井蛙有個怪論，認為只要她在我就不用害怕。理由是有女人在場，會自動遏制住男人身上的暴力傾向。而對我來說，正因為有她在，才會免不了緊張起來。

這個黑兄弟就是這個時候，在我們的背後狂吼起來。

也許他覺得自己的自尊心受到了傷害。他原本只是想友好地和我握一把手，別無他求。但也許確有所求，這也說不定。

我是個煙民，美國抽菸難，所以走在大街上，嘴巴上常叼著香菸，尤其是等公交車，更是一枝接一枝猛抽，不少黑人兄弟就是在這個時侯向我伸手的。不過，發生上述二件事情時，我都不在抽菸。也許黑人喜歡和人握手，就像美國白人喜歡和路人說哈囉一樣。誰知道呢！

上週在奧克蘭公交車站我遇到了一個黑人兄弟，但他既沒和我握手，也沒向我要煙抽，而是對我說，要為我唱一首歌，請我給他一美元。

真是有趣的黑人兄弟！

只是待夜幕降臨之後，在人跡罕見之處，我就不知道是不是還會這麼有趣了。

窮人的福利：拔牙記

晚上，我突然感到牙痛，午夜時，好像牙齒鬆動了。以前我也常夢見掉牙，這大概又是一個夢。但是到了第二天早晨，我被痛醒了。幾天後，牙痛竟然愈演愈烈，我必須齜牙咧嘴才能說上幾句話。鏡子裡的我，小半個臉都腫了。又過了幾天，旁邊另一顆牙齒也開始鬆動。

當我拔弄著這兩顆鬆動的牙齒，不無嘆息地發現，這正是我年輕時當成啤酒瓶啟子的地方。報應啊！去看吧，自己還沒買醫療保險，誰都知道在美國，牙醫就像律師一樣值錢。聽說，不久前有人拔了一顆牙齒，六百五十美元，我的兩顆牙齒即一千三百美元。

我開始在網上尋找一切可以治癒牙疼的祕方，從China Town買回了夏枯草、菊花茶、西洋參。那時正是西曆的年末，我算了一筆賬：我的一顆牙齒幾乎就是去香港的一張來回機票。在香港拔一顆牙是一千多港幣，這就是說，我的另一顆牙齒，除了可以拔掉兩顆牙，還可以在香港玩上幾天。

但我等不到春節了，牙疼得我情急之下想起了學校的一幅廣告：一個痛苦不堪的男人捂著臉；舒舒服服地躺在一張大躺椅上；滿面笑容地翹起一根大拇指。可是，牙科教授卻一臉嚴肅地告訴我：這裡不看牙，這裡只教人拔牙。

在教授的建議下，我去了學校醫務室。當聽到醫生說，其實她並不是醫生，而只是學校的醫療顧問時，我幾乎失聲地大叫起來。最後，我只是咧了咧嘴。

醫生笑咪咪地說：「放心，我現在就介紹附近的醫院給你去看。」

說完，立即手腳麻利地在電腦上尋找起來，並打了一個電話。一會兒後，把一份打印好了的行車圖交給我說：「我已替你聯繫好了，你現在就可以去了。」

可是錢呢？你還沒有和我談到錢呢！我只好再次重申，我沒有醫療保險。

「不必擔心，既然這麼疼，你現在就得去。」

依然是一付笑咪咪的樣子。

一小時後，我站在阿拉米達縣立醫院「海倫醫院」的前台。從學校的最高處的平台上，我總是看見遠方半山腰上有一座白色巨塔，可我一直以為是座教堂。

「ID。」

我有。

「住址。」

我把學生證交給了他。

「不是這個，你得證明你就住在這裡。」

「我有，我有……」難道校醫給他的電話也不算數嗎？

「任何可以證明的東西都可以，比如說，賬單。」

天啊！誰會無緣無故把賬單帶在身上。最後，竟然給我翻出了一封幾天前隨手放在包裡的信。

「這個，可以嗎？」

「OK！」

最後，這個坐在玻璃窗後面，我不知道稱呼他是什麼的傢伙對我說：

「假如，你一星期內，無法拿出證明你是低收入的報稅單，你就得付醫療費。」

這個，我當然拿得出，假如我是個富人的話，我會來這裡嗎？

經過幾個小時與拉丁美洲人、印度人、亞裔人、白人一起坐在冷板凳上的痛苦經歷後，我的兩顆牙齒在毫無痛苦的狀況下被拔掉了。牙醫給了我許多棉花，說，我可能會流許多血。

從此，我也自動地擁有了一張「海倫醫院」的免費醫療白卡，只是，那個坐在玻璃窗後面的傢伙對我說：每次看病的時候，我必須付5美元的掛號費。

可愛的陌生人*

抽屜裡有枚銅籌碼，那是波士頓地鐵票，很小，僅比一美分厚些。那天，一放進口袋裡後就不知道滾到哪裡去了。出地鐵口，正當我費力尋找時，一個陌生人露出兩排牙齒，向我揚揚手，隨手用她的卡為我刷開了地鐵的出口。

哦，還未及我說不必或多謝的話，這個可愛的陌生人就消失在茫茫人群中了。

有人說，美國人除開車時爭先恐後不友好外，平時走在路上都非常美好。此話有道理。

你看，散步路上打招呼的親熱勁，那真比中國朋友還朋友。尤其是遇到問路時的熱情，簡直像是恨不得指點完後，再送你一程。

望著這枚如今已成為紀念品的地鐵票，我想起了又一個可愛的陌生人。

因為吃過第一個房東的苦——還是熟人介紹的，第二次搬家，便不免擔心房東到時找喳，扣下押金不給或少給，特地等親戚的車子把所有傢具搬完後，再獨自一人去交涉。沒想到一貫斤斤計較的房東，不僅爽氣地歸還押金，還送了我一張海綿床墊和一把沙灘椅。

走到大街上才回過神來：怎麼搬呢？

從地圖上看，只要穿過一個公園，拐到海邊就是新居了，但究竟有多遠我也不知道。正當我抱著這兩個大傢伙左右為難時，突然，一輛貨車在我身旁停下了。

「要我幫忙嗎？」

一個工人模樣的年輕白人，探出頭來友好地問道。那真是太好了！我知道，前面有啤酒買，待我把兩個大傢伙搬上車後，坐穩後便說：「你喝啤酒嗎？」

「不，謝謝！」

當我買回啤酒後，他說：「我在工作，不能喝酒」。

透過他寬廣的肩膀，我彷彿看見了兩排雪白的牙齒。進入公園後是一大排挺拔的棕櫚樹，海就在前方。可此時此刻，一棵又一棵的棕櫚樹多得好像永遠也數不完。

「到了嗎？」他問道，聲音似乎有些急。

老實說，公園如此之大，連我也感到吃驚，我只好洩氣地說：「也許你可以讓我在這裡下。」

「就在海邊嗎？沒關係。」他寬厚地說到。

終於到了！我滿懷歉意，從心底裡感激道：「我請你喝中國茶！」

「不，謝謝！」

這時他笑了，真的露出了兩排雪白的牙齒。

過年

初一在島上的中國餐館。童子雞五美元，蟹 13.5 美元。舊金山是個半島，一年四季都可以吃到活海鮮。現在蟹的市價是每磅 6.99 美元，最便宜時每磅 2.99 美元。這兩個菜的價格就是自己做也不止。難怪今天的蟹很小，平時大約 1.5 磅左右。餐館裡冷冷清清，或許晚上要好些。

一杯加州葡萄酒四美元，幾乎就是超市裡的一瓶價格。今天，給倒得滿滿的，平時大約只有八成滿。自然，到時候我得多付點小費，過年嘛！大家都客氣。

這是昨天（除夕）我在奧克蘭唐人街拍的，街道上看不出一點過年的氣氛。昨晚八點，二十六頻道播放「春晚」，我由此判斷昨天應該算是除夕（這裡和中國有十五個小時時差）。今早，有紐約的朋友電話拜年，我問他，紐約是昨天放假、還是今天？答，今天。由此獲得進一步的證實。紐約是全美唯一的給華人放春節假日的城市。

熟食店裡人頭濟濟，有些節日氣氛。

我一拿起相機，老闆娘就跑，結果只拍到烤乳豬。舊金山的唐人街，幾乎百分之百都講廣東話，我不自不覺中學到了許多。我一說，井蛙就笑。問我是從哪裡學來的，是不是從菜市場的師奶那裡學來的。我幾乎會說所有廣東罵人的話。正當我得意時，井蛙說，你說的是台山話哎。

門前的大海，今天有些陰。

黃昏時在海灘上抽菸時，看到天邊紅雲朵朵。待我回家拿相機再來時，晚霞已變成了一片桔黃色的光。如果你有個好眼力的話，你會看到那幢幢黑影就是舊金山。

在海邊散步時，我常常會想到：多麼奇怪，我為什麼要生活在美國？

下午聽說我姑父昨天因膽結石去了醫院。他在美國近二十年都沒有發作，重返上海生活才不到四個月就老病復發了。沃爾夫（Thomas Wolfe）說，故鄉，是回不去的。是嗎？是這樣的嗎？

阿拉米達的海*

一日，有個東南亞華僑來到阿拉米達，站在大海邊，大為驚訝，眼前的風光使他不由得想起自己的家鄉——中國的無錫。後來經過努力，阿拉米達終於與無錫結為「姐妹城」。

這事就發生在去年，正是我搬來住的時候。無錫有「東方日內瓦」之稱，因為日內瓦有西歐最大的日內瓦湖，無錫有中國五大湖之一的太湖。當我站在海邊，阿拉米達的海給人的感覺確實是一個湖。但比起太湖的煙波浩渺來，它太渺小了，比起杭州的西湖來，它卻又太大了。

阿拉米達島背靠奧克蘭，與聖馬刁群山遙遙相對，東邊為灣田島，西邊不遠處就是高樓林立的舊金山。天氣晴朗時，可以隱約地看到連接聖馬丁與海沃德的海上大橋，在舊金山大都市風景的襯托下，橋的身影可與西湖的蘇堤、白堤亂真。而阿拉米達的海又是那麼平和、寧靜，這一切都讓人情不自禁想到西湖。

只是在陽光燦爛的日子裡，沙灘上不時地走著、趴著穿比基尼的金髮女郎，這才使人真切地感到，眼前的風景只能是阿拉米達的海。

從家到海灘才一百米，當初寧願租金貴一點也要來，就是為了每天都能看看海。可實際上自從搬來後，去看大海的次數並不比從前住在阿拉米達城裡時更多。不是阿拉米達的海不漂亮，一百年前，它就是舊金山灣的富人區，如今是全美第二大帆船基地，還曾是海軍軍港，至今留有航空母艦供人在「萬聖節」裝神弄鬼。除了有太湖、西湖的旖旎風光外，還有湖所不具有的每日潮汐——因此它也留下了大片的沙灘。

我也曾到過不遠處的帆船碼頭，去過臨近的灣田島，那裡是一派真正的海的景象：驚濤駭浪。大學畢業後，我被分配到無錫工作，工廠就座落在有「天下第二泉」的惠山腳下，那時候，也是除了帶著從上海來看望我的朋友去惠山玩玩外，自己幾乎從來就不去。難道真的是風景永遠在遠方，永遠在記憶中嗎？

現在，我得去看看海，去看看阿拉米達的海了。

我家食譜後的眼睛

我喜歡吃的東西，在美國幾乎都是最便宜的。例如，豬肝、鳳爪、雞翅、豬手豬腳。這些東西在唐人街都便宜之極，幾乎像白送似的，不用十美元，便可將一個月的食譜一網打盡。

要知道，十美元在美國只夠吃兩頓不用付小費的漢堡包，我每星期去唐人街買菜的來回車票是三元五角，加州最低工資是每小時七元二角五分。可以想像，美國於我儼然就是一個吃的天堂。

如果還可以添加的話，那麼在這份心愛的食譜上，必然還得添加上同樣是價格低廉的大腸、豬紅、豬利（豬舌頭）。假如在市場上我曾見過豬耳朵、豬尾巴的話，那也是非添上不可的佳餚。這裡，不妨也同時透露一下我的一個小祕密。在唐人街，幾乎勿需運氣，一美元多便可以買到三十只大黃蛋（雞蛋）。我曾經多麼想學一學外婆高超的手藝，把它們一個個醃製起來，然後，每天早餐就著泡飯吃一個，那才叫一頓真正的上海早餐呢！

但心儀的食譜開到這裡，我的眼前突然出現了一個美國人正瞪大著眼睛，就像看一個食人族似地看著我。彷彿我列出的是一份毒藥大全，而不是令一個中國人大塊朵頤的美味。

昨天，我試探性地和井蛙講了一個故事。故事說，有個陳先生早晨遇到王先生，發現王先生悶悶不樂，請他去唐人街喝豆漿也謝絕了。陳先生想，王先生和兒子、兒媳住在一起，大概很不快樂吧。但也和兒孫同住的陳先生卻始終認為自己非常幸福。可是待回家後，陳先生卻突然產生了一種強烈的衝動：想吃豬肝！於是差人買回了豬肝……

這篇小說名為「吃豬肝的風波」，不用說，既為風波，其一波三折可想而知。可是，還沒等我講完，井蛙便用一個百分之百的美國人眼神，瞪了我一眼，冷冷地說：

「想吃豬肝的不是陳先生，是王先生吧。」

不知從幾時起，反正，自從我家有了一雙美國人看食譜的眼睛後，我就與吃的天堂告別了。最後，我還是咬了咬牙齒說：

「知道嗎？這個故事的最後是喜劇呢！陳先生終於如願以償地吃到豬肝了！」

但什麼回聲也沒有。下星期我還得照單全收去買菜，我最心愛的食譜，當然裡面一個也沒有。

美國的鹽罐頭*

上海人喜歡說「鹹鮮」，就是說，認為做菜只有咸了，才能入味，而不至於淡而無味。小說《美食家》中有個情節：各路美食家濟濟一堂，品嚐餐桌上最後端出來的一碗湯。人人都喝得有滋有味，對此湯的鮮美拍案稱奇。卻原來其中的祕訣就是湯裡根本沒放一粒鹽。因為食客們吃到最後，舌頭上的味蕾已近飽和，這時，一碗無鹽的湯反倒可以把舌頭上的各種味覺重新調動起來。

由此可見，如何放鹽大有學問。

在美國，每次往菜裡撒鹽，幾乎總忍不住地想對它大大地讚美一番。但天下的鹽都是一樣的，不是來自大海，就是來自岩石的深處。我讚美的是它的另外一種「放鹽」的方式，這就是裝鹽的容器。

這是一種叫莫頓（Morton）牌的鹽，其狀如大了一圈的啤酒罐。頂上貼著一塊郵票大小的標籤，圖案是一個打雨傘的小女孩，只要剝開這紙，輕輕一撥，就出現了一隻像翻鬥車的翻鬥一樣的出口。從這裡往外倒鹽，撒多撒少，十分靈巧。

大陸沒有這種鹽罐頭，從店裡買來的都是袋裝鹽。記得小時候，裝鹽用的是缽頭。上海話裡，如果燒菜多放了鹽就說「鹽缽頭打翻了」，可見，這種缽頭是非常普遍的。在我印象中，這種缽頭總是髒兮兮的、又濕又黏，放在廚房的陰暗處。因為當時的鹽都是粗鹽，放不久就變潮了。見到鹽缽頭裡積有不少鹽水，就讓我害怕地想起喝鹽滷自殺的楊白勞。童年時的我，總以為這兩者是一樣的。

如今大陸普遍使用三格塑料盒來裝鹽。除了一格裝鹽外，其餘二格裝糖與味精。僅從這種設計上，就可以看出「鹽、糖、味精」堪稱為中國廚房中的「三寶」。

剛開始在美國烹調，沒有味精根本不知道如何做菜，就拼命放鹽。後來發現市場上的「料酒」不同於中國的黃酒，除了酒外，它還有咸鮮的成分，於是，就千方百計地多燒可以放料酒的菜。

如今，我的菜是做得越來越淡了，味道卻也越來越鮮美了，因為少鹽、無味精的菜，讓我品嚐到了更多的菜的本色。現在想起味精，就像童年時看到鹽缽頭裡的鹽一樣，於我都是一種恐怖的記憶了。

二〇〇八年一月七日～二十七日 舊金山灣

與流浪漢哈辛比肩夜遊舊金山

不用誇張，就可以說，在我居住的舊金山灣區，每天晚上至少可以聽到一聲槍響，午夜的 China Town 更是個讓人談虎色變的地方。

在這樣的新聞背景下，當一個人走在路上，怎麼不嚇得瑟瑟發抖呢？

不過，一次偶然的機會，卻使我徹底打破了對於美國治安問題的恐懼。好比朋友家中有一隻骷髏，每次你見到它都驚恐萬狀，直到有一天你無意中觸摸到了它，從此你和它就成為了朋友，即使成不了朋友，你也可以抱起這只骷髏嚇嚇其他膽小鬼。

那是一個晚上，我在舊金山喝醉了，醒來後，發現自己已在街心花園的石階上睡了一覺。啟明星正在天邊耀眼地閃耀著。儘管是一月，但對四季如春的舊金山來說，這又是一個春風沉醉的晚上。

人醒了，宿醉卻還沒全醒。就這樣，我在地鐵口遇到了黑人哈辛。

哈辛告訴我，今天是星期天，要到五點四十五分才有頭班地鐵。看看時間才四點，於是我邀請哈辛一起去喝酒，哈辛一臉興奮地跟著我走。

一路上，我看到路旁的廊柱下，幾乎所有檔風的好地方都被流浪漢佔據了。

我問哈辛是幹什麼的？哈辛說，他在馬路上賣皮鞋。

我給了他一根煙抽，他回贈我一枝細長的雪茄。

味道不錯。

走到一個拐角處，哈辛突然脫下身上的滑雪衫，將它放在垃圾桶上，走了幾步，又折回到垃圾桶旁，將滑雪衫攤開，擼平。

「你這是幹什麼？」

哈辛衝著我笑道：「這樣，別人見了就會知道這是一件好衣服，還可以穿。」

借著路燈光，我看清楚哈辛留著一把大鬍子。

我問他去過中國沒有？他說去過北京，在那裡認識了一個叫「Wang Nan」的姑娘。

哈辛開始不斷地說起「Wang Nan」這個名字。哈辛是肯亞人，祖父一輩才移居到美國。他說，他馬上要乘地鐵去伯克利朋友家，下午再和朋友一起來擺地攤。哈辛的攤位就擺在Market街，那是舊金山最熱鬧的地方。

但我們轉了一圈都沒有找到喝酒的地方，哈辛說，其實在我們剛剛遇見的地方就有個「77」店，那裡有啤酒賣。

在加州的馬路上喝酒是犯法的，不過，趁著夜色的掩護，這是一個好主意。到了「77」店，才發現那裡的酒已被鎖起，在加州，許多商店一到午夜十一點，就不准賣酒了。

哈辛說，他餓了。一邊說，一邊掏出一張二十美元的現鈔，卻被營業員拒絕，原來他手上的這張鈔票當中有一個被火燒穿了的洞。

既然無法請哈辛喝上一杯，那麼這頓早餐我請。當看到哈辛狼吞虎嚥地吃著的時候，突然，一陣不安向我襲來。我說不清楚這是一種什麼感覺：夜行人、滑雪衫、被焚燒過的錢幣，這三者之間應該有一種聯繫。

當我們一起坐在地鐵上，我已完全醒來。雪亮的燈光下，我看清楚了，眼前這個人分明是一個Homeless，一個流浪漢。

地鐵開動了。

當我再一次仔細打量這個流浪漢的時候，看到哈辛正一臉真誠地望著我。

誰會害怕這個黑人流浪漢呢？

儘管以後我和哈辛也沒有成為朋友，我卻知道了，我害怕的只是自己心中的一個概念——流浪漢。而午夜的Chinatown，那就更不用說了，它其實是我們所有華人最好的朋友，這當然是另外一個故事了。

公車慢悠悠*

一踏上去奧克蘭的公共汽車，就急得我心臟病快發作了。本來穿過海底隧道5分鐘可到的路程，但快到海邊時公車就開始拐彎了。在一個被遺棄的軍港裡慢悠悠地轉，半小時後才又回到隧道口。數一數車上的乘客，依然還是那麼六、七個。

如此設計線路，想來原因就是認為公車乘客的時間不值錢。在上海，公車一到站，便你擠我擁地往上衝的現象在美國是絕對看不到的。乘客也是到了車上後，才掏出錢包開始買票。買好一個再上一個。為什麼不像上海在車站上先準備好零錢呢？不可思議的是，公車快到站時，也無人預先到車門口等，而是等車停後再慢悠悠從座位上起身。一次我早早地跑到前門去等，不料開車的黑人兄弟厭惡地向我大聲吆喝，讓我往後走。似是嫌我站在那裡擋住了他的後視鏡。但為什麼從來就不曾有一個上海司機這樣抱怨過呢？

公車的間隔一般為半小時，若遇到十五分鐘的，那就歡天喜地了。尤其令人頭痛的是，你千萬別指望有一輛公車會準時到達。

綜上所述可以發現：多一個乘客，因其效率車就會慢一些。美國的車站又特別多，往往一、二百米就是一站。假如遇到殘疾乘客的話，那才叫興師動眾，費時費力呢。一旦發現有殘疾車要上車，司機就開始往後門走，拿出遙控器，後門踏腳板立刻魔術般地消失與路面相齊。那裡的乘客也都自覺起身，翻起座位，讓殘疾車開進。在固定的位置上，待司機為殘疾車綁好安全帶，一切又魔術般地恢復原樣後，整個過程少說也要一、二分鐘。有時遇上殘疾車的樣子特別，或司機的技術欠佳，那就夠折騰的了。這時，殘疾車的主人永遠都一付悠然自得的樣子，任其擺布。本來，他們就是公車的主角，再說急又有什麼用呢？但要這樣的公車準時，那才叫天曉得！

更為怪誕的是，美國，至少我這兒車站的站牌上都是不寫站名的，你只有憑借對一棵樹或一幢建築的記憶，才知道什麼時候該下車。假如有人因打錯鈴而使公車無故停下，也只有怪自己倒霉，誰叫你乘上這慢悠悠的公車呢。

中文書無處不在*

舊金山灣區的圖書館裡大多有中文書，它們就像潮水一樣鋪開，沒有的反倒成了例外。我姑媽住的 Hayward，那裡的圖書館沒中文書但有中文報紙，像《世界日報》、《星島日報》、《金山時報》等。可旁邊的 San Leandro 市立圖書館就有中文書，開車去也就十多分鐘，不比上海的街道圖書館距離更遠。

伯克利（Berkeley）是我在美國的第一個新家，除了西伯克利分館沒中文書，主館和南伯克利分館都藏有中文書。往主館前一拐，就是鼎鼎大名的加州大學伯克利分校東亞圖書館。美國圖書館一律免費開放，東亞圖書館多出的手續，僅是進門時，簽上自己的名字以及進館的時間而已。

已是傍晚近五點鐘，一個黑人兄弟接待了我們。當年，趙元任、張愛玲、白先勇曾流連忘返的地方，經一個簡單的簽名儀式後，就這樣被我們闖入了。不過，我對東亞圖書館並沒有什麼印象。不大的圖書館裡就我和井蛙兩人，我只是翻了翻有關敦煌的文獻，聽著井蛙嘀嘀噠噠的皮鞋聲，就揚揚手說走吧！

當然，這時已臨近閉館，也使人無可奈何。

倒是在離家不到五分鐘路的南伯克利分館裡，我見到了不少有趣的中文書，其中，一本*To the Edge of the Sky*（《天邊》），給我印象深刻。但它是由英文寫下的中國往事，只能算為廣義中文書。

我現在居住的島上大多為白人。這裡有一個主館和一個分館。沒中文書是情理之中，不料在主館，我竟然發現了大批的中文書，除港台版外還有不少大陸版，如作家出版社的余秋雨的《借我一生》、王火的《人與戰爭》（三卷本）。

奧克蘭有家Asian Branch（亞洲分館），我每次去唐人街買菜時，都會去那裡溜溜。我在大陸一直想讀而苦覓不到的《張愛玲與賴雅》，在這裡不僅可以找到，而且書架上一放就是三本！更妙的是，這裡可以一次外借二十本書，你只要出示一封表明你住在附近的信就可以立即辦理一份圖書證了。

我拍拍詩人肩膀說

藝術家趙大勇在波士頓餐館裡洗盤子，洗著洗著，突然，他問自己：「我是什麼人？我這是在幹什麼？」

想到這裡，他扔掉了手上的盤子，對自己說：「我不幹了！」

第二天便買了機票回國。

這是在朋友中流傳著的一個版本，究竟是否如此戲劇性，不得而知。但我剛才上網查了查，發現回到中國後，大勇已成功地從一個畫家轉型成了一個電影人。

在洗盤子的時候，或許福建人也會這樣問自己，但問題就在於，對一個詩人來說，你能像那些偷渡來美國的福建人一樣，一邊洗盤子、一邊愉快地說服自己嗎？開始總是一個風風光光的故事：舉辦個展、參加詩會、文學研討、駐校作家、訪問或交流學者，不一而足，但是以後呢？

我這裡有一個「為德不卒」的故事。某大陸著名學者從獄中歸來後表示希望來美國，許倬雲教授回信中說：「我推薦和邀請，並非難事，……（然後他就回不去了）若勉強留下，長年累月，如何找到一年又一年的財務支持？……找不能作為德不卒之事。」

美國不像那些福利國家，尤其是北歐，對待好手好腳的年輕人，除非你去上大學、生小孩、生病，基本上是沒有任何福利的。而對所有不能流暢使用英文的中國人來說，無論你是大學者、教授、詩人，到了美國之後，除了四肢是國際通用語言外，一旦身旁沒有翻譯，也就什麼也不是了。

我剛來美國時，一平曾對我說：「美國是個戰場！」邁平也曾對我說：「若想過安逸的日子，那麼來北歐，若想大有作為，那就在美國。」美國是一個由拓荒者建立起的國家，這種白手起家、無依無靠既是一種真實境遇，也成為了一種立國精神。當一個中國詩人被空投到美國之後，就像魯賓遜被漂流到了一個荒島，只是今天的美國，再也沒有西部的大牧場、加利福尼的金子在等待你去拓荒、去挖掘。等待你的或許只有中國餐館、洗衣房，甚至想當一名Cleaner（清潔工）都近乎於一種奢望，因為這基本是一份享有多種福利的政府工。

人們不難想像一個渾身散髮著各種畜生味道的牛仔身上的詩意——在他的背後就有一片

無邊無際的草原，但是，有誰會樂意想像一個渾身油膩的洗碗工，或許有一天，我會拍拍他的肩膀，介紹道：「這就是我們的詩人」？

一份報紙的命運*

我住的小島，人口只有八萬，卻有二份日報。

一份日報整整齊齊地疊放在路邊的報箱裡，儘管售價只是二十五美分，卻代表了一種身份。另一份是免費日報，也有這麼厚，則用一根橡皮筋扎著。每天，天剛麻麻亮，就有一個墨西哥小伙子，脖子上掛著一隻比郵差包大許多的帆布包，大步流星，看也不看、飛快地將這一捆像美國芹菜一樣的報紙扔到每家每戶的門口。

逢到雨天，僅在報紙外面再套上一隻塑料袋，依然還是扔在我門口的露天草坪上。

當看著雨水滴滴答答、寂寞地滴落在報紙上時，我不禁為這份報紙的遭遇感到難過。

我從來也不看這份報紙。我知道，假如向房東提出要看這份報紙的話，房東一定會欣然同意。但如此一來，自己就得承擔起把一星期的報紙都扔進垃圾桶裡的義務。

在這個島上，一星期收一次垃圾，每戶人家都有三隻垃圾桶：小桶放生活垃圾、中桶放爛菜剩飯、那個最大的桶就放報紙和其他回收品，可以想像，一星期下來，扔報紙的活並不輕鬆。

房東是所謂的老移民，他們講廣東話，看中文報紙。一百多年前，其祖輩被當作豬仔販賣到美國，建立起了自己的唐人街（Chinatown），隨後，又一代一代再將大陸的親人移民到美國，為唐人街的文化添上自己的新血。因而，與許多大陸人所想像的不同，這些老移民的英文識字能力，其實並不比大陸的一個中學生好多少。許多人一輩子都沒有離開過唐人街半步。我的房東儘管來到了這個大多為白人的島上，但英文能力究竟有多少，也只有天曉得了。

反正每天約到中午時，房東就把報紙取走了，草坪上重又變得空空蕩蕩。一星期後，又看到這些報紙已被疊得整整齊齊、絲毫不見有任何閱讀過的痕跡出現在了垃圾桶裡，使我感嘆不已。

有時，天氣晴好的日子裡，我坐在草坪旁吸煙，這時候，也會忍不住地想打開它看看。可是，手指剛一接觸到報紙上的油墨，這種念頭就立刻消失了。因為我擔心這種所謂的油墨芳香中含苯的有毒成分會黏在手上，和香菸的毒素一起吃到嘴裡去。

這使我終於沒有打開這份報紙，一次也沒有。

破英語

在這裡，我首先要表達對哈金的敬意，儘管他的英文很破，是確確實實的「Broken English」，但他能以如此不堪的英文榮獲美國文學最高獎「國家圖書獎」，足以表明這是一樁奇蹟——有意思的是，他的小說是屬於傳統型的，在中國，以「後現代派」觀點看，他或許只是一個三流作家。

在美國，有兩個華裔作家已成為了經典作家，一個是湯婷婷（Maxine Hong Kingston），另一個是譚恩美（Amy Tan）。我這裡「經典作家」的標準是：是否已進入了美國大學文科教科書或參考書。哈金沒有進入，這也許容易理解，湯婷婷、譚恩美都是ABC（An

American-born Chinese：在美國出生的中國人），她們的英文都沒問題——你總不能設想一本大學教科書是用一種破英文來毒害學生吧。

有意思的是，我在一本大學參考書「The Short Prose Reader」（《短文讀本》）中，讀到了一篇譚恩美寫的「Mother Tongue」（《母語》）。

「Du Yusong having business like fruit stand. Like off the street kind. He is Du like Du-Zong, but not Tsung-ming Island People. The local people call PuDong, the river end side, he belong to that side local people……」

譚恩美的母親是上海人，當年，上海大亨杜月笙還出席了她的婚禮。這段英語就是譚母以一個老上海人的口氣向譚恩美介紹杜月笙。

從小，譚恩美就以她母親這樣的破英文為恥，只是在她長大，尤其是在她成為一個作家之後，這才發現她母親的破英文原來是如此這麼優美動聽。

對第二代移民的ABC說來，他們的家庭語言環境尚且如此，對第一代的移民來說，你又怎麼可能指望他們有更好的英文呢？

破英文，Broken English！

我所聽到的一個令人噴飯的故事是說：美國人能聽懂印度人的英文，因為他們的英文講得飛快（印度曾為英國殖民地），而他們聽不懂中國人說的英文——講得太慢了。

母語

我一說廣東話，井蛙就笑，有時候會讓我再說一遍。但像所有的壞學生、或羞怯的學生一樣，當再說一遍時，我就往往說不好了，不是結巴就是走調。

近來，我驚奇地發現自己的廣東話又有了長足的進步，尤其擅長高呼各種政治口號。

「鬼東西，什麼都沒有長進，除了廣東話。說，這些廣東話是從什麼地方學來的？」井蛙拷問道。

彷彿又回到了牙牙學語的時代，我只好胡亂地說道：那些廣東粗話是買菜時，在China town學來的。口號呢？是從電視台裡，你們的廣東話新聞裡學來的。

有個韓國人寫了一本《千萬不要學英語》，要旨是，英語不是學來的，而是在使用中得來的。這是一個非常重要的觀點，它幾乎推翻了所有學習英語的神話。意味著，一個沒有英語語境的人，不可能是一個真正懂得英語的人。

勤奮好學的中國人，往往會在出國前，臨時抱佛腳拿起一本英語書，或去上一個英語補習班。其實，這是無用的，比如說問路吧，你這句問路的英語說得越好，對方就越會以為你懂英語，這時，除了Right、Left、Block、Across之外，或許還會說出一長串比如說是Harris、Alice或San Jose的路名來，你能聽得懂、記得住嗎？

Mother tongue的字面意思就是「母親的舌頭」，中文將它翻譯為「母語」。說得真好，這是一種我們在母親的舌頭下學會的牙牙語。

有時候，真不敢相信，其實我會說常州話。從八歲到十二歲，我在一個叫戚墅堰的地方度過了我的少年時期。這是一個奇怪的地方，有一半人講上海話，另一半人講常州話。可是，每當外婆聽到我說「頭骷琅」時就會生氣，直到後來知道所有的常州人都是這麼說的，也就朗朗地笑了。

現在，假如有人問我，還會說常州話嗎？哦，不就是說「伲咕，我咕」（「你們，我們」）嗎？

說起來慚愧，那種小時候我熟練地使用的語言，如今記得住的話，可能並不比我今天會說的廣東話更多了。

舊金山鬧鬼屋

這是一幢看得見金門大橋的房子——金門大橋是全世界自殺者的首選地，每年大概有不下二十人從這裡縱身大海。這幢房子的厚牆裡塞滿了馬毛，閣樓上呢，就住著一個鬼。

這不是一般意義上的幻覺，而是實實在在聽得到的東西：樓梯上的腳步聲，怦然關上的門，東西掉落到地上的撞擊聲。

這個鬼生前可能是個音樂家，一天，她竟然在廚房裡，趁主人在吃晚飯的時候，吹起了口哨：噠底達達，達底達（Dah-dee-dah-dah, dah-dee-dah））。

就連留宿的客人們也恐懼地聽到了午夜的撞擊聲。

幹活的工人們抱怨起牆上的顏色一直在變；午夜三點鐘，電視機突然自動打開：一個傳教士在大聲疾呼，要大家把靈魂獻給耶穌，把錢捐給一個八百（美國免費電話）電話號碼的地方。

主人請來了一個天師，天師在大為贊賞這幢房子的結實之後，在廚房裡說道：「哇，聲源在這裡。她一點都不喜歡這間房子，你們最近變動它了沒有？」

主人說：「我們將它油漆了一下。」

天師說：「她（鬼）正在對我說，看你們把我的漂亮廚房搞成了什麼樣子。」

天師開始祈禱：

「We are sorry to tell that you have passed from this world. This may be a shock to you, but please know another dimension awaits you. It is not good for you to remain stuck on earth ang longer. We pray for you to go with God and toward those who love you....」

在井蛙的幫助下，我搞懂了這一段禱文原來是天師驅鬼時的廣東套話：

「唔好意思啊！你已去左架啦，唔該你去第二度啦。留響哩度對你冇好處，唔好再留系呢度啦，我地祈求你去搵你嘅神同埋個D岩你嘅地方。」

我再把它翻譯成國語，大意是：

「我們遺憾地告訴你，你已離開了這個世界。這個消息也許會把你嚇住，不過，要知道另外一個空間在等著你，繼續待在這個世界對你並無好處。我們祈求你隨神而去，與那些愛你的人在一起。」

原來鬼是多情的種子，他們依依不捨人間，需要天師告訴他們真相。

（本故事來源譚恩美散文集《The Opposite of Fate》）

二〇〇八年二月七日～六月六日 阿拉米達

A Western Bodhisattva

On a nice and warm spring day, I arrived in New York City. The dawn was breaking. Sitting in the lobby of Kennedy International Airport, I slowly tasted my last piece of chicken which I had brought from San Francisco. My old friend, poet Azhong and his girl friend who I'll visit were Buddhists. Both of them are vegetarians. I was afraid that I'll have no any meat to eat while I stayed at their home.

Throwing the bones into a trash can, I followed people to the exit gate. At the gate, there were two guards holding guns. Nearby there were also a few of armed guys. The atmosphere looked like a little serious. Since 9.11, I supposed that I could understand why New York City airport did so.

My friend lived in Brooklyn. It was about 7am.. Since it was early, I took a subway at random. That day was Saturday, and there were only few passengers in the train. People in New York are more modern than people in San Francisco . Like a redneck, I curiously looked around. I once heard some stories about New York City. Most of stories say that New Yorker is unkind. Nobody says "Hello" in the street. One of most curious stories said that even two cars hit each other, if it was not very serious, New Yorkers first would smile each other, and then said "bye-bye" right away. "They are too busy to speak." The friend who told this story explained to me.

The sun was rising. It was red and round. The train was running into the underground again. A woman in uniform walked into the train and declared something. After a while, all light suddenly turned out. A white light was flashing, and then I heard a terrific bang. The train stopped, I was surprised to notice that all passengers left the train one by one. Standing in the street, I found myself in Manhattan. Someone told me there was no direct subway to Brooklyn, because today is Saturday.New York City's subway was taking part in an anti-terror drill.

I called Azhong's telephone again and again, but there was no any one answered. When I arrived in Brooklyn at last, it was already midday. From the map on the wall of subway station, I knew that there was a long way to Azhong's home. I was sweating on my forehead.

Curt was pushing a baby carriage which carried a baby with an Asianlike face passing by me. After looking at address in my hand, he said that I could take another train to there. "I'd like to send you to the station." Curt warmly said.

On the way, Curt told me that his wife is a Filipino. "I like Asian food." Curt said. When Curt knew that I arrived in NYC for taking part in The New York Festival of International Literature, Curt showed me real hospitality. He told me that he loves literature too. "My favorite writer is Lawrence." Curt addressed to me. I had been mistaking this Lawrence, an American comic writer, for the author of *Lady Chatterley's Lover* until Curt definitely corrected it. "Gosh!" Both of us were laughing.

Curt is a native New Yorker. He was born in Brooklyn, and worked in Manhattan. Every weekday he took the subway to Manhattan using Metro Card. At the station of subway, he said that I could use his Metro Card. He let me quickly enter the turnstile when he was putting the Metro Card into the slot. Unfortunately, we were failed twice. "Just a second," Curt said. After a few minutes, Curt put a Metro Card into my hand. "It is for you." I almost could not believe my eye. It was a Metro Card, 7-Day Unlimited Ride Card, which is cost $24. Curt and I were strangers. Why? I was deeply moved. Curt smiled,"Take care."

However, too bad, I lost this Metro Card in the exit gate of subway. According to my experience of taking Bart in San Francisco, when a passenger goes out the exit gate, everyone should put his ticket into the slot. I did it, but it did not work. This valuable present was disappeared in the slot.

When I met my friend, Azhong, and told this story to him. He laughed and laughed. As a Buddhist, he said, "This person you had met was actually the incarnation of Bodhisattva. Too pity! My brother, you are unable to take more advantage of it." In Buddhism, Bodhisattva is a compassionate person who always likes to help other human beings. "Without doubt, he is a Western Bodhisattva." Azhong finally said.

After I came back to California, I once wrote an email to Curt. Besides to appreciate his help, I wrote, "I hope that I can write this story one day." Quickly, I received Curt's email.

Yiliang,

Our encounter was as good for me as it was for you. It reminded me how rewarding it is to put forth effort to benefit another—how fulfilling it is to give without expectation of receipt—how something that requires very little of me can provide relief to someone else. Thank you for providing me the opportunity to help you. You are a very kind person, and that brought out the kindness in me. We saw the power of the Golden Rule: treat others as you want to be treated.

I hope you write about that day. I would like to read our story. Take care.

Curt Iiams

Curt! My dear strange friend, why should we meet in this world? What's it mean?

洋菩薩

蘇利文譯

在一個溫暖宜人的春天，我到了紐約。黎明破曉了，在肯尼迪國際機場大廳裡，我慢慢啃著從舊金山帶來的最後一塊雞肉。我的老朋友詩人阿鍾和他女友是佛教徒，他倆都是素食主義者，我擔心待在他們家裡的時候吃不到肉食。

我把骨頭扔進垃圾桶，跟隨人群來到出口。在大門口，有兩名端著槍的警衛。附近還有一些武裝人員，看上去氣氛有些嚴肅。911 以後，我想我能理解紐約機場為什麼要這樣做。

我的朋友住在布魯克林。大約是早上七點，由於時間太早，我隨機乘上地鐵。那天是星期六，車廂裡只有很少的乘客。紐約人比舊金山人摩登。我像一個鄉下人，好奇地環顧四周。我曾聽說過一些有關紐約的故事，大多數都說紐約客是不友善的；沒人在街上說「你好」。最離奇的故事是：兩輛車相撞，不是很嚴重那種，紐約人先會彼此微笑，然後馬上說「再見」。「他們太忙了，沒空囉嗦。」講故事的朋友向我解釋道。

太陽升起了，那是一輪紅色的圓球。火車再次駛入地下。一名身穿制服的婦女走進車廂，宣告了什麼事情。片刻之後，所有的燈光突然熄滅。白光閃爍，我聽到了巨大的砰砰聲。列車停了下來，令我驚訝的是，所有乘客都一一離開了列車。站到街上，我發現自己身處曼哈頓。有人告訴我，因為今天是星期六，所以沒有直達布魯克林的地鐵。紐約市地鐵正參加一次反恐演習。

我一遍又一遍給阿鍾打電話，但沒人接。當我最終到達布魯克林，已經是中午。從地鐵站牆上的地圖上，我知道此地到阿鍾的家還有很長的路要走。我額頭冒汗了。

有一張亞裔面容的科特推著一輛載了兒童的嬰兒車，經過我身邊。看過我手裡的地址，他說我可以乘另一條地鐵去那兒。「我送你去車站。」科特熱情地說。

途中，科特告訴我他妻子是菲律賓人。「我喜歡亞洲美食。」他說。當科特知道我來紐約參加國際文學節時，他向我展示了真正的熱情好客。他告訴我他也喜歡文學。「我最喜歡的作家是勞倫斯。」科特說。我誤將這位美國漫畫家勞倫斯當作寫查特萊夫人情人的勞倫斯了，直到科特及時糾正。「天哪！」我們倆都笑了。

科特是紐約人。他出生於布魯克林，在曼哈頓工作。每個工作日，他都會使用地鐵卡乘地鐵去曼哈頓。在地鐵站，他說我可以使用他的地鐵卡。當他將地鐵卡插入刷槽時，他讓我快速進入旋轉門。不幸的是，我們兩次都失敗了。「等一下，」科特說。幾分鐘後，科特往我手裡塞了一張地鐵卡。「這是給你的。」我幾乎不敢相信自己的眼睛，這是一張七天無限乘車卡，價格二十四美元。科特和我是陌生人。為什麼？我深受感動。科特微笑說，「保重。」

但是，太可惜了，我在地鐵出口弄丟了這張地鐵卡。根據我在舊金山坐捷運的經驗，當乘客離開出口時，每個人都應該將門票放入插槽。我那樣做了，但是沒用。這個寶貴的禮物在刷槽中遺失了。

當我見到了朋友阿鍾，告訴他這個故事，他笑了又笑。作為佛教徒，他說：「您遇到的這個人其實是菩薩的化身。太可惜了！兄弟，您無法再用到它了。」在佛教中，菩薩是一個富有同情心的人，總是樂意幫助他人。「毫無疑問，他是洋菩薩。」阿鍾最後說。

回到加利福尼亞後，我曾經給科特寫過一封電子郵件。除了感謝他的幫助外，我寫道：「希望有一天我能寫寫這個故事。」很快，我收到了科特的回覆。

一梁：

我們的相遇對你我都有好處。它提醒我做有益他人的事情多麼值得（不期望得到回報的付出特別有成就感）我只需付出很少，卻能給別人帶來幫助。謝謝你給了我幫助你的機會。你是一個非常善良的人，這也會使我變得善良。我們看到了這條金科玉律的力量：像自己希望被對待的那樣對待他人。

希望您能寫寫那個上午。我想讀到我們的故事。

科特・利亞姆斯

科特！親愛的陌生朋友，為什麼我們會在這個世界相遇？它意味什麼呢？

二〇一〇年五月十一日 阿拉米達

一群匿名戒酒的人

一群被酒糟蹋了的天才和美女

不是愛倫坡就是波德萊爾：「你瞧見過有哪一個酒鬼是愚蠢的？」

我走錯方向，抵達佛利蒙的AA時[1]，比聚會開始時間晚了七、八分鐘。約莫二十來個人圍坐在由多張桌子組成的一個大矩形桌前，矩形桌的中間是空的。每個人的面前都有一杯咖啡。

清一色的白人，沒有黑人、墨西哥人，我是唯一的亞洲人。

大多舉止正常，態度虔誠。幾乎個個都有一張異常聰明的面孔，尤其是兩個姑娘，漂亮得如同好萊塢明星，坐在我斜對面的一個人，讓我猶如見到了哈維爾本人[2]。

注釋——

1 佛利蒙（Fremont），美國加州阿拉米達縣內的一座城市，位於舊金山灣區東南部。AA（Alcoholic Anonymous）匿名戒酒會，是一個國際性互助戒酒組織。一六三五年六月十日，由美國人比爾．威爾遜（Bill Wilson）和醫生鮑勃．史密斯在美國俄亥俄州阿克倫成立，現在會員超過兩百萬。其活動宗旨是酗酒者互相幫助戒酒，重新過正常的生活，在活動中，酗酒者互相分享各自的經歷、力量和希望，以達到戒酒的目的，保證自己不再嗜酒，同時也幫助其他人戒酒。此外，所有成員對外亦均保持個人的匿名。

2 瓦茨拉夫．哈維爾（Václav Havel，一九三六年十月五日～二〇一一年十二月十八日），捷克作家及劇作家，著名的持不同政見者、天鵝絨革命的思想家之一。一九九三年到二〇〇三年擔任捷克共和國總統。

「天啊，天啊！這就是 AA 嗎？一群意識到自己已經無可救藥的酒鬼聚會嗎？不知道的人，還以為自己到了一個高級 Club。」

為了清醒地活下去

毫不猶豫，我拿出早已準備好的相機，對著這意想不到的一幕就拍。

當閃光燈第二次把房間照得雪亮，此時此刻，我彷彿看到了半房間憤怒的臉和目光襲向了我，只有兩個漂亮姑娘依然木塑般地無動於衷。其中一個原本就顯得粗魯的光頭要我把照片當場刪掉，實際上，我拍到的他的形象，最多也只可能是一個醜陋葫蘆樣的後腦勺。

說到底，來這裡的人哪怕現在、清醒時看上去多麼文明，畢竟大多是真正的酒鬼。就像化身博士一樣，具有雙重性格。誰知道當他們身體裡的酒精燃燒起來，化身為魔鬼時，會發生什麼？我擔心被當場轟出去。

我假模假樣地按了相機的按鈕。我知道，以後我再也不可能、也沒有膽子拍到 AA 的現場照片了，除非偷拍。我終於沒有捨得將照片刪去。

「刪掉了。」

我撒謊道。

「你是學生嗎？」

「哈維爾」友善地向我問道。大概我的行為太異類了，只能理解為是一個來這裡做作業的學生。美國文科生都需要去社會做實地考察，我做學生時，就曾做過不少這樣的作業，考察對象由自己的興趣決定。

我知道，人們一般會對記者、作家懷有警惕，但卻可能原諒一個學生的魯莽。當哈維爾再次問道，我勉強點了點頭。

一個自己想喝咖啡的人，就順便為手上沒有咖啡的人倒咖啡。他也倒了一杯給我。

一個人遞給我一張紙，讓我簽名。我發現上面的名字都非常簡單，只有三、四個字母，如 Tom、Joe。我簽了一個 Ken。這次我倒沒有撒謊，King 確實是我的英文名字。

陸陸續續又走進一些人。幾個人的臉色紅通通的，肌肉鬆弛，其中一個不由得讓我懷疑他是不是剛剛喝完了酒才來。但隔了幾個空座位，我聞不到他身上的味道。

聚會從上午九點開始。我進去時，一個伯克利碩士正在講他的故事。他從舊金山喝到洛杉磯、紐約，再喝到佛羅裡達，最後喝到了這裡。喝得最瘋狂的日子，在高速公路上，一邊開車，一邊喝。他之所以來到 AA，是因為喝酒已經嚴重影響到了他的工作。

他的故事講完後，主持人根據簽名秩序點名。點到名字的人就開始講自己的故事。一般典型的開場白是：「I am an alcoholic. My name is X.」（「我是一個酒鬼，名叫×。」）也有少數幾個說的是：「我是一個大酒鬼（a big alcoholic）。」

其中大多數人都談到自己剛開始喝酒時，以為自己能夠控制得住，但實際上卻沒有，一次也沒有。每當說到這裡，大家都會心地一笑。

托爾斯泰說：「幸福的家庭都是相似的，不幸的家庭卻有各自的不幸。」

我懷疑，酒鬼就如同這句名言裡的「幸福家庭」，其實都是相似的。不知道明天來的是否是同一批人？他們是不是又會講同樣的話，同樣的故事。心理學家榮格曾經寫到過一個故事。一個酒鬼非常成功地戒了酒，戒酒協會就讓他到處去講自己的故事。日復一日、年復一年地講同一個故事，使用的是同樣的語言，終於使他感到厭煩。一天，演講完後，直接走進酒吧，重新成了一個酒鬼。

光頭沒有發言，他早早就離開了。

終於輪到我講自己的故事了。

我說：「我叫 Ken，昨天我喝完了最後一滴酒。」

大家笑了起來。我明顯地感覺到籠罩在我頭上的那一片對我懷有敵意的烏雲開始消散，他們開始把我當成自己人來看待。

我說：「我希望，今天我能夠滴酒不沾，今天也是我真正戒酒的第一天。」

一片掌聲響了起來。

到底是美國人，友善！豪爽！

我說：「雖然很久以前，我就聽說了AA，但來到AA還是第一次，我為自己的拍照行為向大家深深地道歉。」

道什麼歉啊？「I am sorry.」或者「I am very sorry.」就像北方人說「操！」或「我操！」一樣，整天都掛在嘴上。

我坐在排成長矩型桌子進門的一端，第三排靠牆的正當中。輪到我桌子正對面的人發言了，他距離我約有十多米。他風度翩翩，看上去像個工程師，突然，他話鋒一轉，說到了我。他說：「像剛才 Ken 拍照，你要知道，我還要去上班，如果讓同事們知道了我是一個酒鬼，你讓我怎麼辦？」

因為我和他恰好正處於同一條直線上，我剛才所拍出來的照片，他在裡面就是一個正面的全景照。是的，他有他擔心的理由，不像光頭。

「來到這裡的人」，我不由地在自己心中暗暗說道，「他們講自己的故事，並不是因為他們是作家，或者有什麼特別精彩的故事。他們講自己的故事，是因為實在走投無路，他們知道，僅僅依靠自己的力量不可能拯救自己，所以他們求助AA……」

「我不會發表照片，不會。我可以去拍電影，找些演員來演。當這些酒鬼正在酒壇裡游泳，就快要被淹死的時候，我絕不會發表照片……」

正當我胡思亂想的時候，坐在我右邊的好萊塢明星發言了。

她說：「我是自己來AA的。我來到這裡有一個多月了，事實上，我第一次來的那天，回家路上，我是喝著酒回去的。」

哄堂大笑。只有美女自己不笑，繼續認真地講著自己的故事。

她說：「我沒有錯過任何一次聚會。我喜歡這裡，現在，我喜歡這裡勝過喝酒。」

她對面的另一個好萊塢明星沒有發言。主持人說：「來到這裡就是為了分享彼此的經驗和故事。」

但她還是一聲不吭。

最後，一個坐在我右手邊桌子當中的中年婦女，念了一段類似於《聖經》的祈禱文，聚會結束。

正是十點半。在此之前，已經有一大半人先後走了，他們是發完言的人。

酒鬼群像

清醒的感覺真好！

昨天，天空布滿陰霾，今天，已變得晴空萬裡。

我幸福地走在寬闊的、灑滿陽光的大道上。

沒想到，這卻是一條遠路，加上走過了頭。結果，我走到AA已快十點鐘了。

如果說，昨天這裡還像是一個高級俱樂部，今天便仿佛走進了西部片裡的酒吧，或者中國的茶館。

一走進門，右邊與牆接在一起的那排長椅上，正坐著一個雙臂刺有兩條彩色中國長龍的胖漢。儘管路邊的顯示牌上，顯示出溫度是華氏三十九度（約攝氏四度），但他只穿著一件汗衫。他的右手邊坐著一個看似西部片裡槍手一樣的壯漢。一個皮膚黝黑、印度人模樣的青年，像門神一樣站在這排長椅的頂端、靠廁所的地方。大長桌周圍稀稀落落地圍坐著的人數不到昨天的一半。昨天，伯克利碩士曾坐過的主持人位置上，如今正坐著一個看上去有些猥瑣的老頭。原來，這裡的主持人由AA成員自願輪流擔任。在這裡，只有那個長得像老布希的老頭看上去才像專業的。依然像昨天一樣，他威嚴地坐在業餘主持人正對面。

果然，如我所想的那樣，這間房子裡有一大半都是新面孔。

好萊塢明星說的沒錯，她又來了。仍舊坐在昨天的位置上：大長桌靠門的第一個，臉上流露出淡淡的憂傷。她對面的美女不見了，此時此刻，坐著一個戴金絲邊眼鏡的人。隔開她的兩個空座位，戴眼鏡的老太還像昨天一樣繼續打著手上的毛衣。

我在昨天坐過的椅子上，坐下。

緊靠我左手邊坐著的人，好像剛剛喝過酒，一副疲憊的樣子。戴金絲邊眼鏡的人左邊、坐著一個消瘦的、像是個高加索人，滿臉通紅，正在大口、大口地喘氣。我懷疑，他也喝過酒了。

一會兒後，一個戴鴨舌帽的人，步履蹣跚地走了進來，在刺青胖漢身旁坐下。他把身體轉向胖漢，把右腳壓在左腿下，大聲地喘氣。他長著一張馬臉，這是一個老面孔。昨天，我看到他還是完全清醒的，怎麼今天就變成半個醉漢了呢？

我猜想，昨天我之所以見到許多紳士模樣的人，是因為這些人還要去上班，所以早早發完言就走了。而九點半以後來的人，基本上是沒班可上的酒鬼。

但在這間屋子裡，也可能有不是酒鬼、甚至滴酒不沾的人。這裡的AA開放式戒酒鼓勵酒鬼帶著他們的家屬來，也希望那些感到自己有可能成為酒鬼的人來。

坐在昨天工程師座位上的一個老頭，說：「Shit!」這是一張老面孔。他說，有一次他喝醉了，就開車到西部銀行。門口的保安問他想幹什麼？「我說，『我要取一百萬美元。』保安說：『這裡沒有一百萬美元。』我說：『西部銀行沒有，那我就去東部銀行取吧。』」

所有的人都笑了起來，包括好萊塢也輕輕地笑了。

「Fuck！」

坐在我身旁的人有氣無力地說道。這一聲「Fuck！」輕得大概只有我才聽得到。

「假如再給他多喝幾杯，他就會變得氣壯如牛了。」我心中想道。

他的故事是：有一段日子，他任何人的話都聽不進去，任何人都不想交往，他就把自己關在房間裡。什麼東西也不吃，只是喝酒，喝了十九天。

他說：「整整十九天！喝得房間裡到處都是空酒瓶和空罐子。在尚存最後一點意識時，我爬到電話前給我的 nephew（侄子或外甥）打了一個電話。他把我送到了醫院。」

他總結道：「這裡的哲學是：酒鬼的世界來源於自我封閉，我們只有和人、和社會交往，才能走出酒的陰影。」

主持人點到下一個人的名字。「談到哲學，」這個人接過話頭說：「我認為喝酒比賭博還要壞。為什麼這麼說呢？因為賭博把錢輸光後，你就走了。但喝酒卻是越喝越想喝，你停不下來，直到把身體喝垮為止，你才停得下來。一個輸錢，一個輸人，你們說，哪個更壞呢？」

這倆人的推論方式不禁讓我想起昨天工程師的說話方式，他喜歡說：「我能理解的是：1……，2……，3……，……」。「我不能理解的是：1……，2……，3……，……」

美國大學裡有一門課叫 Critical Thinking，這是一門所有本科生的必修課，它教學生們如何以各種方式去思考問題。酒精的燃燒，居然還沒使這些酒鬼們被教育過的神經短路，我不禁啞然失笑。

反過來說，在美國，只要聽一個人的推理方式，就能立即判斷出他是否受過高等教育。

「我的故事太簡單、太簡單了。」一個女士說，她顯得有些羞怯。「太簡單了！」她輕笑了一下。「今年新年的第二天，我喝醉了，不記得回家的路。就挨家挨戶地敲門，問他們，『你們認識我嗎？如果認得的話，就送我回家。』」

主持人點到了刺青胖漢的名字，像這裡的人一樣，只是一個單音節。

刺青胖漢說話前，先把右腳抬起，隨後把腳踩在長椅上，開始發言。像是在喃喃自語；一會兒，又嘰裡咕嚕地、含糊不清地不知道在說些什麼。他這副傲慢的樣子，使他看上去越發像好萊塢黑白片時代的電影《查理．陳》（Charlie Chan）中，專與唐人街作對的西方黑社會老大。

西部槍手眉頭緊鎖，一動不動地坐著。

印度人早已無蹤無影。

主持人手上的名單點完了，開始用手指點著晚到的人，讓他們逐一發言。

刺青胖漢的身體搖晃了起來。我看到豆大的汗滴從他的額頭上滴落下來，他臉色蒼白，看上去那麼的虛弱，好像就快要倒下了。他用手扶了一下牆壁，不斷地撫摸著胸口，跌撞著走到門口。

坐在我右手旁的人，同情地拍了拍他的背。

「受不了。」胖漢說。

原來他一直在忍受著身體內缺少足量的酒精的煎熬。

這時候，戴金絲邊眼鏡的人摘下眼鏡，猛地站了起來。我一看，原來是哈維爾，緊跟著胖漢的腳步，揚長而去。

終於輪到我發言了。

我說：「昨天是我美好的一天，也是這些日子以來，我最清醒的一天，因為我真正做到了滴酒不沾。望著滿天的繁星，我的感覺彷彿回到了年輕時代，覺得渾身都是力量。我覺得沒有AA，僅僅依靠自己的力量也能戰勝酒精。我想，明天我就不用再來AA了。但是，我再捫心自問，這個美好的一天又是從哪裡來的呢？正是來自於AA，所以今天我又來了，我相信，今天又會是美好的一天。」

「Good job!」那只剛拍過胖漢的手，緊緊地握住了我。

一個AA成員開始念祈禱文，原來這段文字正是著名的AA戒酒十二個步驟：

Step 1 - We admitted we were powerless over our addiction - that our lives had become unmanageable.

Step 2 - Came to believe that a Power greater than ourselves could restore us to sanity.

Step 3 - Made a decision to turn our will and our lives over to the care of God as we understood God.

Step 4 - Made a searching and fearless moral inventory of ourselves.

Step 5 - Admitted to God, to ourselves and to another human being the exact nature of our wrongs.

Step 6 - Were entirely ready to have God remove all these defects of character.

Step 7 - Humbly asked God to remove our shortcomings.

Step 8 - Made a list of all persons we had harmed, and became willing to make amends to them all.
Step 9 - Made direct amends to such people wherever possible, except when to do so would injure them or others.
Step 10 - Continued to take personal inventory and when we were wrong promptly admitted it.
Step 11 - Sought through prayer and meditation to improve our conscious contact with God as we understood God, praying only for knowledge of God's will for us and the power to carry that out.
Step 12 - Having had a spiritual awakening as the result of these steps, we tried to carry this message to other addicts, and to practice these principles in all our affairs.

最後，老布希又讓所有的人手拉手，圍繞著人長桌祈禱：

Our Father, who art in heaven,
Hallowed be thy name,
Thy kingdom come,
Thy will be done in earth, as it is in heaven.

Give us this day our daily bread.
And forgive us our debts,
as we forgive our debtors.

And lead us not into temptation,
but deliver us from evil:
For thine is the kingdom,
and the power, and the glory,
for ever.
Amen.

——Matthew 6:9-13

喚醒

看到刺青胖漢和哈維爾雙雙離去，猜想他們一定去了附近酒吧；想像著自己有一天也會和他們一起豪飲。這是褻瀆！是對 AA、對刺青胖漢和哈維爾、對所有來參加 AA 聚會的人包括自己的褻瀆！

這是一個酒鬼的臆想。

好萊塢明星的話誤導了我。讓我得出了一個荒謬的結論：有剛剛喝完了酒後，就來參加 AA 的人。

不，不可能有這樣的人。

我只可能想像她來 AA 的第一天，回家後，又繼續舉起了酒杯——沒有一個酒鬼會沒有第二滴酒。

第三滴、第四滴……

但隨著暮色的降臨，她的靈魂也隨之顫慄了起來。

當夜色越來越濃時，她開始對自己說：「如果喝醉了，明天怎麼去 AA 呢？要麼不去 AA，繼續作為一個酒鬼，永遠這樣喝下去。既然去 AA 是自己的決定……」

於是，她喝完了當天的最後一滴酒。

於是，她天天來。

於是，在這一個多月裡，就這樣，她也成功地減少了每一天的喝酒量。

從她淡淡的憂傷的神色看，我猜想她一定還在喝酒，但確實比以前少喝很多，很多。

然而，渾身顫抖、滿頭大汗的刺青胖漢；滿臉通紅、大口大口喘著粗氣的鴨舌帽；還有也是臉色通紅、目光呆滯、深沉的哈維爾就不一樣了——他們是男子漢大丈夫，說不喝就不喝。

從醫學角度看，這些一夜之間從酒鬼變為滴酒不沾的人，正在經曆著可怕的酒精戒斷綜合症。

AA 不靠藥物治療，那麼靠什麼戰勝酒精戒斷綜合症呢？

靠的是 AA 成員之間的互助。

快要散會時，坐在我身旁的胖子問我：「你明天會來嗎？你一定要來哦。」

已經戒酒五星期的瓊斯給了我一個電話號碼，說：「想喝酒的時候，就給我打電話。」

已經戒酒二年的艾倫，也就是西部槍手，說：「星期天上午，我開車來接你，帶你去教堂。」

今天，正是我不喝酒的第三天。也許撒旦早已等的不耐煩了，他就要和黑夜一起來了。

當我的右手握著克莉絲汀娜的左手，大家圍成一個圈的時候，我這個沒有信仰的人，不禁和大家一起祈禱起來：

祈禱文

我們在天上的父親，願祢的名顯揚。
願祢的天國降臨。願祢的旨意實行於世間，如同在天上。
賜給我們今天所需之面包飲食。
且赦免我們的債務，如同我們原諒他人的債務。
且不要讓我們被迷惑誘導，而救我們使脫離險惡：
因祢永遠是王國，權柄，以及榮耀。阿們。

——馬太福音 6:9-13

與此同時，年輕、漂亮姑娘的柔軟的、溫和的手，也正在把漸漸散去酒精的肉體的欲望喚醒。

榮格給 A.A. 之父 Bill W. 的信

Dear Mr. Wilson

Your letter has been very welcome indeed.

I had no news from Roland H. anymore and often wondered what has been his fate. Our conversation which he has adequately reported to you had an aspect of which he did not know. The reason that I could not tell him everything was that those days I had to be exceedingly careful of what I said. I had found out that I was misunderstood in every possible way. Thus I was very careful when I talked to Roland H. But what I really thought about was the result of many experiences with men of his kind.

His craving for alcohol was the equivalent, on a low level, of the spiritual thirst of our being for wholeness, expressed in medieval language: the union with God.

How could one formulate such an insight in a language that is not misunderstood in our days?

The only right and legitimate way to such an experience is that it happens to you in reality and it can only happen to you when you walk on a path which leads you to higher understanding. You might be led to that goal by an act of grace or through a personal and honest contact with friends, or through a higher education of the mind beyond the confines of mere rationalism. I see from your letter that Roland H. has chosen the second way, which was, under the circumstances, obviously the best one.

I am strongly convinced that the evil principle prevailing in this world leads the unrecognized spiritual need into perdition, if it is not counteracted either by real religious insight or by the protective wall of human community. An ordinary man, not protected by an action from above and isolated in society, cannot resist the power of evil, which is called very aptly the Devil. But the use of such words arouses so many mistakes that one can only keep aloof from them as much as possible.

These are the reasons why I could not give a full and sufficient explanation to Roland H., but I am risking it with you because I conclude from your very decent and honest letter that you have acquired a point of view above the misleading platitudes one usually hears about alcoholism.

You see, "alcohol" in Latin is "spiritus" and you use the same word for the highest religious experience as well as for the most depraving poison. The helpful formula therefore is: spiritus contra spiritum.

Thanking you again for your kind letter

I remain

Yours sincerely

C. G. Jung

尋找自己的上帝

兼論榮格的信

第一步：徹底認輸

在清醒的時候，所有的酒鬼都相信自己能夠控制得住自己，過去不能，昨天不能，但今天一定能！

於是，他們喝下了今天的第一口酒。

只喝一杯！

一口，二口……

已經是第三杯酒了，這些操蛋的家夥還在喝！而且，奇怪的是，本來只想喝一杯的人，比任何時候都要喝得多，已經是第七杯了，還在繼續喝。

「我承認今天沒幹好，但明天，我一定幹得好！那麼索性今天喝個痛快吧！」

下面是一個比爾自己講的故事：

Renewing my resolve, I tried again. Some time passed, and confidence began to be replaced by cocksureness. I could laugh at the gin mills. Now I had what it takes! One day I walked into a cafe to telephone. In no time I was beating on the bar asking myself how it happened. As the whisky rose to my head I told myself I would manage better next time, but I might as well get good and drunk then. And I did." BB p.6, Bill's Story.

「我又下決心，再度嘗試。戒了一段時間後，信心變成了過度自信，我以為可以駕馭自己，可以譏笑釀酒廠了。但有一天，我去一家咖啡館打電話，沒過多久，我就在敲打著吧台，心裡問著自己，這是怎麼發生的。當威士忌酒香沁入我的頭腦時，我對自己說，下次我會做得好一些，眼下喝個痛快再說吧。這一來，真的喝了不少。」

——《比爾的故事》，譯文引自「中國 AA 網」

更正：「可以譏笑釀酒廠了。」這裡的「釀酒廠」是對「gin mills」的誤譯，譏笑釀酒廠幹嘛？雖然是通的，但隔了遠了一點，應該是譏笑酒吧。實際上，「gin mills」是美國俚語，指酒吧，尤其是低級酒吧。我譯為「可以嘲笑酒吧了。」）

著名的戒酒十二個步驟，是比爾因為臨時需要，匆忙中急就而成。自 AA 成立以來，就一直被其信徒奉為「信條」，還出現了數本厚厚的專門研究著作。

Step 1 - We admitted we were powerless over our addiction - that our lives had become unmanageable.

第一步：我們承認對自己的酒癮無能為力，我們的生活已經不可收拾。

晨思與晨禱：一月十六日

January 16

How can I make myself aware that my weakened acceptance of an unacceptable situation is a reflection on my owe self-respect? Am I a milksop, a slave, to be pushed around at the will of a sick personality? Is my long-suffering attitude going to achieve any good results? Or will it only reinforce the alcoholic in his belief that he can manipulate the situation to get his own way? Am I being fair to him in allowing him to outmaneuver me at very turn? Will he look for sobriety if I give him no compelling reason to do so-not only for his sake, but for my own?

Today's Reminder.

I am an individual with the right to a good life. I must not look to anyone else to make a good life for me; this I must do for myself. Have I deceived myself into thinking that it is my lot to accept anything life chooses to hand out to me, however humiliating or degrading?

I pray to learn the way to see myself as a child of God, bearing in my heart and mind the dignity and grace He has conferred upon every one of His children. Let me learn to live up to this picture of perfection-a little at a time, but always going forward.

From One Day at a Time in Al-Anon.

祈禱與沉思什麼

在我清醒後的第六天，獲得了一枚金幣。那天和我一起獲得金幣的還有另外兩個人：一個清醒了九天，另外一個，這個人清醒了……二十三年！

這天恰好有 AA 成員生日，主講人講完自己的故事後，便宣布休息，大家一起吃蛋糕。

在我的一生中，讓我仰視的人極為罕見。這是一個新的AA，每星期只在晚上聚會二次，而且都是封閉式聚會。使我感到奇怪的是，在這裡，我一下子就遇到了三個兩米多高的人。人群中，好像沒有任何過渡，就從我的身高跳到了這三個高個子。

在吃蛋糕時，我和高個子大衛講完話後，高個子喬走來了。我問他不喝酒多久了？喬從口袋裡掏出一枚金幣，讓我看，一邊說：「五年。」

任何一個清醒了二十四小時的酒鬼，都能獲得一枚像我這樣的金幣。喬的金幣看上去和我一樣，但中間寫著羅馬字「V」，而不是我的「24」。

和高個子站在一起談話，使我感到壓抑。這對我來說，是一種罕有的體驗。

讓我們一起低下頭祈禱吧：

God grant me the serenity to accept the things I cannot change; courage to change the things I can; and wisdom to know the difference.

上帝啊，讓我平靜地去接受我不能夠改變的東西，有勇氣去改變我能夠改變的，以及識別出這兩者之間不同的智慧。

這一段禱文就印刻在金幣上。每次聚會開始，大家一起低下頭祈禱的也是這段文字。

昨天，一個AA女成員知道我來AA正好一星期了，就把手中的一本小冊子給我看。原來昨天早晨我抄的是由比爾夫人所創立的Al-Anon小冊子，手上的這本才是AA的「每日一思」，於是我就抄了起來。

正有一個成員在發言。沒想到這個女成員見我在抄，就大聲地對大家嚷了起來：「哎！我讓他看，但他卻在抄。」

我只好放下筆，認真傾聽。

不少女酒鬼身上都有一種豪氣。星期二，第一次聚會十點半結束後，我發現中午十二點鐘，還有一次研究書的聚會，就留下來繼續參加。

快十二點鐘了，但無人來開門。大家只好在門口站著等。老布什也來了，和我們站在一起。加州陽光永遠都是燦爛的，天氣已明顯地暖了起來。老布什告訴我，他兩星期前剛從越南回來。他還去了台灣，只是沒去中國。

過十二點了，還是沒人過來開門。這時候，一個脖子上套著一條用來掛卡的紅絲帶的小老太——她看上去迷人、精幹，這種裝束、這種類型的老太，我經常在賭場上看到。她揮舞起手上的拐杖，精神抖擻地大聲說道：「把玻璃窗打碎！」

大家都笑了起來。這是一種酒鬼所特有的胡說八道。沒有人會認真去聽，自己說，也只是去感受一種自我釋放的力量和氣氛。

今天一月十七日，AA的「每日一思」

HAPPINESS COMES QUIETLY

The trouble with us alcoholics was this: We demanded that the world give us happiness and peace of mind in just the particular order we wanted to get it-by the alcohol route. And we weren't successful. But when we take time to find out some of the spiritual laws, and familiarize ourselves with them, and put them into practice, then we do get happiness and peace of mind. . . . There seem to be some rules that we have to follow, but happiness and peace of mind are always here, open and free to anyone.

DR. BOB AND THE GOOD OLDTIMERS, p. 308

幸福悄然而至

我們，酒鬼的問題在於：我們只是想通過一種一廂情願的特殊方式——不停地喝酒，便從這個世界上獲得心靈的安寧與幸福，然而我們並沒有如願以償。可在我們努力地尋找到一些精神法則、清楚地理解並付之於行動之後，幸福與安寧，確確實實地來到了我們的心中……似乎有些我們不得不遵守的法則，但心靈的安寧與幸福總是在這裡，而不是在別處，向每一個人自由地敞開。

《鮑伯醫生和往日好時光》第三〇八頁

The simplicity of the A.A. program teaches me that happiness isn't something I can “demand.” It comes upon me quietly, while I serve others. In offering my hand to the newcomer or to someone who has relapsed, I find that my own sobriety has been recharged with indescribable gratitude and happiness.

From the book Daily Reflections

AA節目樸素地教我知道：幸福不是我所能「要」的東西。當我為他人服務時，幸福便悄然而來。當我把手伸給新來的人，伸給老毛病復發的人，我發現自己重又獲得了一種清醒，並伴隨著一種難以形容的感激與幸福。

——摘自《日思錄》

我的考慮：

如果不是擔心自己到時候會不會手抖、腳站不穩的話，今天我就會去為大家倒咖啡。AA每天都需要一個倒咖啡、一個打掃衛生的志願者。

絕望的酒鬼

讓我們回到榮格給比爾W.的信。

信中的羅蘭德（Roland H.）是美國工業巨子的第三代傳人，他的祖父和父親都叫羅蘭德，所以又被稱之為羅蘭德三世。正當他雄心勃勃地繼續擴張家族企業的時候，這個著名企業家卻被酒精淹沒了。

酗酒已經嚴重到了妨礙他正常工作的地步。

於是，他開始戒酒，然而，所有的戒酒手段都失敗了，使他對美國的醫療界完全失望。他只好把目光投向自己的老家：歐洲。

除了佛洛伊德，榮格是當時世界上最偉大的心理學家。

「如果榮格，這位偉大的心理學家也無法使我戒酒的話，那麼還有誰能治好呢？」羅蘭德問自己。

這裡還有一段插曲，可能也是羅蘭德這次在AA史上舉足輕重的歐洲行的成因之一。一九四〇年美國普利策詩歌獎獲得者Leonard Bacon是他表哥，一九二五年，曾接受過榮格的治療。另外，他的耶魯同學兼朋友Charles Robert Aldrich是榮格的同事。

這兩個事實至少為我們提供了羅蘭德三世與榮格的交往淵源。

他是一九三〇年去見榮格的，在那裡一待就是一年。在他認為自己已經徹底戒了酒、又能像正常人一樣工作之後，他告別了榮格，重新回到美國。

榮格致比爾信的第一句：「I had no news from Roland H. anymore and often wondered what has been his fate.」（「我再也沒有羅蘭德的消息，經常想到他的命運。」）

這份「經常想到」的牽掛，絕不是一句客套話，榮格對羅蘭德確實懷有一份朋友之間的真誠感情。

但是，回到美國不久，羅蘭德很快又無法正常工作了，他重新又變成了一個酒鬼。

這是一個多麼令人絕望的事實！

每次AA聚會，談話都有一個主題，而「第一步」是一個反複出現的主題。在AA成立史上，除了匿名制外，比爾W.一再反複強調的也是第一步。參加AA，不需要辦理任何手續，不需要付任何費用，唯一的資格就是懷有戒酒的欲望。然而，一個真正的AA成員必然是一個真正的酒鬼。承認自己是一個酒鬼，就意味著你是一個完全被酒精控制的人，你必然終身跪倒在酒壇前。

「Hi，我叫X，我是一個酒鬼。」

一個真正的酒鬼，在介紹自己之前、發言、或者宣讀文件之前，如此說道。

「Hi，X。」

眾酒鬼及眾酒徒齊聲答道。

當主持人發給我一枚金幣的時候，他高高地舉起我拿著金幣的手，大聲地說道：「說！Ken 是一個酒鬼。」

我輕輕地說道：「Ken 是一個酒鬼！」

眾酒鬼（在那次聚會上只有真正的酒鬼才能參加）一齊擊掌。

承認自己是一個酒鬼，就好像在古老的印度種姓制社會裡，在眾人面前承認自己是一個賤民；在上帝面前，承認我們的原罪一樣。

因此，這使得 AA 從誕生那天起就被蒙上一層宗教色彩，也使得許多人直到今天還猜想它是一個宗教組織。

今天是一月十八日，《日思錄》

JANUARY 18

WOULD A DRINK HELP?

By going back in our own drinking histories, we could show that years before we realized it we were out of control, that our drinking even then was no mere habit, that it was indeed the beginning of a fatal progression.

TWELVE STEPS AND TWELVE TRADITIONS, p. 23

通過回顧我們的飲酒史，可以講述我們還沒有意識到自己已經失控的那段歷史、甚至於在那個時候，我們喝酒已不僅僅是一種習慣、而是一種真正致命的惡化的開始。

《十二個步驟和十二種傳統》，二十三頁

When I was still drinking, I couldn't respond to any of life's situations the way other, more healthy, people could. The smallest incident triggered a state of mind that believed I had to have a drink to numb my feelings. But the numbing did not improve the situation, so I sought further escape in the bottle. Today I must be aware of my alcoholism. I cannot afford to believe that I have gained control of my drinking–or again I will think I have gained control of my life. Such a feeling of control is fatal to my recovery.

當我仍然還在喝酒時，我無法像其他更健康的人一樣，對生活中的種種境遇負責。雞毛蒜皮的小事都會使我進入一種心理狀態：相信自己不得不喝上一杯，用來麻木自己的感覺。但是麻木並不能夠改善境遇，於是我喝下更多的酒、用來進一步的逃避。今天，我必須對自己的酗酒有所了解。我再也不能相信自己能夠控制得住喝酒——或者重又以為自己獲得了控制生活的能力。這種控制感對於我的痊癒是致命的。

AA 是不是一種宗教？

有些人喝酒會變成酒鬼，有些人再多喝也不會。就是說，不是每個喜歡喝酒的人都會成為酒鬼，醫學界對於這個成因尚不明確。假如知道自己已是酒鬼，那就必須立即停止！但真正的酒鬼是停不下來的，這似乎是個悖論：能夠說停就停的人肯定不是一個酒鬼，他們不需要停，而一個真正需要停而停不下來的人才是一個酒鬼。於是，像解決數學上的悖論一樣：只有在一個更大的系統裡，在更高的層次上，才能解決這個悖論。於是我們迎來了「第二步」：

Step 2 - Came to believe that a Power greater than ourselves could restore us to sanity.

第二步：開始相信一種比我們自身更加強大的力量能夠使我們恢複清醒。

相信存在著一種超越我們自身的更高力量，這是所有宗教的起點，也是 AA 有可能成為一種宗教的原點。

成為一種宗教還需要什麼呢？

首先是成員，AA 大有人在——而且是一群極其渴望獲得救贖的人；

一本能讓信徒們反覆念讀的書，AA 有——這本書被稱之為 Big Book，翻譯成中文就是《大書》；

有一定的儀式，AA 有——匿名制，自身身份認定，祈禱。

AA誕生的第一節鏈條：榮格和羅蘭德

在一連串最終促使AA誕生的鏈鎖反應中，第一節鏈條是羅蘭德和榮格之間的交往「the first in the chain of events that led to the founding of AA.」「引向AA誕生的一連串事件中的第一件事情。」——比爾W.）：

1. 羅蘭德離開榮格回到了美國，老毛病復發，他又第二次回到榮格那裡。
2. 榮格謙卑地承認：他幾乎從來就沒有真正地治癒過一個酒鬼，他對羅蘭德的酗酒根本沒有辦法。Dr. Jung humbly confessed that he had poor success with alcoholics, that he was capable nothing whatever for Rowland.
3. 榮格是羅蘭德求助於醫學界的最後一站。他曾問過自己：「如果這個偉大的心理學家也無法治癒我，那麼還有誰呢？」
4. 羅蘭德不是一個普通人，他是羅蘭德三世。他必須清醒地工作！必須正常地工作！這是絕對的命令，否則他就只有去死。
5. 「那麼就再也沒有希望了嗎？就這樣一直喝下去，直到喝死為止？」

「不！還有最後一絲希望。」榮格說：「極個別的人，通過宗教經驗獲得了成功。」

羅蘭德一下子高興了起來，說：「我就是一個教徒。」

榮格說：「我的意思並不是說信教就會對你有用。」

「羅蘭德，」榮格說：「有信仰、去教堂是好事，這很好！但是對像你這樣患有強迫症的酒鬼說來，幾乎毫無用處。」

「我真正的意思是，一種能夠抵達人性深處、改變人的所有動機和世界觀的宗教經驗，最終才能使這個人的生活轉變，將不可能成為了可能。」「I'm talking about the kind of religious experience that reaches into the depths of a man, that changes his whole motivation and outlook and so transforms his life that the impossible becomes possible."」（Wilson, 2000, pp.125）

「那麼這種宗教經驗要到哪裡去找呢？」

榮格說：「我不知道，你只有自己嘗試去尋找。」

6. 最後，羅蘭德找到了「牛津小組」（Oxford Group），在那裡，羅蘭德獲得了驚人的成功。

第二節鏈條：羅蘭德經牛津小組到艾比

牛津小組

不清楚羅蘭德是何時、何地、怎樣接觸到牛津小組的。

在比爾的傳記 My Name Is Bill 裡，作者 Susan Cheever 認為是在紐約，但 AA 年鑒上，認為可能是在歐洲。這都不重要，重要的是牛津小組確實讓羅蘭德成功地戒酒，並使他在那裡遇到了艾比。

牛津小組發軔於美國牧師法蘭克·伯克曼（Frank Buchman）的一次宗教體驗。

一九〇八年，為了治療受到傷害的心靈，在醫生的建議下，已辭職的伯克曼做了一次長途旅行。在英國旅行時，他偶爾走進一個半露天的小教堂裡，因為他本想去拜訪 F. B. Meyer，但沒有遇見。

在聽 Jessie Penn Lewis 講基督在十字架受難的時候，伯克曼獲得了宗教體驗：

「我回想起費城那六個我認為虧待我的人。我也許是對的，但我自己也卷進了是非之中，使我變成了第七個罪人……我開始如同上帝一樣地看自己，這是一幅與我自己非常不同的畫面。我只能告訴你我坐在那裡，意識到自己是多麼的有罪，我的傲慢、我的自私和我的敵意已經使基督的上帝在我的心中黯然失色……我是我自己的生活中心，那個「大我」必須去除。我看到自己怨恨的那些人，就像墓碑一樣聳立在我的心中，我祈求上帝改變我，他告訴我擺正他們的位置。它喚起了我心中一陣強烈的震撼感，仿佛突然間一股強大的生活之流淹沒了我，隨後是一種使人暈眩的、巨大的精神震盪。」（I thought of those six men back in Philadelphia who I felt had wronged me. They probably had, but I'd got so mixed up in the wrong that I was the seventh wrong man.... I began to see myself as God saw me, which was a very different picture than the one I had of myself. I don't know how you explain it, I can only tell you I sat there and realized how my sin, my pride, my selfishness and my ill-will, had eclipsed me from God in Christ.... I was the centre of my own life. That big "I" had to be crossed out. I saw my resentments against those men standing out like tombstones in my heart. I asked God to change me and He told me to put things right with them. It produced in me a vibrant feeling, as though a strong current of life had suddenly been poured into me and afterwards a dazed sense of a great spiritual shaking-up.）

這次宗教體驗後，伯克曼給自認為曾經傷害過他的六個人，每人寫了一封道歉信，信中承認自己是有罪的。不久，牛津小組誕生了。

這是一個以基督教為道德準則的世俗的、非宗教組織，使命是重振社會道德。最初的名字叫 The First Century Christian Fellowship。一九二九年，一個主要由牛津大學畢業的人組成的小組去南非宣傳，一個火車站的搬運工在他們坐的車廂外面，寫了「牛津小組」四個字。第二天，報紙上就用這個名字稱呼他們，從此這個名字就傳開了。

牛津小組沒有會員登記、不收費，活動形式是舉行家庭聚會和旅行聚會。

有意思的是，它的第一次家庭聚會於一九一八年在中國舉行。

它的道德標准是四個絕對：絕對誠實（honesty）、絕對純潔（purity）、絕對無私（absolute unselfishness）、絕對的愛（love）。強調「五個C」：confidence、confession、conviction、conversion、continuance 以及「五個步驟」1. Give in to God、2. Listen to God's direction、3. Check guidance、4. Restitution and 5. Sharing - for witness and confession。

其中對 AA 的成立最直接的影響是第五個步驟：將你的體驗與他人分享。因為正是這一條促使艾比（Ebby Thacher），在羅蘭德的幫助下，經過宗教經驗，戒酒成功後，首先想到了要把這段體驗告訴給他最好的喝酒夥伴之一，也是他的中學老同學比爾 W. 聽。

孟浪和我與《自由寫作》

一

《自由寫作》創刊於二〇〇五年十二月二十五日，這是一本電子出版物，但形式上還是延續了傳統的紙刊。最初是半月刊，辦了幾期後改為月刊；再後來，出刊日也從二十五日改為五日。二〇一三年十二月五日，正好辦滿第一〇〇期，而出刊的這一天，又恰逢獨立中文筆會的創會會長劉賓雁先生逝世紀念日，作為獨立中文筆會會刊的《自由寫作》，因此便做了「劉賓雁專輯」。

我覺得有意思的是：創刊號的封面人物是劉賓雁，終刊號的封面人物也是劉賓雁。當時，做這樣的安排，僅僅是出於形式上的考慮：因為創刊號上，只有封面人物，卻無文章。而在這最後一期上，紀念劉賓雁的文章被排得滿滿的，不做劉賓雁為封面人物，又能做誰呢？

「劉賓雁專輯」是北明組稿的，她聽我說了這裡面的巧合後，堅持要我把它們寫出來。於是，讀者可以在《自由寫作》最後一期的首頁上讀到：

「『老天總會有些出人意料的饋贈。』」——劉賓雁首部傳記作者．馬雲龍（編者按語：《自由寫作》創刊於二〇〇五年十二月二十五日，同年同月，劉賓雁去世。八年後，《自由寫作》出版第一〇〇期，這一天，恰逢劉賓雁的忌日。）」

而對我來說，如果不是因為《自由寫作》先是半月刊，後是月刊，在8年裡辦滿一〇〇期是不可能的。而這第一〇〇期又恰逢一年的年底，十二月，像這種數字上的巧合，就是硬湊也湊不出來。

《自由寫作》在這個時候結束，我覺得一切似乎都是冥冥之中的安排。

二

我一直對數字所包含著的神祕性感到好奇。泡利（Wolfgang Pauli）認為宇宙常數是1/137。他患了癌症後，被安排入住的病房是一三七室。當他看到這個號碼驚呆了，認為他肯定會死在這裡。果然，死時，年僅五十八歲。大家都知道「911」，而「911」後的第二年九月十一日這一天，紐約彩票開出的大獎，最後三個數字就是「911」。

二〇〇五年五月，孟浪從波士頓來舊金山。我已和他整整闊別了十年。令我沒想到的是，他見到我的第一句話就是：「我的航班是一七九。『要吃酒』（在上海話裡，喝酒叫吃酒）……在這麼多的航班裡，要碰上這個數字不容易啊。」

我和他見面後，當然是「179」的。那時候，當然，我也沒有想到：這一年的年底，我將和他一起辦《自由寫作》，而且一辦就是八年，總一〇〇期。

我和孟浪是三十多年的老朋友了，生活中，除了像我一樣，對數字有一種特殊的敏感外，他還喜歡做文字上的諧音遊戲。比如我喝高後，他說：有文醉和武罪，你是文醉無罪，就是話多。有一次，談到我倆的生日，他說：我是八月十六日，在上海話的諧音中是「發一路」的意思；你是十二月十八日，就是「一樑要發」。所以，我是永遠記得孟浪生日的。

孟浪的詩歌，有許多詩句，堪稱漢語的奇蹟。大概也只有我，可以從中看出一些誕生於文字遊戲的蛛絲馬跡。

我從八十年代起，就開始了對孟浪文學的評論。最早是〈天上的飛鳥與地上的百合花〉，在該文中，我把孟浪的詩句比作為天上的飛鳥，總是以最快的速度疾飛著。自他一九八七年寫了〈凶年之畔〉後，孟浪成了我心中的大詩人。其實，孟浪也寫小說。在一九九三年的《傾向》創刊號上，我以「里紀」的筆名，寫了〈並非象徵的寓言〉，是對孟浪寫於一九八七年的一篇小說《我的文法老師沒有錯》的評論。「其中祕密地融合了作者對反文化──烏托邦世界的熱忱嚮往，是我們這一代文化無根的人，用語言這一筆共同的財富所進行的個人精神漫遊的一次實驗……這些年來，孟浪一直以詩人的面貌出現。僅憑他早年的詩，我斷言他是個觀念型作家，而且是一個被我稱之為以『詞語為詩業』的詩人。」

幾年前，在向捷克讀者介紹中國詩人的時候，我選了孟浪的詩。推薦文不長，我全文讀一下。

「推薦孟浪：

有些詩人註定名揚天下，因為他們的詩歌質樸而美好。就像民間歌謠一樣，讓人聞聽之下，揮之不去，成為了心中反覆迴旋著的旋律。

孟浪，是中國最重要的地下詩人，中國當代文學史上一個里程碑式的人物。他的地下詩歌活動，從八十年代、到九十年代，乃至二十一世紀，都是中國當代文學史上最為美好的一頁。

孟浪的詩，最初從晦澀的現代派的詩風開始。在一條漫長的語言煉金術的路上，從最不可能的可能中，孟浪的詩歌終於達到了化境。就像藍天一樣，清澈而透明。選在這裡的詩，如今看似民謠的詩——而民謠，正是詩的最高境界，處處都留下了孟浪個人獨特的風格。

美好啊，詩人！

我為孟浪喝彩，他是中國詩人中的驕傲！」

三

一九九二年春天，在孟浪和默默因為地下刊物《現代漢詩》遭到上海公安的祕密軟禁後，我也曾從孟浪的文學活動的角度，寫了〈我可以放棄詩歌〉。

我和孟浪相識於一九八四年的夏天，在默默家裡。

早在見到孟浪前，默默就和我說：我們要找到孟浪。並特別強調說，這是一個非常有社會活動能力的人。那時候，默默和我正熱衷於搜集地下詩歌，籌備舉辦全國地下詩歌大獎賽。我們就是在這種情況下，認識孟浪的。但最後我們沒有辦成，孟浪和貝嶺卻在一九八五年，一起編成了《當代中國詩歌七十五首》。這也是我第一次知道貝嶺這個名字。本來，最早提出我們要去全國流浪的也是默默、郭吟和我，但最後我們沒有走成，孟浪和郁郁、冰釋之卻去成了西藏。八十八年，又和徐敬亞等人一起編了《中國現代主義詩群大觀 1986-1988》，這本書在當年引起了轟動，是中國地下詩歌一個標誌性事件。

孟浪確實是個實幹家！

我們一起合作編輯《自由寫作》八年，這樣的合作不算短，而在此期間，彼此默契，從來沒有在工作上發生過任何衝突。在我們漫長的三十多年的友誼中，我們也沒有彼此紅過臉。仔細想想，這是多麼的不易，我們又不是沒有個性、沒有思想的人！

在這裡，我想談一個插曲：二〇一一年年底，在筆會論壇上，發佈了孟浪被任命為「筆會文庫」總編輯，同時由我接任他為《自由寫作》主編的通告。另外，我還收到了孟浪祝賀我出任主編的信。

如果真有那麼一個貨真價實的「筆會文庫」存在的話，這似乎沒有什麼不對的地方。然而，事實上，這些年來，孟浪一直在香港出版筆會作品和會員作品，有他和他的出版社做就是了，哪需要再設立一個「龍頭虛」來做擺設？我能猜出這是筆會高層中誰的主意。如果我骨頭輕，去走馬上任了，那好，今天我能任命你，明天我也就可以撤掉你。誰讓你骨頭輕呢？除非你來投靠我。後來，我想出了一個主意，我向孟浪建議：一、撤銷主編一職，設立編委主任一職；二、由每個編委投票，選出編委主任。如果細心地看《自由寫作》的話，會注意到這麼一個細節：在《自由寫作》的第七十五期上，寫著主編孟浪，而第七十六期，什麼也沒有，到第七十七期，才把主編改為編委主任，原因就在這裡。

當時的編委有五人組成：孟浪、余世存、我、馬建、楊煉。這八年來，編委一直是五人，余傑、北村之後是馬建和楊煉接任。

最後，孟浪以高票當選編委主任。面對這種經民主程序而產生出來的結果，筆會高層再要想改變，就不那麼容易了。

我本來是不打算在這裡談筆會事情的，尤其是在它已被分裂成了兩個筆會之後。但既然是談《自由寫作》，怎麼可能繞得過筆會呢？

在辦《自由寫作》之前，我已參與了筆會的具體工作。那時候，我一人身兼「自由寫作委員會」、「獄中作家委員會」、「網路三人小組」成員。除了我從來沒有進入筆會的管理高層理事會，可以說，在基層中，筆會中沒有一個人像我這樣有機會幾乎是全方位地，參與和觀察筆會的整個活動。冰凍三尺非一日之寒，筆會逐漸從一個作家組織向人權組織蛻變、最後分裂成兩個筆會。這種變化不是一下子就能看出來的。筆會經歷過二次改名，它原名為「中國獨立作家筆會」，後來改名為「獨立中文作家筆會」。從「中國作家」改為「中文作家」是有道理的。因為筆會中有不少會員已經加入了外國籍，再繼續稱這些會員為中國作家確實不合適。最後一次改名為「獨立中文筆會」、去掉「作家」兩個字就有些匪夷所思了。筆會明明是一個作家組織——國際筆會下屬的分會，為什麼不再強調它的作家和文學性呢？今年，另一個筆會，就把「劉曉波寫作勇氣獎」頒發給了一個人權律師。

不過，劉曉波本人倒是強調文學的。他告訴我，這些年來，他一直在寫一首獻給他母親的詩，但只寫了幾百行，遠遠地沒有完成。我任《自由寫作》執行編輯時，劉曉波是會長。他曾對我說過兩句話，令我印象深刻。一、只認稿，不認人；二、《自由寫作》要辦成像我們年輕時代最喜歡讀的兩本雜誌：《世界文學》和《外國文藝》。從《自由寫作》的歷任編委來看，一、孟浪，詩人；二、余世存，評論家；三、余傑，評論家；四、北村，小說家；五、馬建，小說家；六、楊煉，詩人。最後只有我，雜家。

四

最後，我想總結一下這些年來，編輯《自由寫作》的經驗。

一、《自由寫作》除了不發政論文，從詩歌、小說、到電影劇本、電視連續劇……論文、譯文什麼都發。我們尤其歡迎具有超前意識的實驗性作品，簡言之，現代派、超現實主義等等後現代派作品。可惜，這樣的作品甚少。在中國大陸遭受禁止發表的作家、或遭禁作品，當然更是不在話下，尤其歡迎。

二、總一〇〇期，發了長、中篇小說有幾十部，這是電子出版物的好處，大家都一樣，沒什麼好談的。在這裡值得一談的是：《自由寫作》只發首發稿，什麼叫「首發稿」呢？只要從Google或其他引擎搜索上查不到的作品，就算是「首發稿」。因此，《自由寫作》也發表在紙刊上曾發表過的作品。而博客、論壇上的作品卻不算是「首發稿」。理由很簡單：既然讀者能從網路上讀到，《自由寫作》為什麼還要付你稿費？

三、盡可能地做專輯或特輯。《自由寫作》做過許多專輯，像每年的「六四」專輯。這樣的專輯，在中國大陸是不可能做的，當然，得由我們做。《自由寫作》還做過「『冷戰』終結二十周年紀念專輯」、「中國地下詩歌運動三十年（1978-2008）紀念專號」、「紀念文革四十周年專輯」、「紅色記憶專輯」等等。我們幾乎一有可能就做專輯。我在二〇〇八年第一次來台灣，遇到一個特別有才華、又特別窮的青年詩人——蔣浩。我是「首屆傾向獎」獲得者、廖亦武是「第二屆」、蔣浩是「第三屆傾向獎」獲得者，因此，我對他感到特別親切。和他同來的、也是他臺灣之行的資助人之一、詩評家秦曉宇聽說《自由寫作》有稿費，出了一個主意：可以讓蔣浩組織一批大陸詩，這樣，蔣浩就又可以自由自在地在海南島生活和寫作一段時間了。這當然是一個好主意！不僅可以出專輯一、專輯二。我特別關照的是：得先告訴這些詩人們，他們的稿費是捐給你的。於是，就有了「中國大陸青年詩人專輯」。

四、最後需要強調的是，《自由寫作》特別重視外來稿，只要可能，幾乎立即就發表。因為只有這樣，才能爭取到更多的好稿子。一些後來加入獨立中文筆會的會員，就是從投稿開始認識、了解筆會的。

謝謝大家！

二〇一四年二月 紐約

台灣行

大陸兩詩人

此次台灣行，最美的收穫之一是遇見大陸兩詩人蔣浩和秦曉宇，特別是秦曉宇，舉手投足間，都讓我不由地想起馬驊。他與馬驊諸多的巧合中，一問之下，曉宇竟然還是在馬驊的家鄉天津大學上的學。他送了我一本詩話集，我當夜就讀，發現裡面赫然寫到了馬驊。

人世間有許多輪迴，有一些我們活著就能看到。

這兩位詩人一個生於一九七一年，另一個生於一九七四年。我還是從曉宇那裡知道了馬驊的出生年，一九七二年。曉宇在寫馬驊處，寫道：「你們在暗中說的話，我要在明處說出來。」這讓我想到馬驊的生日也是京不特的生日。

有些輪迴的見證不可思議。

台北最後一夜，兩詩人請我在一個「臨時小酒店」裡喝酒。所謂的「臨時」，就是這裡本無酒，只有待我們從外面買來了酒後，才把它改造成了一個臨時小酒館。

我年輕時代，喝酒最讓我快活的地方，其實就是這種像馬驊所說的天津人謂之為「狗食館」、孟浪所說的「骯髒的小酒館」、我的「團結」！

一覺醒來，我已身在十幾個小時後的舊金山機場上了。

突然，我悲欣交集。以前，我喝醉時，馬驊會拍著我的肩膀，把我塞到一輛出租車裡，然後對我說：「車費已付，跟著司機走就是了。」

多麼好的年輕人啊！

我的台北最後一夜，假如不是兩詩人的慷慨，堅持為我付出租車費，讓我這個醉鬼一無阻攔地直奔百里之外的桃園機場，憑著我身上僅有的信用卡和幾百台幣，說不定我現在還正因為誤機徘徊在桃園機場呢。

詩人皆兄弟矣！

你讓我的青春再次回來。

馬英九私邸與蔣介石行宮

台北有巍峨皇城之象，那是因為好風景處幾乎都被蔣介石當年佔據了，如士林、陽明山。即使是今天，去陽明山還不自由。

同行的張桂華告訴我，四十九年兵敗如山倒，共有兩千多個縣長來到台灣，蔣介石不允許他們進入台北，這些人只好散居四處，在台南、台中、高雄等地做做小生意、賣賣牛肉麵。這裡不排除安全的考慮。

在去蔣介石行宮大溪的路上，當聽到開車送我們去的台灣朋友說，不遠處就是馬英九的住所「華園山莊」時，我立即表示說要去。

貝嶺說：「你又不是政治人物，你是搞文學的，怎麼也有英雄情結？」

這讓我想起幾天前，陳水扁的車隊開出總統府時，第一個滿面笑容叫起來的正是貝嶺：「看，這是陳水扁的車隊，他剛下班。」

其實，所謂的車隊也就只有一輛汽車，五、六輛摩托車，唯一的派頭是開得飛快，一路綠燈。正當我舉起相機時，車隊早已絕塵而去。

當台灣朋友聽到說我要在馬英九住宅前拍照時，急忙關照道：「你一定要站在紅線的後面拍，那裡到處是便衣。」

這給我一種想像，好像馬宅已被封鎖了起來。到了後才知道，所謂的紅線指的是路沿。「華園山莊」是一幢再普通不過的住宅，馬英九住三樓第一間，至今還與平民百姓住在一起。

我一共拍了兩張照片，前後不到一分鐘，對比這兩張照片你會有個有趣的發現。比起第一張照片中的三個便衣、和一個警察外，第二張照片中又多出了一個便衣。

貝嶺見到這種情景，興奮地從車裡站了出來。他一頭長髮，身著古代長衣，頓時成了全場關注的焦點。貝嶺曾採訪過陳水扁，也和馬英九交談過。估計今天即使被便衣抓了起來，問題也不大，但我還是匆匆收起了相機。抓緊時間，去趕前面的另一輛小麵包車，那裡正坐著孟浪、嚴力等我們的同行。

台北女人

坐在台北的捷運上，我特別愛看台北的女人。

所謂的捷運，就是地鐵，這一點有些像我所居住的舊金山。那裡的地鐵也不叫地鐵，而叫 Bart。這是 Bay Area Rapid Transit System 的縮寫。如果你翻看英漢字典的話，你甚至會發現一個專門詞條：Bart，指舊金山海灣地區快速運輸系統（電氣火車）。儘管在日常生活，我們都叫它「巴特」，但它在漢字中的正式稱呼就是「捷運」。

不知道究竟是誰影響了誰，因為地理靠近的緣故，舊金山灣區是台灣人在美國居住人口最多的地方。不過總的說來，舊金山是廣東人的天下，這些華裔女人大多長得矮墩墩的，從小敢和黑人小孩打架，長大後在墨西哥女工面前一點都不示弱，充滿尚武精神。

按理說，當年移居台灣的漢人主要由軍人及他們的家眷組成，這個島上應該有一種剽悍之風才對，可是台灣女人卻以溫柔著稱，甚至連男人都不例外。上海人形容女人的溫柔有一個專屬名詞：嗲！和台北女人一比，就會發現根本不對。上海女人「嗲」在哪裡？有一天，我在奧克蘭唐人街上走，突然聽到一陣久違了的鄉音，嘰里呱啦地從我的背後傳來。口氣是訓斥式的，表情是男人化的，一時竟讓我想起了無數上海女人。

去年，我和阿鍾住在紐約法拉盛一個家庭小旅館裡，按慣例，我把女主人尊稱為老闆娘，誰想到對方當場就Ｋ我：「誰是老闆娘？我不是老闆娘，叫我某小姐！」

就算說錯了，又何至於如此兇呢？當然，我不相信自己會說錯，因為從開頭起，這個三、四十歲的東北女人，在我們的面前就充滿著權威。同樣的情景發生在台北，我對旅館「老闆娘」說：「老闆娘！」

「啊呀，我不是老闆娘唉。」

「那我叫你什麼？」我說。

「叫我李小姐就可以啦。」

說話的「老闆娘」，也是一個三、四十歲的女人。

台北的最後一天。中午，在送張桂華、嚴力去機場前，在客廳裡，我問：「李小姐，我最後可以呆到什麼時候，十二點嗎？」我是最後一個離開，午夜十一點的班機。

「啊呀，你什麼時候走都可以啦！」李小姐說。

因為昨天我們已把房錢結清，這裡不存在商務問題。

「太好了，」我說：「我本以為，下午就只好流浪台北街頭了。」

「啊呀，我怎麼會讓你流浪呢。」

聽到這裡，大家都笑了。這時候，孟浪翹起一把大鬍子，說：「李小姐，下次，我到台北一定會來看望你。」

李小姐說：「好啊，好，歡迎，歡迎！」

這就是台北女人的嗲和大方。當我坐在捷運上的時候，我不認為李小姐的待人接物是個例外。我認為台北女人主要由二種人組成，一種是小女生；另一種就是三、四十年代的上海女人——這種女人我們從白先勇、張愛玲的筆下熟悉，我也從自己小時候在家中看到的那些所謂資本家女兒的阿姨們身上熟悉。一九四九年，退守到台灣畢竟不全部都是丘八們的太太和女兒，還有幾千年來中國的真正菁華。

一個老資格旅行者吃在台北

一個老資格的旅行者知道：開始時要節儉，隨後再慢慢地鋪張、直至奢侈也不遲。

這樣，當我和從上海來的老朋友張桂華吃完了小籠包、小餛飩、牛肉湯，到付賬時，發現竟然是兩百八十元台幣也就不免暗暗地吃驚了，這畢竟是我們在台北第一頓再普通不過的早餐啊！

兩百八十元台幣約合人民幣七十元，如拿美元換算，約合十美元，這也差不多是在美國唐人街兩個人的一頓早餐。

自然，這只能歸咎於台北物價不菲。

一般認為，與台北一水之隔的三重市的物價大約是台北的三分之二。也是「老資格」旅行者的念頭在作祟，我們放棄了「公款」晚餐。當台北的天空才飄起晚霞的時候，我和張桂華毫不猶豫坐上了出租車，直奔三重市。一個老資格的旅行者知道，有時候，寧願貼上車資去遠方大吃一頓，也比在附近隨便找一家吃來得便宜。

三重市看上去有十個江灣鎮那麼大，到處是街市。在長龍一樣燈火閃亮的街面上，許多飯店門前都擺出了大排檔，另有數不盡的路邊小攤，這種沸騰景象可與香港媲美。我瞄了瞄菜市場上的海鮮價格，秋刀魚每斤七十元台幣，考慮到一碗最普通的牛肉麵價格是九十元台幣（三美元），你不由地說它便宜。然而，當酒足飯飽，付賬時發現這一頓竟然是一千一百元台幣，這時候，誰還會說它便宜呢？

不過，我很快發現，台北的物價雖然起板不低，可是到了中、高檔價位，那又顯得便宜了。台北的最後一夜，我和張桂華去了素以落日、晚霞著名的台北近郊淡水，我們找了一家看得見江面的樓上餐館落坐——毫無疑問，也是周圍最好的一家餐館。那兒的一盤炒蝦是兩百五十元台幣，一小瓶半斤裝的「金門高粱酒」兩百八十元台幣——與商店價格一樣。

美妙的是，在從前蔣介石行宮的大溪老鎮上，兩條燒烤秋刀魚是八十元台幣，約烤了十來分鐘，這種烹調功夫，在美國就是把這兩條魚統統白送你也不夠。

也許這就是台北已達到了一個富足社會的象徵：因為已經沒有窮人了，所有的東西價格都不便宜，但你只要比一無所有的窮人多出一點點錢來，你就可以像一個大陸的闊佬一樣，四處揮霍！然而對普通的大陸客來說，看來現在還不適宜來台灣旅遊，就連我這個拿美元的人，到了付賬時，有時候也不免和唐人街比較一番。

台灣的左派

我一直對台灣的共產黨懷有興趣。奧克蘭有家「亞洲圖書館」，裡面有許多台灣書籍。從這家圖書館裡，我讀到了有關謝雪紅的傳記，也讀到了李昂。李昂有部驚世駭俗的作品《北港香爐人人插》，寫的是性與政治。就像這個名字隱喻的那樣：可怕！

《人間》雜志主將之一的老汪不是共產黨，但他是一個左翼知識分子領袖。

我一直對關懷勞苦大眾的團體領袖懷有敬意。老汪有一雙粗糙的手，讓我聯想到毒太陽之下的勞作。據老汪說，這個革命黨現有五千黨員，正在邁步前進之中。

我一看到王拓就心生歡喜，隔著很遠的距離，我高聲喊道：「我小時候就讀你的作品！」

我驚愕地發現，王拓曾因《美麗島》事件被判入獄六年。現任台灣行政院文化建設委員會主任的王拓說：「我已三十年沒寫作了，而我本來是可以做一個作家、教授的。」

二〇〇八年四月十七日～五月十一日

台灣叔公

一九九三年，我的外婆死了，我的舅舅死了，我的叔公也死了。

這無論如何，是可怕的一年。

我從小就知道，我母親有個叔叔，四十九年跟隨國民黨跑去了台灣。這可不是一個好消息。我在外婆家讀小學時，學校常會檢查戶口簿。外婆家的戶口簿上有一頁上寫著：反革命罪！這是我的一個舅舅的檔案。

我試著用米飯粘上這一頁，想想不對，太顯眼了，又把它撕開，再用口水輕輕地黏上。最後，這本戶口簿欲蓋彌彰，只要一翻開，就翻到了寫有「反革命罪」的一頁。

那一年，我十二歲。

我的叔公沈秉文於一九九一年第一次重返大陸。問他為什麼這麼晚才歸來？他說：我聽說，你們都被共產黨殺光了。

這一次我去台灣，本應該去憑悼我的叔公，但我沒有。而我在美國，也本應該去憑悼我那在堪薩斯屈死的舅舅。

我心有所缺。

二〇〇八年七月四日

醞釀中的電影劇本《山上佛學院》

人物主線如下：

我　流亡作家，無法回國。妻子出家，為了戒酒，到了山上佛學院。

悟賢法師

台灣新娘　電影開始時，銀幕上就是血滴飛濺。其實這是她殺夫的想像，她受不了這種想像，決定出家。她在這座佛學院級別最高，因為她頭上已燙了九個疤。她的姑父是著名台灣佛教音樂大師，佛學院副院長。

其他多個臨時出家人。（主要的故事發展人。）

鄭教授　兒子被車撞死，決定在寺廟裡切腹自殺（有日本血統）。

開山和尚　億萬富翁，星雲法師關門弟子。他坐在虎頭峰下發誓：不成佛，就死去。出家後，身體奇蹟般地從兩百斤降到一百斤。

唐教授　哥倫比亞大學博士，開課主講內容就是謗佛。我的酒肉朋友。

陰陽眼法師　能見到我住的房間裡到處是鬼。

大陸高明寺著名禪師　能見到這座佛學院裡一切眾生的前世今生。

慧明　高僧

其他人物：

小雪　藝術院院長

慧聰　小雪的弟弟，前方丈

如學　班長　印尼華僑，前海員，有頻死經驗。

另一條主線是和唐教授、小雪、王一東。當我溜出佛學院時，在台灣遊山玩水。所以它也是一部風光片。

結局是：一場颱風把師傅辛苦開山十年的寺廟也都夷為平地。（那裡確實有幾座塔樓倒塌了。）

以上人物均為真實。

本片格言：

時間可能是一種錯覺。我們所生活過的世界，每一個都是獨立的。在我們的一生中，事實上，我們已經生活過了無數個世紀。

本片可以從很混亂的一個故事寫起：

春秋時期，楚國三戶人家，在種地。

我在紐約做大樓管理員，覺得這裡的人都有些恍惚地相識。

一個我在法拉盛家庭旅館遇到過的加拿大禪修者一天來看我。

一個尼姑赤腳從加州走到了紐約。

這裡的邏輯是，如果從人的前世今生來看，人與人，無不都是有緣千里來相會。

二〇一五年一月一日～二日　紐約布朗克斯

附錄
小雪的信

一梁：

昨晚電話有點不太清楚，今天好不容易有空，寫信問候。

當我看你前面談到來台灣的信，我第一個想到的是「起心動念」的不真實，「應無所住而生其心」被你應證了，回想起當時你在不舒服的，連吃飯都被人管的力行禪寺，遇到大學問家怪癖唐龍，在台北歪打正著碰到一直躲你的貝嶺，在花蓮繞來繞去不知道要往何處去的情況，現在又想回來花蓮，哈哈！你還是好好享受紐約的生活方便，有百老匯可看，有美術館可逛，老了又有退休金的又愛又恨的紐約吧！

我星期日那天也經歷了一場「起心動念」，下午的時候，我去漁港吃飯，喝了啤酒，我突然想起一個身體劇場，團長說他們租了一個排練場，可以一圓夢想，我就打電話給他說要投資，因為他們實在很不錯，但是因為年輕，剛起步，沒錢，我就說如果你們可以租五年的話我就投資，隔了一天，團長傳簡訊給我說房東說ok，我看了簡訊一下子想不起來怎麼一回事，幾秒之後就想起了，唉！我們都一樣，應該是老了，想到哪做到哪。

雖然我在學校裡任教，好像有固定職業，有社會地位，但是到了要退休的地步時，突然覺得過去都是寄託在系統裡，所有的成就很虛空，比起別人，只不過是一隻更大條的寄生蟲罷了，唉！生命真是不可思議。

我要去上課了。

再談

二〇一五年三月十日 小雪

薩瓦迪卡

我年輕時候是個愛國青年，我要改造中國。

這是一種奇怪的感情，如果我愛中國，為什麼我要改造這個國家呢？

在我的童年，共產黨告訴我，全世界的人民都生活在水深火熱之中。這怎麼可能呢？從少得可憐的幾頁畫報上，憑我六歲的兒童智力就可以判斷出：如果人間有天堂，絕不可能是在中國。

四一八日對我是一個重要的數字。因為那一天，四月十八日，我被送去蘇北勞教農場。那一天，我發誓要鏟除中國勞教制度，這一天，就將是未來這個日子的紀念日。

但再也不需要記住這個日子了。

十一年後，就在這一天裡，我成為了一個美國公民。

數字，一個多麼奇妙的數字。

假如你不喜歡一個國家，你可以選擇遠去。

我懷著兄弟般的感情對你說：

選一個你喜歡的任何國家住下吧。

做什麼愛國青年，革什麼命。

告別中國，就是最大的革命。

雖然我愛美國，但我更愛泰國。

這是一個一百年來都沒有被西方殖民過的國家；這是一個東南亞唯一沒有被共產主義赤化的國家。他們有泰王，有遍地的廟宇。

薩瓦迪卡……不用微笑，雙手合一，泰女個個看上去都像菩薩。

一

詩人以非凡的直覺預言：這個帝國必須分裂。

他說的是中國。

做一個小國寡民多好！不需要更多的烈士去為帝國的龐大事業做出無謂的犧牲。

二

二〇一三年，我第一次來到泰國。

一個萍水相逢的泰國警察，在曼谷的華倫蓬火車站，請我大吃大喝了一頓。

泰國人的慷慨就像泰式微笑一樣，需要我慢慢地習慣起來。

大樓管理員大聲地對我喝道：「涼茶！」

這是一句廣東話。

我問她：「你知道不知道這句話的意思？」

她說：「我不知道。」

我說：「這意味著明天，我要請你喝茶了。」

在中國，被請喝茶不是一個好消息，意思是你被警察約談了。

三

泰國老師雙手合十，站在講台上。

開始彎腰，一個腰比另外一個腰彎得更低。同時雙手碰到鼻尖，碰到眉尖，再碰到額頭。向我們演示如果遇到長者、尊者與和尚，該如何行禮如儀。

「啊，這麼複雜？」

人們也許知道握手的起源。當一個人把手攤開，表示我手上沒有武器，我們現在可以成為朋友了。榮格對於中國人見面時的磕頭儀式，說得更絕：我現在已經跪伏在你的腳下了，你撩起一腳就可以把我踢翻，難道你還不相信我對你的誠意嗎？

我開始習慣這個禮多不怪的國家了。

四

也許是住在清邁大學的緣故，我每天遇到的女子大多十分美麗。她們就像小鳥一樣，張開小嘴，無時無刻地說：卡！

意思是說：謝謝。

這很像美國的小鎮，我當時住的阿拉米達，陌生人與陌生人見面時都非常親切。

但泰語男女有別。男人說：卡蓬！這時候，嘴巴是閉上的。

泰文有七十多個字母，不像中文，聲調是五聲，多出了一聲。我絕望地看著泰文，沒有標點符號，單字與單字之間也沒有空隙。看上去就像甲骨文。

天啊！哪一天我可以說泰語呢？

離開了旅遊區後，你不可能要求泰人和你說中文或英文吧。

五

任何一種實實在在的文化都包含著深刻的矛盾。而我的少年，多麼不幸，居然把馬克思的《資本論》和恩格斯的《自然辯證法》當了一回事。

後來，當我二十一歲的時候，我第一次遇見陳剛。我說：「我的餘生就是批判自然辨證法。」

那是在龍華，我睡在地板上。陳剛翻了個身說：「你不相信辨證法，那麼我們就談也不用談了。」

世界上有許多不幸的知識。像馬克思的《資本論》、恩格斯的《自然辯證法》、李洪志的《轉法論》。

我後來當然談也不談馬恩。像這種作品，怎麼可能值得你去浪費時間呢？我曾經讀了《資本論》整整三個月。而相信李的人，親愛的，我怎麼對你說呢，用井蛙的話：腦子都有點不靈光。像她這樣的天才詩人，當然只要用眼睛瞄一瞄，就知道對方是什麼東西了。

六

泰國文化在我看上去有些不可思議。

在美國的最後一夜，張博樹為我餞行的宴席上，我問道：「泰國是個佛教國家，但為什麼又有這麼多的色情呢？」

了不起的李先生對我說：「這叫歡喜佛，佛把男歡女愛都看成佛緣。」

王博士用山東話說：「我喜歡，在泰國可以租到一個老婆。」

七

泰國是個價廉物美的天堂。

無論是乘車，還是買東西，我總是把一大把錢放在手上。因為我不會說泰文，你說多少就拿多少吧。

我信任泰國人的淳樸。

一天，我複印了兩張紙，我又拿出了一把錢。收銀員小姐對我說：「一個泰銖就夠了。」

這是什麼概念呢？一美元可以兌換三十三個泰銖。

我用五個泰銖買了一大把蔥。一星期後，許多蔥腐爛了。讓我想起小時候，在上海，用一分錢就可以買一把蔥的歲月。

泰國的「雙條車」是這裡的出租車，到任何地方都是二十泰銖，只要順路。我翻開地圖，研究起怎樣以最便宜的方式去清邁汽車站，因為我要去老撾。我住在郊外，我決定用二十泰銖坐「雙條」到古城，然後再在那裡坐「雙條」去汽車站。

暮色降臨，在清邁古城的一個地方，我跳了下來。

我拿著地圖。一家日本壽司店裡的一個夥計明白了我的意思。這裡都是年輕人，穿著漂亮。他們開始為我站街，揮舞著手，高聲叫著Arcade（清邁汽車站的名字）。

他們都不在店裡幹活了。就好像歡送他們的國王去老撾一樣，一個個都出來，站在街道上，對坐在雙條車上的我，揮舞著手臂，大聲喊道：「薩瓦迪卡！」

在泰國，薩瓦迪卡既是見面時的你好，也可以是分別時的再見。

八

南奔是清邁旁的一個府，距離清邁二十六公里。

我看到有人寫到：「雙條車」二十泰銖就可以去那裡。但想到在「雙條車」上顛簸一個多小時，畢竟還是太辛苦了，最後我還是選擇了小巴士，票價是二十五泰銖。

一個朋友對我說：你喜歡泰國，是因為泰國物價便宜。

我想了想：不，全世界物價最便宜的還是美國。

我二年前漫遊歐洲，從瑞典到丹麥，那裡的物價令人窒息。後來到了德國，那裡的啤酒價格只有美國的三分之一。讓我稍微緩了一口氣。

後來，我去了布拉格、去了布達佩斯，物價一個比一個便宜，最後到了泰國。終於鬆了一口氣，可以大肆揮霍了。不過從理性上說，在物價上，美國還是可以和泰國一比。當然，除了蔬菜和水果。

泰國是個熱帶國家，隨隨便便撒一把種子就有收穫了。熱帶地方的人懶，你不要責怪他們，這是上帝給予他們的恩賜。

九

假如你看過電影《印度之行》的話，有個畫面可能會使你印象深刻：火車上到處都掛滿著人，車頂上，車門外。

他們都命懸一線，似乎生命就是一樁無所謂的遊戲。

不過，你假如是個佛教徒的話，或看過一點佛教書的話。你想，假如人有來世，有前世六生，而我們這一生都是匆匆忙忙的過客，假如沒有特別要做的事情，這一生確實沒有什麼值得留戀在這個世界的理由。

泰國人喜歡熱鬧。我在午夜二、三點時，會被樓下酒吧裡傳來的歡聲笑語吵醒。這像香港的離島。我的美國朋友有些奇怪，問我為什麼要離開美國去到泰國。我說，我喜歡東南亞的熱鬧，而一點都不喜歡美國的冷清。

十

我給海外的中國朋友打電話，告訴他們一個雄心勃勃的計劃。他們說：這是一個你的IDEA，肯定有你的理由。

我告訴中國的朋友們，他們說：這是你的一個想法，但是憑什麼讓你發財呢？

朋友還是老朋友，但怎麼會變得如此乏味呢？

十一

我在清邁快樂無比。

剛碰到一個英姿颯爽、頭戴盔甲的泰女，在拐彎處，貼著我的腳擦肩而過，差一點把我撞死。而她，連頭也不回，瀟灑地絕塵而去。

在泰國，誹謗國王將判十年到三十年徒刑。

我會把這個泰女以誹謗罪告上法庭。

最後，讓她露出最燦爛的笑容。

這是我開始構思的電影。

二〇一五年八月五～八日 泰國清邁

故鄉是回不去的

我一直喜歡說：故鄉是回不去的。其實，這句話也不是我說的，出自《天使，望故鄉》的作者托馬斯·沃爾夫之口。

記憶，怎麼可能穿過漫長的時間隧道，回到我們曾經生活過的每一個活生生的時下呢？回到我們曾經生活過的一個個前世呢？

下雨了。這是暮春的一場毛毛細雨，像這樣的雨，在這樣的季節裡，在舊金山十分罕見，卻正好應和了我此時此刻的心情。

江灣老鎮

江灣是個好地方。

在離「團結飯店」不到一百米的地方，就是一個尼庵。那時候，我的一個朋友還在復旦讀博士，我讓他和我一起把耳朵貼在門上仔細聽。

「老毛把寺廟摧殘了，實在愚蠢之極！」我說。

因為這座庵的存在，我會時常想到暮鼓晨鐘。在我的想像裡，一個理想的中國小鎮，就是有幾家茶館、酒館，還有一個妓院和一座寺廟。除了沒有妓院，其實江灣鎮什麼都應有盡有。

從「團結飯店」往東一百米，就是中國第一條鐵路：淞滬鐵路，旁邊是被日本人飛機摧毀了的豐子愷的「緣緣堂」。走在江灣鎮濃密的梧桐樹下，我時常會有一種幻覺，好像弘一大師正從我的眼前走過。

那時候，我們還不懂得喝酒，在辦《亞文化未定稿》時，阿鍾、京不特、陳剛、我，四個人喝一瓶一元多的「熊貓大曲」就開始醉了。

我當時住的地方是一個百年老宅，午夜過後，我們喜歡講鬼故事，其中最牛皮的一個故事是說：不久前，有人在大西北的沙漠上，發現了老子的一個腳印。

夜深俱靜，語言便具備了催眠的力量。當屋子裡所有的人都被嚇得瑟瑟發抖的時候，你不由地會相信另外一個你所不知道的世界的存在。比如說，你說，一個如花似玉的女孩，此時正張開血盆大口向我撲來，這時候，我不僅信，而且還真的會看到她正伸長著的指甲。

即使沒有鬼故事，有時候，我也會和阿鍾一起守到天亮，然後到江灣的一個小飯店裡去喝鹹豆漿。

這就是我的江灣，那時候，不管我如何地沒日沒夜，我總會看到黎明！

那天晚上，阿鍾姍姍而來。經常是這樣，夜深了，阿鍾會突然出現在這間屋子裡，然後，向我談起他白天的生活。天快要亮時，阿鍾就走了。

有時候，黎明，我們也到外面去喝酒。小酒樓裡，經常會看到一些老人，他們在慢慢地舔著酒。看得出他們喜歡這裡，這是他們一天裡最美好的時光。

太陽升起來了，太陽底下的世界不屬於老人。他們那一張張顯出醉意的臉，像一群蒼白的鬼一樣，在我們眼皮底下漸漸逝去。

蘭波四十歲死了，卡夫卡四十歲死了，卡繆四十歲死了。還有偉大的詩人普希金、波特萊爾，以及可憐的坡，這個在美國聚財者時代升起的燦爛星座！

然而，他們卻是真正的抒情詩人。在這個世界上，誰對自己將死於四十歲沒有出現真正的預感，誰的文學中就不可能產生真正的抒情力量。

老人的魔鬼是不具有創造力的，已經不再會使他們成為抒情詩人。

酒樓裡，老人們紛紛走散。這時候，我和阿鍾也分手了。

二〇〇八年三月二十八日

方浜中路100號

我指著我和大衛正在喝著酒的酒樓對面，說：「看，這就是我童年時候曾經住過的老房子！」

說不出的驚訝和興奮，方浜中路一百號居然就在我手指相隔不到十米的貼對面。一踏進城隍廟，我就帶著大衛，穿街走巷，尋找老房子了。而我們之所以最後走上了這家酒樓；僅僅因為它的面前堆放著一缸缸的紹興黃酒。

在大衛當年寫下的《路遇里紀》[1]裡，留下了這一份記憶：

Until, of course, the next event, like the afternoon Liji and I, lost in the old maze of Shanghai streets, discover how one is suddenly found by the memory of an old childhood street. We are drinking Siaoxing wine looking down from a restaurant balcony, and Liji, startled by the old building by the gate, suddenly remembering his parents saying, Remember, if you have lost your way, tell the people you belong here, remember Fangban Zhong Lu 100.

"Perhaps the restaurant was waiting for us to come," says Liji, with a twinkle in his eye, like an African medicineman who knows one can never be lost in a jungle. Only the jungle can be lost.

——David Lloyd Sinkinson

當然，直到下一次，就像那個下午，我和里紀迷失在上海街道的古老迷宮裡，發現了一個人是如何突然被遠去的童年街道的記憶喚醒。我們喝著紹興酒，在一家酒樓的陽台上俯視，大門旁的老房子把里紀驚呆了，突然想起他父母親的話：記住，假如你迷路了，告訴人們，你住在這裡，方浜中路100號。

「也許酒樓在等著我們來，」里紀閃爍的目光，就像一個知道永不會在叢林裡迷路的非洲巫師一樣説道。只有叢林才會迷失。

注釋——

1 里紀，王一梁曾用筆名。

——戴維・勞埃德・辛金森

如今，聽說方浜路已改名為「上海老街」，不知道方浜中路一百號，是不是叫上海老街一百號。有人去那裡的話，替我看看吧。

也在同一年，井蛙寫下了《方浜中路一百號》。二〇〇四年的秋天，在波士頓詩歌節上，她朗誦了這首詩。原詩共有三節。第一節，上帝的離開；第二節，父親的離開；第三節，我的離開：

我的離開

醉酒的那天夢見老房子
我喝
他們不相信我蓬亂的頭髮就是燕子的巢穴

曾經那是避難所
春天的歌謠扎著小辮子

母親的木棍一直在眼前晃
方浜中路一百號的頑皮童話

每天成為鄰居的笑料
鄰居搬家了
我還在喝
破舊的牌樓豎立打醬油時太陽下的影
中午
忘記飯桌上的諾言
我的離開就是一頓打之後的疼
始終保持著冬天動聽的求救

但不哭

二〇一〇年五月二十五日

我們對於故鄉的懷念，一生一世；對於故鄉的挑剔，也可能一生一世。

當我想說，上海最好玩的歲月應該是九十年代，這時候，我就聽到一個聲音在對我說：你難道忘了小時候的大餅油條嗎？

故鄉的記憶，就像一塊壓縮餅乾一樣，它壓緊著。

有時，我會不斷地做起與故鄉有關的夢。它們往往出現在一條大河的盡頭，馬路上長滿法國梧桐樹。在一個夢裡，我發現祖父祖母正住在一個農莊裡，四面都被泥牆包圍著，幸福得就像童話一樣。

我還常會夢見一條大川，在我的船還沒有划到彼岸前，船翻了。我最多夢見的卻是翻越邊境，許多在夢境裡出現的數字匪夷所思。比如說，我在十二歲時偷渡香港，十八歲時定居孟加拉國，七十三歲時在墨西哥終老。

夢和記憶，在我今天對著鍵盤敲敲打打的日子，其實早已沒有什麼兩樣。只是我的少年夥伴有時候會問，甚至憤怒地問：你眼簾下的那幅畫面我怎麼沒有看到？從來沒有看到？！

而在我的夢裡，一切盡善盡美，唯一欠缺的或許只是：從來沒有一個少年夥伴和我共享一個夢境。

二〇〇八年六月二十四日

跋：我與一梁

李毓

〈我與一梁〉是依群給我的命題，我發現這個題目既樸素又切題。

依群自從在群裡臨危受命，接受了歸檔一梁文檔的苦差事，就開始日以繼夜地梳爬整理，將一梁散落各處的文字打撈集結，目前已編成四冊《一梁文集》。

一梁自己也說，整理他的文字是不容易的，他筆頭勤，但多為即興篇，尤其是很多文章都是在酒精的催化下一蹴而就的，常常虎頭蛇尾或乾脆有頭沒尾。要把他沒頭沒腦的即興寫作按照主題整理出來，需要的不僅僅是編輯的才華，更多是對故人的深情厚誼。

一梁的文字不是苦思冥想精心雕琢出來的。他一生喜歡天馬行空胡思亂想，不時有電光火石般的頓悟，或者在他起心動念開始寫作的過程中，寫著寫著就開啟了思想的閘門，用他的話就是觸動了無意識，於是有了意念之外的所得，就像歌德的《浮士德》，像尼采的《查拉圖斯特拉如是說》。但要把這些編織成有機的成系統的篇章，對編輯來說卻是大考驗。好在依群真是憑著對一梁英年早逝的憐惜和數十年的友情，走進一梁的精神世界，甚至等於重新認識一梁。

一

二〇二一年的電影《緝魂》中，女主對癌症晚期的丈夫說：「我只要你活下去」……看似平常的一句台詞卻再次讓我淚流如注。

《緝魂》是家祁姐推薦給我的一部台灣電影，內容的重點和賣點均不在與癌症的抗爭，而在於用現代科技在他人大腦中 copy 腦信息，實現靈魂在另一個身體的延續。家祁姐之所以推薦給我，第一是劇中主人公與我們有著相同的經歷，我們能在女主身上看到自己的經歷，其次應該是想安慰我，靈魂不死，我們的親人只是肉體消亡而已。在我最崩潰的時候，也是經家祁牽線，曾與一位台灣靈媒通過網絡視訊與一梁的靈魂對話……但是，這一切理性的理解都無法代替真實的感受——我確實失去了他，再也聽不到他暢遊在精神世界的自說自話了；今後無論走到哪裡，我都不能再與他一起欣賞風景，尋覓美食，看不到他像個孩子一樣端著 iPad 活蹦亂跳地到處拍照了！

他在最後的日子突然變得非常「自戀」，無論在哪裡、做什麼都要我給他拍照，但因為我的盲目樂觀，並未感覺死亡的逼近，加上感覺形象不健康，很多時候拒絕為他拍照，這也成為我今天悔恨的原因之一。而我在某一天突然冒出的要與他拍一套婚紗照的念頭，也因他無法長時間配合拍照終於沒有實現。

一個人面對著空蕩的空間和空蕩的內心時，感覺我與一梁生活的幾年就像一場夢，飄忽而來，飄忽而去。二人世界的生活基本是與世隔絕的孤立狀態，個中體味與細節只有自己知道。即便是偶爾來探訪的親朋好友看到的也不過是最表像的東西。或許由於安逸生活產生的惰性，或始終認為來日方長，長到可以容他滿頭白髮老得無法遠足時，坐在書房從容地回顧與記錄，因此，他對這段生活鮮有記錄，只能通過我的少量文字循跡。

死亡對不同的人來說意義是完全不同的：對相依為命的親人來說，是整個世界的坍塌；對親朋好友來說，是一種悵然若失；對不相干的人來說，只是一個冰冷的數字。他最後的日子，我對關心我們的朋友說：「我不去想結果，每天睜開眼，只要他還有一口氣，我就必須想盡一切辦法讓他的生命盡可能地延續下去，哪怕多一天對我來說意義都是不同的。」

或許有人說，這樣的生命對他本人和我都已經是折磨，又有多大意義？但對我們來說，他活著就是意義；只要他活著，他就可以陪伴我，只要他活著，我的世界就依然完整。對我和一梁來說，生命的意義正是它字面的意思：生，活著；命，命運，聽從或者抗拒。

二

男人誇女人聰明，遠不如誇她漂亮更讓女人開心，尤其是這個男人是自己的丈夫。儘管一梁認為一個人最不能容忍的缺點是愚蠢，但我還是寧願他讚美我的容貌，不管是真心還是假意。

我在盥洗室的鏡子前刷牙，他站在我身後，我被他完全罩住，他拍拍自己的胸脯說：「man」，再點點我的額頭：「woman」。「我們應該作為人類的」「standard mode」，他說，「男人就該像我這麼魁梧強壯，女人就應該小鳥依人。」

「以前我喜歡的美女都帶有男性特徵：大高個兒，高鼻樑、瘦削的臉蛋，自從我來到泰國之後，看到人妖個個都這樣，我知道我的審美是有問題的，直到遇到小寶（我），才知道女人應該像玉一樣溫潤，像小鳥一樣嬌弱才叫美。」因為一個人而改變原來的審美觀，讚美老婆的最高境界不過如此吧？

我們一直二人世界裡卿卿我我，從未老去。直到二〇一九年去甲米島給他過生日，從餐館出來的時候，華人服務生送我們出門時說了一句：阿姨再見！他像被螫了一下，瞪著眼睛問我：他剛才是喊你阿姨嗎？得到我的肯定回答後似乎還不相信，滿臉憤怒地欲折身回頭去問小夥子，被我攔住了。小夥子可能跟瑤兒差不多年紀，喊我阿姨是正當正分兒，我看到他臉上的疑惑漸漸變為挫敗。

在內心，一梁一直是個不願成長的孩子，他從心理上始終沒有獨立，有爸爸媽媽和哥哥的呵護。而在他媽媽去世前，我來到他的身邊，他順理成章地把我當作媽媽的替代，對我無限依賴。或許，沒有當過父母的人永遠不會真正成熟。瑤兒來過兩次，他的表現也很奇特，開始的時候，好奇、新鮮、過度寵愛，一旦他感到瑤兒佔據了更多時間時，就像一個受到冷落的弟弟一樣滿腹委屈。

二〇一六年台北開完會，崔哥對我說：一梁告訴他得了一個那麼優秀的現成女兒，可得意了。我頗感意外，一梁很少問及或提及瑤兒，似乎是不敢面對自己有孩子這樣的現實：有個那麼大的女兒，意味著自己再也不能假裝年輕；另外還有一層含意，感覺自己占了某種便宜的底氣不足。

自從我將崔哥的話轉告他，窗戶紙捅破之後，就像卸下了他的某種心理包袱，從那之後，每次女兒跟我微信通話的時候，他開始大大方方地要求說幾句了。

剛在一起的某個晚上，我十點左右走進臥室，他一米八幾的身體四肢張開鋪滿整個床，枕頭丟在一邊，兩條大長腿從床腳耷下來，兩腳著地。儘管我躡手躡腳，輕微的開門聲還是驚擾了他的無意識，他在熟睡中前後踢動雙腿，腳在地上來回摩擦。我呆住了，那一刻我分明看見一個成熟甚至漸趨衰老的身體裡住的仍然是一個八、九歲的小男孩。

三

五年多前，與一梁居住的第一站是芭達雅。

泰國很多地方要麼沒有人行道，要麼總是被街邊商販佔據，芭達雅的摩托車像魚群一樣擠在汽車中間靈活地遊動，擦著路邊呼嘯而過，有一次，一輛摩托從我身邊擦過卷起我的裙裾，我渾然不覺，他一把把我摟在懷裡瑟瑟發抖，嘴裡神經質地反覆喃喃道：「如果剛才把寶寶撞死了怎麼辦，怎麼辦，我怎麼辦？」我被他抱得越來越緊，足足兩分鐘幾乎無法呼吸。從那一刻起，我知道，這個高出我一個頭的老男孩是我的了。

今天再回芭提雅時，已經只有我一個人了。好幾天，每當落日的餘暉灑滿陽台，看著遠處被夕陽染紅的陽台和僅餘他氣息的房間，我似乎又被那種情緒控制住了，總會冒出一個念頭：向海邊走，一直走向大海深處。

最終戰勝這種情緒的不是對死亡的恐懼，而是對獨自出門的恐懼，尤其是在夜幕下。以前有他在，我是從不恐懼的。我一個人決然出國，一個人擔起一個家，無論走到哪裡，只要身邊有他在，即使短暫分離，知道世界上有一個彼此牽掛的人，內心是篤定的。世界再大，對我來說也只有我們倆。但一梁很膽小，他怕黑怕高、怕貓怕狗，也怕事。從人格上來說，他其實是個拒絕成長的孩子，他只想沉浸在自己的世界，那個世界必須是唯美的，必須不沾人間煙火，只有學術和美酒。莫瑞・史丹（Murray Stein）把男人的自性化分為五個階段，而一粱始終賴在母親的世界，拒絕進入父親的世界。因為母親的世界是無邊的包容和溺愛，一粱是媽媽的乖寶寶，媽媽是一粱終身的情結；父親的世界代表著冒險、競爭、責任，這些都是他一生都在逃避的東西。

那是一段幸福的日子，兩個原本各自漂泊靈魂終於找到對方彼此陪伴，儘管仍然還在漂泊，但兩個人漂泊與一個人的漂泊意義完全不同。甚至連吵架都可以很幸福。

二〇一六年，清邁大學後門夜市街。從菜場返回，快到臨時出租房時，不記得因為什麼他惹我生氣了。我扭身跳上一輛等待紅綠燈的宋條車，車馬上啟動反方向朝古城駛去。

無心逗留無處可去，兜了一圈大約二小時後回家，家裡沒人也沒有買的東西，折身回到分開的地方，卻聽到他若無其事地喊我。三十多度的高溫下，他就坐在路邊便利店門口的長凳上東張西望，背包放一邊人坐一邊，T恤已快濕透。他似乎對這樣的結果胸有成竹，一點都不焦躁，笑吟吟地看著我。緣分是多麼神奇的東西，兩個背景完全不同的人，一旦相遇相愛，就會很快進入彼此的生命。無論在多麼熙攘的人群中都能迅速捕捉到彼此熟悉的身影，滿世界的人都只是背景，只有那個人屬你。我只要在人群中看到一個戴著草帽背著背包的熟悉面孔，整個世界就會馬上安靜下來，無論哪裡都像家一樣安全安心。

「怎麼不回家？」我幫他擦拭著不斷從兩鬢流下來的汗水，嗔怪地問。「我是尾生，你不來，我不走。「我低頭掩飾著馬上湧出的淚水給他戴上草帽：「回家吧。」他又認真地補充道：「記住，今後無論在哪裡走散，你都要在原地等我，我一定會回到原地找你。」

這一次，你還會回來找我嗎？

四

二〇一六年，經過一系列權衡、選擇和複雜的法律程序之後，兩個不同國籍的流亡者終於決定在香港登記結婚。其間的曲折與巧合有另文記錄。

為了辦理結婚，兩次飛香港。第一次是遞交申請和個人資料，然後排隊等待通知。兩個月內，收到郵件，通知我們在規定時間段內去登記處完成註冊程序，時間剛好覆蓋了我的生日，於是我的生日就順理成章地成為我們的結婚紀念日，而這只是那次結婚過程中無數巧合的其中一個。

在登記處隔壁的小教堂，一個法官為我們主持了簡單婚禮。兩位證婚人，一位是獨立中文筆會會員胡志偉先生，另一位是他臨時邀請來的黃女士。我們跟著主婚人分別手按《聖經》宣誓：我自願選擇×××為我的丈夫（妻子）……無論富有還是貧窮，無論健康還是疾病……儀式雖簡單，但絲毫無損神聖與莊嚴。

四個人在海邊的一家餐廳吃了頓飯作為婚宴。沒有鮮花和更多人的祝福，只有兩顆滄桑靈魂的更加靠近。有人或許會說，許多儀式本來就可以不必有，精神的東西需要物質形式來證明嗎？但往往精神是需要物質來加強或記憶的，比如，人類發明一個個節日、紀念日來記錄歷史事件或季節更替，通過宗教儀式來過集體精神生活。

可見，生活需要儀式感，正是這些儀式賦予了平淡日子不平常的意義。我們會在清明前後祭拜故去的親人；在愛人生日的那天送他（她）一份驚喜，讓對方感受到你的愛，平日疏於表達的情感在這個特殊的日子裡都集中表達了；我們在春節或中秋與親人或朋友團聚，把被忙碌生活沖淡的情感紐帶重新繫緊。

還有人說，由於中國人對饑餓有著刻骨的記憶，所以「民以食為天」，過節也只注重吃。對於這種說法，我不敢苟同。中國人對食品的重視與講究恰恰說明中國的生產力在歷史上曾長時間領先。只有在物產豐富，物質條件寬裕，解決了基本生存條件的前提下才能追求更高標準。看似簡單的一種食品，都是根據當地的物產和氣候條件製作的，可以說，都凝聚著民間智慧。

同樣，一桌豐盛的飯菜或許是父母、愛人的愛心表達，或許是增進友情的請求或找個暢聊的機會。當然，酒桌文化也衍生出太多糟粕，比如拉關係走後門等，這與我所表達的情感要求無關。

儀式感對脫離母體文化的流亡者來說恰恰是最欠缺的。我們無法與有著共同文化背景的親朋好友共度節日，感受節日氣氛，也無法真正體會他國文化背景下的節日內涵。或者說，我們就像失根的浮萍，缺乏歸屬感，只能通過對一個個節日的簡單儀式來與遠方的故土和親人保持精神上的聯繫。

我與一梁的關係，也因為有了結婚這個儀式的認可，彼此在內心都獲得了一份神聖的承諾。

五

二〇一七年，我們終於有了實體意義上的家——在清邁買了一間兩臥室公寓。經過一段時間辛苦而幸福的築巢，馬上開始投入榮格翻譯。他的理想是在有生之年翻譯完《榮格全集》。

作為一名文藝女（文藝女是一梁對我的貶稱），我也曾讀過一些西方哲學的中文譯本，但很少有真正理解通透的，我一直以為是自己基礎太差或天分不足，當自己真正從事翻譯時，才發現根本原因在於譯文。一梁說：「世間沒有用大白話講不出的道理，如果不能用淺顯易懂的話表達，說明譯者本身就沒有理解作者的思想。」「魯迅在翻譯上是個大笨蛋，」他說：「哪裡存在什麼直譯？」

他開始四處搜尋榮格的未翻譯作品準備翻譯。他的選材原則是：不翻譯別人已經翻譯過的作品；他的翻譯原則是：用最淺顯的話講出最深奧的思想。但後來，大陸不求質量只求數量的譯本如雨後春筍，照這樣的速度，很快就沒有未翻作品了，他只好放棄了自己的選材原則。

在術語翻譯上，我們儘量沿用前人的，不自己創造新詞，沿用的原因不必多言，不會給讀者造成混亂或困惑。除非經仔細查詢確實無先例可循，那麼你的術語更要慎之又慎，因為很可能你就是一個今後眾所周知的詞彙的發明者。在翻譯思想性作品時，創造新詞是一種最容易卻最不負責任的做法。

在選材上，我們時有分歧，並不是我有自己獨到的眼光，而是他經常會在一本沒有完成時又跳到另一本，這讓有完型心理的我感到十分難以接受。原因在於，他為了解決一本書裡的困惑去查找大量資料，在此過程中，如果發現另一本更有趣或有助於理解的書時，就會馬上開始著手新書翻譯而放下原來的。

我的反對幾乎是無效的。他永遠會有自己的理論：「不要那麼功利！我們翻譯榮格純粹是出於興趣，出版不出版對我來說根本不重要。況且，個別地方我還不是很有把握，第一需要查閱更多資料，其次需要在翻譯中積累更深的理解。我的想法是，當我翻譯完所有想翻的書，再回頭統一校對訂正，那時，無論從概念還是術語上都可以融匯統一了。」

他的這些決定當然有他充分的理由，我也非常欣賞他完全摒棄功利心的嚴謹態度，這種甘於坐冷板凳的淡泊在皆為利來往的熙攘世界，簡直就是從喜馬拉雅流下的冰泉。而另一方面，也是基於他對自己健康的自信，他以為來日方長，上帝還給他留下充裕的時間容他慢慢把玩。

後來，我還是說服了他，在我二〇一七年底回國時與上海一家出版社見面，就像之前他的個人文集的遭遇一樣，眼看著呼之欲出，但很快陡然流產。這可能也是他對署有他自己名字的作品不敢報出版奢望的原因。再後來，柳暗花明，經朋友介紹，幾經輾轉與台灣的心靈工坊出版社取得了聯繫，從此與「心靈工坊」結下不解之緣。

他像一條久旱的魚跳進大海，每天早睡早起，通常三點起床，去隔壁的工作間看書或查閱海量資料，常常等不及我六點醒來就把我鬧醒，拉開話閘強行與我分享他的晨讀所得。有時聽著聽著不知道什麼時候睡著了，再次醒來時他還在哇啦哇啦地說。

七點我起床，整理床鋪、做衛生，準備早餐，他沖洗陽臺，給花澆水。早餐後馬上開始工作。九點半中場休息喝咖啡，十一點一到，他就背著京不特送給他的和尚包出門了。他換好衣服，戴上草帽，走到門口回過身來學著「賭王」（孫叔豪）的動作，晃動大拇指得意地說：「人生最幸福的時候，不就是這一刻嗎？「這是「賭王」去賭場時的神情和動作，而他則是奔向「seven eleven」，享受他的「營養水」。深諳心理學的他為了迷惑我，給這種泰國產的米酒起了一個漂亮的名字。而這個時候，我則手忙腳亂開始準備午飯，到他十二點跨進家門時，飯菜已上桌了。

「711」只需要步行五分鐘的時間，這近一個小時他會在旁邊小花園的石桌凳上，一邊喝酒一邊欣賞或推敲當天的譯文。如果他不是咋咋呼呼地進門，而是悶聲不響一頭紮進工作室，那一定是他發現了譯文中的問題。

午飯後會有一個輕鬆的午覺。我先進入臥室打開空調，等他洗好碗進來，已經降到最適宜的溫度。洗碗的時候，他常常會突然喊出一句：「寶寶愛寶寶」！然後回頭等待我鸚鵡學舌的重複作為回應。我想，那個時候的他一定內心充溢著幸福感：我做飯，他洗碗，安定的家，規律的作息，尋常的家庭生活，這是漂泊多年後疲倦的心靈最需要的感覺。

每當太陽落山，一天即將結束，西曬的陽台這時已經吐盡最後的酷熱，角落的綠植靜靜生長。面對著一桌豐盛的晚飯，他喝著小酒常常情不自禁地感慨：「現在讓我當總統我也不幹啊，多苦啊，每天做著自己不喜歡的事，說著言不由衷的話……我們現在是全世界最幸福的人，去美國就要受苦了，必須得有一個人出去打工，哪裡還能做自己喜歡的事？」

一粱除了把弄他的文學和翻譯，生活技能方面幾乎可以用弱智來形容。剛開始的時候，幾乎每次出門都不能把衣服穿對，不是前後反就是裡外反。他始終沒有學會掃地拖地，沒有學會擦桌子。他似乎天生缺乏歸總的能力，擦桌子的時候，總是胡亂把抹布按在桌上劃圈，桌上掉的飯菜被他的抹布擠壓成泥並隨著他用力的劃動在桌面留下一道道弧形的軌跡。他通常會擦兩次，但第二次只是第一次的重複動作，至於到底乾淨不乾淨他是不管的，程序做到就OK。我教他幾次後，他不高興了：「你是不是嫌我笨？」我就不再囉嗦，等他去刷碗時偷偷地再擦一次。

說他把所有的事都推給我也是不公平的，他還是會做許多力所能及的生活事務，比如說出門定酒店、找路線、在網路查找資料或申報什麼都是他的事，還有一些非常暖心的小事：他會在每天睡覺前點好蚊香，倒一杯水；會在風雨來臨時把晾在陽台上的衣服收回來，把門窗關好；也會已經下樓又擔心電磁灶沒有關返身回去查看。他似乎是個很細膩謹慎的人，但時常又顯得很粗心，經常找不到自己的個人物品，尤其是眼鏡；對一件放置很久的物品視而不見。

六

在我與一梁的關係中，始終存在著一個情敵，不是女人也不是男人，而是酒。

在我們隔空交往的過程中，他並沒有隱瞞他嗜酒的惡習，但同時保證他願意戒酒，並央求我幫助他一起戰勝酒魔。猶豫再三，我最終得出的結論是，由於長期的漂泊使他只能借助酒精排遣寂寞，我有信心給他一份正常的家庭生活，讓他擺脫對酒精的依賴。人在做選擇時，尤其是人生的重大選擇時往往是很不理智的，所謂「小事靠理性，大事靠直覺」，這種時候，任何看似理性的權衡，都是為自己內心早就存在的決定尋找合理性而已。換句話說，我對他是否真的能戒酒其實並沒有足夠信心。

儘管如此，與酒精的抗爭仍然貫穿了我們生活的全部過程。

剛一見面，他就主動「讓權」，把自己的兩張信用卡交給我，儘管卡上的餘額所剩無幾，但我仍然感覺像接過一份沉甸甸的重托，形式隨意但內心莊嚴。

戒酒是我來之前說好的，他願意兌現承諾。怎樣戒呢？想來想去，只有「綱舉目張」：通過控制他的零花錢來控制酒量。開始說好一天給一天的酒錢，但玩不了幾天，他不幹了，因為商定的零花錢很快就不能滿足他不斷增加的對酒的貪欲，為了多增加一點酒，他絞盡腦汁精打細算：不喝啤酒改喝更便宜的米酒，但還是解決不了問題，於是每隔一段時間就會爆發一次「平權運動」：「我一個堂堂七尺男兒，沒有其他惡習，就每天喝點小酒還要看你的臉色！」他忘了當初是他把權力拱手相讓的嗎？他也忘了雖然我掌握著全部的財政大權，但我自己幾乎是不需要零花錢的嗎？當然不是，只是當酒蟲在他身體作亂時，跟他講道理是沒有用的。

我把他的護照和銀行卡丟給他，「我不是那個意思，」見我打算動真格，他突然清醒了，怯怯地說：「那你就把我當個有能力自我控制的大人，把每天一次改為一個月……你總得相信我一次吧？」討價還價的結果是，從每天給變成一次性給他一週的零花錢，由他自己計劃支配。於是又會無端生出許多名堂：一會買一把蔥回來，一會兒給我買個冰激淩回來，每次還要表功：看吧，女人適當放權才能夠體會到被愛的感覺，我平時即使想給你送禮物也沒有多餘的錢啊。呵呵，不錯，為了控制他的酒，我放棄了被寵愛的感覺，像個媽媽或者像個管家婆一樣與他鬥智鬥勇。

我自然知道他從定額零花錢裡擠出來買東西的醉翁之意了：我一定會不問價格多給他錢。儘管如此，他還是三、四天就花光了，這是我早就料到的。最多到第五天，他就悶聲不響開始在家裡各處搜尋硬幣、把京不特送他的和尚包的每個口袋翻個底朝天，當我無意中看到他的小動作時，他就像考試作弊被老師抓住的學生一樣，本能地把包包抱在懷裡，裝得一臉無辜若無其事。

「平權運動」從來沒有成功過，因為他從來沒有一次兌現承諾，最後兩天就自己認輸了，承認自己沒有自我管控的能力，老老實實地回到每天領一次零花錢的時候。同樣的遊戲不定期重複，一直持續到他病發之前。

他對酒的感情是複雜的，他曾經在美國參加過 AA 戒酒協會，也曾去台灣力行禪寺戒酒兼修行，但最終都沒有成功。酒不僅貫穿了我與他的生活，甚至可以說浸潤著他全部的生命。他會尋找一切可以縱情喝酒的機會：每一個節假日，不管中國的、美國的，還是泰國的，都需要認認真真地慶祝——喝酒；有朋相聚必要以酒助興；開心時喝酒，難過時更需要酒；人多怯生需要喝酒壯膽，獨處時喝酒有助於思想的孕育。他一次次嘗試戒酒，但在戒酒之前，必須要痛飲一場，作為他與酒精的告別儀式——可以想像，結果是，今天喝了更多酒，明天依然繼續。「起碼我有想戒酒的意願」，當我識破他的陰謀不再上當之後，他說：「你應該相信我。」

有一個時期，他喜歡玩一種遊戲，每次打開手機或電腦就去看看時間，用他的話來說，十之八九尾數都是「九」，他就會大呼小叫，認為自己踩在「共時性」的節奏上，由此判斷人生會一直幸運下去。我並不認為有這麼高的幾率，只不過因為「九」是「酒」的諧音，他於是對這個數字情有獨鍾，並且用這種遊戲增加我對酒的心理認可度，這與他把他每天喝的一種泰國米酒稱為「營養水」使用的是同樣的心理戰術。

在他生病之後，數字「九」的遊戲不怎麼玩了，因為那時他已經不能喝酒。一次，他打開手機說：「看樣子我不會死，」因為時間顯示八：三十九，他說：「我又踩在共時性上了。」但兩個月後的一天早上，他幽幽地告訴我：「我已經很久沒有夢見榮格了。」我不由聯想到孔子臨死前說：「久矣吾不復夢見周公。」

幾乎所有的親人朋友都對他喝酒表示惋惜。大家一致認為，如果沒有酒，他可以得享天年；如果沒有酒，他可以更好地發揮他的天才，寫出更絢爛的文字、更光輝的思想；甚至連他自己最後的日子也表示出懺悔之意：他希望像榮格那樣，從非洲回來生一場大病而能劫後餘生，使自己的思想有更大的發展。「如果我現在死掉就是臭狗屎」，他說：「但如果我能挺過這一關，我就可能成為華語世界的榮格第二！」

他往生之後，開始我也同意朋友們的說法：如果他能早點戒酒，是不是就不會生病？但漸漸地，我開始接受他的理念，並做了完全相反的假設：如果我壓根不管他，讓他盡興，會不會真的開心即可治百病呢？

七

我與一梁是通過雙方的文字認識對方的。他的文字靈動清秀，時空感強，與我綿密細緻過分緊張的敘述是完全不同的風格，令我一讀傾心。我短短幾天中把能夠找到的他的所有作品讀了個遍，那時我在陝西，他在紐約。

我們都是理工科出身，後來走上文學之路的，而一梁的文學基底是西方文學，而我則偏中式古典。他沒有耐心就一個主題娓娓道來，但在談話中不經意地提到某段歷史某個大作家時，就像發生在他朋友身上的家常一樣。我的西學底子甚淺，總是故作淡然地聽他如數家珍般說起那些或熟悉或陌生的文壇軼事。我常暗自驚歎他驚人的記憶力，能把許多細節記那麼清楚，想來這些都是他年輕時的積澱，那正是中國文化大饑荒後突然開放的時期，各種西方文化令一個個求知若渴的學人如癡如醉亂花瞇眼，就像一個餓了太久的乞丐面對一桌豐盛美食，每盤菜都恨不得一掃而空，吃完還要反覆回味。

帶著對未來生活的憧憬，我不顧一切地來到泰國與他開始了漂泊的生活，幻想著每天聽他講哲學講心理學講流亡生活的精彩與無奈。一直以來，我都是可以接受物質的極簡，不能忍受精神的貧乏。

書和酒是一梁的最愛，他看書不是像別人那樣老老實實一本一本地看完，他的格言是：世界上沒有多少書是值得讀的，那麼同理，一本書中，有養分的內容並不多，因此他不斷搜索、下載、借閱、購買大量書籍，然後在眾多書中找到他需要的內容。

奇怪的是，和我在一起之後，他幾乎不再寫作了。每當看我晚上一邊玩著 QQ 紙牌，一邊寫著行走筆記時，他都會由衷地誇我一句「天才寶」，為我點燃蚊香續上一杯水再去睡覺。他現在要蕩滌掉之前流浪的疲倦，補償家庭的缺失，充分享受我給他營造的安樂窩。他終於可以兩耳不聞窗外事，一心只讀聖賢書了。這樣的生活時常讓他生出藐視眾生的優越感。

但他畢竟是個作家，是個文化人，即使暫時不寫作，也需要繼續從事精神活動，於是他開始翻譯，並且當然是翻譯他最喜愛的榮格了，這是他多年的夙願。憑他幾十年對榮格的癡迷，憑他驚人的記憶力和極高的天賦，一梁翻譯的榮格無疑是最棒的。「你是華文世界最傑出的榮格翻譯，「有一次，我半由衷半恭維地說。」冊那！（上海話）胡說八道！「他的反應卻令我猝不及防：「你以為我只是一個翻譯家嗎？」

他走以後，當我在無盡的悲痛與悔恨中重新解讀他，再次翻出他過往作品，隔著時空維度從精神上接近他時，才發現，他對自己的定位絕不滿足於翻譯，因為無論你如何準確地把握作者思想，畢竟不是原創思想。他希望自己還能像年輕時那樣，天馬行空地馳騁在思想的天空，隨時可以寫出閃爍著智慧之光的語句。他應該是思想家、評論家、作家，翻譯只是繼續保持他精神活動的退而求其次的選擇，儘管翻譯的是他鍾愛的榮格，儘管翻譯的時候，他也是全身心地投入。

除了跟我說話，他跟任何其他人剛開始說話時都有些口吃。他說這是年輕時落下的毛病：一開始總是高看對方，底氣不足，說著說著，發現不過如此，就能夠侃侃而談了。不禁聯想到《夜航船》中「且待小僧伸伸腳」的掌故。

無論從哪方面來說，一梁都是個「慢熱型」的人，所以大多數時候並不顯得有趣。他不會照顧別人的情緒，不會附和別人的話題，無論對方是誰，根本沒有前奏直接開口就說在我聽來太過「陽春白雪」的話題，常常是他說得停不下來，而對方一臉尷尬與茫然。

在泰國的這些年，讓他屈指可數的暢聊只有幾次：與默默、漫流夫婦在芭提雅相聚、「墨談國是」同仁暢遊清邁，以及與漫流夫婦在清邁一家酒店公寓共住兩個月。在芭提雅公寓小區游泳池，他像個小孩一樣與默默泡在泳池大聲說話放歌，引來物業的警告。

漫流夫婦同住的那段時間，四個人經常約去吃飯或喝咖啡，兩個人對吃喝都不感興趣，唯一興趣的是說話，兩個女人品著咖啡聽他們互相搶話頭，或說著女人感興趣的話題，忽然一聲驚雷，只聽一梁說：「冊那！我沒有你這樣的朋友，永不見面！」兩個一臉懵然的女人無奈尷尬地默默起身，4 個人分成兩組，一前一後回到酒店各自房間。第二天，不管是樓上的去約樓下的，還是樓下的去約樓上的，兩對夫婦又像什麼都沒發生一樣相約著出門了。

「墨談」那次一行七人，加我們夫婦共九人，走到哪裡都可以用浩浩蕩蕩來形容。這是我們在泰國期間人數最多的朋友聚會。一梁與他們都是初次見面，但很快就像魚一樣在他們之間自在地穿梭了。好不容易聚起來這麼多人，找到開講座的感覺，他怎麼肯白白浪費？車上說，走路說，咖啡廳說，吃飯說。一桌豐盛的飯菜，他視而不見，別人吃飯也不會破壞他的興致，他說話的情緒似乎從來不受聽眾的影響，只要有人在，他都假設他們在認真聆聽。半小時後，一桌人酒飽飯足，他還在眉飛色舞，大家尷尬地不知進退。我提醒他，他似乎大夢初醒，望周遭一圈朗聲問道：「你們還吃不吃？不吃我就下毒手了哈！」一干人頓時哈哈大笑。一梁的語言風格是誇張，並且是誇張到極致。

對於自己的口吃、前言不搭後語或丟三落四，他的解釋是，那是因為他的表達追不上自己飛快運轉的思想和稍縱即逝的靈感。所以即使是與他的老朋友聊天，我都忍不住充當臨時翻譯，因為在我看來，他總是把最關鍵的部分「吞」掉了。有時他對我的翻譯極不耐煩，大概不承認自己的表達障礙，或覺得打斷或阻礙他江河奔騰的思想。「哪有那麼笨的人！」他不耐煩地說：「我外婆說，聽話聽聲，鑼鼓聽音。」朋友於是滿臉慚色，或許在想，多年未見，已經與老朋友產生思想隔膜了吧。

八

一梁的人格是非常對立的。對他幫助巨大的朋友，可能覺得太過沉重不敢言謝（大恩不言謝？）；而對一些明顯給他造成傷害的人，他又會努力為其行為尋找合理性。人都有一個共同的傾向：最隨意傷害對自己最親的人，一梁尤為嚴重。這種行為倒也容易理解：最親的人不會輕易離開你更不會害你，任性成本最低。我們難得見朋友，而他一個人漂泊內心缺乏安全感，使得他對別人都客客氣氣甚至忍氣吞聲，這也是佛家的「避禍」。

他渴望與人交往，又有社交恐懼症。平日我們幾乎與世隔絕，少有朋友和社交活動，一旦與人接觸，特別是坐上酒桌，就希望盛宴不散，日日笙歌。他會為幾十銖換幾家餐館，但在我們買房時卻因為我講價而在售樓部跟我大吵大鬧。他的理由是，如果可以講價，就意味著你永遠不知道它的底價是多少，無論你砍去多少，你永遠感覺自己吃虧了，永遠不會快樂。

他膽小怕事，儘量不與人對抗，但是一旦對抗不可避免或已經發生，他又會不管不顧破罐子破摔。他會在風平浪靜時，杞人憂天沒事找事地想出一些小概率壞結果來折磨自己，也會在最壞後果來臨時，另闢蹊徑尋找開脫之道。

當年玩亞文化被捕，他一直不敢相信是真的，直到被帶進看守所才明白「真的把自己玩進去了！」。但很快，他就開心起來：本來明天還要去哥哥店裡給工人發工資的，還要處理很多雜事的，現在都不用管了。從此以後，他可以順理成章地把平日不喜歡做的事推得乾乾淨淨，他成為了一個悲劇角色，理所當然地接受朋友們的關心和照顧了。

再拿他喝酒來說，他應該是知道酗酒的危害的。因此平日身體不舒服，不聲張也不呻吟，一個人默默承受，因為怕去醫院檢查。癮君了們一直要面對內心的衝突，每天都在做思想鬥爭：戒還是不戒，是他們終身得不到答案的永恆問題。他們的生命就是走鋼絲，為了追求刺激甘冒風險，或者說，一直心存僥倖，奢想自己可能是那個幸運的意外。直到拿到癌症晚期的檢測報告，他呆若木雞——這下，又把自己玩進去了，但這一次還會那麼幸運嗎？只是暫時失去自由還是會永遠失去生命？

然而，人生不可能一次次讓你遇難呈祥。他可以坐兩年共產黨的大牢、出來遠走美國順利加入美國國籍，可以在走投無路時進入美國大學，既解決生存問題又接受美國教育，可以從美國這個戰場敗下陣來，遠走泰國過上真正意義的作家生活……但這一次沒有那麼幸運了。上帝已經如此眷顧他，給他極高的天分，給他溺愛他的親人，給他把他當小孩照顧的朋友，最終還給他一個溫馨的避風港……他已經耗盡了所有的愛心和耐心。

「死亡是對現實世界生活的否定。當人面對死亡時，才會停止對世界的憂慮和擔心，從陷落中孤立出自己，成為真正的存在。」——海德格。

如今現實世界和生活是怎樣的呢？Covid-19病毒無孔不入全球肆虐，每日惶恐不安地關注著確診人數，囤上一大堆生活用品，把自己關在家裡算計著病毒距離自己有多遠；各國紛紛閉關鎖國，再也不能像以前那樣自由飛翔穿梭往來；而美國大選被竊取之後，回國的希望愈發渺茫，說好一起回去、走遍中國吃遍美食的許諾，看起來更像臨終安慰……他那麼敏感多憂，被恐懼籠罩的世界，讓他如何安放自己的靈魂？或許此時離開才是他最大的幸運。

叔本華說，人既有求生的本能，也有求死的本能。一粱最後的死亡，應該說是求死本能超過求生本能。這麼說可能幾乎所有人都認為，他是不堪病痛，所以求死，但我認為這是倒因為果了。或者這麼說，他是先產生了求死的念頭，然後他才讓自己生病，最終走向死亡的。

奇怪嗎？在世人眼中，他與我在一起的五年應該是他一生中最安定最幸福的日子，他終於在漂泊多年之後，泊進一個避風港。但這種安穩的生活真的是他追求的嗎？或者說，能完全滿足他的要求嗎？人的物質生活與靈性生活並不是同步增長的，有時甚至是反向的。我發現一梁大多數作品都是在孤獨困頓、失意酗酒時寫的，尤其是在美國寫的回憶性文字。那麼我是否可以做這樣的假設？他最看重的創造性也會「生於憂患，死於安樂？」

幸福的家庭生活一方面撫慰了他流浪生涯留下的創傷，另一方面卻讓他的生活由於穩定而失去了靈動，他需要變化，需要流動，他以為可以通過環境的改變尋找道新的靈感，於是有了家庭的依託之後，又不斷旅行，不斷遷徙，或者說，不斷折騰，包括在他的治療期間。

從世俗角度來看，大多數天才都是悲劇的。要麼終身與現實世界對抗，要麼英年早逝。在對抗與妥協之間，在順境與逆境之間，在與內心衝突不斷鬥爭的過程中，產生出一些作品。為了追尋靈感的火花，他們必須借助一些助燃劑，比如煙酒甚至毒品，他們的生命就像加速燃燒的蠟燭，短暫而絢爛。

至今我仍然無法接受他的猝然離世，儘管所有的道理都明白：人死不能復生；肉體毀滅靈魂永生；這輩子緣分未了、下輩子還會以各種形式遇見；對於癌症患者，死是對死者與家屬的解脫……但這些純理性的思考無法代替我真實的感受：以前兩個人的世界只剩下我孤零零一人了，這對漂泊在異國他鄉的我來說，無異於世界的坍塌；我們走遍東南亞各國，或去超市買東西都形影不離，現在我恐懼出遠門，買東西也要考慮不能多買，沒有他像個駱駝一樣，永遠背著一個大雙肩包，耐心地把商品分裝到小袋兒，再放進雙肩包，全部扛在自己身上；以前我會精心安排每天的飯菜，只要他愛吃，就覺得滿心幸福，現在吃飯只為供養這個靈魂寄居的肉體。

有時我會抱怨上帝對我太過殘忍：我們在一起不到六年！他生前我們說起時他反駁道，我們不用上班，幾乎從不分開，比起那些白天上班還要管孩子、忙得只有睡覺在一起的夫妻，我們的絕對時間並不算短，我們的五年超過他們的十年。我必須感謝上帝讓我在茫茫人海中遠隔千山萬水與他相遇。他揣著滿腹才華一身疲憊地突然闖入我循規蹈矩波瀾不驚的世界，他就像來自另一個星球的精靈，帶著我完全陌生的氣息，引領我一步步走近他的世界。

或許是由於最後半年與癌症的抗爭放大了苦難，讓我從主觀上賦予了一梁人生以悲情色彩，其實他一直覺得自己是很幸福的：他被母親寵愛、有那麼多真正懂他關心他疼愛他的朋友、早早成名、在出國熱中去了美國、從未經歷過職場的爾虞我詐、讀自己喜歡的書、做自己想做的事；當然，還包括在他厭倦漂泊時我的及時出現……完全可以這麼說，他這一生比任何人都更加自由純粹。

九

一個人如果打算在一篇文章中把所有想說的話都說完，那麼他肯定不會是一個專業作家。

——王一梁

餘生還長，記憶不冷，我會在每個有感的清晨與黃昏慢慢記錄與一梁的點點滴滴。

二〇二一年九月十八日 於泰國清邁

王一梁生平年表

一九六二年12月18日	出生於父母工作所在地河南洛陽。
一九七〇—一九七二年	江蘇省常州戚墅堰鐵路機車廠職工小學上學。
一九七二年	回祖籍上海，居楊浦區外婆家生活並就近讀書。
一九七六—一九八〇年	入復旦附中初中三年，高中二年。
一九八〇年9月—一九八四年7月	合肥工業大學電氣工程系電機專業。
一九八〇年代中—九〇年代末	以《亞文化啟示錄》、《朋友的智慧》、《薩波卡秋的道路》三冊手稿成為上海地下文學重要文獻。
一九九六年	獲首屆「傾向文學獎」。
一九九七年夏	居北京圓明園、東壩河、首都師範大學等處，應邀與朋友合撰數十集電視連續劇。
二〇〇〇年	因參加「中國文化復興運動」被上海警方以「傳播、偷看色情影帶」等莫須有罪名勞教二年。

二〇〇二年　加入獨立中文筆會（Independent Chinese PEN Center），成為早期中國國內會員。

二〇〇三年　因生活困頓和警方持續監視，在貝嶺及美國筆會努力下，獲邀經洛杉磯前往墨西哥城參加國際筆會年會，在上海虹橋機場被限制出境。

二〇〇四年4月　經貝嶺安排，受邀參加波士頓詩歌節，獲赴美簽證，他與井娃輾轉抵達波士頓，終獲自由。

二〇〇四年11月　主譯哈維爾的《獄中書：致妻子奧爾嘉》（*Letters to Olga*）由傾向出版社出版。

二〇〇五年　獲美國政治庇護，移居加州及三藩市。

二〇〇五年—二〇一三年　擔任獨立中文筆會《自由寫作》網刊執行編輯。

二〇〇六年—二〇一二年　在社區學院研修英文、亞裔美國人史、心理學、政治學、哲學。

二〇〇八年四月　經貝嶺安排，首踏台灣，參加由中國自由文化運動主辦，貝嶺策劃的「中國苦難文學暨戒嚴與後戒嚴時代台灣文學國際研討會」，發表〈文學三重奏：論地下文學、流亡文學與文學博客〉。

二〇一〇年　入籍成為美國公民。

二〇一二年　移居紐約。

二〇一三年12月初　與貝嶺飛往斯德哥爾摩，加入12月10日斯德哥爾摩音樂廳諾貝爾獎頒獎典禮外裸奔抗議行動。

二〇一四年　先後在柏林和哥本哈根短居，期間遊歷歐洲多國。

二〇一五年　移居台灣，在花蓮力行禪寺掛褡，同年轉台北短居，其後再往泰國。

二〇一六年3月　與李毓（白夜）移居泰國曼谷。

二〇一六年4月　受菲律賓文化總署邀請，攜李毓參加第七屆菲律賓國際文學節（7th Philippine International Literary Festival）。

二〇一六年7月　購房，與李毓在香港登記結婚。

二〇一六年10月　與妻子李毓定居泰國清邁。

二〇一六年10月　再踏台灣，參加獨立中文筆會創會15週年紀念活動及獨立中文筆會「孟浪日」研討會等。

二〇一七年　開始榮格心理學著作翻譯，並與台灣身心靈權威出版社「心靈工坊」結緣。

二〇一八年　因妻子李毓的泰國簽證問題在尼泊爾、越南、馬來西亞、柬埔寨等東南亞國家旅居一年。同年返回清邁。

二〇一九年12月　譯著《遇見榮格：1946-1961談話記錄》，由心靈工坊出版。

二〇二〇年6月　突感食難下咽，經清邁大學醫院診斷為食道癌晚期。

二〇二〇年7月　譯著《榮格的最後歲月：心靈煉金之旅》由心靈工坊出版。

二〇二一年1月4日　因食道癌末期引發肺炎，終因身心衰竭，於泰國北部邊城美賽（Maesai）醫院病逝。

二〇二一年7月　譯著《幽靈、死亡、夢境：榮格取向的鬼文本分析》，由心靈工坊出版。

二〇二三年1月　王一梁文集兩冊《不自由筆記》、《我們到這個世界上是來玩的》由心靈工坊出版。《裸奔記》由傾向出版社與心靈工坊聯合出版。

心靈工坊 |PsyGarden|
Living 028

我們到這個世界上是來玩的

王一梁──著
李毓—合作出版者

出版者—心靈工坊文化事業股份有限公司
發行人—王浩威　總編輯—徐嘉俊　責任編輯—饒美君
通訊地址—10684 台北市大安區信義路四段 53 巷 8 號 2 樓
郵政劃撥—19546215　戶名—心靈工坊文化事業股份有限公司
電話—02）2702-9186　傳真—02）2702-9286
Email—service@psygarden.com.tw　網址—www.psygarden.com.tw

製版・印刷—中茂製版印刷股份有限公司
總經銷—大和書報圖書股份有限公司
電話—02）8990-2588　傳真—02）2290-1658
通訊地址—248 新北市五股工業區五工五路二號
初版一刷—2022 年 1 月　ISBN—978-986-357-232-9　定價—550 元

國家圖書館出版品預行編目資料

我們到這個世界上是來玩的 / 王一梁著 . -- 初版 . -- 臺北市 : 心靈工坊文化事業股份有限公司 , 2022.01
面；　公分 . -- (Living ; 28)

ISBN 978-986-357-232-9（平裝）

848.7　110022518